George MacDonald Fraser
Royal Flash - Flashman in Deutschland
Die Flashman Manuskripte, Band 2
Kuebler Verlag

Das Buch

Durch Lola Montez lernt Harry Flashman den jungen Bismarck kennen. Der lockt ihn nach Deutschland und benutzt ihn für eine politische Intrige, bei der er einen Prinzen bei der Heirat vertreten soll. Doch er muss fliehen und wird dabei durch die deutschen Länder und die Wirren der 48er Revolution in München getrieben. *Bei diesem Roman handelt es sich um eine vergnügliche, handfeste Lektüre, eine amüsante literarische Mystifikation und einen satirischen Blick auf die Kehrseite des Heldentums.* (**Der Tagesspiegel**)
Der Roman spielt zunächst in England, wo Flashman Bismarck kennenlernt. Erst einige Jahre später wird er von ihm nach Deutschland gelockt. In der Zwischenzeit erlebt Flashman seine Abenteuer in Amerika (die in Band 3 geschildert werden).

Der Autor

George MacDonald Fraser wurde 1925 in Schottland geboren. Er studierte an der Glasgow Academy, wurde Soldat und verbrachte den Zweiten Weltkrieg in Burma. Danach arbeitete er als Journalist in Kanada und Großbritannien, bevor er als freier – und sehr erfolgreicher – Schriftsteller auf der Insel Man lebte.

Royal Flash

Flashman in Deutschland

Aus den nachgelassenen Papieren
Harry Flashmans
1842-1843 und 1847-1848,
herausgegeben und bearbeitet von
George MacDonald Fraser

Ins Deutsche übertragen von Helmut Degner

(Band 2 der Reihe „Die Flashman Manuskripte")

Kuebler Verlag

Originaltitel: Royal Flash – From the Flashman Papers
von George MacDonald Fraser

Deutsche Erstausgabe: Der Prinz von Dänemark,
Hoffmann und Campe.
Deutsche Übersetzung von Helmut Degner.

Neu durchgesehene, überarbeitete
und ungekürzte Ausgabe:

Herausgegeben von Bernd Kübler
Umschlaggestaltung: Grafissimo! Daniela Hertel
Druck und Bindung: CPI Moravia
ISBN 978-3-942270-92-2

Vorbemerkung

Im zweiten Paket der Flashman Papers - jener großen Manuskriptsammlung, die im Jahr 1965 in dem Ausstellungsraum eines Auktionshauses in Leicestershire gefunden wurde, setzt der Autor, Harry Flashman, die Schilderung seiner Abenteuer, die im ersten Teil mit dem Herbst 1842 endete, fort. Im ersten Paket befasst Flashman sich mit seiner Relegierung aus der Rugby School im Jahr 1839 (die auch in Thomas Hughes' Tom Brown's Schooldays erwähnt wird) und seiner darauffolgenden militärischen Karriere in England, Indien und Afghanistan; im zweiten Paket werden zwei mehrere Monate umfassende Perioden der Jahre 1842-43 und 1847-48 behandelt. Dazwischen liegt merkwürdigerweise eine Lücke von vier Jahren, mit der sich der Autor, wie aus einigen Andeutungen hervorzugehen scheint, an anderer Stelle seiner Memoiren beschäftigt.

Der folgende Teil ist insofern von historischer Bedeutung, als Flashman darin seine Begegnungen mit verschiedenen international berühmten Persönlichkeiten schildert, unter anderem mit einem später höchst bedeutenden Staatsmann, dessen Charakter und Unternehmungen die Historiker nun vielleicht einer neuen Beurteilung unterziehen werden. Überdies ist er von einigem literarischen Interesse, denn es besteht kein Zweifel, dass ein Zusammenhang zwischen Flashmans Abenteuern in Deutschland und einem der bekanntesten Romane der viktorianischen Zeit besteht.

Wie beim ersten Paket (das mir von Mr. Paget Morrison, dem Besitzer der Flashman Papers, anvertraut wurde) habe ich mich darauf beschränkt, gelegentliche orthographische Fehler des Verfassers zu korrigieren. Was historische Tatsachen betrifft, ist Flashman von bemerkenswerter Korrektheit, vor allem, wenn man bedenkt, dass er bei der Niederschrift über achtzig Jahre alt gewesen ist; kleinere Ungenauigkeiten, die ihm unterlaufen sind, habe ich im Text unkorrigiert gelassen (so, zum Beispiel, dass er den Boxer Nick Ward als „Champion“ des Jahres 1842 bezeichnet, während Ward in Wirklichkeit seinen Titel im vorangegangenen Jahr verloren hatte), doch habe ich in meinen Anmerkungen am Schluss des Buches darauf verwiesen.

Wie die meisten Verfasser von Memoiren befleißigt sich Flashman bezüglich der Daten keiner großen Genauigkeit; soweit diese festgestellt werden konnten, erwähne ich sie in den Anmerkungen.

G. M. Fraser

Kapitel 1

Wäre ich der Held gewesen, für den mich jedermann hielt, oder auch nur ein halbwegs guter Soldat, dann hätte General Lee die Schlacht von Gettysburg gewonnen und wahrscheinlich Washington erobert. Das ist eine andere Geschichte, die ich zu gegebener Zeit niederschreiben werde, wenn Brandy und Alter mich nicht vorher hinwegraffen, doch ich erwähne es hier, weil es beweist, wie große Ereignisse durch Kleinigkeiten entschieden werden.

Die Gelehrten wollen dies natürlich nicht wahrhaben. Sie sagen, die Politik und die kunstvoll ausgearbeiteten Pläne der Staatsmänner beeinflussen die Geschicke der Völker; die Meinungen der Intellektuellen und die Werke der Philosophen bestimmen das Los der Menschheit. Nun, sie mögen ihren Teil dazu beitragen, doch nach meiner Erfahrung wird der Lauf der Geschichte ebenso oft dadurch bestimmt, dass jemand Bauchweh hat oder nicht gut schlafen kann, dass ein Seemann sich betrinkt oder eine Aristokratendirne mit ihrem Hintern wackelt.

Wenn ich deshalb sage, dass meine Grobheit gegenüber einem gewissen Ausländer den Lauf der europäischen Geschichte veränderte, so ist dies eine wohlbedachte Behauptung. Hätte ich auch nur im entferntesten geahnt, als wie wichtig dieser Mann sich erweisen würde, so wäre ich höflich wie der Teufel zu ihm gewesen und ihm um den Bart gegangen. Doch in meiner Jugend und Torheit hielt ich ihn für einen jener Menschen, zu denen man ungestraft grob sein kann – Dienstboten, Huren, Gepäckträger, Ladenbesitzer und Ausländer –, und so ließ ich meiner Unfreundlichkeit freien Lauf. Ganz davon abgesehen, dass es die Weltkarte veränderte, kostete es mich am Ende beinahe den Kopf.

Es war im Jahr 1842, und ich war knapp zwanzig Jahre alt, doch bereits berühmt. Ich hatte eine hervorragende Rolle in dem Fiasko gespielt, das als der Erste Afghanische Krieg* bekannt ist, hatte heldische Lorbeeren geerntet, war von der Königin dekoriert worden und wurde in ganz London bewundert. Dass mich während des ganzen Feldzuges nackte Angst erfüllte – dass ich log, betrog, bluffte und, wann immer möglich, um mein teures Leben lief –, wusste niemand außer mir selbst. Falls ein oder zwei Leute es ahnten, so schwiegen sie darüber. Es wäre damals nicht schicklich gewesen, den tapferen Harry Flashman mit Schmutz zu bewerfen.

(Wenn Sie das erste Paket meiner Memoiren gelesen haben, so wissen Sie all dies. Ich erwähne es hier für den Fall, dass die Pakete getrennt werden, damit Sie sogleich erfahren, dass dies die wahre Geschichte eines schimpflichen Hasenfußes ist, den es mit einem perversen Stolz erfüllt, trotz seiner mannigfachen Laster und seines völligen Mangels an Tugend – oder vielleicht gerade deshalb – ein geachtetes und bewundertes Alter erreicht zu haben.)

So war ich denn im Jahre 42 der große, kräftige, hübsche Harry, beliebt bei der Londoner Gesellschaft, bewundert bei den Horse Guards (obgleich ich nur Captain war), Gatte einer schönen Frau, scheinbar wohlhabend, in besten Kreisen verkehrend, umschmeichelt von älteren Damen, geachtet von den Männern als perfekter beau sabreur** . Die Welt war meine Auster, ich hatte sie mit meinem Säbel geöffnet.

---

* Siehe Band 1, „Flashman in Afghanistan“

** Ein galanter Recke, ein stattlicher und schneidiger Glücksritter

Es waren goldene Tage. Die beste Zeit, ein Held zu sein, ist nach der Schlacht, wenn die anderen, Gott hab sie selig, tot sind, und man die Ehren einheimsen kann

Nicht einmal die Tatsache, dass Elspeth mich betrog, machte mir viel aus. Man hätte es nie für möglich gehalten, dass sie mit ihrem Engelsgesicht, ihrem goldenen Haar und ihrer idiotisch unschuldsvollen Miene das größte Flittchen war, das je eine Matratze abgenutzt hat.

Doch ich war kaum einen Monat daheim, da wusste ich, dass sie es mit wenigstens zwei anderen trieb; anfangs war ich wütend und sann auf Rache, doch sie war es, die durch ihren Vater, diesen verdammten alten schottischen Geldsack, das Geld hatte, und hätte ich den empörten Gatten gespielt, hätte ich ohne ein Dach über dem Kopf auf der Queer Street gesessen. So war ich ruhig und zahlte es ihr heim, indem ich nach Herzenslust herumhurte. Es war eine merkwürdige Situation; wir wussten beide, wie wir daran waren (zumindest glaube ich, dass sie es wusste, aber sie war solch eine Närrin, dass man bei ihr nie sicher sein konnte), doch wir taten, als seien wir ein glückliches Ehepaar. Trotzdem hüpften wir von Zeit zu Zeit zusammen im Bett herum und hatten unseren Spaß dabei.

Das wirkliche Leben jedoch spielte sich draußen ab; ich verkehrte nicht nur in guter Gesellschaft, sondern trieb mich mit allerlei lockeren Gesellen in der Stadt herum und trank und spielte. Es war das Ende der großen lustigen Zeiten; eine Königin saß auf dem Thron, und ihre kalte weiße Hand und ihr steifkreuziger Gatte umklammerten bereits den Hals des Volkes und würgten auf ihre heuchlerische Weise die alten wilden Sitten ab. Wir traten in das Zeitalter, das man heute das viktorianische nennt, in eine Ära der Sittsamkeit; die Kniehosen verschwanden, und Beinkleider kamen in Mode; Busen wurden bedeckt und Augen züchtig gesenkt; die Politik wurde langweilig, Handel und Industrie blühten auf, fröhlicher Brandyduft wurde vom Geruch der Heiligkeit verdrängt, und der Hasardeur und Dandy wichen dem Laffen, dem Prediger und dem Tugendbold.

Wenigstens war ich beim Tod dieser verruchten Zeit dabei, und ich tat das meine, ihr das Sterben schwerzumachen. Man konnte immer noch in den Höllen um den Hanover Square spielen, mit den Halunken in den Cyder Cellars zechen, sich am Piccadilly eine Hure aussuchen, in Whitehall Händel mit Polizisten anfangen und ihnen Gürtel und Hüte klauen und auf dem Heimweg Fenster einwerfen und schmutzige Lieder singen. Immer noch wurden beim Karten- und Würfelspiel Vermögen verloren und Duelle ausgefochten (etwas, dessen ich mich zu enthalten pflegte; mein einziges Duell, das mir durch eine List ungeheure Ehren einbrachte, hatte vor ein paar Jahren stattgefunden, und ich beabsichtigte nicht, ein weiteres zu riskieren.) Wenn man wollte, konnte man immer noch ein freies, wildes Leben führen. Seither ist es nie mehr so gewesen; wie man mir sagt, tut der junge König Edward heutzutage zwar alles, um das moralische Niveau des Volkes zu senken, doch ich bezweifle, dass er den Stil dazu hat. Der Mann sieht aus wie ein Schlachter.

Mein Freund Speedicut, der mit mir in Rugby gewesen war und sich mir angeschlossen hatte, seit ich ein berühmter Mann geworden war (er war gutsituiert), schlug mir eines Abends vor, in ein neues Lokal in St. James zu gehen – ich glaube, es war der Minor Club [1]. Er meinte, wir sollten zuerst unser Glück an den Spieltischen versuchen und dann oben bei den Huren; danach könnten wir ins Cremorne gehen und uns das Feuerwerk ansehen und den Abend mit gepfeffertem Schinken, einem Glas Punsch und vielleicht ein paar weiteren Mädchen beschließen. Es war mir recht, und so ließ ich mir von Elspeth, die in die Store Street wollte, um sich einen Mr. Wilson anzuhören, der schottische Lieder sang (mein Gott), etwas Geld geben und begab mich mit Speed nach St. James [2].

Es war von Anfang an ein Hereinfall. Auf dem Weg zum Club kam Speed auf die Idee, in einen der neuen Busse zu steigen; er wollte mit dem Schaffner einen Streit wegen des Fahrgelds beginnen und ihn zum Fluchen bringen: die Busschaffner waren ihrer unflätigen Sprache wegen berühmt, und Speed meinte, es würde ein Spaß sein, ihn wütend zu machen und die Passagiere zu schockieren [3]. Doch der Schaffner ließ sich auf nichts ein; er warf uns ohne viel Federlesens hinaus, und die Passagiere lachten über unsere Blamage, was unsere Stimmung nicht gerade verbesserte.

Der Club erwies sich als eine richtige Spielhölle – die Preise, selbst für Arrak und Zigarren, waren enorm und der Pharo-Tisch schief wie eine Reihe russischer Infanterie und weitaus schwerer zu schlagen. Es ist immer das gleiche; je feiner die Gesellschaft, desto betrügerischer das Spiel. Ich habe zu meiner Zeit mit australischen Goldgräbern *Napoleon* um Goldstaub gespielt, auf einem Handelsschiff in der Südsee Siebzehn-und-vier und in einem Mietstall in Dodge City Poker, wobei die Pistolen auf der Tischdecke lagen – und bin bei alldem zusammen nicht so übers Ohr gehauen worden wie an einem einzigen Abend in einem Londoner Club.

Nachdem wir ein paar Guineas verloren hatten, sagte Speed:

„Das macht keinen Spaß. Ich weiß ein besseres Spiel." Ich war ganz seiner Meinung, und so machten wir uns an zwei der Dirnen heran und gingen mit ihnen nach oben, um mit ihnen um unsere Kleider zu spielen. Ich hatte ein Auge auf die kleinere der beiden geworfen, ein keckes, kleines rothaariges Ding mit Grübchen; wenn ich die nicht mit einem Dutzend Runden ausziehen und auf den Rücken legen kann, dachte ich, dann hab ich mein Talent zum Falschspielen verloren. Doch ob ich zuviel getrunken hatte – denn wir hatten, so teuer er war, eine ziemliche Menge Arrak vertilgt – oder ob die Huren auch schwindelten: das Resultat war, dass ich im Hemd dasaß, bevor die kleine Range mehr als ihre Schuhe und Handschuhe ausgezogen hatte.

Sie lachte laut, und ich wurde wütend, als plötzlich im Stockwerk darunter ein Heidenlärm losbrach. Man hörte polternde Schritte und Geschrei, das Trillern von Pfeifen und das Bellen von Hunden, und dann rief jemand:

„Schnell fort! Die Polizei!"

„Jesus!" sagte Speed und griff nach seiner Hose. „Eine Razzia! Machen wir, dass wir hinauskommen, Flash!"

Die Huren kreischten vor Angst, und ich schlüpfte fluchend in meine Kleider. Es ist kein Spaß, sich anzuziehen, wenn die Polizei hinter einem her ist, doch ich war besonnen genug, um zu wissen, dass wir nur voll bekleidet entkommen konnten – man kann an einem schönen Abend nicht mit der Hose in der Hand durch St. James laufen.

„So komm doch!" rief Speed. „Sie werden gleich da sein!"

„Was sollen wir tun?" jammerte die rothaarige Dirne.

„Zum Teufel, tut, was euch beliebt", sagte ich und streifte meine Schuhe über. „Gute Nacht, meine Damen." Und Speed und ich schlüpften auf den Korridor.

Das ganze Haus war in Aufruhr. Es hörte sich an, als sei unten im Spielzimmer eine Schlacht im Gange; Möbel krachten, die Dirnen kreischten, und jemand brüllte: „Im Namen der Königin!" In unserem Stock lugten Huren ängstlich aus ihren Türen, und Männer in jeglichem Stadium der Entkleidung sprangen herum und wussten nicht, wohin sie verschwinden sollten. Ein dicker alter Kerl hämmerte splitternackt an eine Tür und brüllte: „Versteck mich, Lucy!"

Er hämmerte vergebens, und das letzte, was ich von ihm sah, war, dass er unter ein Sofa zu kriechen versuchte. Viele wissen heutzutage nicht, dass die Polizei in den vierziger Jahren wie der Teufel hinter Spielhöllen her war. Sie war ständig bemüht, sie auszuheben, und die Besitzer hielten Wachhunde und Späher, um rechtzeitig gewarnt zu werden. In den meisten Spielhöllen gab es auch besondere Verstecke für das Zubehör, so dass man Karten, Würfel und Bretter forträumen konnte, denn die Polizei hatte kein Recht zur Durchsuchung, und wenn sie nicht beweisen konnte, dass man gespielt hatte, konnte sie wegen unbefugten Eindringens verklagt werden [4].

Offenbar hatte sie den Minor St. James Club überrumpelt, um sich wegen einer solchen Anzeige zu rächen, und wenn es uns nicht gelang, schnellstens zu verschwinden, würden wir vors Polizeigericht und in die Zeitungen kommen und in einen Skandal verwickelt werden. Am Fuß der Treppe schrillte eine Pfeife, die Huren schlugen kreischend ihre Türen zu, und Stiefel polterten herauf. „Hier entlang", sagte ich zu Speed, und wir stürzten die Stiege hinauf. Der nächste Treppenabsatz – der oberste – war leer, und wir hockten uns hinter das Geländer und warteten ab, was geschah, sie pochten unten an die Türen, und plötzlich kam jemand die Treppe herauf gerannt.

Es war ein hübscher, kinnloser Junge in einer rosa Jacke.

„Oh, mein Gott", sagte er, „was wird meine Mutter sagen?" Er blickte sich verzweifelt um. „Wo kann ich mich verstecken?"

Ich überlegte rasch. „Dort drinnen", sagte ich und deutete auf eine geschlossene Tür.

„Gott segne Sie", sagte er. „Und was werden Sie tun?"

„Wir werden sie aufhalten“, sagte ich. „Hinein mit Ihnen, Sie Narr.“

Er verschwand in dem Zimmer, und ich zwinkerte Speed zu, riss das Taschentuch aus seiner Brusttasche und warf es vor die geschlossene Tür. Dann schlichen wir auf Zehenspitzen zu einem Zimmer auf der anderen Seite des Treppenabsatzes und versteckten uns hinter seiner Tür, die ich weit offen ließ. Aus der Stille in diesem Stockwerk und den Schutzüberzügen auf den Möbeln schloss ich, dass es nicht benutzt wurde.

Im nächsten Moment stürzten die Polizisten die Treppe herauf, entdeckten das Tuch, stimmten ein großes Geschrei an und zerrten den rosa Jungen heraus. Wie ich vermutet hatte, kümmerten sie sich nicht um unser Zimmer; da die Tür offenstand, nahmen sie natürlich an, dass sich niemand darin versteckte. Wir standen regungslos, während sie auf dem Treppenabsatz herumtrampelten, Befehle riefen und dem Jungen sagten, er solle den Mund halten. Dann marschierten sie alle nach unten, wo sie, nach den Geräuschen zu urteilen, ihre Gefangenen zusammen trieben, und zwar auf ziemlich grobe Weise. Es geschah nicht oft, dass sie eine Spielhölle aushoben und Gelegenheit hatten, höhergestellte Leute zu misshandeln.

„Heiliger Georg, Flashy“, flüsterte Speed schließlich. „Du bist ein ganz Gerissener, mein Lieber. Ich dachte schon, wir sind verloren.“

„Wenn man von den verdammten Afghanen gejagt worden ist“, sagte ich, „dann versteht man sich darauf, sich zu verstecken.“ Doch es freute mich trotzdem, dass ich mit meiner List solchen Erfolg gehabt hatte.

Wir entdeckten eine Dachluke, und das Glück wollte es, dass sich in der Nähe das flache Dach eines, wie sich herausstellte, leeren Hauses befand. Wir öffneten eine andere

Dachluke, liefen zwei Treppen hinunter und stiegen durch ein Hinterfenster auf eine Gasse hinaus. So weit, so gut, doch Speed hielt es für eine köstliche Idee, nach vorn zu laufen und aus sicherer Distanz zuzusehen, wie die Polizei ihre Opfer abtransportierte. Ich fand auch, dass das amüsant sein würde, und so brachten wir unsere Kleidung in Ordnung und schlenderten dann zur Straße.

Vor dem Minor Club hatte sich natürlich eine Menschenmenge versammelt, um das Schauspiel zu betrachten. Die Bobbies mit ihren hohen Hüten und Bandeliers drängten sich um die Treppe, während die Gefangenen hinunter zu den geschlossenen Wagen gebracht wurden, die Männer stumm und schamrot oder ihre Schergen lauthals verfluchend, die Huren großenteils weinend – nur einige strampelten und kratzten und mussten getragen werden

Wenn wir klug gewesen wären, hätten wir uns in sicherer Entfernung gehalten, doch es wurde bereits finster, und so beschlossen wir, es uns näher anzusehen. Langsam gingen wir zum Rand der Menge, und das Unglück wollte es, dass als letzter, zeternd und mit weißem Gesicht, der Junge mit der rosa Jacke herausgebracht wurde. Speed lachte laut über seine jämmerliche Miene und rief mir zu: „Mein Gott, Flashy, was wird Mutter dazu sagen?“

Anscheinend hörte es der Junge; er fuhr herum und sah uns, und dann heulte der elende kleine Hund auf und deutete in unsere Richtung.

„Sie waren auch drinnen!“ schrie er. „Diese beiden haben sich auch versteckt!“

Wären wir stehengeblieben, so hätten wir es sicher abstreiten können, doch mein Instinkt, fortzulaufen, ist tief verwurzelt; noch bevor die Bobbies sich uns zuwandten, rannte ich davon wie ein Hase, und als sie uns laufen sahen, nahmen sie sogleich unsere Verfolgung auf. Wir hatten einen guten Vorsprung, doch er war nicht groß genug, um in einem Hauseingang oder dergleichen zu verschwinden; St. James ist ein verdammt schlechtes Viertel, um vor der Polizei zu flüchten – die Straßen sind zu breit, und es gibt keine engen Seitengassen, in denen man Zuflucht suchen kann.

Die ersten zwei Straßen waren sie vielleicht fünfzig Meter hinter uns, doch dann holten sie allmählich auf – es waren zwei, sie hatten die Knüppel gezogen und schrien uns nach, wir sollten stehenbleiben. Ich spürte, wie mein Bein, das ich mir früher im Jahr in Dschalalabad gebrochen hatte, lahm wurde; die Muskeln waren noch steif, und bei jedem Schritt durchzuckte ein stechender Schmerz meinen Schenkel.

Speed bemerkte es und wurde langsamer.

„Hallo, Flash", sagte er, „was hast du denn?"

„Mein Bein", sagte ich. „Ich kann nicht mehr."

Er blickte über die Schulter. Trotz der Verächtlichkeit, mit der Hughes ihn in Tom Brown's Schooldays behandelt, war Speedicut mutig wie ein Terrier und jederzeit zu einer Rauferei bereit – ganz im Gegensatz zu mir [5].

„Also schön", sagte er. „Dann bleiben wir stehen, zum Teufel, und schlagen uns mit ihnen. Es sind nur zwei – nein, warte, hinter ihnen kommen noch mehr, verflucht. Wir müssen eben unser Bestes tun, alter Junge."

„Es hat keinen Sinn", keuchte ich. „Ich bin nicht in der Verfassung für eine Prügelei."

„Überlass' sie nur mir", rief er. „Ich halte sie auf, während du fortläufst. Bleib doch nicht stehen, Mensch; der Held von Afghanistan kann sich's nicht leisten, von der Polizei fortgeschleppt zu werden! Das gäbe einen verteufelten Skandal. Mir macht's nichts aus. Kommt schon, ihr blaubäuchigen Hunde!"

Und er wandte sich in der Mitte der Straße um, hob die Fäuste und wartete auf sie.

Ich zögerte nicht. Wer dumm genug ist, sich für Flashy zu opfern, verdient, was es ihm einbringt. Über meine Schulter sah ich, wie er den einen Polizisten mit einer linken Geraden aufhielt und sich dem anderen zuwandte. Dann war ich um die Ecke und humpelte davon, so schnell mein lahmes Bein es zuließ. Ich lief die Straße hinunter und auf den Platz dahinter. Es war kein Bobby zu sehen. Als ich um den Garten in der Mitte herum rannte, knickte mein Bein fast unter mir ein.

Keuchend lehnte ich mich ans Geländer. Leise hörte ich hinter mir Speeds höhnische Flüche, dann näherten sich Schritte. Als ich mich nach einem Versteck umblickte, sah ich vor einem Haus, das auf den umzäunten Garten hinausging, zwei Kutschen; sie waren nicht weit weg, und die beiden Kutscher standen neben den Pferden der ersten und sprachen miteinander. Sie hatten mich nicht gesehen; wenn es mir gelang, zu der hinteren Kutsche zu humpeln und hineinzuschlüpfen, würden die Polizisten an mir vorbeilaufen.

Schnell zu humpeln ist schwierig, doch ich erreichte sie, ohne dass die Kutscher mich bemerkten, öffnete die Tür und stieg ein. Ich ducke mich, so dass man mich nicht sehen konnte, hielt den Atem an und lauschte auf meine Verfolger. Doch einen Moment war es ganz still; sie müssen meine Spur verloren haben, dachte ich, dann hörte ich ein neues Geräusch. Aus dem Eingang des einen Hauses drangen Männer- und Frauenstimmen; sie lachten und riefen einander gute Nacht zu, dann plauderten sie auf dem Trottoir, und ich hörte ihre Schritte. Ich hielt die Luft an, mein Herz pochte, und dann ging die Tür der Kutsche auf, Licht fiel herein, und ich starrte in das erstaunte Gesicht eines der lieblichsten Mädchen, die ich je in meinem Leben gesehen habe.

Nein – es war das lieblichste. Wenn ich zurückdenke und die schönen Frauen, die ich gekannt habe, Revue passieren lasse, blonde und dunkle, schlanke und üppige, weiße und braune, Hunderte verführerischer Geschöpfe, so bezweifle ich, dass eine davon ihr gleichkam. Sie stand mit einem Fuß auf der Stufe, hob mit den Händen den Saum ihres roten Satinkleides und beugte sich vor, so dass ich einen prächtigen weißen Busen sehen konnte, auf dem eine Reihe Brillanten glitzerte, passend zu der Kette in ihrem pechschwarzen Haar. Dunkelblaue große Augen starrten auf mich nieder, und ihr Mund, der nicht groß, aber voll und rot war, öffnete sich zu einem leisen Seufzer.

„Mein Gott!“ rief sie. „Ein Mann! Was zum Teufel machen Sie hier, Sir?“

Es war nicht die Art von Begrüßung, die man zu Zeiten der jungen Königin von Damen gewohnt war; das können Sie mir glauben. Jede andere hätte geschrien und wäre in Ohnmacht gefallen. Ich überlegte rasch und kam zu dem Schluss, dass ausnahmsweise die Wahrheit das Beste war.

„Ich verstecke mich“, sagte ich.

„Das kann ich sehen“, erwiderte sie schlagfertig. Sie sprach mit einem überaus reizenden irischen Akzent. „Vor wem und warum in meiner Kutsche, wenn ich fragen darf?“

Bevor ich antworten konnte, tauchte neben ihrem Ellbogen ein Mann auf, und als er mich erblickte, stieß er einen ausländischen Fluch aus und trat vor, als wolle er sie schützen.

„Bitte, bitte, ich habe nichts Böses im Sinn“, sagte ich eindringlich. „Ich werde verfolgt.., die Polizei ... nein, ich bin kein Verbrecher, ich versichere Sie. Ich war in einem Club, den die Polizei durchsuchte.“

Der Mann starrte mich stumm an, doch die Frau verzog den Mund zu einem reizenden Lächeln, so dass ich ihre

Zähne sah, und warf dann lachend den Kopf zurück. Ich setzte mein gewinnendstes Lächeln auf, doch mein Charme hatte auf ihren Begleiter nicht mehr Wirkung, als wäre ich Quasimodo gewesen.

„Steigen Sie sofort aus", fuhr er mich in kühlem, knappem Ton an. „Sofort, verstanden?"

Ich fasste eine tiefe Abneigung gegen ihn. Es waren nicht nur sein Betragen und seine Worte, sondern vor allem sein Äußeres. Er war groß, ebenso groß wie ich, schmalhüftig und breitschultrig, und er sah verdammt gut aus. Er hatte hellgraue Augen und unter seinem blonden Haar eins jener klaren, edlen Gesichter, wie nordische Götter sie haben mögen – mit einem Wort, er wirkte so imposant, dass ich ihn gar nicht gern in Gesellschaft der Schönheit neben ihm sah. Als ich etwas sagen wollte, schrie er mich wieder an, und dann kam mir die Frau zu Hilfe.

„Ach, lass ihn doch, Otto", sagte sie. „Siehst du denn nicht, dass er ein Gentleman ist?"

Ich wollte mich bei ihr bedanken, doch im gleichen Moment näherten sich schwere Schritte auf dem Gehsteig, und eine tiefe Stimme fragte, ob der Herr jemanden über den Platz habe laufen sehen. Die Polizisten waren mir wieder auf der Spur, und diesmal gab es kein Entkommen.

Doch bevor ich mich rühren oder etwas sagen konnte, hatte die Dame in der Kutsche Platz genommen und zischte mir zu: „Stehen Sie vom Boden auf, Sie Tölpel!" Ich gehorchte trotz meines Beins und sank keuchend neben ihr auf den Sitz. Und dann sagte ihr Gefährte, hol ihn der Teufel:

„Hier ist Ihr Mann, Konstabler. Bitte, arretieren Sie ihn."

Ein Polizeisergeant steckte seinen Kopf zur Tür herein, musterte uns und sagte zweifelnd zu dem Schönling: „Dieser Herr, Sir?"

„Natürlich. Wer sonst?"

„Hm ..." Der Bobby schien verwirrt. „Sind Sie sicher, Sir?"

Der blonde Mann stieß wieder einen ausländischen Fluch aus und sagte, natürlich sei er sicher. Er nannte den Sergeanten einen Dummkopf.

„Ach, hör doch auf, Otto", sagte plötzlich die Dame „Wirklich, Sergeant, es ist unverzeihlich; er hält Sie zum besten. Dieser Herr ist ein Freund von uns."

„Rosanna!" Der blonde Mann blickte empört. „Was erlaubst du dir? Sergeant, ich –"

„Hör auf mit dem Unsinn, Otto", unterbrach ich ihn, und zu meinem Entzücken spürte ich, wie die Dame meine Hand drückte. „Komm schon, steig ein, und fahren wir nach Hause. Ich bin müde."

Er bedachte mich mit einem Blick äußerster Wut, und dann kam es zu einem Wortwechsel zwischen ihm und dem Sergeanten, den die Dame Rosanna höchst amüsant zu finden schien. Der Kutscher und ein anderer Konstabler mischten sich ein, und dann steckte der Sergeant, der während der Auseinandersetzung nachdenklich in meine Richtung geblickt hatte, plötzlich wieder den Kopf in die Kutsche und sagte:

„Moment. Ich kenne Sie doch, oder? Bei Gott, Sie sind Captain Flashman!"

Ich gab es zu, und er fluchte und schlug sich an die Stirn.

„Der Held von Dschalalabad!" schrie er.

Miss Rosanna sah mich mit großen Augen an, und ich lächelte bescheiden.

„Der Verteidiger von Piper's Fort!" rief der Sergeant.

„Schon gut, schon gut, Sergeant", sagte ich.

„Der Hektor von Afghanistan!" rief der Sergeant, der offenbar aufmerksam die Presse las. „Nein, so etwas! Hol mich der Teufel!"

Er strahlte übers ganze Gesicht, was meinem Denunzianten gar nicht passte. Wütend verlangte er, er solle mich arretieren.

„Er ist auf der Flucht", erklärte er. „Er ist ohne Erlaubnis in unsere Kutsche eingedrungen."

„Ach was, und wenn er ohne Erlaubnis in den Buckingham-Palast eingedrungen wäre", sagte der Sergeant und wandte sich wieder zu mir. „Corporal Webster, Sir, Third Guards, unter Major Macdonald bei Ougoumont* , Sir."

„Es ist mir eine Ehre, Sie kennenzulernen, Sergeant", sagte ich und drückte seine Hand.

„Die Ehre ist auf meiner Seite, Sir. Damit ist die Sache wohl erledigt, Sir." Er sah den Mann neben sich an. „Sie sind kein Engländer, nicht?"

„Ich bin preußischer Offizier", sagte der Mann namens Otto, „und ich verlange –"

„Captain Flashman ist britischer Offizier, also haben Sie gar nichts zu verlangen", sagte der Sergeant. „Schluss jetzt! Stiften Sie keine Unruhe." Er nahm seinen Hut vor uns ab und zwinkerte mir zu. „Wünsche Ihnen und Madam eine gute Nacht, Sir."

Ich dachte, den Deutschen würde der Schlag treffen, so zornig blickte er drein, und das herzliche Lachen der schönen Rosanna verbesserte seine Laune nicht. Einen Moment starrte er sie, sich in die Lippe beißend, an; dann nahm sie sich zusammen und sagte:

„Ach, komm doch, Otto, steig ein. Mein Gott, mein Gott", und sie begann wieder zu lachen.

„Freut mich, dass du dich amüsierst", sagte er. „Du machst einen Narren aus mir; dein Benehmen ist einfach unmöglich." Er starrte sie böse an. „Vielleicht wirst du's noch bedauern."

---

* gemeint ist Schloss oder Anwesen Château d'Hougoumont, das in der Schlacht bei Waterloo ein wichtiges Bollwerk war

„Ach, sei doch nicht so schwülstig, Otto", sagte sie. „Es ist doch nur ein Spaß; komm und –"

„Ich ziehe bessere Gesellschaft vor", sagte er. „Zum Beispiel die von Damen." Und er schlug auf seinen Hut und trat von der Kutschentür zurück.

„Ach, dann geh doch zum Teufel!" rief sie plötzlich voll Wut. „Fahren Sie zu, Kutscher."

Da konnte ich meinen Mund nicht mehr halten. Ich beugte mich über sie und rief ihm zu:

„Verdammt, wie können Sie es wagen, so mit einer Dame zu sprechen!" sagte ich. „Sie ausländisches Schandmaul!"

Ich glaube, wenn ich geschwiegen hätte, würde er mich vergessen haben, denn sein Zorn galt ihr. Doch jetzt richtete er seine kalten Augen auf mich und schien mich damit zu durchbohren. Einen Moment hatte ich Angst vor dem Mann; ein mörderischer Groll verzerrte sein Gesicht.

„Mit Ihnen rechne ich noch ab", sagte er. Und dann sah ich seltsamerweise etwas wie Neugier in seinen Augen, und er trat einen Schritt näher. Dann verschwand die Neugier aus seinem Blick, und es war nur noch Hass darin.

„Mit Ihnen rechne ich noch ab", sagte er ein zweites Mal, und die Kutsche rollte los und ließ ihn am Rinnstein stehen.

Trotz der Furcht, die mich in diesem Augenblick ergriffen hatte, machte ich mir keinen Pfifferling aus seinen Drohungen – die Gefahr war vorüber, ich atmete auf und widmete meine Aufmerksamkeit der Schönheit neben mir. In aller Ruhe betrachtete ich ihr herrliches Profil – die hohe Stirn und das rabenschwarze Haar, die kleine und ganz leicht gebogene Nase, die vorstehende rote Oberlippe, das feste kleine Kinn und die runden weißen Brüste, die unverschämt aus dem roten Satinkleid hervordrängten.

Der Duft ihres Parfums, der verstohlene Blick ihrer dunkelblauen Augen und ihre lüsterne, heisere irische Stimme

– das alles war eine einzige Verlockung. Wie Ihnen jedermann bestätigen wird, ist eins von zwei Dingen unvermeidlich, wenn man Harry Flashman neben eine solche Frau setzt – entweder gibt es Schreie und Schläge, oder die Dame kapituliert. Manchmal kommt es zu beidem. In diesem Fall wusste ich sogleich, dass es kein Geschrei und keine Schläge geben würde, und ich hatte recht. Als ich sie küsste, dauerte es nur einen Augenblick, bis sich ihr Mund unter dem meinen öffnete, und da mein Bein noch immer schmerzte, bat ich sie, es zu streicheln, denn ich war sicher, eine zarte Frauenhand würde den Krampf in meinen Muskeln lösen. Sie erfüllte auf aufreizende Weise meinen Wunsch und wehrte mit ihrer freien Hand überaus geschickt meine Avancen ab, bis die Kutsche vor ihrem Haus hielt, das sich irgendwo in Chelsea befand.

Ich war indessen in einem solchen Zustand der Erregung, dass ich meine Hände kaum im Zaum halten konnte, während sie ihre Zofe entließ und mich, fröhlich Nichtigkeiten schwatzend und die Unschuldsvolle spielend, in den Salon führte. Ich bereitete dem bald ein Ende, indem ich, sobald die Türe geschlossen war, ihre Brüste enthüllte und sie auf das Sofa legte. Ihre Reaktion war überraschend; sofort grub sie ihre Fingernägel in mich und umschlang mich mit ihren Gliedern. Ihre Leidenschaft war fast erschreckend – ich habe viele heißblütige Frauen gekannt, doch Miss Rosanna glich einem wilden Tier.

Beim zweiten Mal, später in der Nacht, war sie noch hemmungsloser. Wir lagen inzwischen im Bett, und ich hatte nichts an, was mich vor ihren Bissen und kratzenden Nägeln hätte schützen können; ich protestierte, doch es war, als spräche ich mit einer Irren. Sie begann sogar, mich mit etwas Hartem und Schweren – einer Haarbürste, glaube ich – zu schlagen, und als sie aufhörte, sich zu winden und zu stöhnen, fühlte ich mich, als hätte ich mich mit einer Rolle Stacheldraht [6] gepaart. Ich war voller Schrammen, Kratzer und Bisse und wund vom Nacken bis zum Hintern.

Dazwischen war sie ein ganz anderes Wesen – fröhlich, redselig, witzig und von einer Sanftheit, die zu ihrer Stimme und ihrem Äußeren passte. Ich erfuhr, dass sie Marie Elizabeth Rosanna James hieß und die Frau eines Offizierskollegen war, der außerhalb der Stadt in einer Garnison Dienst tat. Gleich mir war sie vor kurzem aus Indien zurückgekehrt, wo er stationiert gewesen war; sie fand das Leben in London schrecklich eintönig; ihre Freunde waren steif und langweilig; sie sehnte sich nach einem heiteren Leben und wünschte, sie wäre wieder in Indien oder woanders, wo es ein wenig Freude für sie gäbe. Deshalb war sie so angenehm überrascht gewesen, als sie mich in ihrer Kutsche fand; sie hatte einen grässlich faden Abend bei Verwandten ihres Mannes verbracht, in Begleitung dieses Deutschen, den sie unsäglich läppisch fand.

„Schon allein der Anblick eines Mannes, der aussah, als hätte er etwas – hm, etwas Mumm in sich – war wie eine Erlösung", sagte sie. „Ich hätte dich nicht der Polizei übergeben, mein Liebster, nicht einmal, wenn du ein Mörder gewesen wärst. Und es war eine Gelegenheit, diesen eingebildeten preußischen Laffen loszuwerden – nicht zu glauben, dass ein Mann, der so prächtig aussieht, Eis und Essig in den Adern hat!"

„Wer ist er?" fragte ich.

„Otto? Ach, ein Deutscher, der eine Europareise macht. Manchmal glaube ich, es steckt ein kleiner Teufel in ihm, aber er hält ihn wohl verborgen; er benimmt sich so sittsam, weil er wie alle Ausländer auf die Engländer Eindruck machen will. Um dieser Versammlung von Philistern heute Abend ein wenig Leben einzuhauchen, habe ich vorgeschlagen, ihnen einen spanischen Tanz zu zeigen – es war, als ob ich etwas Unanständiges gesagt hätte. Sie sagten nicht einmal ‚Oh, meine Liebe!' Sie wandten nur ihre Köpfe ab, so wie das diese Engländerinnen zu tun pflegen – als ob ihnen übel würde." Wie eine nackte Nymphe auf dem Bett kniend, warf sie den Kopf zurück. „Aber ich habe ein Funkeln in Ottos Augen gesehen, nur einen Augenblick lang. Ich bin sicher, gegenüber den deutschen Weibern in Schönhausen, oder wo er her ist, benimmt er sich nicht so steif."

Ich fand, sie sprach zuviel von Otto, und sagte ihr das. „Ach, bist du etwa eifersüchtig?" sagte sie, ihre Unterlippe vorstreckend. „Dann hast du dir einen schlimmen Feind gemacht, mein Lieber. Oder hat der berühmte Captain Flashman keine Angst vor Feinden?"

„Sie bekümmern mich nicht, ob Deutsche, Franzosen oder Nigger", sagte ich. „Im übrigen halte ich nicht viel von deinem Otto."

„Du solltest ihn nicht unterschätzen", sagte sie neckisch. „Er wird nämlich eines Tages ein großer Mann sein – das hat er mir gesagt. ‚Ich habe eine Bestimmung', sagte er. ‚Was für eine?' fragte ich ihn. ‚Zu regieren', hat er gesagt. Da sagte ich ihm, dass ich auch Ambitionen habe – zu leben, wie es mir gefällt, zu lieben, wie es mir gefällt, und nie alt zu werden. Ich glaube, er hielt nicht viel davon; er sagte, ich sei frivol und würde enttäuscht werden. Nur die Starken, meinte er, könnten sich Ambitionen leisten. Darauf erwiderte ich, ich wüsste ein viel besseres Motto."

„Und was für eins?" fragte ich und griff nach ihr, doch sie packte meine Hände, hielt sie fest und sah mich schalkhaft an.

„Mut – und die Karten mischen", sagte sie.

„Ein wesentlich besseres Motto als das seine", sagte ich und zog sie zu mir nieder. „Und ich bin ein viel größerer Mann als er."

„Beweise es – noch einmal", sagte Miss Rosanna und biss mich ins Kinn. Was ich denn um den Preis weiterer Schrammen und Kratzer tat.

Dies war der Beginn unserer Affäre; sie war wild und leidenschaftlich, konnte aber nicht lange dauern. Erstens war sie eine so gierige Geliebte, dass sie mich beinahe erschöpfte, und zweitens verfügte sie zwar über ungewöhnliche Gaben, war aber nicht ganz nach meinem Geschmack. Sie war zu gebieterisch, und ich ziehe sanftere Frauen vor, die Bedacht darauf nehmen, dass vor allem ich zu meinem Vergnügen komme. Miss Rosanna jedoch benutzte die Männer. Es war, als würde man bei lebendigem Leibe verzehrt, und wehe, wenn man sich ihren Wünschen nicht fügte. Alles musste nach ihrem Kopf gehen, und dessen war ich bald überdrüssig.

Etwa eine Woche nach unserem ersten Beisammensein verlor ich schließlich die Beherrschung. Wir hatten eine stürmische Nacht hinter uns, doch als ich schlafen wollte, hörte sie nicht zu schwatzen auf – und selbst eine heisere irische Stimme kann einen anwidern, wenn man sie zu oft gehört hat. Als sie merkte, dass ich nicht zuhörte, rief sie plötzlich „Habt acht!", was ihr Schlachtruf vor einer Balgerei war, und stürzte sich wieder auf mich.

„Herrgott noch mal!" rief ich. „Lass mich. Ich bin müde."

„Niemand wird meiner müde", erwiderte sie und versuchte mich zu reizen, doch ich war wie erschlagen und sagte ihr, sie solle mich in Ruhe lassen. Einen Moment setzte sie ihre Bemühungen fort, dann schmollte sie, und dann packte sie plötzlich eine rasende Wut, und bevor ich's mich versah, versetzte sie mir einen Schlag mit dem Handrücken und ging auf mich los wie eine Wildkatze, kreischend und kratzend.

Nun, ich hatte schon zuvor tobende Frauen erlebt, aber so eine wie sie war mir noch nicht untergekommen Sie war gefährlich – eine schöne, nackte Wilde, die alles nach mir warf, was sie zu fassen bekam, mich mit den übelsten Namen bedachte und – ich gestehe es offen – derart einschüchterte, dass ich meine Kleider packte und davonrannte. „Bastard und Feigling!“ waren die harmlosesten Wörter, die sie mir nachrief, und als ich zur Tür hinausstolperte, krachte ein Nachttopf neben mir an den Pfosten. Aus dem Korridor brüllte ich ihr Flüche zu, woraufhin sie, weiß vor Wut und eine Flasche schwingend, herausstürzte und ich die Flucht ergriff. Wahrscheinlich hatte ich mehr Erfahrung als die meisten Männer, mich im Laufen anzuziehen, doch diesmal hielt ich mich damit nicht auf, bis ich die Treppe hinunter und außer Wurfweite war.

Kapitel 2

Ich war, das darf man mir glauben, arg mitgenommen, und kam erst wieder richtig zu mir, als ich mich weit weg von ihrem Haus befand und auf meine philosophische Art darüber nachsann, auf welche Weise ich mit dem bösartigen, unbeherrschten Frauenzimmer Schluss machen sollte. Es mag dem Leser scheinen, dass dies nur eine von vielen Amouren Flashmans mit dem üblichen schmutzigen Ende war, doch ich habe sie aus gutem Grund so ausführlich geschildert. Nicht nur, weil sie auf ihre Weise eines der prächtigsten Geschöpfe war, das zu besteigen mir vergönnt gewesen ist, und weil ich stets, wenn ich eine Haarbürste sehe, an sie denken muss. Das allein würde nicht ausreichen. Nein, meine Entschuldigung ist, dass dies meine erste Begegnung mit einer der bemerkenswertesten Frauen in meinem Leben war. Wer hätte damals geahnt, dass Marie Elizabeth Rosanna James dereinst eine Krone tragen, über ein großes Königreich herrschen und sich einen Namen machen würde wie die Dubarry und Nell Gwynn*? Nun, sie war wenigstens eine Woche lang Flashys Geliebte, und das ist etwas, worauf man stolz sein kann. Doch damals war ich froh, sie los zu sein, und nicht nur, weil sie mich so behandelt hatte: Bald danach fand ich heraus, dass sie mir über sich nicht die volle Wahrheit gesagt hatte. Sie hatte, zum Beispiel, nicht erwähnt, dass ihr Mann die Scheidung gegen sie eingereicht hatte, was ausgereicht hätte, mich in weniger umstrittene Betten zu vertreiben, hätte ich es früher erfah-

* Nell Gwynn - Mätresse des englischen Königs Karl II. Die Dubarry - Marie Jeanne, Comtesse du Barry, eine Mätresse des französischen Königs Ludwigs XV.

ren. Abgesehen von den unangenehmen gesellschaftlichen Folgen, die es gehabt hätte, vor Gericht zitiert zu werden, konnte ich mir dergleichen nicht erlauben.

Doch sie war auch noch in anderer Hinsicht in meinem Leben von Bedeutung – durch sie hatte ich den schönen Otto kennengelernt. Man könnte sagen, dass durch sie das Unheil zwischen ihm und mir gestiftet wurde und dass unsere Feindschaft seine und der Welt Zukunft prägte. Vielleicht hätte das Ganze gar keine Folgen gehabt, wäre ich ihm nicht durch reinen Zufall etwa einen Monat später wieder begegnet. Es war in Tom Percevals Haus in Leicestershire, wo ich mich einfand, um Nick Ward [7] gegen einen örtlichen Boxer kämpfen zu sehen und ein wenig in Toms Revier zu jagen. Der junge Conyngham [8], ein leidenschaftlicher Spieler, war da, und der alte Jack Gully, der einst Champion von England gewesen und jetzt ein reicher Eisenhüttenbesitzer und ehemaliger Unterhausabgeordneter war – außerdem ein Dutzend andere, die ich vergessen habe, und Speedicut. Als ich ihm erzählte, wie ich die Nacht, in der er verhaftet wurde, verbracht hatte, brüllte er vor Lachen und rief: „Was für ein Glückspilz! Nun, nur die Tapferen verdienen die Schönen!“ Und er ließ es sich nicht nehmen, allen zu erzählen, wie er in einer schmutzigen Zelle voller Betrunkener gelegen hatte, während ich einer schönen Frau beilag.

Die meisten Gäste waren bereits da, als ich in Toms Haus eintraf, und als er mich in der Halle begrüßte, sagte er: „Es sind alles alte Bekannte, bis auf einen Ausländer, den ich nicht loswerden kann. Er ist ein Freund von meinem Onkel und möchte während seines Aufenthalts ein wenig von unserem ländlichen Leben sehen. Das Dumme ist, er ist ein schrecklicher Prahlhans, und einige von den Burschen haben schon genug von ihm.“

Das sagte mir nichts, bis ich mit ihm ins Jagdzimmer trat, wo die jungen Leute es sich bei Punsch und einem prasselnden Feuer gemütlich gemacht hatten und wo ich, sehr steif in einem langen Rock und Hosen zwischen all den Lederjacken und Stiefeln, niemand anderen entdeckte als Otto. Er zuckte zusammen, als er mich sah.

Die Burschen empfingen mich mit einem lauten Hurra und streckten mir Punschgläser und Zigarren hin, während Tom dem Fremden gegenüber seiner Gastgeberpflicht nachkam.

„Baron", sagte er – das Scheusal hat einen Titel, dachte ich – „gestatten Sie, dass ich Sie mit Captain Flashman bekannt mache. Flash, das ist Baron Otto von ... äh, verdammt ... von Schornhausen, oder? Bring's einfach nicht über meine verfluchte Zunge."

„Schönhausen", sagte Otto, sich steif verbeugend und mir in die Augen blickend. „Aber das ist eigentlich der Name meines Gutes, wenn Sie die kleine Korrektur gestatten. Mein Familienname ist Bismarck [9]."

Zweifellos ist dies die Grille eines alten Mannes, doch er schien es auf eine Weise zu sagen, die andeutete, dass man noch von ihm hören werde. Wieder spürte ich, wie es mir kalt über den Rücken lief; die kalten grauen Augen, die prächtige Gestalt und das gut geschnittene Gesicht, die superbe Arroganz des Mannes – all das zusammen erfüllte mich mit Furcht. Leute wie Bismarck erkennen es auf den ersten Blick, wenn jemand wie ich moralisch weich wie Butter und ein ziemlicher Feigling ist. Man kann noch so berühmt sein und gut aussehen und grosstun – man spürt, dass man für einen solchen Mann ein Dreck ist. Will man sich mit solch einem Menschen einlassen, muss man sich zuerst betrinken; ich war nüchtern, und so gab ich klein bei.

„Es ist mir eine Ehre, Ihre Bekanntschaft zu machen“, sagte ich und gab ihm die Hand. „Ich hoffe, Sie fühlen sich hier wohl.“

„Wir kennen uns bereits – ich bin sicher, Sie entsinnen sich“, sagte er und schüttelte meine Hand. Er umklammerte sie wie ein Schraubstock; mir schien, er war stärker als ich, und ich war verdammt stark, zumindest körperlich. „Wir sind uns eines Abends in London begegnet, wissen Sie noch? Mrs. James war dabei.“

„Bei Gott!“ sagte ich und tat zutiefst verblüfft. „Natürlich! Selbstverständlich! Verdammt, ich hätte nie erwartet, Sie hier ... Es freut mich, Sie zu sehen, Baron. Hm, ja. Ich hoffe, Mrs. James geht es gut?“

„Sollte ich das nicht Sie fragen?“ erwiderte er mit einem dünnen Lächeln. „Ich habe die ... Dame seit jenem Abend nicht mehr gesehen.“

„Nein? Nun, ich habe sie in letzter Zeit auch nicht oft gesehen.“ Ich war bereit, freundlich zu sein und Vergangenes ruhen zu lassen, wenn er es auch war. Er schwieg einen Moment und musterte mich lächelnd.

„Hören Sie“, sagte er schließlich, „ich bin sicher, Sie auch schon einmal anderswo gesehen zu haben, doch fällt es mir nicht ein. Merkwürdig, denn ich habe ein ausgezeichnetes Gedächtnis. Nein, nicht in England. Waren Sie vielleicht einmal in Deutschland?“

„Nun ja, nicht so wichtig“, sagte er kühl, als ich verneinte, womit er meinte, dass er mich nicht für wichtig hielt. Er wandte sich ab.

Ich hatte ihn schon vorher nicht gemocht, doch von diesem Augenblick an hasste ich Bismarck und beschloss, falls sich je eine Gelegenheit bieten sollte, ihm eins auszuwischen, mir dieselbe nicht entgehen zu lassen.

Es war, da keine Frauen anwesend waren, eine sehr freie und lockere Gesellschaft, und am Abend aßen und zechten wir nach Herzenslust, schrien über den Tisch hinweg und kümmerten uns nicht viel um Manieren. Bismarck aß wie ein Scheunendrescher und trank riesige Mengen in sich hinein, doch war ihm nichts anzumerken; während des Essens sprach er nicht viel, doch als der Portwein eingeschenkt wurde, begann er sich an der Unterhaltung zu beteiligen, und bald führte er das große Wort.

Eins muss ich ihm zugestehen, er war kein Mann, der sich leicht übersehen ließ. Man sollte meinen, als Ausländer hätte er sich still verhalten und zugehört, doch das war nicht seine Art. Er pflegte eine Frage zu stellen, und wenn er eine Antwort bekam, ein Urteil zu fällen – zum Beispiel fragte er Tom, wie es mit der Jagd stehe, und als Tom erwiderte, recht gut, sagte Bismarck, er freue sich darauf, obgleich er bezweifle, dass sich die Jagd auf einen Fuchs mit jener auf Wildschweine, die er in Deutschland bevorzuge, vergleichen lasse. Da er ein Gast war, fuhr ihm niemand über den Mund, und es gab nur einige merkwürdige Blicke und Lacher, doch er fuhr fort und hielt uns einen Vortrag, wie herrlich die Jagd in Deutschland sei, welch verdammt guter Jäger er sei und was für ein Vergnügen uns entgehe, weil es in England keine Wildschweine gebe.

Als er fertig war, herrschte einen Moment betretenes Schweigen, das Speed mit der Bemerkung brach, er habe des öfteren in Afghanistan Wildschweine gejagt, und die anderen sahen mich an, als wollten sie mir zu verstehen geben, ich solle Bismarck das Wort entziehen, doch bevor ich dazu Gelegenheit hatte, fragte er:

„In Afghanistan? In welcher Eigenschaft waren Sie dort, Captain Flashman?“

Alle brüllten vor Lachen, und Tom versuchte seinen Gast vor einer Blamage zu bewahren, indem er erklärte, dass ich dort Soldat gewesen war und praktisch allein den Krieg gewonnen hatte. Doch das war überflüssig, denn Bismarck zuckte mit keiner Wimper und begann – ausgerechnet – von der preußischen Armee zu erzählen. Er erwähnte, dass er Leutnant sei und wie sehr er es bedaure, dass es heutzutage so wenig Gelegenheit zum aktiven Einsatz gebe.

„Nun", sagte ich, „wenn mir etwas davon unterkommt, gebe ich Ihnen mit Freuden eine Portion ab." (Derlei Aussprüche hören die Leute von einem Helden natürlich gerne.) Die Jungens lachten laut, doch Bismarck runzelte die Stirn.

„Sie würden sich vor einem gefährlichen Einsatz drücken?" fragte er.

„Das will ich meinen", erwiderte ich, Speed zuzwinkernd. Wenn sie nur gewusst hätten, wie wahr das war. „Verdammt unangenehm, solche gefährlichen Missionen. Kugeln, Säbel, einer bringt den anderen um – keinerlei Frieden und Ruhe."

Als das Gelächter sich gelegt hatte, erklärte Tom, ich habe gescherzt; in Wahrheit sei ich ein ausnehmend tapferer Mann, der keine Gelegenheit, sich mit Schlachtenruhm zu bedecken, auslassen werde. Ohne seine kalten Augen von mir zu wenden, hörte Bismarck zu, und dann, man möchte es kaum glauben, begann er uns über die Pflichten eines Soldaten zu belehren und über die Ehre, seinem Land zu dienen. Offenbar meinte er es ernst, so feierlich war sein Ton, und einigen der jüngeren Männer fiel es schwer, sich im Zaum zu halten. Der arme alte Tom schien Höllenängste auszustehen, wir könnten seinen Gast beleidigen, und zugleich war seine Nachsicht gegenüber Bismarck sichtlich nahezu erschöpft.

„Ich wünschte aus tiefstem Herzen, mein Onkel hätte ihn jemand anderem aufgehalst", sagte er später zu Speedicut und mir. „Habt ihr je so einen Laffen und Esel gesehen? Ich bitte euch, sagt mir, was soll ich mit dem Kerl machen?“

Wir konnten ihm nicht helfen; im Gegenteil, ich beschloss, Bismarck soweit wie möglich aus dem Weg zu gehen. Er ging mir mit seiner Überheblichkeit schrecklich auf die Nerven. In einem hatte Tom jedoch unrecht: ein Esel war Bismarck nicht. In verschiedener Hinsicht ähnelte er Cardigan, diesem Idioten, unter dem ich bei den 11. Husaren gedient hatte, doch nur oberflächlich. Alles, was er tat und sagte, hatte die gleiche fabelhafte Bestimmtheit; er betrachtete die Welt, als sei sie für ihn allein erschaffen; er war im Recht, und damit basta. Doch während Cardigans arrogante Augen den stumpfen Blick eines geborenen Gimpels hatten, war das bei Bismarck anders. Man konnte förmlich sehen, wie sein Gehirn arbeitete, und wer lediglich seinen reichlich monotonen Predigten lauschte und nur seinen Mangel an Humor bemerkte – an unserer Art von Humor – und ihn als aufgeblasenen Dummkopf einschätzte, zielte weit daneben.

Ich wollte also nichts mit ihm zu tun haben; trotzdem gelang es Bismarck, während dieses kurzen Aufenthalts in Toms Haus, mich zweimal an einer wunden Stelle zu treffen – und dies ausgerechnet bezüglich der einzigen zwei Dinge, von denen ich etwas verstehe. Obwohl ich stets ein Feigling und Schelm gewesen bin, hatte ich zwei Talente – für fremde Sprachen und für Pferde. Ich beherrsche in kurzer Zeit so gut wie jede Sprache und reite alles, was eine Mähne und einen Schweif besitzt. Wenn ich heute daran zurückdenke, so glaube ich fast, dass Bismarck diese zwei Talente witterte und es darauf anlegte, mich deshalb auf den Arm zu nehmen.

Ich weiß nicht mehr, wie einmal während des Frühstücks die Rede auf fremde Sprachen kam – im allgemeinen drehte sich die Unterhaltung um Weiber und Trinken und Pferde und Boxer, gelegentlich auch um den skandalösen Einkommensteuersatz von sieben Pence pro Pfund [10].

Jedenfalls war es so, und jemand erwähnte meine Begabung. Bismarck lehnte sich in seinem Sessel zurück, lachte spöttisch und sagte, dies sei ein nützliches Talent für Oberkellner [11].

Ich wurde wütend und sann auf eine scharfe Erwiderung, doch es fiel mir keine ein. Später kam mir der Gedanke, ich hätte ihn fixieren und sagen sollen, es sei auch ein nützliches Talent für deutsche Zuhälter, aber da war es zu spät. Und da man nie ganz sicher sein konnte, ob er einen mit seinen Bemerkungen verspotten wollte oder ob er nur feststellte, was er für eine Tatsache hielt, konnte ich ihn nur ignorieren.

Zu dem zweiten Geplänkel kam es, nachdem wir einen Tag auf der Jagd gewesen waren; wir hatten nur wenig Spaß gehabt und ritten nach Hause. Conyngham zügelte auf einer leichten Erhebung, von der man meilenweit in alle Richtungen über das sanft gewellte Land blicken konnte, sein Pferd, deutete auf eine Kirche, die in der Ferne undeutlich durch den Spätnachmittagsnebel zu sehen war, und rief:

„Wer ist für ein Steeplechase?"

„Ach, ich bin zu müde", sagte Tom. „Außerdem wird es bald dunkel, und die Tiere könnten stürzen. Reiten wir lieber heim."

„Steeplechase?" fragte Bismarck. „Was ist das?"

Ich erklärte ihm, dass es ein Rennen quer über die Felder zu dem Kirchturm sei, und er nickte und sagte, das sei sicher ein großer Spaß.

„Ganz recht!" schrie Conyngham. „Kommt, Jungens! Machst du mit, Flashy?"

„Es ist zu weit", sagte ich, denn gleich Tom hatte ich keine Lust, bei dem feuchten Boden und dem abnehmenden

Licht über Hecken zu springen und mir womöglich ein paar Knochen zu brechen.

„Unsinn!" rief Bismarck. „Was ist, meine Herren, sind die Engländer ihrem eigenen Sport abgeneigt? Dann tragen wir beide das Rennen aus, Marquis!"

„Abgemacht! Tally-ho!" schrie Conyngham, und die anderen Esel setzten ihnen natürlich nach. Ich konnte nicht zurückbleiben, und so verfluchte ich Bismarck und gab meinem Pferd die Sporen.

Conyngham führte die Gruppe über die erste Wiese, dicht hinter ihm Bismarck, doch eine Hecke versperrte ihnen den Weg, und wir anderen holten auf. Ich hielt ein wenig Abstand, denn ein Steeplechase im alten Stil, bei dem man einfach auf Teufel komm raus zureitet, ist eine exzellente Möglichkeit, sich den Hals zu brechen. Wenn man hingegen auf den Boden achtet und aufpasst, wie die Anführer springen und aufsetzen, kann man daraus seinen Nutzen ziehen. Ich ritt also die erste Meile ein gemütliches Rennen, und als wir dann zu einem bewaldeten Landstück mit weit auseinander stehenden Bäumen kamen, trieb ich mein Pferd an und rückte vor.

Es gibt einen Moment, den jeder Reiter kennt – er spürt, wie sein Pferd vorwärts stürzt, beugt sich vor, so dass sein Kopf die Mähne berührt, sieht, wie die Lücke vor ihm kleiner wird, und weiß, dass er den Anschluss an die Gruppe gefunden hat. Ich raste an dem Pulk vorbei, hörte das Donnern der Hufe, sah die vom feuchten Rasen hochgeschleuderten Erdbrocken und spürte den Wind in meinem Gesicht, während die Bäume vorbei flogen; noch heute sehe ich die scharlachroten Röcke im Dämmerlicht, rieche die regengetränkte Erde und höre das Geheul der jungen Männer, die einander anschrien und lachten und fluchten. Gott, war es damals schön, jung und Engländer zu sein!

Gleich einer Schar Dragoner hetzten wir durch den Wald und eine lange Anhöhe hinauf. Conyngham führte uns bis zum Gipfel an, doch als es auf der anderen Seite bergab ging, waren die schwereren Männer im Vorteil; Bismarck überholte ihn und dann ich; wir galoppierten der Hecke entgegen, Bismarck ging darüber wie ein Vogel – Donnerwetter, reiten konnte er, das musste man ihm lassen –, und ich blieb ihm dicht auf den Fersen. Ich hielt mich hinter ihm, und wir setzten über Hecken, Wege, Gräben und Zäune, bis ich etwa eine halbe Meile vor uns den Kirchturm sah. Jetzt, dachte ich, ist es Zeit, die Führung zu übernehmen.

Er wandte den Kopf, als ich aufholte, und bohrte seinem Pferd die Absätze in die Flanken und traktierte es mit der Peitsche, doch ich wusste, er konnte mir nicht entkommen Er war mir eine halbe Länge voraus, als wir einen Drahtzaun nahmen; dann jagten wir über eine Weide, und zwischen uns und dem Weg, der zum Kirchhof führte, war nur noch eine Hecke. Ich setzte mich neben ihn und dann einen Kopf vor ihn und richtete meinen Blick auf die Hecke, um einen guten Sprung zu tun. Es war ein schwieriges Hindernis – hoher Hagedorn und dazwischen Bäume, die ihre Schatten darauf warfen; doch eine Stelle gab es, die leicht zu nehmen schien – der Hagedorn war dort dünner, und ein Geländer versperrte die Lücke. Ich trieb mein Pferd an und ritt darauf zu; wer als erster hinüberkam, dem war der Sieg sicher. Als wir näher kamen, ich eine halbe Länge voraus, bemerkte ich, dass selbst bei dem Geländer ein Sprung von fünf Fuß vonnöten war; das gefiel mir gar nicht, denn wie schon Hughes zu Recht bemerkt hat, war Flashman nur in Spielen gut, mit denen sich kein körperliches Risiko verband. Doch für derlei Erwägungen war es zu spät; ich hatte Bismarck überholt und musste die Führung behalten. So zügelte ich mein Pferd für den Sprung, doch plötzlich tauchte

Bismarcks Grauschimmel neben meinem Ellbogen auf und setzte gleichfalls zum Sprung an.

„Platz da!“ schrie ich. „Vorsicht, ich springe!“

Bei Gott, er gab nicht im mindesten acht, sondern raste Hals an Hals mit mir auf den Zaun zu.

„Verdammt, aus dem Weg!“ schrie ich nochmals, doch er blickte, die Zähne zusammengebissen und seine Peitsche schwingend, starr geradeaus, und mir wurde klar, dass es, wenn ich nicht anhielt und zwei Pferde einen Sprung tun würden, wo nur Raum für eines war, einen verheerenden Zusammenstoß geben würde.

Nur um ein Haar gelang es mir, einen höllischen Sturz zu vermeiden; ich zerrte am Zügel, riss mein Pferd kurz vor der Lücke herum, und wir streiften die Hecke, ohne uns mehr als ein paar Kratzer zuzuziehen, während Bismarck mit Leichtigkeit das Geländer nahm.

Als ich, die unflätigsten Flüche ausstoßend, zurück trabte, donnerte die restliche Gruppe heran. Bismarck erwartete uns mit selbstgefälliger Miene am Friedhofstor. „Wissen Sie nicht, dass Sie dem Führenden Platz machen müssen?“ sagte ich kochend vor Wut. „Wir hätten uns dank Ihnen unsere Hälse brechen können!“

„Aber, aber, Captain Flashman“, entgegnete er, „das wäre Ihre Schuld gewesen, denn Sie haben törichterweise den besseren Reiter auszustechen versucht.“

„Was?“ sagte ich. „Wie, zum Teufel, können Sie behaupten, Sie sind der bessere Reiter?“

„Ich habe doch gewonnen, nicht?“ sagte er.

Ich war nahe daran, ihm unredliches Verhalten vorzuwerfen, doch da die übrigen ihm zujubelten und ihm sagten, er habe ein verdammt gutes Rennen geritten, überlegte ich's mir anders. Er war in ihrer Achtung gestiegen; er sei ein verdammt couragierter Bursche, riefen sie und klopften ihm auf die Schulter. So ließ ich es dabei bewenden, ihm zu sagen, er solle sich die Regeln der Reitkunst aneignen, bevor er das nächste Mal in England ein Pferd besteige, worauf die anderen lachten und sich über Flashmans schlechte Laune lustig machten. Sie waren nicht nahe genug gewesen, um genau zu sehen, was passiert war, und keiner von ihnen hätte auch nur im entferntesten gedacht, dass Flashman, der Draufgänger, Platz machen würde; doch Bismarck wusste es, man merkte es an seinem Blick und dem kühlen Lächeln, mit dem er mich bedachte.

Bevor die Woche um war, konnte ich es ihm jedoch heimzahlen, und war meine Grobheit damals in London der erste Funke in dem Zerwürfnis zwischen uns gewesen, so entzündete das, was nun kam, erst recht das Feuer.

Es war am letzten Tag, nachdem wir uns den Kampf zwischen Nick Ward, dem Champion, und dem örtlichen Boxer angesehen hatten. Letzterem war die Nase gebrochen und die Hälfte seiner Zähne herausgeschlagen worden, und wir hatten uns köstlich amüsiert; Bismarck zeigte großes Interesse, und die Prügel, die der Verlierer bezog, schienen ihn ebenso zu befriedigen wie mich.

Beim Abendessen unterhielt man sich natürlich über den Kampf, und der alte Jack Gully, der als Schiedsrichter fungiert hatte, führte das große Wort. Obgleich er Parlamentsabgeordneter gewesen war, war er normalerweise kein allzu redseliger Mann, doch wenn er über seine zwei Lieben sprach – das Boxen und Pferde –, lohnte es sich stets, ihm zuzuhören. Es war über dreißig Jahre her, seit er selbst im Ring gestanden hatte – und seitdem er sich zurückgezogen hatte, war er zu großem Wohlstand gelangt und überall gern gesehen –, doch er hatte alle berühmten Boxer gesehen und gekannt und steckte voller Geschichten über große Faustkämpfer wie Cribb und Belcher und Game Chicken [12].

Natürlich hätte ihm die Gesellschaft die ganze Nacht gelauscht (ich glaube, in England gab es keinen Mann – weder Peel, Russell noch sonst einen –, der auf so großes Interesse zählen konnte wie dieser stille alte Champion). Er muss damals schon nahe an die sechzig gewesen sein und hatte weißes Haar, doch er war immer noch kerngesund und in bester Form, und wenn er von seinem Sport sprach, schien er sichtlich aufzuleben.

Wie ich bemerkte, schenkte Bismarck ihm nicht viel Aufmerksamkeit, doch als Jack nach einer Geschichte einen Moment schwieg, sagte unser Deutscher plötzlich:

„Wie ich sehe, sind Sie sehr angetan von diesem Boxen. Nun, es ist sicher ein sehr interessantes Schauspiel, wenn zwei Angehörige der niederen Schichten einander mit den Fäusten verdreschen, aber wird es nicht nach einer Weile langweilig? Einmal oder vielleicht zweimal mag man es sich ansehen, doch Männer von Bildung und guter Erziehung können es doch nur verabscheuen."

Um den Tisch erhob sich ein Murren, und Speed sagte: „Das verstehen Sie nicht, weil Sie Ausländer sind. Es ist ein typisch englischer Sport. Nach allem, was Sie erzählt haben, ficht man in Deutschland doch ohne Absicht, sich umzubringen, sondern nur, um einander Narben an den Köpfen zuzufügen, Duelle aus. Offen gesagt, davon halten wir nicht viel."

„Bei Mensuren* fügt man sich ehrenvolle Narben zu", entgegnete Bismarck. „Welche Ehre bringt es ein, einen Gegner mit den Fäusten zu schlagen? Im übrigen sind unsere Mensuren nur eine Sache für Gentlemen."

„Nun, was das betrifft, mein Herr", sagte Gully lächelnd, „so scheuen sich auch in unserem Lande Gentlemen nicht, ihre Fäuste zu gebrauchen. Ich wünschte, ich hätte eine

* Eine Mensur erfolgt nach festgelegten Regeln mit Glocken- oder Korbschlägern (Säbel); die Mensur ist kein Duell

Guinea für jede linke Gerade, die ich einem adligen Kopf versetzt habe."

„Doch zur Handhabung des Schlägers bedarf es soldatischer Geschicklichkeit", beharrte Bismarck und schlug mit der Faust auf den Tisch. Oho, dachte ich, was ist das? Hat unser preußischer Freund vielleicht ein wenig über den Durst getrunken? Er war, wie ich schon sagte, ein großer Trinker, doch es schien mir, als vertrüge er an diesem Abend nicht sehr viel.

„Wenn Sie glauben, zum Boxen bedarf es keiner Geschicklichkeit, mein Freund, dann sind Sie im Irrtum", sagte einer der anderen, ein mürrisch dreinblickender Gardist namens Spottswood. „Haben Sie nicht gesehen, wie Ward heute Nachmittag einen Burschen, der dreißig Pfund schwerer als er war, zusammengeschlagen hat?"

„Oh, gewiss, Ihr Freund Ward war flink und stark", sagte Bismarck. „Aber Flinkheit und Stärke sind eher vulgär. Geschicklichkeit konnte ich bei dieser Metzelei keine bemerken."

Und er leerte sein Glas, als sei die Sache damit für ihn erledigt.

„Glauben Sie mir, Sir", sagte der alte Jack lächelnd, „es war sehr viel Geschicklichkeit im Spiel. Sie haben es nur nicht bemerkt, weil Sie nicht wissen, worauf Sie achten müssen, ebenso wie ich nicht wüsste, worauf ich bei Ihren Schlägereien zu achten hätte."

„Nein", sagte Bismarck, „das wissen Sie wohl nicht." Er sagte es in einem Ton, der Gully veranlasste, ihm einen scharfen Blick zuzuwerfen, doch er schwieg. Daraufhin kam Tom Perceval, der wohl fürchtete, es könnte peinlich werden, wenn man nicht das Thema wechselte, auf die Jagd zu sprechen, doch ich witterte eine Chance, den arroganten Preußen in die Schranken zu verweisen, und unterbrach ihn.

„Sie glauben anscheinend, Boxen ist leicht“, sagte ich zu Bismarck. „Trauen Sie sich zu, einen Kampf auszutragen?“

Er starrte mich über den Tisch hinweg an. „Gegen einen von diesen Rüpeln?“ sagte er schließlich. „Ein Gentleman kann sich doch nicht auf eine körperliche Berührung mit solchen Leuten einlassen.“

„Wir haben in England keine Leibeigenen“, entgegnete ich. „An diesem Tisch sitzt kein Mann, der nicht mit Freuden gegen Nick Ward kämpfen würde – dem es nicht eine Ehre wäre. Wie ist das – würden Sie sich auch durch die Berührung eines deutschen Barons besudelt fühlen? Würden Sie es mit ihm aufnehmen?“

„Hör auf, Flash ...“, sagte Perceval, doch ich fuhr fort. „Oder, zum Beispiel, mit einem von uns? Wären Sie bereit, gegen einen von uns über eine oder zwei Runden anzutreten?“

Seine Augen waren mir verdammt unbehaglich, doch ich hielt seinem durchdringenden Blick stand, denn ich wusste, ich hatte ihn soweit. Er überlegte einen Moment und sagte dann:

„Ist das eine Herausforderung?“

„Großer Gott, nein“, sagte ich. „Sie scheinen nur unseren guten alten Sport für eine reine Prügelei zu halten, und ich würde Ihnen gern das Gegenteil beweisen. Wenn Sie mich fragten, so wäre ich bereit, eine Ihrer Mensuren zu schlagen. Nun, was meinen Sie?“

„Ich sehe, Sie dürsten wegen unseres gestrigen Rennens nach Revanche“, sagte er lächelnd. „Nun gut, Captain, ich will gern eine Runde gegen Sie antreten.“

Ich glaube, er hielt mich für einen Feigling, der nicht schwer zu schlagen war, womit er recht hatte, doch offenbar dachte er auch – wie so viele Ignoranten –, Boxen erfordere nichts als reine, brutale Kraft, und darin täuschte er sich.

Überdies hatte er wohl gesehen, dass ein Gutteil davon aus Ringkampf bestand, worin er zweifellos einige Erfahrung hatte. Und er wusste, da er mindestens ebenso groß und stark war wie ich. Doch ich hatte eine Überraschung für ihn parat.

„Nicht gegen mich", sagte ich. „Ich bin kein Nick Ward. Außerdem möchte ich mich nicht revanchieren, sondern Sie eines Besseren belehren, und der beste Lehrer der Welt sitzt keine drei Meter von Ihnen." Und ich deutete mit dem Kopf auf Gully.

Ich wollte nichts weiter, als Bismarck lächerlich machen, denn ich wusste, Gully konnte ihn mit einer Hand auf dem Rücken erledigen. Dass Gully ihn verletzen würde, durfte ich nicht hoffen, denn leider war der alte Jack wie die meisten Champions ein sanftmütiger, gutartiger Gimpel. Er lachte denn auch laut über meinen Vorschlag.

„Mein Gott, Flashy", sagte er. „Weißt du, wie viel man mir für einen Kampf bezahlt hat? Und du willst mich umsonst boxen sehen, du Schlingel!"

Bismarck hingegen lachte nicht. „Was für ein törichter Vorschlag", sagte er. „Mr. Gully ist zu alt."

Gullys Lachen brach schlagartig ab. „Also, mein Herr, das ist denn doch –", sagte er, aber ich kam ihm zuvor.

„Ach, stört Sie das?" sagte ich. „Gegen einen Kampf mit einem Berufsboxer hätten Sie aber nichts einzuwenden, oder?"

Plötzlich redeten alle durcheinander, doch Bismarcks Stimme übertönte den Lärm.

„Es geht mir nicht darum, ob er ein Berufsboxer ist –"

„Auch nicht darum, dass er einmal im Gefängnis gesessen hat?" fragte ich.

„– sondern nur darum, dass er viel älter ist als ich. Dass er im Gefängnis war, spielt überhaupt keine Rolle."

„Sie müssen es wissen“, sagte ich spöttisch.

„Verdammt noch mal, Schluss jetzt“, sagte Perceval. „Was soll denn das? Flashy –“

„Ach, ich habe genug von seinem Getue und davon, wie er sich benimmt“, sagte ich. „Schön und gut, er ist dein Gast, Tom, aber er geht ein wenig zu weit. Ich habe nur gemeint, dass er eine Runde mit einem richtigen Boxer kämpfen soll, dass seine Sticheleien fehl am Platze sind, und er rümpft die Nase, als ob Gully nicht gut genug für ihn ist. Wirklich, ich habe es einfach satt!“

„Nicht gut genug!“ brüllte Jack. „Wie soll ich das ...?“

„Niemand hat dergleichen gesagt“, rief Tom. „Flashy, ich weiß nicht, worauf du hinaus willst, aber ...“

„Captain Flashman hat offenbar die Absicht, mich zu beleidigen“, sagte Bismarck. „Das ist ihm nicht gelungen. Ich habe nur einen Einwand dagegen, mit Mr. Gully zu boxen – dass er zu alt ist.“

„Schluss jetzt mit meinem Alter, wenn ich bitten darf“, sagte Jack und wurde rot. „Ich bin nicht so alt, um es nicht mit jedem aufnehmen zu können, der nicht weiß, was sich geziemt.“

Sie beruhigten ihn, und es gab eine Menge Lärm und Geschrei, und das Resultat war, dass die meisten von ihnen in ihrem Dusel zu der Auffassung kamen, ich hätte Bismarck in aller Freundlichkeit vorgeschlagen, eine Runde mit Gully zu versuchen, und dass er Jack irgendwie beleidigt hätte. Es war Spottswood, der die Gemüter wieder beruhigte und sagte, es gäbe keinen Grund, zu schreien oder böse zu sein.

„Das Wesentliche ist – möchte der Baron einen freundschaftlichen Kampf wagen? Das ist alles. Wenn ja, so ist Jack sicher einverstanden, nicht wahr, Jack?“

„Nein, nein“, sagte Jack, der sich wieder besänftigt hatte. „Schließlich habe ich dreißig Jahre nicht mehr im Ring gestanden, Mann. Überdies“, fügte er lächelnd hinzu, „habe ich nicht den Eindruck, dass unser Gast zu einem Kampf bereit ist.“

Das brachte ihm einen hochmütigen Blick von Bismarck ein, doch Spottswood sagte: „Weißt du was, Jack; wenn du eine oder zwei Runden mit ihm boxt, dann verkaufe ich dir Running Ribbons.“

Er kannte Jacks schwachen Punkt; Running Ribbons war der Bruder von Running Reins und ein erstklassiges Rennpferd [13]. Jack stotterte ein wenig herum und sagte nein, nein, seine Zeiten als Boxer seien lange vorbei, doch die Jungens merkten, dass er schwankte, und da der Gedanke, den berühmten Gully kämpfen zu sehen, sie entzückte (und sie zweifellos hofften, er werde Bismarck tüchtig seine Fäuste schmecken lassen), drängten sie ihn, spornten ihn an und klopften ihm auf die Schultern.

„Nun schön“, sagte Jack schließlich, denn sein Groll hatte sich inzwischen gänzlich gelegt, und er war ruhig und gelassen wie immer, „wenn ihr unbedingt wollt, dann werde ich folgendes tun. Um den Baron zu überzeugen, dass an der edlen Kunst des Faustkampfs mehr daran ist, als er glaubt, werde ich mich mit gesenkten Händen vor ihn stellen, und er soll versuchen, mir ein paar Schläge ins Gesicht zu versetzen. Was halten Sie davon, Sir?“ fragte er Bismarck. Der Deutsche, der eine süffisante Miene zur Schau trug, blickte wider seinen Willen interessiert drein. „Das heißt, Sie wollen sich von mir schlagen lassen, ohne sich zu verteidigen?“

Jack grinste ihn an. „Das heißt, Sie sollen es versuchen“, sagte er.

„Aber dann kann ich nicht anders, als Sie niederschlagen – außer Sie laufen weg.“

„Ich sehe, Sie sind in unserer Sprache noch nicht recht beschlagen“, sagte Jack lächelnd. „Sonst würden Sie solche Ausdrücke wie ‚zu alt' und ‚weglaufen' nicht verwenden. Nur keine Sorge, mein Herr – ich werde schon meinen Mann stehen."

Eifrig machte man sich daran, den Tisch an die eine Wand zu schieben, den Teppich zusammenzurollen und an den Seiten des Raumes Möbel aufzutürmen, um Platz für den Kampf zu schaffen. Perceval schien der einzige, den das Vorhaben nicht entzückte. „Es ist einem Gast gegenüber nicht fair", sagte er. „Es gefällt mir nicht. Du wirst ihn nicht verletzen, Jack, hörst du?"

„Kein Haar werde ich ihm krümmen", sagte Jack.

„Nur seine Eitelkeit wird wohl ein wenig gedämpft werden, wenn er entdeckt, dass es nicht so leicht ist, einen guten Boxer zu treffen, wie er sich das denkt", sagte Speed lachend.

„Auch das gefällt mir nicht", sagte Perceval. „Es sieht so aus, als wollten wir ihn lächerlich machen."

„Nicht wir", erwiderte ich. „Das wird er selbst tun."

„Was dem Windbeutel ganz recht geschieht", sagte Spottswood. „Wer ist er denn, dass er glaubt, er kann auf uns herabsehen, verdammt noch mal?"

„Es gefällt mir trotzdem nicht", sagte Perceval. „Hol dich der Teufel, Flash, das ist dein Werk." Und er entfernte sich mit düsterer Miene.

Auf der anderen Seite des Raums halfen Conyngham und einer der Jungs Bismarck aus seiner Jacke. Man merkte, dass es ihm gar nicht recht war, sich auf all das eingelassen zu haben, doch er machte gute Miene zum bösen Spiel und tat amüsiert und interessiert, als sie ihm und Jack die Handschuhe anzogen und erklärten, was er zu tun habe. Spottswood führte die beiden in die Mitte des Raums, wo man mit Kreide einen Strich auf den Fußboden gezeichnet hatte, und bat, beide an die Hand nehmend, um Ruhe.

„Dies ist kein regulärer Kampf", sagte er („Pfui!" schrie jemand.) „Nein, nein", sagte Spottswood, „dies ist ein Wettbewerb im Interesse guten Sportlertums und der Freundschaft zwischen unseren Völkern. („Hurra!", „Rule Britannia',, riefen die Jungs.) Unser alter, ehrenwerter Freund Jack Gully, Champion aller Champions –" wieder ertönte ein lautes Hurra, für das Jack sich grinsend verneigte – „hat sich großzügigerweise bereit erklärt, Herrn Otto von Bismarck gegenüberzutreten und ihm zu gestatten, den Versuch zu unternehmen, ihn auf Kopf und Körper zu schlagen. Mr. Gully hat sich des weiteren verpflichtet, nicht zurückzuschlagen, doch er darf, wenn er es wünscht, seine Hände benutzen, um sich zu decken und die Schläge abzuwehren. Ich werde schiedsrichtern" – einige riefen „Pfui" und „Sehen Sie sich vor, Baron, er ist ein falscher Hund!" – „und auf mein Kommando werden die Kämpfer beginnen und innehalten Einverstanden. So, Baron, Sie dürfen oberhalb der Gürtellinie hinschlagen, wo Sie wollen. Sind Sie bereit?"

Er trat zurück und ließ die beiden einander gegenüberstehen. Es war ein seltsames Bild: der große Kandelaber tauchte den Raum in helles Licht; sein Schein fiel auf die geröteten Gesichter der Zuschauer, die auf den Möbeln saßen oder hockten, die an den getäfelten Wänden aufgestapelt waren; auf die über ihnen hängenden Drucke und Trophäen; auf den leeren, gebohnerten Fußboden; auf das Wirrwarr von Silber und Flaschen und aufgehäuften Tellern auf dem Tisch mit seinem weinbefleckten Tuch; auf die zwei beiderseits des Kalkstrichs Zehe an Zehe stehenden Männer. In der Geschichte des Boxsports hatte es wohl nie zwei merkwürdigere Gegner gegeben. Bismarck, der in Hemd und Hose dastand, an den Fäusten die großen gepolsterten Handschuhe, mag sich ein wenig linkisch und unsicher gefühlt haben, doch er sah gut aus. Groß, wie er war, tadellos gebaut, mit seinem blonden kurz gestutzten Haar, erinnerte er mich wieder an einen bösen nordischen Gott. Mit zusammengepressten Lippen und schmalen Augen musterte er seinen Gegner sorgfältig.

Gully hingegen – mein Gott, Gully! Zu meiner Zeit hatte ich Mace und Big Jack Heenan und den kleinen Sayers gesehen, und ich war dabei gewesen, als Sullivan Ryan [14] schlug und wegen dieses Kampfes zehn Pfund an Oscar Wilde verlor, doch ich bezweifle, dass einer von ihnen es mit Gully, als er sich in seiner besten Form befand, hätte aufnehmen können. Ich habe ihn nie in seiner besten Form gesehen, doch ich sah, wie er mit seinen nahezu sechzig Jahren Bismarck gegenüberstand, und das genügt mir. Wie die meisten Hasenfüße hege ich insgeheim eine tiefe Achtung für wahrhaft furchtlose, starke Männer, wenn sie auch Narren sein mögen, und wirkliche Gewandtheit kann mich, solange ich keinen Schaden durch sie erleide, ehrlich begeistern. Gully war furchtlos und stark und unglaublich gewandt.

Er stand auf den Fußballen, den Kopf zwischen die muskulösen Schultern eingezogen, die Hände gesenkt, ein ganz leises Lächeln in seinem lederbraunen Gesicht, und starrte Bismarck unter seinen buschigen Augenbrauen hervor an. Er wirkte ruhig, zuversichtlich, unschlagbar.

„Los!" rief Spottswood, und Bismarck schwang seine rechte Faust. Jack schwankte ein wenig, und sie schoss an seinem Gesicht vorbei. Bismarck stolperte, jemand lachte, und dann schlug er wieder zu, links und recht. Die Rechte ging an Jacks Kopf vorbei, die Linke fing er mit seiner Handfläche auf. Bismarck trat zurück, sah ihn einen Moment an und stürzte dann, auf Jacks Zwerchfell zielend, vor, doch dieser wandte sich nur, beinahe lässig, ein wenig zur Seite, und sein Gegner schlug in die Luft und lief an ihm vorbei. Alle jubelten und brüllten vor Lachen, und Bismarck fuhr, weiß im Gesicht und sich in die Unterlippe beißend, herum. Jack, der sich kaum einen Schritt von der Stelle gerührt hatte, betrachtete ihn interessiert und bedeutete ihm, weiterzumachen. Langsam kam Bismarck zu sich, hob die Hände und schoss dann seine Linke ab, wie er es wohl am Nachmittag bei den Boxern gesehen hatte. Jack bog seinen Kopf zur Seite und beugte sich sodann ein wenig vor, um Bismarcks andere Hand an seinem Kopf vorbeiflitzen zu lassen.

„Gut gemacht, mein Herr", rief er. „Wirklich gut. Links und rechts, so ist's richtig. Nur weiter."

Bismarck versuchte es eins ums andere Mal, und drei Minuten lang tänzelte Jack und duckte sich und fing dann und wann einen Schlag mit der offenen Hand ab. Bismarck drosch auf ihn ein, ohne ihn auch nur ein einziges Mal zu treffen, und alle schrien und lachten laut. Schließlich rief Spottswood „Schluss!", und der Deutsche stand mit wogender Brust und hochrotem Kopf da, während Jack ebenso ruhig war wie zu Beginn.

„Kümmern Sie sich nicht um ihr Lachen, mein Herr", sagte er. „Keiner von ihnen hätte es besser gekonnt und die meisten weniger gut. Sie sind flink und für einen Neuling sehr behände."

„Sind Sie jetzt überzeugt, Baron?" fragte Spottswood. Bismarck schüttelte den Kopf.

„Zugegeben, die Sache erfordert Geschick", sagte er, worauf alle spöttisch lachten. „Aber ich möchte", wandte er sich an Jack, „dass wir es noch einmal versuchen, und dass Sie diesmal zurückschlagen."

Darauf jubelten die Idioten und sagten, er sei verdammt tapfer und ein guter Sportsmann, doch Perceval rief, das lasse er nicht zu. Jack aber setzte sein schiefes Lächeln auf und sagte:

„Nein, nein, Tom. Dieser Bursche ist ein besserer Boxer, als ihr denkt. An seiner Stelle wär's mir auch nicht recht, mit jemandem zu kämpfen, der nicht zurückschlägt. Ich werde ganz sanft mit ihm umgehen, doch wenn er heimfährt, soll er wenigstens sagen können, er hat einen richtigen Kampf ausgefochten."

So begannen sie wieder, und Jack bewegte sich jetzt trotz seines Alters geschmeidig wie ein Tänzer und schlug mit seinem Handschuh leicht auf Bismarcks Kopf und Kinn und Körper, während der andere auf ihn einhieb und nicht traf. Ich spornte ihn an, indem ich jedes Mal, wenn er ihn verfehlte, laut lachte, denn ich wollte ihm klarmachen, wie lächerlich er wirkte, und er stürzte sich nur umso ungestümer auf ihn und zielte auf Jacks Kopf und Schultern, während der alte Champion auswich, täuschte und sich duckte und ihn in die Luft schlagen ließ.

„Genug!" rief jemand. „Schluss jetzt, meine Herren, lasst uns darauf trinken!" und einige andere stimmten zu, worauf Jack die Hände sinken ließ und zu Spottswood blickte. Doch Bismarck stürzte vor, umschlang ihn, hob ihn hoch und schleuderte ihn auf den Boden. Mit einem fürchterlichen Krach schlug er auf und traf mit dem Kopf die Bretter, und alle sprangen hoch und schrien und applaudierten. Jemand rief „Pfui", doch andere, die stark betrunken waren, jubelten dem Deutschen zu, und dann war es plötzlich still, denn Jack schüttelte den Kopf und stand langsam auf.

Er schien wütend, doch er hatte sich in der Hand.

„Schön, mein Herr", sagte er. „Ich wusste nicht, dass Klammem und Werfen erlaubt ist." Ich glaube nicht, dass ihm dergleichen schon einmal in seinem Leben passiert war, und sein Stolz war weitaus schlimmer verletzt als sein

Körper. „Meine eigene Schuld, dass ich nicht aufgepasst habe“, sagte er. „Nun, lassen wir's dabei. Sie können sagen, Sie haben Jack Gully auf die Bretter gelegt“, und er blickte langsam um sich, als versuche er herauszufinden, was die anderen dachten.

„Es ist wohl am besten, wir hören jetzt auf“, sagte er schließlich.

„Sie möchten nicht weitermachen?“ rief Bismarck. Er wirkte ziemlich zusammengeschlagen, doch sein Ton war arrogant wie immer.

Gully starrte ihn einen Moment an. „Lieber nicht“, sagte er.

Eine unbehagliche Stille herrschte; dann lachte Bismarck kurz und zuckte die Achseln.

„Mir soll es recht sein, wenn Sie es nicht wünschen“, sagte er.

Zwei rote Flecken erschienen auf Jacks blassen Wangen. „Ich halte es für das beste, jetzt aufzuhören“, sagte er in scharfem Ton. „Wenn Sie klug sind, lassen Sie's dabei bewenden.“

„Wie Sie wollen“, sagte Bismarck, und zu meinem Entzücken fügte er hinzu: „Aber dass eines klar ist – Sie haben den Kampf beendet.“

Jack starrte nachdenklich vor sich hin. Spottswood hatte eine Hand auf seine Schulter gelegt, Perceval stand neben ihm, und die übrigen drängten sich aufgeregt durcheinander redend um die beiden. Bismarck hatte wieder seine gewohnte arrogante Miene aufgesetzt. Es war zuviel für Jack.

„Gut“, sagte er und schüttelte Spottswood ab. „Nehmen Sie die Hände hoch.“

„Nein, nein“, rief Perceval, „wir wollen es nicht zu weit treiben.“

„Ich gebe mich nicht geschlagen", sagte Jack grimmig wie ein Henker. „Der Kampf ist zu Ende? Gut, ich werde ihn beenden, aber für ihn!"

„Um Gottes willen, Mann", sagte Perceval. „Vergiss nicht, wer du bist und wer er ist. Er ist ein Gast, ein Fremder –"

„Ein Fremder, der mich unfair zu Boden geworfen hat."

„Er kennt die Regeln nicht."

„Es war ein Verstoß."

„Es war ein fairer Wurf."

„Nein, war es nicht."

Schwer atmend stand Jack da. „Hört mich an", sagte er. „Ich gestehe ihm zu, dass er mich niederwarf, weil er nicht wusste, dass es ein verbotener Griff war, und weil ich nicht auf der Hut gewesen bin. Ich gestehe ihm zu, dass er wütend war und den Kopf verlor. Ich bin bereit, mich mit ihm zu versöhnen – aber ich werde nicht zulassen, dass er davon stolziert und sagt, ich hätte drum gebeten, den Kampf zu beenden. Das hat noch niemand von mir gesagt – nein, nicht einmal Tom Cribb, bei Gott."

Alle begannen durcheinander zu schreien, und Perceval wollte Jack wegziehen und beruhigen, doch die meisten von uns beobachteten die Auseinandersetzung höchst befriedigt – es kam nicht alle Tage vor, dass man Gully ernstlich boxen sah, wozu er entschlossen schien. Tom appellierte an Bismarck, doch dieser sagte nur mit seinem mokanten Lächeln:

„Ich bin bereit, weiter zu kämpfen."

Damit war Tom trotz all seiner Bemühungen überstimmt, und die beiden stellten sich sogleich wieder einander gegenüber. Ich war natürlich entzückt; dies war mehr, als ich erhofft hatte, obgleich ich fürchtete, dass Gully in seiner Gutmütigkeit Bismarck leicht davonkommen lassen würde. Sein Stolz war verletzt, doch er war ein redlicher Bursche, und ich vermutete, er würde Bismarck nur einen oder zwei harte Schläge versetzen, um ihm zu zeigen, wer der Meister war, und es dabei bewenden lassen. Perceval schien jedenfalls darauf zu setzen. „Um Gottes willen, Jack, schone ihn", rief er, und dann begannen die beiden wieder.

Ich weiß nicht, was Bismarck sich erhoffte. Er war kein Narr, und Gully hatte bereits bewiesen, dass der Deutsche keine Chance gegen ihn hatte. Ich kann nur annehmen, dass er dachte, es werde sich wieder eine Gelegenheit ergeben, Gully zu packen und zu Boden zu werfen und selbst heil davonzukommen. Jedenfalls ging er beide Arme schwingend auf ihn los, und Jack traf ihn über dem Herzen, und als er aus dem Gleichgewicht geriet, schoss er eine Linke auf seinen Kopf ab, welche ihn zu Boden schleuderte.

„Stopp!" rief Spottswood, doch Bismarck hörte ihn nicht. Er sprang auf, stürzte sich auf Gully und hatte das Glück, ihn mit einem Schwinger aufs Ohr zu treffen. Jack taumelte, richtete sich auf und versetzte Bismarck zwei Schläge in den Bauch. Keuchend und prustend ging er nieder, und Perceval trat zwischen die beiden und rief, dies sei das Ende.

Bismarck jedoch erhob sich, und als er verschnauft und sich das aus seiner Nase sickernde Blut abgewischt hatte, war er entschlossen, weiterzukämpfen. Gully sagte nein, Bismarck lachte höhnisch, und das Resultat war, dass sie wieder aufeinander losgingen und Gully ihn niederschlug.

Wieder stand Bismarck auf, doch jetzt hatte Gully genug und wollte nicht mehr. Als er Bismarck seine Hand hinstreckte, schlug dieser zu, worauf Gully ihn mit einem Schlag ins Gesicht der Länge nach zu Boden schickte. Gully schimpfte sich selbst einen hitzköpfigen Narren und rief Spottswood zu, er solle ihm die Handschuhe ausziehen, und Tom hob Bismarck, dessen Gesicht voll Blut war, vom Boden auf. Es gab einen fürchterlichen Tumult, ein paar Betrunkene riefen „Pfui!" und „Brecht den Kampf ab!" und

„Schlag ihn noch einmal!" Perceval heulte fast vor Wut, und Gully trottete in eine Ecke und schwor, er habe den anderen nicht verletzen wollen, und Bismarck, der ganz weiß im Gesicht war, wurde in einen Sessel gesetzt, und man wischte sein Gesicht mit einem Schwamm ab und gab ihm Brandy. Es gab Entschuldigungen und Proteste, und schließlich reichten sich Gully und Bismarck die Hand, und Jack sagte, er als Engländer schäme sich, und ob Bismarck ihm verzeihe?

Bismarcks Mund war von Jacks letztem Schlag geschwollen und geplatzt und seine aristokratische Nase blutverkrustet – ich hätte zwanzig Guineas darum gegeben, sie richtig eingeschlagen zu sehen –, doch er sagte, es sei nicht so schlimm und er sei Mr. Gully für die Belehrung dankbar. Dann fügte er hinzu, er fühle sich imstande, fortzufahren, und der Kampf sei nicht auf sein Ersuchen abgebrochen worden, worauf Jack tief Luft holte, aber nichts sagte, und die anderen applaudierten, und Conyngham schrie: „Es lebe der Preuße! Er ist ein verdammt tapferer Bursche! Hurra!"

Dies war für die anderen das Signal, weiter zu trinken, während zwei von den jungen Leuten, vom Eifer des Faustkampfs gepackt, die Handschuhe anzogen, trunken aufeinander einzuschlagen begannen und sich bald auf dem Boden wälzten. Perceval beugte sich über Bismarck und murmelte ihm Entschuldigungen ins Ohr, doch dieser winkte ab und schlürfte Brandy durch seine zerschlagenen Lippen. Gully ging zum Büffet und schenkte sich ein Glas nach dem anderen ein, bis er völlig beduselt war; noch nie hatte ihn jemand so mitgenommen und unglücklich oder soviel trinken sehen. Doch er wusste, warum er es tat; er schämte sich. Es ist etwas Furchtbares, Ideale und ein Gewissen zu haben, ganz zu schweigen von professionellem Stolz. Er sagte mir später, er hätte den Kampf lieber verloren; Bismarck zu schlagen, sei das Schändlichste gewesen, was er je getan habe.

Ich hätte es mit Freuden getan, wenn ich über seine Fähigkeiten verfügt hätte; ich hätte diesem Protz sämtliche Zähne ausgeschlagen. Als die Sauferei auf ihrem Höhepunkt und der Lärm ohrenbetäubend war, trat ich zu ihm, während er vorsichtig einen Schluck aus seinem Glas nahm. Er wandte sich um, sah mich unfreundlich an und sagte:

„Mir ist immer noch nicht eingefallen, Captain, wo ich Sie schon gesehen habe. Ich zerbreche mir deshalb die ganze Zeit den Kopf, aber ich werde schon noch darauf kommen. Ich hoffe, das Schauspiel hat Ihnen gut gefallen."

„Es hätte besser sein können", sagte ich grinsend.

„Immerhin haben Sie es sehr gut eingefädelt. Das habe ich Ihnen zu verdanken." Er deutete auf seinen Mund und seine rote Nase. „Eines Tages werde ich mich revanchieren und Ihnen zeigen, wie man mit einem Schläger umgeht. Ich freue mich schon darauf und bin neugierig, wie viel Ruhm Sie sich dann im Sport *meines* Landes erwerben werden."

„Ich hoffe, mehr als Sie in jenem meines Landes", entgegnete ich lachend.

„Hoffen wir's", sagte er. „Aber ich bezweifle es."

„Gehen Sie zum Teufel", sagte ich.

In sich hineinkichernd, wandte er sich ab. „Ganz sicher nach Ihnen."

Kapitel 3

Eine der Schwierigkeiten beim Schreiben von Memoiren liegt darin, dass sie nicht so glatt verlaufen wie ein Roman oder ein Theaterstück, von einem Kapitel oder Akt zum nächsten. Ich habe erzählt, wie ich Rosanna James und Bismarck begegnete, doch abgesehen von einer Ende des Jahres in der Times erscheinenden Notiz, in der ihre Scheidung von Captain James bekanntgegeben wurde, hörte ich monatelang nichts von ihr. Was Bismarck betrifft, so sah ich ihn erst nach mehreren Jahren wieder, und selbst das empfand ich als zu früh.

Ich muss deshalb bis zu meiner zweiten Begegnung mit Rosanna einige Monate überspringen; es kam dazu, weil ich ein gutes Gedächtnis habe und stets eifrig bemüht bin, alte Schulden zu begleichen. Sie stand in Flashys Hauptbuch auf der Debetseite, und als sich die Gelegenheit bot, meine Schuld zu tilgen, ergriff ich sie.

Es war im nächsten Sommer, und ich befand mich immer noch in London; offiziell wartete ich darauf, dass Onkel Bindley von den Horse Guards mir einen Posten verschaffte – in Wirklichkeit trieb ich mich in der Stadt herum und führte ein lustiges Leben. Es war nicht mehr ganz so fidel wie ehedem, denn während ich in militärischen Kreisen noch eine Art Idol war, begann mein Glanz in der Öffentlichkeit bereits ein wenig zu verblassen. Die Helden von gestern sind bald vergessen; zwar mangelte es während der Saison nicht an Einladungen für Elspeth und mich, doch es schien mir, als würde ich nicht mehr so begeistert gefeiert. Ich stand nicht mehr ständig im Mittelpunkt der Aufmerksamkeit; manche Leute reagierten gar gereizt, wenn ich Afghanistan erwähnte, und bei einer Gesellschaft hörte ich einen Burschen sagen, er kenne indessen nun schon jeden einzelnen Stein von Piper's Fort und könnte Touristen durch die Ruinen führen.

Dies nur am Rande, doch es war einer der Gründe dafür, dass ich das Leben in den folgenden Monaten langweilig zu finden begann und zu jeglicher Schandtat bereit war. Ich habe vergessen, was mich eines Nachmittags im Mai in eines der Haymarket-Theater führte – ich hatte zu jener Zeit mein Auge auf eine Schauspielerin (oder war es eine Akrobatin?) geworfen, und vielleicht ist sie es gewesen. Jedenfalls stand ich während einer Probe mit einigen Gents und Mooners [15] in der Kulisse, als ich auf der anderen Seite der Bühne eine Frau Tanzschritte üben sah. Ihre Figur erregte meine Aufmerksamkeit, denn sie hatte ein enges fleischfarbenes Trikot an, wie es Tänzerinnen zu tragen pflegen, und als ich ihre Beine bewunderte, wandte sie mir ihr Profil zu, und zu meinem Erstaunen erkannte ich Rosanna.

Sie trug eine neue Frisur – das Haar in der Mitte gescheitelt und am Hinterkopf in ein Tuch geknüpft –, doch ihr Gesicht und ihre Figur waren unverkennbar.

„Ein Prachtweib, nicht wahr?" sagte einer der Mooner. „Man sagt, Lumley" – das war der Direktor – „zahlt ihr ein Vermögen. Bei meiner Seel', das täte ich auch!"

Oho, dachte ich bei mir, was ist das? Gleichgültig fragte ich den Mann, wer sie sei.

„Nun, sie ist die neue Danseuse, wissen Sie das nicht?" sagte er. „Angeblich hat die Oper in letzter Zeit nicht viel Geld eingespielt, und so hat Lumley sie eigens engagiert, damit sie zwischen den Akten tanzt. Sicher wird sie großen Erfolg haben – mit diesen Beinen ganz bestimmt. Da, sehen Sie.“ Und er drückte mir einen bedruckten Zettel in die Hand. Ich las:

HER MAJESTY'S THEATRE

Spezielle Attraktion

Mr. Benjamin Lumley erlaubt sich bekanntzugeben, dass zwischen den Akten der Oper Donna Lola Montez vom Teatro Real in Sevilla die Ehre haben wird, zum ersten Mal in England aufzutreten und den original spanischen Tanz El Oleano zu zeigen.

„Ist sie nicht eine Augenweide?“ sagte der Mooner. „Mein Gott, sehen Sie, wie ihr Busen hüpft!“

„Das ist Donna Lola Montez, nicht wahr?“ fragte ich. „Wissen Sie, wann sie auftritt?“

„Zum ersten Mal nächste Woche. Sollte mich nicht wundern, wenn das Theater überfüllt ist. Oh, liebliche Lola!“

Nun, ich hatte noch nie von Lola Montez gehört und beschloss, der Sache nachzugehen. Ich zog ein paar diskrete Erkundigungen ein, und es schien, als spreche bereits die halbe Stadt von ihr, denn Lumley machte ein großes Aufheben um seine schöne neue Attraktion. Die Kritiker schwärmten schon im vorhinein von der „schönen Andalusierin“ und prophezeiten einen ungeheuren Erfolg, doch niemand ahnte, dass sie gar keine echte Spanierin war. Ich jedoch hatte hinsichtlich „Lola Montez“ keinen Zweifel; ich kannte Rosanna James intim genug, um sicher zu sein.

Zuerst war ich nur amüsiert, doch dann wurde mir klar, dass dies eine vom Himmel gesandte Gelegenheit war, mich zu rächen. Wenn man sie bloßstellte, wenn man dafür sorgte, dass bekannt wurde, wer sie wirklich war, dann würde ihr das den Erfolg versalzen. Und es würde sie lehren, dass man nicht ungestraft mit Pisstöpfen nach Flashy warf. Aber wie ließ sich das am besten anstellen? Ich überlegte, und nach fünf Minuten fiel es mir ein.

Ich entsann mich, dass sie bei unseren Unterhaltungen Lord Ranelagh erwähnt hatte, der damals einer der führenden Dandies der Stadt war. Sie schwatzte in einem fort von ihren Verehrern, und er gehörte zu jenen, die sie abgewiesen hatte, ziemlich schroff sogar. Ich kannte ihn nur vom Sehen, denn er war ein sehr hochnäsiger Bursche und hatte keine große Achtung vor Helden, wenn sie nicht aus den ersten Kreisen stammten (und das tat ich nicht). Doch nach allem, was ich von ihm gehört hatte, war er ein großer Schweinehund und genau der Mann, den ich brauchte.

Ich verfolgte ihn bis zu seinem Club, schlüpfte hinein, als der Portier nicht achtgab, und fand ihn im Rauchzimmer. Er lag, seinen Hut auf der Stirn, auf einer Couch und paffte eine Zigarre. Ich sprach ihn einfach an.

„Lord Ranelagh", sagte ich. „Wie geht's? Ich bin Flashman."

Er sah mich verdammt arrogant unter der Hutkrempe hervor an. „Ich bin sicher, ich hatte nicht die Ehre", sagte er. „Einen guten Tag."

„Nein, nein, Sie kennen mich bestimmt", erwiderte ich und wiederholte: „Harry Flashman."

Er schob seinen Hut zurück und sah mich an wie eine Kröte.

„Ach", sagte er schließlich spöttisch. „Der afghanische Krieger. Nun, was gibt's?"

„Ich habe mir die Freiheit genommen, Eure Lordschaft anzusprechen", sagte ich, „weil ich zufällig auf eine gemeinsame Bekanntschaft gestoßen bin."

„Das kann ich mir schwer vorstellen“, murmelte er, „es sei denn, Sie sind mit einem meiner Diener bekannt.“ Obwohl ich nicht übel Lust verspürte, ihn in seinen noblen Hintern zu treten, lachte ich herzhaft. Doch ich brauchte ihn, und so musste ich mir sein Benehmen gefallen lassen.

„Nicht schlecht, nicht schlecht“, sagte ich. „Aber es handelt sich um eine Dame. Ich bin überzeugt, Sie interessieren sich für sie.“

„Sind Sie etwa ein Zuhälter? Wenn ja –“

„Nein, Mylord, das bin ich nicht“, sagte ich. „Aber ich dachte, es wird Sie freuen, von Mrs. James zu hören – Mrs. Elizabeth Rosanna James.“

Er runzelte die Stirn und pustete Asche von seinem lächerlichen Bart, der seine halbe Hemdbrust bedeckte. „Was wissen Sie von ihr, und was, zum Teufel, hat sie mit Ihnen zu tun?“

„Oh, nichts, Mylord“, sagte ich. „Doch sie gibt sich als berühmte spanische Tänzerin aus und tritt nächste Woche in Her Majesty's Theatre auf. Donna Lola Montez nennt sie sich und gibt vor, aus Sevilla zu stammen. Ein unverschämter Betrug.“

Er überlegte einen Moment; dann fragte er: „Woher wissen Sie das?“

„Ich habe sie bei einer Probe gesehen“, sagte ich, „und es gibt keinerlei Zweifel – es ist Rosanna James.“

„Und wieso glauben Sie, dass mich das interessiert?“

Als ich darauf die Achseln zuckte, fragte er, warum ich es ihm erzählt hätte.

„Ach, ich dachte, Sie würden sicher gern bei ihrer ersten Vorstellung dabei sein – um einer alten Freundin Ihre Achtung zu erweisen“, sagte ich. „Falls ja, so möchte ich um den Vorzug bitten, Sie begleiten zu dürfen. Ich hege für sie die gleiche Verehrung wie – dessen bin ich sicher – Eure Lordschaft."

Er musterte mich nachdenklich „Sie sind ein äußerst unangenehmer Bursche", sagte er. „Warum stellen Sie sie nicht selbst bloß – denn das wollen Sie doch offenbar?"

„Ich bin überzeugt, Eure Lordschaft versteht sich auf derlei Dinge sehr gut, überdies sind Sie sehr bekannt, während ich ..." Ich wollte nicht zum Mittelpunkt eines Skandals werden, sondern nur den Spaß aus nächster Nähe sehen.

„Ich soll also die Schmutzarbeit für Sie tun, wie? Also, ich muss schon sagen ..."

„Werden Sie gehen?"

„Was kümmert Sie das?" erwiderte er. „Guten Tag."

„Darf ich mitkommen?"

„Mein guter Mann, ich kann Sie nicht hindern, zu gehen, wohin es Ihnen beliebt. Aber ich untersage Ihnen strikt, mich in der Öffentlichkeit anzusprechen."

Damit wandte er sich von mir ab und legte sich auf die Seite. Ich war zufrieden; zweifellos würde er hingehen und „Donna Lola" demaskieren. Er hatte ihr gleichfalls noch etwas heimzuzahlen, und ich wusste, er war gemein genug, es zu tun.

Ich hatte mich nicht getäuscht: als am kommenden Montag das elegante Publikum in Her Majesty's eintraf, fuhr Lord Ranelagh, begleitet von einigen anderen Gecken, in einer Kutsche vor. Ich stand bereit und schloss mich ihnen am Eingang an; er sah mich, sagte aber nichts, und ich durfte ihm in die direkt neben der Bühne befindliche Loge, die er gemietet hatte, folgen. Einer oder zwei seiner Freunde starrten mich hochmütig an, und ich ließ mich schüchtern auf einen Platz im hinteren Teil der Loge nieder, während seine Lordschaft sich prahlerisch nach vorn setzte. Er und seine Freunde sprachen und lachten laut, um zu zeigen, was für fabelhafte Lebemänner sie waren.

Das Publikum war exquisit und passte gar nicht zu der Oper, die gegeben wurde, dem „Barbier von Sevilla". In der Tat staunte ich über die Versammlung von Berühmtheiten: in der Königlichen Loge saßen die Königinwitwe und ein paar ausländische Fürsten; der runzlige und luchsäugige alte Wellington mit seiner Herzogin; Brougham, der Minister, die Baronesse de Rothschild, Graf Esterhazy, der belgische Gesandte und viele andere. Die bekanntesten alten Lüstlinge jener Tage waren anwesend, und ich hegte keinen Zweifel, dass sie nicht der Musik wegen erschienen waren. Lola Montez war die Attraktion des Abends, und im Parterre sprach man von nichts anderem. Man erzählte sich, dass sie bei speziellen Vorstellungen für die höchsten Granden Spaniens nackt getanzt habe, und es hieß, sie sei einst das Glanzstück eines türkischen Harems gewesen. Kein Wunder, dass die Aufregung groß war, als der Vorhang aufging.

Ich muss gestehen, dass ich, wenn ich Unterhaltung suche, die Music Hall bevorzuge; mein Fall sind leichtgeschürzte Mädchen und Komiker, und ernste Dramen und Musik langweilen mich zu Tode. „Der Barbier von Sevilla" war somit eine Qual für mich: fette Italiener kreischten, und es war kein Wort zu verstehen. Eine Weile las ich in meinem Programm und fand die Inserate unterhaltsamer als die Darbietungen auf der Bühne – „Mrs. Rodds anatomische Korsetts verleihen der Figur der Trägerin ein erstaunliches Ebenmaß"; ich entsinne mich, dass ich bei mir dachte, die Dame, die im „Barbier" die Hauptrolle sang, hätte von Mrs. Rodds Bekanntschaft profitiert. Ebenfalls in höchsten Tönen angepriesen wurden Jacksons Klistierspritzen, von den höchsten Herrschaften auf Reisen bevorzugt. Wie ich feststellte, war ich nicht der einzige, der die Oper ermüdend fand; im Parkett gähnte man, und Wellington, der in der Nähe unserer Loge saß, fing an zu schnarchen, bis ihn die Herzogin in die Rippen stieß. Dann war der erste Akt zu Ende, und als der Applaus sich gelegt hatte, richtete sich alles erwartungsvoll auf. Das Orchester stimmte ein spanisches Musikstück an, und Lola (oder Rosanna) sprang auf die Bühne.

Ich bin auf dem Gebiet des Tanzes keine Autorität; was mich interessiert, ist die Tänzerin, nicht die tänzerische Leistung. Doch mir schien, sie war verdammt gut. Ihre strahlende Schönheit verschlug dem Publikum den Atem: sie trug ein schwarzes Mieder, so tief ausgeschnitten, dass ihre Brüste in ständiger Gefahr schienen, herauszuspringen, und ihr winziges rosa Röckchen verhüllte so gut wie nichts von ihren Beinen. Der schlanke weiße Hals, die Schultern, das kohlschwarze Haar, die schimmernden Augen, die glutroten, fast verächtlich gekräuselten Lippen – all das war von erregender Exotik. Man kennt diese pulsierenden spanischen Rhythmen; sie stampfte und wiegte und schüttelte sich dazu, und das Publikum saß wie gebannt da. Sie wirkte einladend und herausfordernd zugleich; ich bezweifle, dass an dem ganzen Tanz eine Bewegung oder Geste war, an der ein Sittenrichter hätte Anstoß nehmen können, und dennoch war die Wirkung im ganzen ausgesprochen sinnlich. „Verführe mich – wenn du es wagst", schien sie zu sagen, und jeder Mann im ganzen Hause entkleidete sie in Gedanken. Was die Frauen dachten, kann ich nur vermuten, doch ich nehme an, ihre Bewunderung war fast ebenso groß wie ihr Missfallen [16].

Als sie mit einem letzten Aufstampfen des Fußes und Zymbelgeklirr aus dem Orchester den Tanz abrupt beendete, erhob sich stürmischer Applaus. Man jubelte und klatschte, und sie stand einen Moment reglos wie eine Statue und starrte stolz in die Menge und huschte dann von der Bühne. Der Beifall war ohrenbetäubend, doch sie kam nicht zurück, und man hörte Seufzer und Murren, als der Vorhang sich für den nächsten Akt der Oper hob und diese verdammten Makkaronis wieder zu heulen begannen.

Während alldem hatte Ranelagh vorgebeugt auf seinem Stuhl gesessen und sie angestarrt, doch nicht ein Wort gesagt. Er widmete der Oper nicht die mindeste Aufmerksamkeit, doch als Lola zu ihrem zweiten Tanz auftrat, der noch leidenschaftlicher war als der erste, betrachtete er sie mit großem Getue durch sein Glas. Alle anderen taten natürlich das gleiche, in der Hoffnung, ihr Mieder werde platzen, was jeden Augenblick der Fall zu sein schien, doch als der Applaus losbrach, noch wilder als vorhin, hielt er das Glas weiter an die Augen gepresst, und als sie abgegangen war, schien er höchst erstaunt die Stirn zu runzeln. Alles schien dem Höhepunkt zuzusteuern, und als sie, ihren Fächer schwenkend, zum dritten Male auf die Bühne sprang, hörte ich, wie er seinem Nachbarn zuflüsterte: „Behaltet mich im Auge. Mein Wort darauf, es wird einen Riesenspaß geben."

Freizügig ihre Schenkel zeigend, wirbelte sie herum, schwebte sodann, kokett über ihren Fächer lugend, geschmeidig über die Bühne, um ihren Tanz ungestüm stampfend und schreiend zu beenden. Blumenbuketts flogen auf die Bühne, und Männer standen auf und klatschten wild. Zum ersten Male lächelte sie und warf, sich verneigend, Kusshände ins Publikum, und dann ertönte plötzlich in unserer Loge ein lautes einstimmiges Zischen, worauf der Applaus verstummte Sie wandte sich um und starrte wütend in unsere Richtung, und als das Zischen lauter wurde, ertönten im übrigen Theater ärgerliche Rufe und Schreie. Die Leute renkten sich die Hälse aus, um zu sehen, von wo der Spektakel kam, und Ranelagh, mit seinem schwarzen Bart und seinem eleganten Anzug eine imposante Erscheinung, erhob sich und rief laut und deutlich:

„Dies ist ein aufgelegter Schwindel, meine Damen und Herren! Diese Frau ist nicht Lola Montez! Sie ist eine Irin – Betsy James!"

Eine Sekunde war es still, dann brach ein ungeheurer Lärm los. Wieder ertönte das Zischen, einige schrien „Lügner!" und „Verleumder!", Applaus brandete auf und legte sich, und von der Galerie kamen Pfui- und Buhrufe. In einem Moment war die Stimmung im Theater umgeschlagen; man tat es Ranelagh und seinen Kumpanen gleich und brüllte sie nieder; ein paar Münzen fielen klirrend auf die Bühne; der Kapellmeister, der mit offenem Mund ins Publikum glotzte, warf plötzlich seinen Taktstock hin und lief hinaus, und dann begannen alle zu stampfen und schreiend ihr Geld zurückzufordern und ihr zuzurufen, sie solle wieder hingehen, wo der Pfeffer wächst.

Kochend vor Wut stand sie da, und als sie auf unsere Loge zuging, sprangen einige der Kerle auf und wichen zurück, um der Gefahr zu entgehen. Einen Augenblick blieb sie mit wogendem Busen stehen und ließ ihren Blick über die Loge schweifen – sie erkannte mich sofort, und als sie uns zu beschimpfen begann, galten ihre Flüche, glaube ich, mir ebenso sehr wie Ranelagh. Unglückseligerweise schimpfte sie auf englisch, und so verstand sie die Menge und schrie noch lauter als zuvor. Dann warf sie das Bukett, das sie in der Hand hielt, auf den Boden, stampfte darauf, versetzte ihm einen Tritt, dass es ins Orchester flog, und lief, während der Vorhang fiel, eine letzte Verwünschung in unsere Richtung schleudernd, von der Bühne [17].

Ich muss gestehen, dass ich entzückt war; ich hatte nicht gedacht, dass es so gut klappen würde. Als wir hinausdrängten – der „Barbier" war natürlich gänzlich vergessen

–, geriet ich neben Ranelagh und gratulierte ihm; ich selbst hätte es ihr nicht besser heimzahlen können; sagte ich. Er bedachte mich mit einem kühlen Nicken und eilte davon, der snobistische Bastard, doch ich war so guter Stimmung, dass es mir nicht allzu viel ausmachte, und ging beschwingt heim.

Sie war natürlich in London erledigt. Lumley entließ sie, und obwohl sie einen oder zwei Versuche unternahm, in anderen Theatern aufzutreten, ließ sich der Schaden nicht wiedergutmachen. Alle möglichen Leute entsannen sich ihrer jetzt als Mrs. James, und obgleich sie einen Brief an eine Londoner Zeitung schrieb, in dem sie alles leugnete, glaubte ihr niemand. Ein paar Wochen später verschwand sie, und damit war, so dachte ich, Lola Montez zum Glück aus meinem Leben getreten. Ich bestreite nicht, dass sie auf ihre Weise eine prächtige Bettgefährtin gewesen war, und selbst heute noch juckt es mich, wenn ich sie vor mir sehe, wie sie nackt zwischen den Leintüchern kniete – aber ich habe sie nie besonders gemocht und war froh, sie los zu sein.

Dies war jedoch keineswegs ihr Ende. Es dauerte einige Jahre, bis ich sie wiedersah – und dies unter Umständen, an die ich nicht im Traum gedacht hätte –, doch hin und wieder las ich von ihr in der Zeitung. Und stets waren es sensationelle Meldungen; sie schien über eine geniale Begabung zu verfügen, in höchste Kreise einzudringen und Skandale auszulösen. Das erste, was ich von ihr las, war, dass sie in Berlin einen Polizisten mit einer Pferdepeitsche geschlagen hatte; das nächste, dass sie bei einem von der Stadt Bonn gegebenen Bankett auf den Tischen tanzte – zur Empörung von Prinz Albert und unserer Königin, die zu dieser Zeit dort zu einem Staatsbesuch weilten. Dann trat sie in Paris auf, und als das Publikum seinem Missfallen Ausdruck gab, streifte sie ihre Strumpfbänder und ihr Höschen ab und warf sie auf die Galerie; in den Straßen von Warschau verursachte sie einen Auflauf, und als man sie arretieren wollte, hielt sie sich die Polizei mit Pistolen vom Leib. Und natürlich hatte sie Scharen von Liebhabern, zumeist aus den höchsten Kreisen: den Vizekönig von Polen, den russischen Zaren (obwohl ich bezweifle, dass das wahr ist) und den Musiker Liszt [18]. Sie hatte mit ihm zwei oder drei Schäferstündchen; dann sperrte er sie, um sie loszuwerden, in ein Hotelzimmer ein und schlich zur Hintertür hinaus.

Ich habe Liszt übrigens später kennengelernt, und als wir über die schöne Lola sprachen, stellten wir fest, dass wir weitgehend der gleichen Ansicht waren. Gleich mir hielt er sie für eine reizvolle Bettgespielin, fand sie aber zu besitzergreifend. „Sie ist ein verzehrendes Feuer", sagte er, traurig sein weißes Haupt schüttelnd, „– ach, wie oft hat sie mich versengt." Ich fühlte mit ihm; mich hatte sie beim Lieben mit einer Haarbürste angetrieben, ihn hingegen mit einer Hundepeitsche, und er war ein ziemlich schwächlicher Bursche.

Jedenfalls erfuhr ich im Laufe der nächsten Jahre immer wieder derlei Klatschgeschichten. Zu jener Zeit befand ich mich oft außerhalb Englands – wie ich in einem anderen Teil meiner Memoiren berichten werde, wenn es mir vergönnt ist, sie zu schreiben. Meine Erlebnisse Mitte der vierziger Jahre haben jedoch nichts mit dieser Geschichte zu tun, und so will ich sie vorläufig übergehen und von den Geschehnissen erzählen, zu denen meine Begegnung mit Lola und Otto Bismarck das Vorspiel war.

Kapitel 4

Heute weiß ich es – wenn ich Speedicut an jenem Abend nicht verlassen hätte, wenn ich zu Bismarck nicht so grob gewesen wäre, wenn ich Jack Gully nicht dazu gebracht hätte, ihn zu verprügeln, und wenn ich mich an Lola nicht gerächt hätte, indem ich sie bei Ranelagh verpetzte – ohne all diese „Wenns" wäre mir eins der schrecklichsten und unglaublichsten Abenteuer meines Lebens erspart geblieben. Ein weiteres glorreiches Kapitel in der Heldenkarriere Harry Flashman wäre nicht geschrieben worden, – und ebenso nicht ein berühmter Roman.

Ich habe das Leben jedoch zu gut kennengelernt, um mich über Wenns und Abers zu grämen. Es gibt nichts, was man gegen sie tun kann, und wenn man seine Tage als Achtzigjähriger mit Geld auf der Bank und einem guten Tropfen im Haus beschließt – nun, dann wäre man ein Narr, wenn man wünschte, es wäre anders gekommen.

Jedenfalls war ich im Jahre 48 wieder daheim in London, und ausnahmsweise einmal mit Geld in der Tasche – Geld, das ich auf unehrenhafte Weise erworben hatte, das jedoch nicht schmutziger war als jenes, das uns der alte Morrison, mein Schwiegervater, als Almosen zukommen ließ, damit ich „um seiner kleinen Tochter willen" nicht auf Abwege geriet. Seine kleine Tochter, meine Elspeth, freute sich wie immer, dass ich wieder da war; wir verstanden uns im Bett immer noch sehr gut, soviel sie auch mit ihren Verehrern herumtändelte. Doch auch dies bekümmerte mich nicht mehr.

Als ich jedoch heimkam – in der Hoffnung auf ein paar Monate Ruhe, um mich von den Nachwirkungen einer Pistolenkugel erholen zu können, die man mir aus dem Hintern geschnitten hatte –, erwartete mich eine höchst unangenehme Überraschung. Meine lieben Schwiegereltern, Mr. und Mrs. Morrison aus Paisley, hatten inzwischen in London ihren ständigen Wohnsitz genommen; ich hatte, Gott sei dank, nicht viel von ihnen gesehen, seit ich vor einigen Jahren, als ich ein junger Offizier bei Cardigans Husaren war, ihre hübsche, hohlköpfige Schlampe von einer Tochter heiratete. Sie und ich hatten einander damals verabscheut, und die Zeit hatte dieses Gefühl auf beiden Seiten nicht gemildert. Um das Ganze noch zu verschlimmern, war mein Vater nicht zu Hause. In den vergangenen ein oder zwei Jahren hatte der alte Bursche ziemlich viel getrunken – und ziemlich viel bedeutete bei ihm, dass er in jedem wachen Moment Schnaps in sich hineingoss. Ein oder zwei Mal hatte man ihn in ein Haus auf dem Land gesteckt, wo man ihn den Schnaps ausschwitzen ließ und die roten Mäuse, die an seinen Fingern und Zehen knabberten, verscheuchte, doch sie schienen immer zurückzukommen, und so musste er sich wieder einmal einer „Kur" unterziehen.

„Eine schöne Geschichte", brummte der alte Morrison – wir aßen an meinem ersten Abend daheim zusammen, und am liebsten wäre ich längst mit Elspeth ins Bett gekrochen, doch natürlich mussten wir ihren Eltern gegenüber „höflich" sein – „wirklich, eine schöne Geschichte. Er wird sich wohl noch unter die Erde trinken."

„Wahrscheinlich", sagte ich. „Sein Vater und sein Großvater haben es getan – warum er also nicht?"

Mrs. Morrison, die sich im Laufe der Jahre immer mehr zu einem Geier entwickelt hatte, stöhnte daraufhin angewidert, und der alte Morrison sagte, er zweifle nicht daran, dass der Sohn des Hauses in die Fußstapfen seiner Ahnen treten werde.

„Sollte mich nicht wundern“, erwiderte ich und schenkte mir Rotwein nach. „Ich habe einen besseren Grund als sie.“

„Was wollen Sie damit sagen, Sir?“ fuhr er mich an. Ich zögerte nicht, es ihm klarzumachen, worauf er einen langen Sermon über Undankbarkeit und Verderbtheit und meine und meiner Familie Liederlichkeit hielt, dem sich sein uraltes Lamento anschloss, dass seine Tochter einen Tunichtgut und Raufbold geheiratet habe, der nicht einmal die Anständigkeit besitze, daheim bei seiner Frau zu bleiben, wie es sich für einen Christen gebühre, sondern der ständig herumwandern müsse wie der ewige Jude ...

„Moment“, sagte ich, denn ich hatte es satt. „Seit ich Ihre Tochter geheiratet habe, war ich zweimal in Diensten meines Landes im Ausland, und zumindest das erste Mal kehrte ich mit großen Ehren heim. Ich wette, Sie haben nicht wenig mit ihrem berühmten Schwiegersohn geprahlt, als ich 42 aus Indien zurückkehrte.“

„Und was haben Sie daraus gemacht?“ fragte er höhnisch. „Was sind Sie? Immer noch ein Captain, und das werden Sie wohl bleiben.“

„Sie wurden es nie müde, Elspeth in Ihren Briefen darauf hinzuweisen, dass wir Ihnen auf der Tasche liegen. Kaufen Sie mir doch eine Majorsstelle, wenn ein militärischer Rang Ihnen soviel bedeutet.“

„Das schlägt dem Fass den Boden aus!“ sagte er. „Genügt es nicht, dass ich Sie und Ihren Vater, diesen Saufbold, vor dem Armenhaus bewahre, wo Sie sonst landen würden?“

„Gewiss“, erwiderte ich, „aber wenn Sie Wert darauf legen, dass ich beim Militär Karriere mache – das kostet nun einmal Geld.“

„Ach was, Sie bekommen keinen Penny mehr von mir", rief er. „Es ist schon genug Geld für törichten Humbug hinausgeworfen worden", und es schien mir, als werfe er einen Blick auf seine sauertöpfische Gattin, die leicht errötete. Nanu, dachte ich: sie wird ihn doch nicht gebeten haben, ihr ein Offizierspatent zu kaufen? Die Horse Guards hätten sie bestimmt nicht genommen, jedenfalls nicht als Offizier – äußerstenfalls als Sergeant. Mehr wurde während des Essens, das in einer giftigen Atmosphäre endete, nicht gesprochen, doch als wir uns zurückgezogen hatten, klärte Elspeth mich auf. Es bereitete ihrer Mutter zunehmend Sorgen, dass es ihr nicht gelang, Elspeths zwei unverheiratete Schwestern unter die Haube zu bringen: Mary, die älteste, war mit einem Kaufmann in Glasgow verehelicht und lebte in bescheidenem Wohlstand, doch Agnes und Grizel waren noch ledig. Ich sagte, es gebe doch gewiss genug Mitgiftjäger in Schottland, die es auf ihres Vaters Geld abgesehen hätten, doch sie sagte nein, ihre Mutter habe bis jetzt alle vertrieben. Sie wolle hoch hinaus – wenn es Elspeth gelungen sei, mich zu bekommen, der adlige Verwandte habe und wenigstens zur Hälfte in der Welt der feinen Gesellschaft stecke, so müssten Agnes und Grizel es noch besser treffen können.

„Sie ist verrückt", sagte ich. „Mit deinem Aussehen hätten sie vielleicht eine kleine Chance, aber ein Blick auf deine lieben Eltern genügt doch, um jeden annehmbaren Bewerber in die Flucht zu jagen. Tut mir leid, meine Liebe, aber es scheint ziemlich aussichtslos."

„Gewiss, meinen Eltern mangelt es an gesellschaftlichen Vorzügen", sagte Elspeth ernst. Die Verehelichung mit mir hatte sie zu einem herrlichen Snob gemacht. „Das gebe ich zu. Aber Vater ist sehr reich –"

„Nach seinen Worten ist das nicht unser Verdienst –"

„– und du weißt, Harry, dass ziemlich viele deiner adligen Bekannten sich nicht zu fein sind, nach einer guten Mitgift Ausschau zu halten. Ich glaube, bei entsprechender Vermittlung würde es Mama nicht schwerfallen, geeignete Gatten für sie zu finden. Sicher, Agnes ist hässlich, aber die kleine Grizel ist recht hübsch, und die beiden sind ebenso gut erzogen und gebildet wie ich."

Es ist für eine schöne Frau mit blauen Augen, milchweißer Haut und weizenblondem Haar nicht leicht, pompös auszusehen, vor allem, wenn sie nur ein mit rosa Schleifen geschmücktes französisches Korsett trägt, doch Elspeth brachte es zuwege. In diesem Augenblick überkam mich wieder jene verzehrende Zuneigung, die ich trotz ihrer Treulosigkeiten zuweilen für sie empfand; ich kann es nicht erklären und nur sagen, dass sie irgendeinen zauberhaften Reiz gehabt haben muss, der vielleicht von ihrer kindlichen, nachdenklichen Miene und der reinen, hilflosen Arglosigkeit ihrer Augen ausging. Es ist sehr schwer, eine süße Närrin nicht zu mögen.

„Lass uns sehen, über welch ungewöhnliche Begabungen du verfügst", sagte ich, sie zu mir nieder ziehend, und unterwarf sie einer eingehenden Prüfung, die sie – typisch Elspeth – von Zeit zu Zeit mit ernsten Bemerkungen über Mrs. Morrisons Aussichten, ihre beiden Schwestern zu verheiraten, unterbrach.

„Nun", sagte ich, als wir erschöpft waren, „solange man von mir nicht erwartet, dass ich dabei helfe, sie in die Gesellschaft einzuführen, kümmert's mich nicht. Viel Glück, kann ich nur sagen – ich hoffe, jede bekommt einen Herzog."

Doch natürlich wurde ich mit hineingezogen: Elspeth war fest entschlossen, meine Berühmtheit, soweit sie noch etwas wert war, zugunsten ihrer Schwestern auszunutzen, und ich wusste, wenn sie sich etwas in den Kopf gesetzt hatte, gab es keine Möglichkeit, ihr zu widerstehen. Sie hielt den Daumen auf dem Geldbeutel, und das Geld, das ich mitgebracht hatte, würde, so wie ich es hinauswarf, nicht lange reichen. Meine Aussichten waren also denkbar düster: mein Vater befand sich in den Klauen der Quacksalber, der alte Morrison schlich krittelnd und schnüffelnd im Haus herum, Elspeth und Mrs. Morrison planten ihren Feldzug, mit dem sie ihre Schwestern dem ahnungslosen London aufzuhalsen gedachten, wobei mir vermutlich meine Rolle bereits zugewiesen war. Ich würde mich an der Seite meiner charmanten schottischen Verwandten in der Öffentlichkeit zeigen, den alten Morrison in meinen Club mitnehmen und bei Gesellschaften hinter Mrs. Morrisons Stuhl stehen müssen, während sie irgendeiner vornehmen Dame das Rezept für schottische Schafwurst erklärte. „Habt ihr Flashys Schwiegereltern gesehen?" würden die Leute sagen. „Sie essen Torf und sprechen nur Gälisch. Englisch war es jedenfalls nicht, oder?"

Oh, ich wusste, was meiner harrte, und ich war entschlossen, mich diesem Schicksal zu entziehen. Ich dachte daran, Onkel Bindley bei den Horse Guards zu besuchen und ihn anzuflehen, mir einen Posten bei irgendeinem Regiment außerhalb der Stadt zu verschaffen – ich stand damals nicht im aktiven Dienst, und dass ich nur den halben Sold bekam, gefiel mir ohnedies nicht. Und während ich in jenen ersten Tagen daheim noch zögerte, erhielt ich jenen Brief, der mir nicht nur half, meine Probleme zu lösen, sondern nebenbei auch die Karte Europas veränderte. Er kam wie die Antwort auf das Gebet eines Heiden, zusammen mit der Mahnung eines meiner Schneider, einem Traktat gegen den Papst, einer Rechnung über meinen Clubbeitrag und einer Aufforderung, Eisenbahnanteile zu kaufen – dem üblichen Dreck. Warum ich mich an all das andere erinnere, weiß ich nicht; ich muss ein perverses Gedächtnis haben, denn der Inhalt des großen weißen Kuverts sollte genügt haben, es aus meinem Kopf zu vertreiben.

Es war ein feiner, imposanter Umschlag aus erstklassigem Papier mit einem Wappen auf der Rückseite – ich habe ihn jetzt vor mir liegen. Das Wappen war ein Schild, die Felder rot, blau, blau und weiß, und in den Feldern befanden sich ein Schwert, ein gekrönter Löwe, etwas, das aussah wie ein fetter Wal, und eine rote Rose. Es musste entweder jemandem von sehr hohem Rang oder dem Fabrikanten einer neuen Sirupsorte gehören [19].

Darin lag ein Brief, in dessen Kopf in verschnörkelten Buchstaben, umgeben von Blattwerk voller Cupidos mit rosa Popos, die Worte „Gräfin von Landsfeld" geprägt waren. Wer, zum Teufel, mag sie sein, fragte ich mich, und was kann sie von mir wollen?

Ich gebe den Brief genauso wieder, wie er jetzt in meiner Hand liegt, sehr zerschlissen und zerknittert nach sechzig Jahren, doch noch bestens lesbar. Ich glaube, es ist die bemerkenswerteste Nachricht, die ich je empfangen habe – einschließlich des Dankbriefes, den ich von Jefferson Davis erhielt, und der Begnadigung, die mir in Mexiko gewährt wurde. Der Brief lautete:

Sehr geehrter Herr,

ich schreibe Ihnen auf Anweisung Ihrer Gnaden, der Gräfin von Landsfeld, deren Bekanntschaft zu machen Sie vor einigen Jahren in London die Ehre hatten. Ihre Gnaden hat mir aufgetragen, Ihnen mitzuteilen, dass sie Ihre Freundschaft in bester Erinnerung hält, und Ihnen bei dieser Gelegenheit die herzlichsten Grüße zu übermitteln.

Das sagte mir gar nichts. Ich konnte zwar nicht die Namen sämtlicher Frauen, welche ich gekannt hatte, im Kopf haben, doch dass mir irgendwelche ausländischen Gräfinnen entfallen waren, konnte ich mir nicht gut denken. Doch lassen Sie mich weiter zitieren:

Mein Herr, Ihre Gnaden hegt keinen Zweifel, dass höchst wichtige und dringliche Pflichten Sie in Anspruch nehmen, doch hofft Sie, dass Sie Gelegenheit haben werden, die Sache, welche ich Ihnen in ihrem Auftrag unterbreite, zu überdenken. Sie vertraut darauf, dass die Bande Ihrer einstigen Freundschaft sowie Ihre Ritterlichkeit, welche ihr in angenehmster Erinnerung ist, Sie bewegen werden, ihr in einer Angelegenheit äußerst delikater Art beizustehen.

Nun, er muss verrückt sein, dieser Bursche, dachte ich, oder es handelt sich um eine Verwechslung. Ich glaube, dass es keine drei Frauen auf der Welt gegeben hat, die mich je, selbst bei nur kurzer Bekanntschaft, für ritterlich gehalten haben.

Ihre Gnaden ersucht Sie deshalb, sich nach Empfang dieses Schreibens so schnell nur irgend möglich bei ihr in München einzufinden, um dort aus ihrem eigenen Munde Näheres über den Dienst zu erfahren, den Sie ihr, wie sie innigst wünscht, erweisen sollen. Sie beeilt sich, Sie zu versichern, dass nicht die geringsten Auslagen oder Strapazen für Sie damit verbunden sein werden, doch die Sache ist von so heikler Natur, dass sie überzeugt ist, von allen ihren guten Freunden seien Sie der Geeignetste dafür. Sie vertraut darauf, dass Sie sich in Ihrer Güte und in Erinnerung an Ihre Freundschaft einverstanden erklären und sich ihr, wie es einem englischen Gentleman gebührt, sogleich zur Verfügung stellen werden.

Geehrter Herr, in der Überzeugung, dass Sie willens sind, Ihrer Gnaden beizustehen, ersuche ich Sie, sich wegen näherer Instruktionen für Ihre Reise mit der Anwaltsfirma William Greig & Sons in Wine Office Court, London, in Verbindung zu setzen. Man wird Ihnen dort 500 Pfund für Reisespesen etc. übergeben. Weitere Zahlungen erhalten Sie, wenn erforderlich.

Mein Herr, auf Anweisung Ihrer Gnaden versichere ich Sie zum Abschluss ihrer tiefsten Freundschaft und ihrer freudigen Erwartung, Sie bald wiederzusehen.

Mit der höflichen Bitte um Zusage, sehr geehrter Herr, etc. R. *Lauengram. Kammerherr*

Mein erster Gedanke war, es handle sich um einen Scherz, ausgedacht von jemandem, der nicht ganz richtig im Kopf war. Ich konnte mit dem Brief nichts anfangen; ich hatte keine Ahnung, wer die Gräfin von Landsfeld sein mochte, und wo „München" lag. Doch nachdem ich ihn mehrmals gelesen hatte, kam mir der Gedanke, dass, wenn es ein Scherz war, der Schreiber sich um ein wesentlich schlechteres Englisch bemüht und darauf geachtet hätte, mehrere Fehler zu machen.

War er aber echt – was, zum Teufel, konnte er dann bedeuten? Was für ein Dienst war es (ohne Auslagen und Strapazen, wohlgemerkt), für den eine ausländische adlige Dame mir 500 Pfund in die Hand zu drücken willens war – und dies, wie es schien, nur als erste Rate?

Ich starrte den Brief gute zwanzig Minuten an, und je länger ich ihn betrachtete, desto weniger gefiel er mir. Wenn ich eines in diesem lausigen Leben gelernt habe, dann dies, dass niemand, so reich er auch sein mag, einem Geld für nichts bietet, und dass eine Sache umso fauler ist, je mehr einem geboten wird. Ich kam zu dem Schluss, dass irgendjemand dem alten Flashy übel mitspielen wollte, doch konnte ich mir um alles in der Welt nicht denken, warum. Ich verfügte meines Wissens über keine Begabung, die mich für eine Sache „äußerst heikler Natur" geeignet erscheinen ließ: alles, worin ich gut war, waren fremde Sprachen und Reiten. Und eine höchst gefährliche Sache, bei der mein angeblicher Heldenmut nützlich sein konnte, war es offenbar nicht

– darauf wurde deutlich hingewiesen. Kurz, ich war völlig perplex.

Ich habe stets eine Menge Bücher und Schriften über fremde Sprachen bei mir, weil diese mein Steckenpferd sind, und da ich ziemlich sicher annahm, dass der Schreiber des Briefes ein Deutscher war, schlug ich in einem davon nach und stellte fest, dass „München“ jene Stadt in Bayern war, die wir *Munich* nennen. Ich kannte dort ganz gewiss keinen Menschen, geschweige denn eine Gräfin; ich kannte überhaupt nur sehr wenige Deutsche, war nie in Deutschland gewesen, und meine Bekanntschaft mit der Sprache beschränkte sich darauf, dass ich vor einigen Jahren einmal in ein paar Mußestunden in einer Grammatik geblättert hatte.

Allein es schien eine Möglichkeit zu geben, das Rätsel zu lösen, und so begab ich mich zum Wine Office Court und machte bei William Greig & Sons meine Aufwartung. Halb erwartete ich, man werde mich hinauswerfen, aber nein; man empfing mich mit vielen Buckeln und Dienern und „Bitte, hier herein, wenn's beliebt, Sir“, als wäre ich ein Herzog, was meine Verwirrung noch erhöhte. Ein junger Mr. Greig bat mich, in seiner Kanzlei Platz zu nehmen; er war ein öliger, sportlich aussehender Bursche in einem sehr eleganten blauen Cutaway mit einem schwarzen Haarschopf – gar nicht der Typ eines Anwalts. Als ich ihm meinen Brief zeigte und zu wissen begehrte, was dies alles solle, lächelte er verschmitzt.

„Es ist alles in bester Ordnung, mein lieber Herr“, sagte er. „Wir sind beauftragt, Ihnen einen Scheck über 500 Pfund auszuhändigen, gegen Quittung und Vorlage eines Ausweises – doch damit brauchen wir uns wohl nicht lange aufzuhalten, wie? Captain Flashman ist gut genug bekannt, denke ich, ha-ha. Wir alle wissen von Ihren Heldentaten in China –“

„Afghanistan“, sagte ich.

„Ach ja, natürlich. Der Scheck ist auf die Bank von England ausgestellt. Ja, alles ist in bester Ordnung, Sir.“

„Aber wer, zum Teufel, ist sie?“

„Wer, mein lieber Herr?“

„Diese Gräfin – wie heißt sie doch ... Landsfeld?“ Sein Lächeln machte Verblüffung Platz.

„Ich verstehe nicht recht“, sagte er, über seinen schwarzen Backenbart streichend. „Sie wollen doch nicht etwa sagen, dass Sie die Dame nicht kennen? Dieser Mann hier schreibt doch ...“

„Ich habe nie von ihr gehört – meines Wissens“, erwiderte ich.

„Hm“, sagte er, mich mit einem merkwürdigen Blick bedenkend. „Das ist aber ver ... – höchst seltsam, wissen Sie. Sind Sie ganz sicher, mein lieber Herr? Ganz abgesehen von diesem Brief, welcher auf eine sehr, äh ... freundschaftliche Beziehung zu deuten scheint – nun, ich hätte nicht gedacht, dass es einen Mann in England gibt, der noch nicht von der schönen Gräfin Landsfeld gehört hat.“

„Sie sehen einen vor sich.“

„Ich kann's nicht glauben“, rief er aus. „Sie haben nie von *La Belle Espagnole* gehört? Der wahren Herrscherin des Königreiches Bayern? Mein lieber Herr, alle Welt kennt doch Donna Maria de – wie heißt sie doch schnell?“ er kramte in einigen Papieren herum – „ach ja, hier steht es: ‚Donna Maria de Dolores de los Montez, Gräfin von Landsfeld.’ Ich bitte Sie, Sir, jetzt wissen Sie doch sicher ...“

Zuerst sagte mir der Name nichts; dann ging mir ein Licht auf. „De los Montez? Sie meinen doch nicht Lola Montez?“

„Aber wen denn sonst, Sir? Die gute Freundin – manche sagen, mehr als eine Freundin – von König Ludwig. Die Presse ist doch ständig voller Sensationen über sie, voller

Skandale ..." und er schwatzte schmutzig grinsend weiter, doch ich achtete nicht darauf. Mir war ganz schwindlig im Kopf. Lola Montez, meine Rosanna – eine Gräfin, die Geliebte eines Königs. Und sie schrieb mir, bot mir Geld an – ich musste unbedingt Näheres wissen.

„Verzeihen Sie, Sir", sagte ich, seine Begeisterung dämpfend. „Der Titel hat mich irregeführt, denn ich habe ihn noch nie gehört. Als ich Lola Montez kannte, war sie eine einfache Mrs. James."

„Oh, mein Gott, lieber Herr", sagte er kopfschüttelnd. „Diese Zeiten sind lange vorbei! Unsere Firma hat in der Tat vor einigen Jahren eine Mrs. James vertreten, doch wir sprechen nie mehr von ihr. Nein, wirklich nicht! Die Gräfin Landsfeld ist eine Dame ganz anderer Fasson, ha-ha!"

„Wann wurde ihr der Titel verliehen?"

„Vor einigen Monaten. Ist es denn möglich, dass Sie nicht ..."

„Ich war im Ausland", sagte ich, „und habe erst in dieser Woche nach mehreren Jahren eine englische Zeitung gesehen. Von Lola Montez' Geschichten habe ich natürlich in den letzten drei Jahren immer wieder gehört, doch davon nichts."

„Schöne Geschichten, wie?" sagte er lüstern grinsend. „Ja, mein lieber Herr, Ihre Freundin bei Hofe – ha-ha – ist in der Tat eine sehr große Dame. Sie führt das Zepter im Königreich Bayern, ernennt und entlässt Minister, diktiert die Politik – und bringt ganz Europa durcheinander, auf mein Wort! Eine Zeitung nannte sie ‚Die moderne Messalina'" – er senkte die Stimme und schob sein fettiges Gesicht zu mir vor – „und berichtete von ihrer ausgewählten Leibgarde prächtiger junger Männer – was sagen Sie dazu, Sir? Wenn sie ins Ausland reist, reitet eine Eskorte von Kürassieren hinter ihrer Kutsche her, und auf jeden, der ihren Weg zu kreuzen wagt, hetzt sie ihre Hunde. Irgendeinen unglückseligen Burschen, der seine Mütze nicht vor ihr abnahm, ließ sie fast zu Tode peitschen! Das ist die reine Wahrheit, Sir. Und niemand wagt ihr zu widersprechen. Der König ist ganz vernarrt in sie, seine Höflinge und Minister hassen sie, zittern aber vor ihr, und die Studenten beten sie an. Was Luxus und Extravaganzen betrifft, so soll sie der Pompadour in nichts nachstehen!“

„Ei, ei“, sagte ich. „Die kleine Mrs. James.“

„Ich bitte Sie, Sir, nicht diesen Namen!“ rief er entrüstet. „Ihre Freundin ist die Gräfin Landsfeld, wenn ich so frei sein darf, Sie daran zu erinnern.“

„Nun, meinetwegen“, sagte ich. „Können Sie mir sagen, was sie von mir will?“

„Mein lieber Herr“, erwiderte er schmunzelnd. „Sie wissen doch, es handelt sich um eine ‚höchst heikle Sache'. Gewiss sind Sie viel besser in der Lage als ich, zu sagen, was das ist, oder? Ha-ha. Aber ich nehme doch an, Sie werden nach Bayern fahren, um Näheres ‚aus ihrem eigenen Mund' zu hören?“

Das war die Frage, die ich mir stellte. Es war geradezu unglaublich: Lola gewissermaßen eine Königin – das war schon phantastisch genug. Aber dass Lola meine Hilfe suchte, nachdem unsere letzte Begegnung mit Verwünschungen und dem Zerschmettern eines Nachttopfs geendet hatte – ganz zu schweigen von dem Tumult im Theater, als sie mich unter ihren Verrätern gesehen hatte ... Sicher, ich weiß, Frauen sind launisch, doch ich bezweifelte, dass sie meiner auch nur mit der mindesten Zuneigung gedachte. Und dennoch war der Brief ausgesprochen schmeichlerisch, und sie musste ihn zumindest sinngemäß, wenn nicht gar wörtlich diktiert haben. Vielleicht hatte sie beschlossen, Vergangenes ruhen zu lassen – auf ihre Weise war sie großzügig, wie so viele Huren. Aber warum? Was konnte sie von mir wollen – sie wusste von mir nichts, als dass ich im Bett meinen Mann stand. Wollte die *Maitresse en titre* mich zu ihrem Liebhaber ernennen? Ich verfüge über eine überaus lebhafte amouröse Phantasie, und eine schwelgerische Vision von Flashy, dem Stolz des Harems, stieg vor meinem geistigen Auge auf. Doch nein ... ich neige zwar zu verstiegenen Einfällen, aber ich konnte nicht glauben, dass sie bei der Auswahl an jungen Hengsten, die ihr die Palastgarde bot, nach meinem hübschen schwarzen Backenbart schmachtete.

Und doch saß mir gegenüber ein von ihr beauftragter Anwalt, der mir 500 Pfund vorstrecken wollte, damit ich nach München fahren konnte – zehnmal mehr, als ich für die Reise brauchte. Ich konnte mir keinen Reim auf das Ganze machen – sollte sie etwa doch in mich verliebt sein? Doch das war so gut wie ausgeschlossen; zweifellos war ich für eine Woche oder so ein recht guter Bettgenosse gewesen, aber tiefere Gefühle hatte sie für mich nicht empfunden, dessen war ich sicher. Welchen offenbar so wichtigen Dienst konnte ich ihr also leisten?

Ich habe eine gute Nase für Gefahren; mich beschlich wieder das unbehagliche Gefühl, das mich erfüllt hatte, als ich den Brief zum ersten Male las. Wäre ich nur ein wenig vernünftig gewesen, so hätte ich dem schmierigen Mr. Greig einen guten Tag gewünscht und ihm gesagt, er solle den Scheck zerreißen. Doch selbst der größte Feigling läuft nicht fort, solange sich nicht wenigstens eine Andeutung von Gefahr zeigt, und ich merkte nicht das geringste davon – nur mein unbehagliches Gefühl. Dagegen stand die Aussicht, von meinen verdammten Verwandten fortzukommen – oh, Gott, dem Schrecknis, die Morrisons in die Gesellschaft einzuführen –, eine hübsche Summe, die mir mit Gewissheit winkte, sowie später weiteres Geld, und auch meine pure Neugier. Wenn ich nach Bayern fuhr und mich erwartete weniger Angenehmes, als es im Augenblick schien – nun, dann konnte ich es mir ja immer überlegen. Und der Gedanke, meine Bekanntschaft mit Lola zu erneuern, reizte meine dunkleren Gelüste: nach Greigs Erzählungen, selbst wenn sie nur zur Hälfte wahr waren, schien es, als ginge es am Hofe des guten König Ludwig recht lustig zu. Der Gedanke an Palastorgien römischen Ausmaßes drängte sich auf – der alte Flashy verwöhnt wie ein Sultan, Lola über ihn gebeugt, während Sklaven ihm in Wein aufgelöste Perlen einflößen und schwarze Eunuchen mit riesigen vergoldeten Haarbürsten bereitstehen. Der kühle Verstand sagte mir zwar, dass irgendein Haken an der Sache sein müsse, doch sehen konnte ich den Haken nicht. Wenn ich ihn sah, würde immer noch genügend Zeit sein.

„Mr. Greig", sagte ich, „wo kann ich diesen Scheck einlösen?"

Kapitel 5

Von London fortzukommen, war nicht besonders schwierig. Elspeth schmollte ein wenig, doch als ich sie einen Blick – einen höchst flüchtigen – auf Lauengrams Unterschrift und den Briefkopf werfen ließ und Andeutungen machte wie „spezielle militärische Abkommandierung nach Bayern" und „Dienst an ausländischem Hof", gab sie sich zufrieden. Der Gedanke, dass ich in höchsten Kreisen verkehren würde, gefiel ihr, und irgendwie schien sie sich dadurch geehrt zu fühlen.

Den Morrisons passte es natürlich gar nicht, und der alte Griesgram bezichtigte mich liederlicher Herumtreiberei und verglich mich mit Cartaphilus, der anscheinend in jeglicher Stadt der antiken Welt ein Hemd und eine Hose zurückgelassen hatte. Ich würde von einem Dämon gejagt, sagte er, der mich nie zur Ruhe kommen lassen werde, und er verfluche den Tag, an dem er seine Tochter einem solchen Leichtfuß, der keine Ahnung von den Pflichten eines Ehemannes hätte, zur Frau gegeben habe.

„Wenn dem so ist", sagte ich, „dann sollte es Sie doch freuen, wenn ich möglichst weit von ihr weg bin."

Er war entsetzt über meinen Zynismus, doch ich glaube, zugleich beruhigte ihn der Gedanke. Er verbreiterte sich noch ein wenig über das böse Ende, das es gewiss mit mir nehmen werde, nannte mich eine Natter und ließ mich packen.

Nicht dass ich damit viel zu tun gehabt hätte. Als Soldat ist man es gewohnt, mit leichtem Gepäck zu reisen, und ein paar Koffer genügten mir. Ich nahm meine alte Cherrypicker-Uniform mit – die eleganteste, die je ein Soldat getragen hat –, denn ich dachte, es könnte sich als nützlich erweisen, ein wenig Aufsehen zu erregen, doch ansonsten beschränkte ich mich auf das Nötigste. Unter anderem entschied ich mich nach einiger Überlegung für die Duellpistolen, die mir ein Büchsenmacher nach der Bernier-Affäre geschenkt hatte. Es waren schöne Waffen, die selbst den wählerischsten Schützen zufriedengestellt hätten, und zu jener Zeit, da Revolver noch unfertige Spielzeuge darstellten, das Neueste auf dem Gebiet.

Ich zögerte jedoch eine Weile, ob ich sie mitnehmen sollte. Die Wahrheit ist: der Gedanke, ich könnte sie brauchen, war mir gar nicht recht. Wenn man jung und unreif und auf Abenteuer aus ist, legt man großen Wert darauf, seine Waffen stets parat zu haben, weil man hinsichtlich ihrer Benutzung höchst romantische Vorstellungen hegt. Als man mir bei den 11. Leichten Dragonern zum ersten Mal einen Säbel aushändigte, erfüllte mich eine tiefe Erregung, und ich malte mir aus, wie ich ganze Horden wilder, doch entgegenkommenderweise hilfloser Feinde niedermetzeln würde. Doch sieht man einmal von Säbeln zerhauene Knochen und von Kugeln verstümmelte Glieder, so erwacht man ziemlich jäh aus derlei Träumen. Als ich die Pistolen unentschlossen in den Händen hielt, war mir klar, dass ich, indem ich sie mitnahm, die Möglichkeit meines eigenen plötzlichen Todes oder meiner Verwundung bei dem, was vor mir lag, eingestehen würde. Dies war ein neues Stadium in meiner Entwicklung als Feigling. Doch ich würde mich, so unangenehme Gedanken sie in mir erweckten, sicherlich mit ihnen ruhiger fühlen, und so packte ich sie ein. Und da ich schon dabei war, legte ich auch ein kleines Seemannsmesser dazu.

Es ist freilich keine zu einem Engländer passende Waffe, doch für alle möglichen Zwecke verteufelt brauchbar.

So verabschiedete ich mich von Onkel Binley bei den Horse Guards – er hoffe, meinte er spöttisch, die britische Armee werde noch eine Weile länger ohne mich auskommen – und machte mich mit der Hälfte meiner 500 Pfund im Geldbeutel (die andere Hälfte lag sicher auf der Bank) für die Reise bereit. Nur eines blieb noch zu tun. Ich verbrachte einen Tag damit, in der Stadt nach einem deutschen Diener zu suchen, und als ich einen mir genehmen Burschen gefunden hatte, bot ich ihm das Geld für die Heimfahrt und eine hübsche Vergütung, wenn er mich begleitete; ich konnte kein Wort Deutsch, wusste aber, wenn ich mich auf der Reise nach München damit befasste, würde ich bei meiner Begabung für Sprachen bis zu meiner Ankunft wenigstens eine Ahnung davon haben. Ich habe oft gesagt, auf ideale Weise lernt man eine Sprache im Bett mit einem Frauenzimmer, doch wenn das nicht möglich ist, so ist ein aufgeweckter, intelligenter Reisegefährte ein ebenso guter Lehrer. Und das Erlernen einer Sprache ist für mich keine Mühe, sondern eine Unterhaltung.

Ich hatte Glück; der Bursche, den ich fand, war ein Bayer und ergriff sofort die Chance zur Heimfahrt. Sein Name war, glaube ich, Helmuth, und er hatte wie alle Deutschen eine Passion für Schwierigkeiten. Als ich ihm sagte, was ich wollte, war er begeistert. Stunde um Stunde, auf dem Schiff, im Zug und in der Kutsche, sprach er in einem fort, wiederholte Worte und Wendungen, korrigierte meine Aussprache und erklärte mir grammatische Regeln, doch vor allem brachte er mir das Wichtigste bei – den Rhythmus der Sprache. Dies ist eine Begabung, die nur wenige Menschen besitzen, und ich bin einer dieser Glücklichen. Wenn ich nur den Rhythmus erfasst habe, begreife ich, was jemand sagt, selbst wenn mir nicht alle Worte, die er benutzt, bekannt sind. Ich will nicht behaupten, dass ich in vierzehn Tagen Deutsch lernte, doch nach dieser Zeit bestand ich meine eigene erste Prüfung, die darin besteht, einen Einheimischen zu bitten: „Sagen Sie mir langsam und deutlich, was Ihr Vater von starken Getränken hält" oder von Pferden, von Religion oder was mir sonst in den Sinn kam – und seine Antwort recht gut zu verstehen. Helmuth staunte über meinen Fortschritt.

Wir ließen uns Zeit bei unserer Reise, die übrigens über Paris führte, eine Stadt, die ich oft hatte besuchen wollen, da ich gehört hatte, dass die Unmoral dort eine hochentwickelte Kunst sei. Ich war enttäuscht; Huren sind in der ganzen Welt Huren, und die pariserischen unterscheiden sich in keiner Weise von anderen. Und die französischen Männer machen mich krank; das war schon immer so. Ich bin degeneriert, aber sie sind schmutzig, und das nicht nur körperlich. Es gibt Ausländer, bei denen der Atem nach Knoblauch stinkt, doch bei den Franzosen tun es die Gedanken.

Die Deutschen sind gänzlich anders. Wäre ich kein Engländer, so wäre ich gern ein Deutscher. Sie sagen, was sie denken, und das ist im allgemeinen nicht viel, und sie sind bewundernswert ordentlich. Jedermann in Deutschland kennt seinen Platz und bleibt in seinen Schranken und katzbuckelt vor denen, die über ihm stehen – deshalb ist es ein ausgezeichnetes Land für Gentlemen und Angeber. Nahm man sich in England einem Arbeiter gegenüber Freiheiten heraus, so musste man damit rechnen, dass man seine Faust zu schmecken bekam, doch in Deutschland waren die Angehörigen der unteren Schichten gefügig wie weißhäutige Neger. Im ganzen Land herrscht hervorragende Disziplin und Zucht, und trotz ihrer Fügsamkeit gehören seine Bewohner zu den besten Soldaten und Arbeitern der Welt

– wie mein alter Freund Bismarck bewiesen hat. Die Grundlage all dessen ist natürlich Dummheit, die bei Menschen vonnöten ist, will man sie dazu bringen, gut zu kämpfen oder zu arbeiten. Nun, die Deutschen werden der Welt sicher noch Sorgen bereiten, doch da sie uns näher stehen als sonst wem, werden wir möglicherweise davon profitieren.

Diese Entdeckungen standen mir jedoch noch bevor, obgleich mir Helmuth während unserer Reise bereits eine Ahnung davon vermittelte. Ich möchte den Leser übrigens nicht mit den Einzelheiten unserer Reise langweilen; es geschah nichts Ungewöhnliches; woran ich mich vor allem erinnere, ist, dass mich in Paris kurz die Angst befiel, ich könnte mir die Pocken holen; zum Glück tat ich es nicht, doch meine Furcht machte mich, wenn möglich, noch voreingenommener gegen die Franzosen.

München gefiel mir gleich bei unserer Ankunft sehr gut. Es war äußerlich sauber und ordentlich, die Preise lagen weit unter den unseren (die Pinte Bier kostete einen halben Penny, und für zwei Shilling pro Woche konnte man einen Diener bekommen), die Menschen waren höflich, ja zum Teil servil, und in dem Reiseführer, den ich mir in London gekauft hatte, wurde es „eine sehr liederliche Stadt“ genannt. Genau der rechte Platz für den alten Flashy, dachte ich und freute mich auf meinen Aufenthalt. Ich hätte klüger sein sollen; meine Ungeduld, Lola wiederzusehen, und meine Neugier, was sie wollte, hatte die momentanen Zweifel, die mich in London befielen, vertrieben. Hätte ich Narr gewusst, was meiner harrte, so wäre ich zu Fuß nach Hause gelaufen und hätte mich glücklich geschätzt, laufen zu können.

Wir trafen an einem Sonntag in München ein, und nachdem ich Helmuth entlassen und mich in einem Hotel in der Theresienstraße eingemietet hatte, setzte ich mich, um zu überlegen, was ich als erstes tun sollte. Es war nicht schwer zu erfahren, dass Lola in einem eigenen Palast wohnte, den der verblendete Ludwig eigens für sie in der Barer Straße hatte bauen lassen; vielleicht hätte ich vorbeischauen und sie von meinem Eintreffen unterrichten sollen. Doch es zahlt sich stets aus, ein wenig die Lage zu erkunden, und so beschloss ich, eine oder zwei Stunden durch Straßen und Restaurants zu bummeln und zuzusehen, ob ich irgendwelche Neuigkeiten aufschnappen konnte. Vielleicht konnte ich sogar einen Hinweis erhalten, was sie von mir wollte.

Ich schlenderte eine Weile durch die schönen Straßen, sah mir den Hofgarten und den Residenzpalast an, in dem König Ludwig wohnte, und trank in einem der Biergärten ein Glas des ausgezeichneten deutschen Bieres, wobei ich die Leute beobachtete und ihrer Unterhaltung lauschte. Es hätte nicht ruhiger und friedlicher sein können; trotz des späten Herbstes war es sonnig, und die beleibten, behäbigen Bürger saßen mit ihren hübschen Frauen an den Tischen und tranken und pafften ihre riesigen Pfeifen oder schlenderten gemächlich über den Gehsteig. Niemand hatte es eilig, bis auf die Kellnerinnen; da und dort lärmten und lachten ein paar junge Burschen mit langen Umhängen und bunten Mützen, die ich für Studenten hielt, doch ansonsten war es ein verschlafener, ruhiger Nachmittag, als blinzle München zufrieden in die strahlende Sonne und dächte nicht daran, sich von irgendwem antreiben zu lassen.

Indem ich eine französische Zeitung auftrieb und mit Leuten ins Gespräch kam, die Französisch oder Englisch konnten, schnappte ich tatsächlich ein wenig Klatsch auf. Ich fand bald heraus, dass man nach Lola nicht lange zu fragen brauchte; die guten Münchner redeten über sie wie die Engländer übers Wetter, und dies etwa mit der gleichen Einstellung – mit anderen Worten, sie hielten sie für schlecht und erwarteten von ihr noch Schlechteres, fanden sich jedoch damit ab, dass man nichts gegen sie tun konnte.

Sie war, so schien es, die höchste Macht in Bayern. Ludwig stand völlig unter ihrer Fuchtel, sie hatte das ihr feindlich gesonnene ultramontane Kabinett hinweggefegt und zum großen Teil durch ihr ergebene Kreaturen ersetzt, und obgleich sie eine überzeugte Protestantin war, erwies sich der katholische Klerus ihr gegenüber als machtlos. Die Professoren, die in Deutschland viel mehr gelten als in England, waren entschieden gegen sie, die Studenten in zwei Lager gespalten. Einige verabscheuten sie und hatten vor ihren Fenstern Radau geschlagen, doch andere, die sich die *Alemannen* nannten, betrachteten sich als ihre Kämpen, ja Leibwächter, und gerieten ständig mit ihren Gegnern aneinander. Einige von diesen Alemannen mit ihren hellroten Mützen zeigte man mir; es waren finster aussehende, arrogante und ungehobelte Gesellen, denen die Leute rasch aus dem Weg gingen.

Da Ludwig in sie vernarrt war, saß Lola jedoch fest im Sattel, und dem freimütigen Artikel eines französischen Journalisten entnahm ich, dass ihre Vorherrschaft weit außerhalb Bayerns Besorgnis erregte. Es gingen Gerüchte um, dass sie eine Agentin Lord Palmerstons sei, beauftragt, in Deutschland die Revolution zu schüren; den anderen Mächten, die bemüht waren, die wachsende allgemeine Unzufriedenheit, die sich in ganz Europa ausbreitete, zu dämpfen, erschien sie als eine gefährliche Bedrohung des alten Regimes. Man hatte mindestens einen Versuch unternommen, sie zu ermorden, und Metternich, der erzreaktionäre Herrscher Österreichs, hatte sich bemüht, sie durch Bestechung zum Verlassen Deutschlands zu bewegen. In der Tat stand in jenen Tagen die Welt am Rand einer allgemeinen Revolution; ein neues Zeitalter brach an, und jeder Herd der Unordnung oder Unsicherheit erfüllte die Herrschenden mit Bestürzung. Lola war deshalb nicht beliebt; die Zeitungen hetzten gegen sie, die Geistlichen schimpften sie in ihren Predigten eine Jezabel und Sempronia, und dem gemeinen Volk stellte man sie als Teufel in Menschengestalt hin – um so schlimmer, als die Gestalt sehr schön war.

Hier endet Professor Flashmans historisches Referat; vieles davon entstammt einem Geschichtsbuch, doch einiges davon erfuhr er an jenem ersten Tag in dem Münchner Biergarten.

Eines, was der offiziellen Geschichtsschreibung ins Gesicht schlägt, glaubte ich mit ziemlicher Sicherheit zu wissen: was immer auch behauptet wurde, Lola wurde insgeheim von den gewöhnlichen Leuten bewundert. Sie mochten die Köpfe schütteln und düster dreinblicken, wenn ihre Kavallerieeskorte eine Schar protestierender Studenten auseinandertrieb und für sie Platz machte; sie mochten entsetzt sein, wenn sie von den Orgien im Palast in der Barer Straße hörten; sie mochten schimpfen, wenn ihre Alemannen einen Zeitungsherausgeber verprügelten und seine Pressen zerschmetterten – doch innerlich betrachteten die Männer sie als prächtiges Weibsstück und liebten sie, und die Frauen verbargen ihre Befriedigung, dass eine Angehörige ihres Geschlechts ganz Europa durcheinanderbrachte. Wenn die unverschämte, zügellose Montez einen neuen Skandal hervorrief, gab es nicht wenige, die „Gut gemacht“ dachten, und eine ganze Anzahl, die es offen sagten.

Doch was zum Teufel wollte sie von mir? Nun, ich war nach München gekommen, um es herauszufinden, und so schrieb ich an jenem Sonntagabend ein paar Zeilen an den Kammerherrn Lauengram und teilte ihm mit, dass ich eingetroffen sei und zu seiner Verfügung stehe. Dann ging ich hinüber zur Residenz und sah mir Lolas Porträt in der öffentlichen Galerie an – jener „Schönheitengalerie"*, in welcher Ludwig Bilder der lieblichsten Frauen seiner Zeit versammelt hatte, darunter Prinzessinnen, Gräfinnen, Schauspielerinnen und die Tochter des Münchner Stadtausrufers, sowie Lola, die in einem schwarzen Kleid und mit einer frommen Miene seltsam nonnenhaft aussah [20]. Darunter stand ein vom König, einem Freund der Poesie, verfasstes Gedicht, das wie folgt endete:

Schlank und zart wie die Gazelle Bist du, Andalusierin

Nun, er musste es wohl wissen. Nicht zu glauben, dass sie vor wenigen Jahren noch eine arme Tänzerin gewesen war, die man auf einer Londoner Bühne auspfiff.

Der Dringlichkeit von Lauengrams Schreiben eingedenk, hatte ich gehofft, dass man mich am Montag in Lolas Palast bitten werde, doch dieser Tag und auch der nächste vergingen, ohne dass ich irgendeine Nachricht erhielt. Ich fasste mich jedoch in Geduld und blieb in meinem Hotel, und am Mittwochmorgen wurde ich belohnt. Ich saß gerade, noch in meinem Morgenmantel, in meinem Zimmer beim Frühstück, als auf dem Korridor Lärm ertönte und ein Lakai eintrat, um die Ankunft des Freiherrn von Starnberg zu melden, wer immer das sein mochte. Mit viel Geklirr und Gestampf erschienen hinter dem Lakai zwei Kürassiere in voller Uniform und nahmen wie Statuen beiderseits meiner Türe Aufstellung, und dann schlenderte zwischen ihnen der Freiherr herein, ein flotter junger Dandy, der mich mit strahlendem Lächeln und ausgestreckter Hand begrüßte.

„Herr Rittmeister Flashman?" sagte er. „Es ist mir eine Ehre, Sie in Bayern begrüßen zu dürfen. Starnberg – ganz zu Ihren Diensten." Und er verbeugte sich und schlug die

* Schönheitengalerie, erbaut durch Ludwig I. im Schloss Nymphenburg. Kann besichtigt werden

Hacken zusammen. „Verzeihen Sie mein Französisch, doch es ist besser als mein Englisch."

„Ganz sicher besser als mein Deutsch", erwiderte ich, ihn musternd. Er war etwa zwanzig, mittelgroß, sehr schlank und hatte ein gut geschnittenes Gesicht, braunes gelocktes Haar und über der Oberlippe einen winzigen Schnurrbart. Ein sehr schmucker, eleganter Herr im engen Waffenrock eines Husarenregiments, wie es schien, denn er hatte einen Dolman über der Schulter, und an seiner Hüfte hing ein leichter Säbel. Er betrachtete mich ebenfalls.

„Dragoner?" fragte er.

„Nein, Husar."

„Dann muss die englische leichte Kavallerie unheimlich stark sein", sagte er lächelnd. „Verzeihen Sie mein berufliches Interesse. Habe ich Sie beim Frühstück gestört?" Ich sagte ihm, dass ich bereits fertig sei.

„Ausgezeichnet. Dann seien Sie doch bitte so freundlich, sich anzuziehen, damit wir keine Zeit verlieren. Lola wartet nicht gern." Und er zündete sich eine Zigarre an und blickte sich im Zimmer um. „Verdammt ungemütlich, diese Hotels. Ich möchte in keinem wohnen."

Ich erklärte ihm, dass ich die letzten drei Tage hier herumgehockt habe, und er lachte.

„Nun, Sie wissen ja, wie die Frauen sind", sagte er. „Man kann nicht erwarten, dass sie sich eines Mannes wegen beeilen, so sehr sie auch von uns erwarten, dass wir stets für sie da sind. In dieser Hinsicht ist Lola keine Ausnahme."

„Sie scheinen sie ja sehr gut zu kennen", sagte ich.

„Gut genug", sagte er lässig, setzte sich auf den Rand des Tisches und ließ seinen spiegelblanken Stiefel hin und her baumeln.

„Für einen Boten, meine ich", sagte ich, um ihn ein wenig in die Schranken zu weisen. Doch er grinste nur.

„Oh, einer Dame zuliebe tue ich alles, wissen Sie. Ansonsten erfülle ich andere Funktionen." Und er bedachte mich mit einem unverschämten Blick seiner blauen Augen. „Ich möchte Sie nicht antreiben, alter Junge, aber wir vergeuden unsere Zeit. Mir macht das nichts aus, aber sie wird es uns sicher verübeln."

„Wie schrecklich."

„Ganz recht. Sie scheinen ja das romanische Temperament der Dame recht gut zu kennen. Bei Gott, ich würde es ihr austreiben, wenn sie die meine wäre. Aber dem Himmel sei Dank, sie ist es nicht. Ich könnte ihre Launen nicht ertragen – weder ihre, noch die irgendeines anderen", sagte Herr von Starnberg und begann pfeifend im Zimmer auf und ab zu gehen.

Allzu selbstsichere Männer ärgern mich im allgemeinen, doch es fiel schwer, diesem liebenswürdigen Jüngling böse zu sein, und so zog ich mich ins Schlafzimmer zurück, um mich anzuziehen. Ich entschloss mich, meine Cherrypicker-Uniform mit dem goldverzierten blauen Waffenrock und den engen Hosen anzulegen, und als ich zurückkam, zwinkerte Starnberg und pfiff anerkennend durch die Zähne.

„Eine schmucke Uniform", sagte er. „Wirklich, sehr hübsch. Vielleicht wird Lola doch nicht allzu böse sein, dass Sie sie so lange haben warten lassen."

„Da Sie soviel zu wissen scheinen", erwiderte ich, „können Sie mir vielleicht sagen, warum sie mich gebeten hat, zu kommen. Ich nehme an, Sie wissen, dass sie das getan hat?"

„Hm", sagte er. „So wie ich Lola kenne, würde ich vorschlagen, Sie werfen einen Blick in den Spiegel. Dort dürften Sie die Antwort sehen."

„Ich bitte Sie", sagte ich. „Ich kenne Lola auch, und ich fühle mich wie alle Männer gern geschmeichelt. Aber sie würde mich doch wohl kaum eigens aus England kommen lassen, nur um ..."

„Warum nicht?" fragte er. „Mich hat sie eigens aus Ungarn kommen lassen. Können wir gehen?"

Hinter uns die beiden Kürassiere, gingen wir zur Straße hinunter, und er bedeutete mir, in eine Kutsche zu steigen, die vor der Tür wartete. Als er neben mir Platz nahm und sich am Fensterrahmen festhielt, rutschte sein Ärmel ein Stück hinauf, und ich sah an seinem Handgelenk die sternförmige weiße Narbe einer Schussverletzung. Mir schien, dieser Starnberg war raubeiniger, als er auf den ersten Blick wirkte; als er mir vorausging, hatte ich seinen typischen Kavalleristengang bemerkt, und bei all seiner Jungenhaftigkeit hatte er die Sicherheit eines viel älteren Mannes. Ich nahm mir vor, ihn gut im Auge zu behalten.

Lolas Haus befand sich im besten Viertel Münchens, am Karolinenplatz. Ich sage „Haus", doch es war in der Tat ein kleines Palais, ohne Rücksicht auf die Kosten von König Ludwigs eigenem Architekten entworfen. Mit den uniformierten Wachtposten am Tor, den vergitterten Fenstern (eine Vorkehrung gegen feindlich gesonnenen Pöbel), dem herrlichen Garten und der auf dem Dach flatternden Fahne sah es aus wie ein kleines italienisches Märchenschloss, und sein Anblick machte mir bewusst, wie hoch diese Frau gestiegen war. Dieser Prunk bedeutete nicht nur Geld, sondern Macht – unbegrenzte Macht. Was konnte sie nur von mir wollen? Dass sie mich brauchte, schien ausgeschlossen. Hatte sie mich aus irgendeiner Laune heraus kommen lassen – wollte sie mir vielleicht heimzahlen, dass ich an dem Abend, als man sie auspfiff, in Ranelaghs Loge gesessen hatte? Ihr war alles zuzutrauen. Einen Moment lang, nachdem ich einen Blick auf ihren Palast geworfen hatte, verwünschte ich mich, dass ich gekommen war – in der Brust eines

Feiglings lauert ständig die Angst, vor allem, wenn er ein schlechtes Gewissen hat. Wenn sie so allmächtig war und möglicherweise rachsüchtig, konnte es verdammt unangenehm werden ...

„Da sind wir“, sagte Starnberg. „Aladins Höhle.“

Diese Bezeichnung war gar nicht so unzutreffend. Lakaien halfen uns aus der Kutsche, in der Halle standen weitere Wachtposten, und die Pracht des Interieurs verschlug einem den Atem. Der marmorne Fußboden glänzte wie Glas, kostbare Teppiche hingen an den Wänden, in großen Spiegeln sah man Alkoven mit weißen Statuen und erlesenen Möbeln, über dem Treppenaufgang hing ein Kandelaber, der aus reinem Silber zu sein schien, und alles blitzte vor Sauberkeit, als werde es von einer Armee von Dienstboten instand gehalten.

„Eine Behausung, in der sich's leben lässt, was?“ sagte Starnberg, während wir einem Lakaien unsere Husarenmützen gaben. „Ah, Lauengram, das ist Rittmeister Flashman; empfängt die Gräfin?“

Lauengram war ein kleiner Mann in Hoftracht mit einem mageren, ausdruckslosen Gesicht und Vogelaugen. Er begrüßte mich auf französisch, das, wie ich später erfuhr, aus Rücksicht auf Lolas schlechtes Deutsch viel gesprochen wurde, und führte uns an weiteren Lakaien und Wachtposten vorbei die Treppe hinauf zu einem Vorzimmer voller Bilder und Menschen. Ich taxierte das Ganze mit meinem Soldatenblick, und ich würde sagen, der Beutewert dieses Raumes hätte einem ganzen Regiment ein sorgloses Leben gesichert und jedem der Unteroffiziere obendrein einen Bauernhof. Die Wände schienen aus Seide, und die Bordüren strotzten von Gold.

Auch die Leute wirkten durchweg wohlhabend – es waren Höflinge und Militärs in allen Farben des Regenbogens;

darunter verdammt schöne Frauen. Als wir eintraten, verstummte ihr Geplauder, und ich strich die drei Zoll heraus, die ich größer war als Starnberg, warf mich in die Brust, zwirbelte meinen Schnurrbart und ließ kühl meinen Blick über sie schweifen.

Kaum hatte Starnberg begonnen, mich mit den Nächststehenden bekannt zu machen, da öffnete sich eine Tür am anderen Ende des Raumes, und ein kleiner Bursche trat, uns den Rücken zuwendend, heraus, stolperte über seine Füße und rief in heftig protestierendem Ton jemandem in dem anderen Raum zu: „Es hat keinen Zweck, Madame! Ich habe nicht die Macht! Der Generalvikar wird es nicht erlauben! Ach, du lieber Gott“ Er duckte sich, und ein Geschirrstück flog an seinem Kopf vorbei und zerschellte auf dem Marmorboden, und dann erschien Lola in der Tür, und mein Herz tat bei ihrem Anblick einen Sprung.

Sie war schön in ihrem königlichen Zorn, genauso, wie ich mich ihrer entsann, obwohl sie jetzt bekleidet war. Und obgleich ihre Absicht ebenso vage schien wie je, schien sie ihre Wut besser als damals unter Kontrolle zu haben. Jedenfalls schrie sie nicht.

„Richten Sie Dr. Windischmann aus“, sagte sie, ihre heisere Stimme mit Verachtung geladen, „wenn des Königs beste Freundin eine Privatkapelle und einen Beichtvater wünscht, dann ist ihr zu willfahren, und wenn er an seinem Amt hängt, dann soll er dafür sorgen. Denkt er, er kann sich mir widersetzen?“

„Oh, Madame, bitte“, rief der kleine Mann. „Seien Sie doch vernünftig! Es gibt in Deutschland keinen Priester, der Ihnen die Beichte abnehmen könnte. Schließlich ist Eure Hoheit Lutheranerin, und –“

„Lutheranerin – dummes Zeug! Ich bin die Favoritin des Königs! Deshalb nimmt Ihr Herr sich mir gegenüber solche

Impertinenz heraus. Er soll sich in acht nehmen, und Sie auch, kleiner Mann. Lutheranerin oder nicht, Favoritin oder nicht – wenn ich eine eigene Kapelle haben will, dann bekomme ich sie, verstanden? Und wenn ich es wünsche, wird mir der Generalvikar selbst die Beichte abnehmen."

„Bitte, Madame, oh, bitte!" Der kleine Kerl war den Tränen nahe. „Warum beschimpfen Sie mich so? Es ist nicht meine Schuld. Dr. Windischmann ist lediglich gegen eine eigene Kapelle und einen privaten Beichtvater. Er sagt ..."

„Nun, was sagt er?"

Der kleine Mann zögerte. „Er sagt", er schluckte, „er sagt, in der Frauenkirche ist eine öffentliche Beichtgelegenheit, und Sie können jederzeit dorthin gehen, wenn Sie die zahllosen Sünden, die Sie begangen haben, beichten wollen." In jämmerlichem Ton rief er: „Das waren seine Worte, Madame, nicht meine! Oh, Gott, sei mir gnädig!"

Als sie wütend einen Schritt auf ihn zu machte, wandte er sich ab und lief, die Hände auf den Ohren, an uns vorbei, und wir hörten, wie er die Treppe hinunter rannte. Lola stampfte mit dem Fuß auf und rief ihm „Verdammter papistischer Heuchler!" nach, woraufhin die Schar von Schmeichlern im Vorzimmer in Beifalls- und Schmährufe ausbrach.

„Jesuitische Impertinenz!"

„Unerträglicher Affront!"

„Skandalöse Unverschämtheit!"

„Blöder alter Trottel." (Dies kam von Starnberg.) „Unglaublich, die Arroganz dieser Prälaten", sagte ein beleibter, rotgesichtiger Mann neben mir.

„Ich gehöre der englischen Staatskirche an", sagte ich. Dies bewirkte, dass die Aufmerksamkeit sich mir zuwandte. Erst jetzt sah mich Lola, und die Wut schwand aus ihren

Augen. Sie betrachtete mich einen Moment und lächelte dann leise.

„Harry Flashman", sagte sie und hielt mir ihre Hand hin – doch, wie das Monarchinnen zu tun pflegen, mit der Innenfläche nach unten und auf den Boden zwischen uns deutend. Ich tat ihr den Gefallen, trat vor, nahm ihre Finger und hauchte einen Kuss darauf.

Sie hielt meine Hand danach einen Augenblick fest und blickte mit strahlendem Lächeln zu mir auf.

„Ich glaube, du bist noch hübscher als damals", sagte sie.

„Das gleiche würde ich von dir sagen, Rosanna", sagte ich, ganz Kavalier, „aber hübsch ist ein zu unzulängliches Wort."

Man glaube mir, es war die reine Wahrheit. Wenn ich gesagt habe, sie war das schönste Mädchen, das ich je kannte, so ist davon nichts abzustreichen. Im Gegenteil, ihre Figur war noch prächtiger, als ich sie in Erinnerung hatte, und da sie ein weites Kleid aus roter Seide trug und offenbar nichts darunter, konnte ich sie ohne Schwierigkeiten studieren. Ihre Wirkung bei so naher Betrachtung war verwirrend – die herrlichen blauen Augen, der Mund mit den makellosen Zähnen, die Weiße des Halses und der Schultern, das auf dem Kopf aufgetürmte schimmernde Haar – ja, ihr gebührte ein Platz in Ludwigs Galerie. Doch sie war in den Jahren, in denen ich sie nicht gesehen hatte, nicht nur wundervoll gereift, sie hatte sich auch verändert. Sie strahlte eine Ruhe, eine Würde aus, die neu war; hatte ihre Schönheit einem schon immer den Atem stocken lassen, so erfüllte sie einen jetzt nicht nur mit Lust, sondern auch mit ein wenig Ehrfurcht. Während ich zärtlich auf sie nieder blickte, sagte Starnberg erstaunt:

„Rosanna? Was ist das, Lola? Ein Kosename?"

„Sein Sie nicht eifersüchtig, Rudi", erwiderte sie. „Captain Flashman ist ein alter, sehr guter Freund von mir. Wir kannten uns schon lange, bevor es all dies gab“, und sie blickte um sich. „Er hat mir seine Freundschaft in meiner Londoner Zeit bewiesen, als ich ein armes, kleines Ding war.“ Und sie ergriff mit beiden Händen meinen Arm, reckte sich hoch und küsste mich mit ihrem so vertrauten schelmischen Lächeln. Nun, wenn sie sich nicht scheute, auf diese Weise unsere Bekanntschaft zu erneuern – mir sollte es recht sein.

„Hört mich alle an“, rief sie, und es war so still, dass man eine Nadel zu Boden hätte fallen hören. „Rittmeister Flashman ist nicht nur der mir teuerste unter allen meinen englischen Freunden – und zu ihnen gehören einige der Vornehmsten des ganzen Landes –, sondern auch der tapferste Soldat der britischen Armee. Seht seine Auszeichnungen an“ – sie beugte sich vor, um meine Orden zu berühren, und die zwei fast nackten, schön gerundeten Brüste unter meinem Gesicht boten einen höchst ergötzlichen Anblick. Lola war immer schon eitel auf ihren Busen gewesen [21] und pflegte ihn fast außerhalb ihres Kleides zu tragen; ich wünschte, ich könnte ihr eine Prise Schnupftabak anbieten. „Wer hat je einen jungen Captain mit fünf Orden gesehen?“ fuhr sie fort, und ein anerkennungsvolles Murmeln erhob sich. „Deshalb wünsche ich, dass er nicht nur deshalb geehrt wird, weil er mein Gast ist. Es gibt in Deutschland keinen Soldaten, der sich größeren Ruhm als Streiter für das Christentum erworben hat.“

Ich war geistesgegenwärtig genug, nachsichtig und ein wenig spöttisch zu lächeln, denn ich wusste, die beliebtesten Helden sind jene, die nicht eingebildet sind. Ich hatte diesen Unsinn in den vergangenen Jahren unzählige Male gehört und wusste, was davon zu halten war, doch es amüsierte mich, dass die Umstehenden es völlig ernst nahmen; die Männer blickten feierlich drein, die Frauen mit unverhohlener Bewunderung.

Nach ihrem kleinen Vortrag führte Lola mich herum und stellte mich vor; sie machte mich mit Baron X und Gräfin Y bekannt, und alle verbeugten sich und lächelten honigsüß. Ich merkte, dass alle schreckliche Angst vor ihr hatten, denn obgleich sie ganz die alte schien und mich lachend und schwatzend von Gruppe zu Gruppe führte, war sie unter ihrer fröhlichen Oberfläche ganz die große Dame und gab sich verdammt gebieterisch. Sie schienen ganz schön unter ihrer Fuchtel zu stehen.

Erst als sie mich beiseite zu einer Couch führte und ein Lakai uns Tokayer servierte, während die anderen sich in respektvoller Distanz hielten, ließ sie ihre Maske ein wenig sinken.

„Jetzt lass dich richtig anschauen", sagte sie, lehnte sich zurück und betrachtete mich über ihr Glas hinweg. „Der Schnurrbart gefällt mir, Harry; er steht dir prächtig. Und der unordentliche Haarschopf – ach, du bist immer noch der hübsche Junge, der du damals warst."

„Und du bist immer noch das schönste Mädchen der Welt", erwiderte ich.

„So sagt man, aber von dir höre ich es besonders gern. Von Deutschen ist es schließlich kein Kompliment, wenn man bedenkt, mit welch plumpen Kühen sie einen vergleichen."

„Einige scheinen gar nicht so übel", sagte ich unbedacht.

„So, findest du? Ich sehe schon, ich werde gut auf dich aufpassen müssen, mein Lieber. Als ich dich vorhin mit der Baronin Pechmann bekannt machte, hätte sie dich fast verschlungen."

„Welche war das?"

„Die letzte, der ich dich vorgestellt habe – dort drüben, die mit dem gelben Haar."

„Die ist mir zu dick und verblüht."

„Ja, die Arme, aber manche Männer sollen das mögen."

„Ich nicht, Rosanna."

„Rosanna", wiederholte sie lächelnd. „Wie schön das klingt. Hier nennt mich kein Mensch bei diesem Namen ... Er erinnert mich an England – du kannst dir gar nicht vorstellen, wie schön es ist, wieder einmal Englisch zu hören."

„Hast du mich deshalb kommen lassen – um dich mit mir auf englisch zu unterhalten?"

„Ja – und wegen gewisser anderer Dinge."

„Welcher?" fragte ich, um zur Sache zu kommen. „Was ist das für eine heikle Sache, von der mir dein Kammerherr geschrieben hat?"

„Ach, das." Sie blickte abweisend. „Das ist nicht so eilig. Du musst wissen, seit ich nach Bayern gekommen bin, habe ich ein neues Motto: ‚Zuerst das Vergnügen, dann das Geschäft'." Unter den herrlichen schwarzen Wimpern hervor, die mein Herz ein wenig schneller schlagen ließen, sah sie mich mit einem schläfrigen Blick an. „Du wirst doch nicht so ungalant sein, mich zu drängen, Harry?"

„Was das Geschäftliche betrifft, nicht", sagte ich lüstern grinsend. „Bezüglich des Vergnügens jedoch ..."

„Du Schlimmer", sagte sie träge lächelnd wie eine glatte schwarze Katze. „Du Schlimmer, Schlimmer, Schlimmer."

Es ist erstaunlich, welche Albernheiten man mit einer schönen Frau austauschen kann. Fast schäme ich mich, wenn ich daran denke, wie ich mit Lola schwatzend auf dieser Couch saß; ich möchte den Leser nur bitten zu bedenken, dass sie eine der erfahrensten Verführerinnen war, die je ein Bettuch zerschlissen haben, und schon allein neben ihr zu sitzen, selbst in einem Raum voller Menschen, war berauschend. Sie war überwältigend wie eine üppige tropische Blume und zog einen Mann an wie ein Magnet. Jener Generalvikar Dr. Windischmann, den sie kurz zuvor so beschimpft hatte, hat einmal gesagt, es gebe unter den ihm unterstellten Priestern keinen, für den er, was sie betraf, die Hand ins Feuer legen würde. Noch krasser und zutreffender hat es Liszt ausgedrückt, als er mir gegenüber bemerkte: „Sobald man Lola sieht, springt man in Gedanken mit ihr ins Bett."

Ich erwähne dies, um zu erklären, wie es kam, dass ich nach wenigen Augenblicken in ihrer Gesellschaft völlig vergessen hatte, dass sie mir unseren letzten Abschied in London möglicherweise verübelte – ebenso meine Befürchtung, dass sie mir wegen der Ranelagh-Affäre grollte. Sie hatte mich bezaubert; dies scheint mir genau das richtige Wort zu sein. Während ich beim Tokayer mit ihr lachte und plauderte, hatte ich nur einen Gedanken im Kopf: sie so schnell wie nur irgend möglich ins Bett zu bekommen – alles andere sollte der Teufel holen.

Während wir so freundschaftlich schwatzten und ich armer Esel ihrem Bann verfiel, traten immer mehr Leute in das Vorzimmer, die sie durch Lauengram, der den Majordomo spielte, nacheinander zu sich rufen ließ, um einige Worte mit ihnen zu wechseln. Ihre Levees waren offenbar in ganz München bekannt, und sie pflegte alle möglichen Arten von Leuten zu empfangen: nicht nur distinguierte Persönlichkeiten und allerlei Maler und Dichter, sondern auch Staatsmänner und Diplomaten. Ich entsinne mich nicht, wer an jenem Morgen anwesend war, denn mich interessierte nichts außer Lola und dem Tokayer, doch ich weiß, dass ständig irgendwelche Leute vor ihr katzbuckelten und ihr Schmeicheleien sagten. Plötzlich schlug sie vor, wir sollten alle ihren Kürassieren beim Exerzieren zusehen, und sie verschwand, um sich umzuziehen. Als sie zurückkam, trug sie eine komplette Husarenuniform, die auf eindrucksvollste Weise ihre Rundungen unterstrich und in London die Polizei auf den Plan gerufen hätte. Die Süßholzraspler riefen „Ooh“ und „Aah“ und „Wunderschön!“, und wir folgten ihr alle zu den Ställen und ritten zu einem nahe gelegenen Park, wo einige Schwadronen Kavallerie mit ihren Pferden übten.

Lola, die eine kleine weiße Stute ritt, genoss das Schauspiel sichtlich; sie deutete mit ihrer Peitsche auf die Reiter und begleitete die Manöver mit sachverständigen Ausrufen. Die Höflinge stimmten gehorsam in ihren Beifall ein – bis auf Rudi Starnberg, der gleich mir mit kritischem Blick zusah. Ich verstehe einiges von Kavallerie, und unbestreitbar sahen Lolas Kürassiere sehr gut aus, als sie an uns vorbeidonnerten. Starnberg fragte mich, was ich von ihnen halte; sie gefielen mir ausgezeichnet, sagte ich.

„Besser als die britischen?“ fragte er mit seinem kecken Grinsen.

„Das werde ich Ihnen sagen, wenn ich sie habe kämpfen sehen“, erwiderte ich unumwunden.

„Sie werden doch nicht leugnen, dass ihre Disziplin perfekt ist“, rief er.

„Gewiss, beim Exerzieren“, sagte ich. „Und ohne Zweifel sind sie in Formation auch gut bei der Attacke. Doch um sie zu beurteilen, müsste man sie in einem Gefecht sehen, jeden Mann auf sich gestellt. Nur das ist ein echter Prüfstein.“

Das stimmte; natürlich würde niemand schneller bei einem Gefecht die Flucht ergreifen als ich, aber das konnte Starnberg nicht wissen. Zum ersten Male sah er mich fast respektvoll an, nickte nachdenklich und gab zu, dass ich recht hatte.

Nach etwa einer halben Stunde begann Lola sich zu langweilen, und wir kehrten zu ihrem Palast zurück, verließen ihn jedoch bald wieder, weil sie im Garten ihre Hunde vorführen wollte. Bei allem, was sie tat, schien sie zu erwarten, dass alle anderen ihr nachliefen, und ihre Amüsements waren, bei Gott, trivial. Nach den Hunden wurde im Palast musiziert; ein fetter Tenor schluchzte sich die Seele aus dem Leib, und dann sang Lola selbst – sie hatte eine schöne Altstimme –, und ihre Bewunderer wussten sich vor Begeisterung nicht zu lassen. Danach wurden Gedichte vorgetragen, was schauerlich langweilig war, doch noch qualvoller wäre es wohl gewesen, wenn ich alles verstanden hätte, und darauf setzte man die Konversation im Vorzimmer fort. Mittelpunkt war ein düster dreinblickender Bursche mit spitzem Kinn, dessen Name mir damals noch nichts sagte; er redete weitschweifig über Musik und liberale Politik, und alle himmelten ihn auf Übelkeit erregende Weise an, sogar Lola. Als wir uns in einen angrenzenden Raum begaben, um, wie die Deutschen sagen, eine „Erfrischung" zu uns zu nehmen, stellte sie ihn mir als Herrn Richard Wagner vor, doch unsere Konversation bestand lediglich darin, dass ich ihm ein Glas Bier reichte und er „Danke" sagte. (Ich habe von diesem Zwischenfall übrigens immer wieder bei allen möglichen Gelegenheiten erzählt, was beweist, wie albern man in Bezug auf berühmte Persönlichkeiten sein kann. Meist pflegte ich zu behaupten, ich hätte ihm gesagt, dass das Liedchen „Trink, Püppchen, trink" und der britische Grenadiermarsch musikalisch mehr wert seien als sämtliche Opern, denn solche Übertreibungen machen bei Diners großen Eindruck und verhelfen einem zu dem Ruf, ein interessanter Plauderer zu sein [22]).

Doch meine Erinnerungen an jenen Nachmittag sind in Anbetracht dessen, was ich mir von der Nacht erhoffte, notwendigerweise vage. Kurz gesagt, ich blieb den ganzen Tag im Palast, langweilte mich unsäglich und bemühte mich, Lola für mich in Beschlag zu nehmen, was verdammt schwierig war, da sie stets von einer Schar von Leuten umgeben war. Von Zeit zu Zeit wechselten wir ein paar Worte, doch immer nur in Gegenwart von anderen, und beim Diner saß ich durch den halben Tisch von ihr getrennt, auf meiner rechten Seite die dicke Baronin Pechmann, auf der linken einen Amerikaner, dessen Namen ich vergessen habe [23]. Ich war deshalb ziemlich böse auf Lola; ganz abgesehen davon, dass mir ein Platz neben ihr am Ende der Tafel gebührt hätte, war der Yankee der langweiligste Bursche, den man sich denken kann, und die kichernde blonde Butterkugel auf meiner anderen Seite kreischte ständig auf empörende Weise über mein gebrochenes Deutsch. Überdies beliebte es ihr, immer wieder ihre Hand unter dem Tisch auf meinen Schenkel zu legen – nicht dass dieser Gunstbeweis mir lästig war, denn wenn sie achtzig Pfund weniger gewogen hätte, wäre sie mit ihrem Babygesicht recht hübsch gewesen –, doch meine Gedanken waren bei der schönen Lola, und die saß weit weg.

Da ich mich langweilte, achtete ich nicht allzu sehr darauf, wie viel ich trank. Es war ein prachtvolles Diner, und ein hervorragender Wein nach dem anderen wurde serviert. Alle anderen sprachen ihnen tüchtig zu, wie es die Deutschen stets zu tun pflegen, und ich folgte einfach ihrem Beispiel, was verständlich, aber töricht war; in späteren Jahren habe ich gelernt, dass der einzige gehörige Platz, sich zu betrinken, unter Freunden im eigenen Haus ist, doch an jenem Abend machte ich mich gründlich zum Narren; kurz gesagt, „Flashy betrank sich bestialisch“, um meinen alten Freund Tom Hughes zu zitieren.

Nicht dass ich der einzige war; die Unterhaltung wurde immer lauter, die Gesichter wurden immer röter, die Witze immer derber – obwohl die Hälfte der Anwesenden Frauen waren –, und schließlich brüllte und sang man rund um den Tisch, dann und wann taumelte jemand hinaus, um sich zu übergeben, und bei der Konversation schrie man aus voller

Kehle. Ich entsinne mich, dass auf der einen Seite des Saales pausenlos ein Orchester spielte, und einmal erhob sich mein amerikanischer Nachbar unter den aufmunternden Rufen der anderen schwankend von seinem Stuhl und dirigierte mit Messer und Gabel. Plötzlich stürzte er zu Boden und rollte unter den Tisch. Dies ist eine Orgie, dachte ich, doch keine richtige Orgie. Ich hatte – begreiflicherweise – die Vorstellung, ein solches Bacchanal müsse im Bett stattfinden, und so blickte ich mich nach Lola um. Sie hatte den Tisch verlassen und stand auf der einen Seite in einem Alkoven und sprach mit einigen Leuten. Ich stand auf und drängte mich zwischen herumstehenden Gästen zu ihr durch.

Ich war offenbar sinnlos betrunken, denn ich weiß noch, dass ihr Gesicht immer wieder vor meinen Augen verschwamm; sie hatte einen mit Brillanten besetzten Reif in ihrem dunklen Haar, der im Licht des Kronleuchters schwindelerregend glitzerte. Sie sagte etwas – ich entsinne mich nicht, was –, und ich murmelte:

„Lass uns zu Bett gehen, Lola."

„Du solltest dich hinlegen, Harry", erwiderte sie. „Du bist sehr müde."

„Gar nicht müde", sagte ich. „Sondern verdammt scharf. Komm, Lola, Rosanna, gehen wir zu Bett."

„Also schön. Dann komm mit." Ich bin sicher, dass sie das sagte, und dann wandte sie sich ab, und ich folgte ihr aus dem Lärm des Bankettsaals in einen Korridor; ich muss schrecklich unsicher auf den Beinen gewesen sein, denn einmal lief ich gegen die Wand, doch sie wartete auf mich und führte mich zu einer Tür, die sie öffnete.

„Hier herein", sagte sie.

Als ich an ihr vorbeitaumelte, stieg mir ihr süßes, nach Moschus duftendes Parfum in die Nase; ich packte sie und zog sie im Dunkeln an mich. Einen Augenblick spürte ich ihren offenen Mund unter dem meinen, dann entschlüpfte sie mir, und ich verlor das Gleichgewicht und sank auf eine Couch. Ich rief, sie solle zu mir kommen, und hörte sie sagen: „Einen Moment, nur einen Moment", und dann schloss sich leise die Tür.

Mit umnebeltem Kopf und voller lüsterner Gedanken lag ich halb auf der Couch, und ich muss wohl kurz die Besinnung verloren haben, denn plötzlich wurde ich eines schwachen Lichts in dem Raum gewahr, und eine weiche Hand streichelte meine Wange.

„Lola", sagte ich wie ein Tölpel, und dann schlangen sich Arme um meinen Hals, und eine sanfte Stimme flüsterte mir ins Ohr, doch es war nicht Lola. Ich blinzelte in das Gesicht vor mir, und meine Hände berührten bloßes, pralles Fleisch – ganze Berge davon. In meinen Armen lag die Baronin Pechmann, und sie war splitternackt.

Ich versuchte, sie fortzuschieben, doch sie war zu schwer; wie ein Egel klammerte sie sich, deutsche Koseworte murmelnd, an mich und drückte mich auf die Couch zurück. „Hauen Sie ab, Sie fette Schlampe", sagte ich, mit ihr ringend. „Ich will nicht Sie, ich will Lola."

Ebenso gut hätte ich versuchen können, die St.-Pauls-Kathedrale fortzuschieben; sie lag ganz auf mir, drückte ihr dickes Gesicht an das meine und küsste mich. Ich fluchte und zappelte, und sie kicherte idiotisch und begann an meiner Hose zu zerren.

„Nein, nein", sagte ich und packte ihr Handgelenk, doch entweder war ich zu beduselt, um mich richtig verteidigen zu können, oder sie war trotz all ihren Specks zu stark. Sie drückte mich nieder, nannte mich – man denke – ihr Entchen und ihr Hühnchen, und bevor ich's versah, riss sie mich plötzlich hoch, zerrte meine feine Cherrypicker-Hose bis zu den Knien herab und drückte ihren dicken Hintern an mich.

„Oh, eine Hammelkeule!“ quiekte sie. „Kolossal!“

Keine Frau tut so etwas mit mir zweimal; dazu bin ich zu empfänglich. Ich packte sie mit beiden Händen und drückte mich an sie. Gewiss, sie war nicht Lola, doch sie war da, und ich war zu beduselt und zu geil, um wählerisch zu sein. Ich vergrub mein Gesicht in den blonden Locken ihres Nackens, und sie kreischte vor Erregung. Eben wollte ich mich ernstlich ans Werk machen, als jemand an der Türklinke rüttelte, und die Türe ging auf, und plötzlich waren Männer im Zimmer.

Es waren drei; Rudi Starnberg und zwei Zivilisten in Schwarz. Rudi grinste entzückt bei meinem Anblick – er hatte mich flagrante seducto ertappt, wie wir humanistisch Gebildeten zu sagen pflegen, doch ich wusste, dies war kein Scherz. So betrunken ich war, spürte ich dennoch die Gefahr; eine schreckliche Gefahr in einem Moment, da ich sie am wenigsten erwartet hatte. Sie stand in den grimmigen Gesichtern seiner beiden Begleiter, kräftigen, schmallippigen Burschen, die sich bewegten wie Boxer. Rasch schob ich meine dicke Baronesse weg, und sie fiel klatschend auf den Bauch. Ich sprang zurück und versuchte meine Hose hochzuziehen, doch Kavalleriehosen sind hauteng, und bevor ich meine Kleider ordnen konnte, stürzten die zwei sich auf mich.

Sie packten mich an den Armen, und der eine knurrte in abscheulichem Französisch: „Stillgehalten! Sie sind verhaftet!“

„Weshalb, zum Teufel?“ rief ich. „Lassen Sie mich los, verdammt! Was soll das bedeuten, Starnberg?“

„Sie sind verhaftet“, sagte er. „Dies sind Polizeibeamte.“

„Polizei? Aber, mein Gott, was soll ich denn getan haben?“

Starnberg blickte, die Arme in die Seite gestemmt, auf die Frau, die aufgestanden war und sich eilends mit einem Kleid bedeckte. Zu meiner Verblüffung kicherte sie hinter vorgehaltener Hand; ich fragte mich, ob sie verrückt war oder betrunken.

„Ich weiß nicht, wie Sie es auf englisch nennen“, sagte er kühl, „aber wir haben verschiedene drastische Namen dafür. Hinaus mit dir, Gretchen“, und er deutete mit dem Daumen auf die Tür.

„In Gottes Namen, das ist doch kein Verbrechen“, rief ich, doch als ich sah, dass er schwieg und grimmig lächelte, versuchte ich, mich mit aller Kraft loszureißen. Ich war jetzt wieder einigermaßen nüchtern und hatte schreckliche Angst.

„Lassen Sie mich los!“ schrie ich. „Sie müssen verrückt sein! Ich verlange die Gräfin Landsfeld zu sprechen! Ich verlange den britischen Gesandten zu sprechen!“

„Aber doch nicht ohne Hose, mein Lieber“, sagte Rudi.

„Hilfe!“ brüllte ich. „Hilfe! Lasst mich los! Ihr Schufte, dafür werdet ihr büßen!“ Wie ein Rasender versuchte ich mich dem Griff der Polizeibeamten zu entwinden.

„Ein starker Mann“, bemerkte Rudi. „Beruhigt ihn.“ Einer meiner Schergen trat rasch hinter mich, und bevor ich mich umwenden konnte, durchzuckte ein heftiger Schmerz meinen Hinterkopf. Das Zimmer verschwamm um mich, und ich spürte, wie meine Knie auf den Boden schlugen; dann schwanden meine Sinne.

Manchmal frage ich mich, ob es wohl einen Menschen auf Erden gibt, der schon öfter in einer Zelle zu sich gekommen ist als ich. Es ist mir in meinem ganzen Leben immer wieder geschehen; vielleicht könnte ich einen Rekord in

Anspruch nehmen, doch dann würde sich gewiss sogleich irgendein Amerikaner melden und ihn mir streitig machen.

Die Art, wie ich erwachte, unterschied sich nicht von den meisten anderen Malen: ich spürte zweierlei grässliche Schmerzen, einen innerhalb und einen außerhalb meines Schädels. Übelkeit im Magen und Furcht vor dem, was meiner harrte. Letztere legte sich jedoch bald; just als graues Licht sich durch das Gitter vor meinem Fenster zu stehlen begann – ich vermutete, dass ich mich in einer Polizeistation befand, denn die Zelle war recht ordentlich –, brachte mir ein uniformierter Wärter einen Becher Kaffee, und sodann führte er mich durch einen Korridor zu einem einfachen, getäfelten Raum, der einen höchst amtlich wirkenden Schreibtisch enthielt, hinter dem ein höchst amtlich wirkender Mann saß. Er war um die fünfzig und hatte eisengraues Haar, einen geringelten Schnurrbart und eine von kalten Augen flankierte Hakennase. An einem Pult neben dem Schreibtisch stand ein Sekretär. Der Wärter schob mich hinein – triefäugig, unrasiert, blutbefleckt und in teuflischer Laune.

„Ich verlange, mich sofort mit meinem Gesandten in Verbindung setzen zu dürfen", begann ich, „um gegen die empörende Art, auf die man mich behandelt –"

„Seien Sie ruhig", sagte der Beamte. „Setzen Sie sich." Und er deutete auf einen Stuhl vor dem Schreibtisch.

So kann man mit Flashy nicht umspringen. „Wie können Sie es wagen, mich so herumzukommandieren, Sie kohlfressender Bastard", sagte ich. „Ich bin britischer Offizier, und wenn Sie nicht höchst unangenehme internationale Verwicklungen heraufbeschwören wollen, dann –"

„Wenn Sie Ihre schmutzige Zunge nicht hüten, dann lasse ich Sie auspeitschen und wieder in Ihre Zelle bringen", sagte er kühl. „Setzen."

Ich starrte ihn entgeistert an, als plötzlich hinter mir eine fröhliche Stimme sagte:

„Setzen Sie sich lieber, alter Junge – Sie kommen gegen ihn nicht auf", und als ich herumfuhr, sah ich, dass Rudi Starnberg an einem Tisch neben der Tür lehnte, die ihn vor mir verborgen hatte, als ich eintrat. Er war frisch und munter; seine Mütze saß schief über dem einen Auge, und er paffte eine Zigarre in einer Spitze.

„Sie!" rief ich, doch weiter kam ich nicht. Er machte eine beschwichtigende Geste und deutete auf den Stuhl; gleichzeitig schlug der Beamte mit der Faust auf den Schreibtisch, und so beschloss ich, mich zu setzen. Mein Kopf tat so weh, dass ich ohnedies bezweifelte, noch viel länger stehen bleiben zu können.

„Das ist Doktor Karjuss", sagte Rudi. „Er ist Richter und hoher Justizbeamter und hat Ihnen etwas zu sagen."

„Dann soll er mir als erstes sagen, mit welchem Recht man mich auf so unerhörte Weise misshandelt", rief ich. „Man ist über mich hergefallen, hat mir den Schädel eingeschlagen, mich in eine schmutzige Zelle geworfen, mir verwehrt, meinen Gesandten zu sprechen und weiß Gott, was noch alles. Ja, bei Gott, man hat sogar gedroht, mich auspeitschen zu lassen!"

„Sie wurden gestern Abend verhaftet", sagte Karjuss, der ein leidliches Französisch sprach, „weil Sie den Beamten Widerstand leisteten. Sie haben Sie in Gewahrsam genommen, weiter nichts."

„In Gewahrsam genommen? Sie haben mich fast umgebracht, verdammt! Und was ist das für ein verfluchter Unsinn – verhaftet! Wie lautet die Anklage, he?"

„Bis jetzt wurde noch keine erhoben", sagte Karjuss. „Ich betone, bis jetzt. Aber ich kann Ihnen gern sagen, wie sie lauten könnte." Er saß sehr steif und korrekt hinter seinem

Schreibtisch und betrachtete mich angewidert mit seinen kalten Augen. „Erstens, unzüchtiges und undezentes Betragen; zweitens, Erregung öffentlichen Ärgernisses; drittens, aufrührerisches Verhalten; viertens, Widerstand gegen die Polizei; fünftens –“

„Sie sind verrückt!“ rief ich. „Das ist absurd! Bilden Sie sich ein, irgendein Gericht auf der ganzen Welt würde mich auf Grund dessen, was gestern Abend geschah, auch nur wegen eines dieser Punkte verurteilen? Großer Gott, wenn es in Bayern so etwas wie Recht gibt, dann –“

„Das gibt es in der Tat“, fuhr er mich an. „Und ich kann Sie versichern, mein Herr, ich bilde mir nicht nur ein, dass ein Gericht Sie verurteilen würde – ich weiß es.“

Mir war ganz wirr im Kopf. „Ach, zum Teufel! Was hör ich mir das alles an? Ich möchte meinen Gesandten sprechen. Ich kenne meine Rechte, und –“

„Ihr Gesandter könnte Ihnen nicht helfen. Das schwerwiegendste Vergehen habe ich noch nicht erwähnt. Möglicherweise wird man Sie wegen versuchter Notzucht unter Anklage stellen.“

Entsetzt sprang ich auf. „Das ist eine verdammte Lüge! Mein Gott, sie hätte mich fast genotzüchtigt. Sie hat –“

„Ich bezweifle sehr, dass ein Gericht Ihnen das glauben würde.“ Seine Stimme war eiskalt. „Baronin Pechmann ist als Dame von untadeligem Ruf bekannt. Ihr Gatte war einmal Polizeidirektor von München. Eine respektablere Zeugin kann ich mir kaum denken.“

„Aber ... aber ...“ Mir fehlten die Worte, doch ein furchtbarer Gedanke stieg in mir auf. „Dies ist ein Komplott! Jawohl, das ist es! Ein abgekarteter Versuch, mich zu diskreditieren!“ Ich fuhr zu Starnberg herum, der lässig seine Fingernägel betrachtete. „Sie sind daran beteiligt, Sie Schurke! Sie haben falsches Zeugnis abgelegt!“

„Seien Sie kein Esel“, sagte er. „Hören Sie den Richter doch endlich an.“

Benommen sank ich auf den Stuhl. Karjuss beugte sich vor und trommelte mit seinen dünnen Fingern auf den Schreibtisch. Ich hatte den Eindruck, er amüsierte sich. „Sie täten gut daran, den Ernst Ihrer Lage einzusehen, mein Herr. Ich habe Sie darauf hingewiesen, welcher Delikte Sie angeklagt und zweifellos überführt werden könnten. Ich spreche nicht als Untersuchungsrichter, sondern möchte Sie juristisch beraten – glauben Sie mir das. Folgendes steht fest. Zweifellos würden Sie fortfahren zu leugnen, doch es stehen mindestens vier Zeugen von untadeligem Charakter gegen Sie – die beiden Polizeibeamten, die Sie festgenommen haben, die Baronin Pechmann und Freiherr von Starnberg. Ihr Wort – das Wort eines Mannes, der sich bekanntermaßen schon häufig wegen Frauen duelliert hat, eines Mannes, der in England wegen Trunkenheit von seiner Schule verwiesen wurde –“

„Woher, zum Teufel, wissen Sie das?“

„Wir haben sorgfältige Erhebungen angestellt. Stimmt es etwa nicht? Sie können sich wohl denken, welchen Wert man unter diesen Umständen Ihrem Wort beimessen würde.“

„Das ist mir gleich!“ rief ich. „So können Sie mit mir nicht umspringen! Ich bin ein Freund der Gräfin Landsfeld! Sie wird für mich eintreten! Bei Gott, wenn sie von alldem erfährt –“

Ich verstummte. Ein entsetzlicher Gedanke durchzuckte mich. Warum hatte die allmächtige Lola, deren leisestes Wort Gesetz in Bayern war, nicht bereits für mich interveniert? Sie musste Bescheid wissen – der scheußliche Vorfall hatte sich in ihrem eigenen Palast ereignet! Keine fünf Minuten vorher war sie mit mir zusammen gewesen…

...Und dann wurde mir trotz meines schmerzenden, benommenen Kopfes die volle Wahrheit klar. Lola wusste Bescheid, jawohl: war sie es nicht gewesen, die mich nach München gelockt hatte? Und nun, kaum vierundzwanzig Stunden, nachdem ich sie wiedergesehen hatte, saß ich in der Falle, hatte man offenbar mit Bedacht ein abscheuliches Komplott gegen mich geschmiedet. Mein Gott! Wollte sie sich auf diese Weise dafür rächen, dass ich vor Jahren über ihre Demütigung in London gelacht hatte? Konnte eine Frau so teuflisch grausam sein, derart erbittert hassen, dass sie so weit ging? Ich konnte es nicht glauben. Und dann bestätigte Karjuss meine schlimmsten Befürchtungen.

„Sie können von der Gräfin Landsfeld keinerlei Hilfe erwarten", sagte er. „Sie hat es bereits abgelehnt, sich für Sie zu verwenden."

Ich vergrub meinen schmerzenden Kopf in den Händen. Das war ein Alptraum; es konnte einfach nicht wahr sein.

„Aber ich habe nichts getan!" rief ich, fast schluchzend. „Ja, gewiss, ich habe mit dieser fetten Schlampe scharmuziert, aber ist das ein Verbrechen? Tun Deutsche so etwas nicht, um Himmels willen? Bei Gott, ich lasse mir das nicht bieten. Mein Gesandter –"

„Einen Moment", warf Karjuss ungeduldig ein. „Es scheint, meine Worte waren vergeblich. Kann ich Sie nicht davon überzeugen, dass Ihre Lage, juristisch gesehen, hoffnungslos ist? Ich versichere Sie, wenn man Sie schuldig spricht, kann es sein, dass man Sie lebenslänglich einsperrt. Allein schon die kleineren Delikte könnten Ihnen eine Höchststrafe von mehreren Jahren einbringen. Ist das klar? Und es wird unvermeidlich dazu kommen, wenn Sie darauf bestehen, Ihren Gesandten zu sprechen und ihn für die Sache zu interessieren, denn dadurch würden Sie selbst den ganzen Skandal an die Öffentlichkeit bringen. Im Moment, darauf darf ich Sie nochmals hinweisen, ist noch keine Anklage erhoben."

„Und das muss nicht geschehen", sagte hinter mir Rudi. „Es sei denn, Sie beharren darauf."

Das war zuviel für mich; ich begriff überhaupt nichts mehr.

„Niemand will Ihnen Unannehmlichkeiten bereiten", sagte Rudi in süßlichem Ton. „Wir möchten Sie doch nur auf Ihre Situation hinweisen, verstehen Sie das nicht? Ihnen klarmachen, was geschehen könnte – wenn Sie uneinsichtig sind."

„Sie wollen mich also erpressen!" Ich blickte von dem dünnlippigen Karjuss zu dem aalglatten Stutzer. „Warum, in Gottes Namen? Was habe ich getan? Was wollen Sie von mir? Was soll ich tun?"

„Ah!" sagte er. „Das ist schon besser." Er klopfte mir mit seiner Reitgerte zweimal auf die Schulter. „Viel besser. Wissen Sie was, Doktor", sagte er, zu Karjuss gewandt, „ich glaube, ich brauche Sie nicht länger zu belästigen. Ich bin sicher, Rittmeister Flashman ist sich des, äh, Ernstes seiner Lage bewusst geworden und wird sich nun als ebenso eifrig bestrebt wie wir erweisen, einen allseits befriedigenden Ausweg zu finden. Ich bin Ihnen zutiefst verbunden, Doktor."

Trotz meines ängstlichen und verwirrten Zustands bemerkte ich, dass Karjuss seine Entlassung hinnahm wie ein Lakai von seinem Herrn. Er stand auf, verbeugte sich vor Starnberg und schritt, gefolgt von seinem Sekretär, aus dem Zimmer.

„Gott sei Dank", sagte Jung-Rudi. „Ich kann diese verdammten Federfuchser nicht ausstehen. Ich habe Sie wirklich nicht gern mit ihm behelligt, aber er legt juristische Dinge zweifellos sehr gut dar. Eine Zigarre? Nein?"

„Ich habe seinen Darlegungen nur entnommen, dass ich das Opfer einer verdammten Verschwörung bin! Mein Gott, warum tun Sie mir das an? Steckt diese verfluchte Lola dahinter? Will sie sich auf diese Weise an mir rächen?"

„Tss, tss", sagte Rudi. „Beruhigen Sie sich." Er setzte sich auf den Rand von Karjuss' Schreibtisch, ließ seine Beine einen Moment baumeln und sah mich nachdenklich an. Dann lachte er leise.

„Wirklich eine böse Sache. Ich kann's Ihnen nicht verübeln, dass Sie empört sind. Offen gesagt, wir waren Ihnen gegenüber nicht ganz aufrichtig. Möchten Sie wirklich keine Zigarre? Also, passen Sie auf, ich will Ihnen das Ganze erklären."

Er zündete sich eine neue Zigarre an und fuhr fort:

„Ich denke, Karjuss hat Sie überzeugt, dass Sie sich in einer scheußlichen Patsche befinden. Falls wir wollen, können wir Sie bis an Ihr Lebensende hinter Gitter bringen, und Ihr eigener Gesandter und Ihre Regierung wären die ersten, die ‚Amen' dazu sagen würden. In Anbetracht der Ihnen vorgeworfenen Delikte, meine ich."

„Unverschämte Lügen!" rief ich. „Und dazu noch falsche, präparierte Zeugen!"

„Aber selbstverständlich. Wie Sie selbst gesagt haben, ein teuflisches Komplott. Doch das Wesentliche ist – Sie sitzen in dieser Patsche und haben keine andere Wahl, als zu tun, was man Ihnen sagt. Wenn Sie sich weigern, werden Sie unter Anklage gestellt und verurteilt, und dann gute Nacht."

Und der unverschämte Kerl grinste mich freundlich an und blies einen Rauchring.

„Sie Teufel!" schrie ich. „Sie – Sie dreckiger deutscher Hund!"

„Darf ich Sie korrigieren – ich bin Österreicher. Aber sei's drum – Sie sind sich über Ihre Lage klar?"

Oh, ja, darüber war ich mir klar, keine Frage. Ich hatte keine Ahnung, warum man mir das angetan hatte, doch ich hatte keinen Zweifel, was die Folgen sein würden, wenn ich ihr infernalisches Spiel nicht mitmachte – worin es auch bestehen mochte. Drohungen hatten mir nicht geholfen, und ein Blick auf Rudis spöttisches Gesicht sagte mir, dass Jammern es auch nicht tun würde. Jener zwei Karten beraubt, die ich normalerweise in kritischen Situationen auszuspielen pflegte, schien ich im Moment verloren.

„Nun sagen Sie mir endlich, warum Sie das mit mir gemacht haben – warum ausgerechnet mit mir? Was, in Gottes Namen, können Sie von mir wollen?"

„Es gibt da einen Dienst – einen sehr wichtigen Dienst –, den nur Sie leisten können", sagte er. „Mehr kann ich Ihnen im Augenblick nicht verraten. Aber das ist der Grund, weshalb wir Sie nach München geholt haben – oh, es war alles sorgfältig geplant. Lolas Brief – den übrigens ich diktiert habe – entsprach völlig den Tatsachen. Es handelt sich wirklich um eine ‚höchst heikle' Angelegenheit."

„Aber was für ein Dienst kann es denn sein, den nur ich –"

„Nun warten Sie's doch ab, und hören Sie um Gottes willen auf, sich zu betragen wie das Opfer in einem Melodrama. Mein Wort darauf, wir haben uns nicht umsonst soviel Mühe gemacht. Nun, ich hoffe sehr, Sie werden jetzt vernünftig sein und sich mit Würde ins Unvermeidliche finden?"

„Diese verdammte Lola!" brummte ich. „Ich nehme an, sie steckt bis zum Hals in diesem – diesem Schurkenstück."

„Sie steckt mit darin, doch nicht bis zum Hals. Sie war nur der Köder, mit dem wir Sie nach Deutschland geholt haben, aber das Ganze war nicht ihre Idee. Wir haben uns nur ihrer Unterstützung versichert ..."

„‚Wir'. Wer, zum Teufel, ist ‚wir'?"

„Meine Freunde und ich. Sie sollten ihr übrigens nicht allzu böse sein. Ich bezweifle, dass sie Ihnen Übles will – ich glaube sogar, Sie tun ihr leid –, aber sie weiß, wem sie die Butter auf ihrem Brot verdankt. Und so mächtig sie ist, es gibt in Deutschland Leute, denen zu willfahren selbst sie klug findet. Doch nun keine albernen Fragen mehr: werden Sie ein lieber Junge sein oder nicht?"

„Ich scheine keine andere Wahl zu haben."

„Ausgezeichnet. Wir werden jetzt zusehen, dass diese Schramme an Ihrem Kopf versorgt wird, dass Sie ein Bad und saubere Wäsche bekommen, und dann –"

„Was dann?"

„Wir beide werden eine kleine Reise machen, mein lieber Flashman. Oder darf ich Sie Harry nennen? Und Sie müssen zu mir Rudi sagen, wissen Sie; ‚dreckiger Hund' und ‚Teufel' und ‚Schwein' und derlei Bezeichnungen mögen unter relativ Fremden angehen, doch ich habe das Gefühl, dass Sie und ich am Anfang einer wirklich fruchtbringenden und profitablen Freundschaft stehen. Meinen Sie nicht? Hm, tut mir leid, aber wir werden ja sehen. Wenn Sie jetzt bitte mitkommen würden – eine geschlossene Kutsche erwartet uns, die uns zu einem kleinen Haus von mir bringen wird. Dort werden wir Sie versorgen und ausstaffieren. Scheußlich, so ein Gefängnis, nicht wahr? Keine angemessenen Bequemlichkeiten für einen Gentleman ..."

Nun, was konnte ich anderes tun, als ihm mit einem mulmigen Gefühl im Magen zu folgen? Was immer „sie" vorhaben mochten – mir blieb vorläufig nichts anderes übrig, als gute Miene zum bösen Spiel zu machen. Mein Instinkt sagte mir, dass der „Dienst", zu dem sie mich pressen wollten, sicherlich unangenehm und höchstwahrscheinlich verdammt gefährlich sein würde. Doch ich war Realist, und ich hatte bereits die Überzeugung gewonnen, dass sich, was auch bevorstehen mochte – laut Rudi als erstes eine Reise –, bestimmt eine Gelegenheit zur Flucht bieten würde. Wenn man nicht direkt eingesperrt ist, so ist eine Flucht nicht so schwierig, wie manche Leute glauben; man reißt einfach aus, bemächtigt sich des erstbesten Pferdes und reitet wie der Teufel, um sich in Sicherheit zu bringen – in diesem Fall wohl zur österreichischen Grenze. Oder war die Schweiz besser? Sie war weiter entfernt, doch Rudi und seine zwielichtigen Freunde verfügten in Österreich sicherlich über Einfluss. Und dass ich zu Pferde die Schweizer Grenze zu erreichen versuchte, würden sie nicht vermuten ...

„Ach, übrigens", sagte Rudi, als wir die Polizeistation verließen und er mir in die Kutsche half, „ein Mann der Tat wie Sie könnte glauben, dass sich eine Möglichkeit ergeben wird, mir zu entwischen. Versuchen Sie es lieber nicht. Ich würde Sie töten, bevor Sie fünf Meter weit gekommen sind." Freundlich lächelnd ließ er sich mir gegenüber nieder.

„Sie sind verflucht selbstsicher", knurrte ich.

„Mit gutem Grund", sagte er. „Da, sehen Sie." Er schüttelte seinen rechten Arm, und eine kleine Pistole rutschte in seine Hand. „Ich bin ein hervorragender Schütze, müssen Sie wissen."

„Zweifellos", sagte ich, kam aber zu dem Schluss, dass es vermutlich stimmte. Wer eine Pistole in seinem Ärmel trägt, versteht im allgemeinen auch damit umzugehen. „Und in aller Bescheidenheit, aber auch mit dem Säbel dürfte ich Ihnen wahrscheinlich überlegen sein – und mit einem Messer", sagte Herr Rudi und steckte seine Pistole wieder weg. „Wie Sie sehen, würde es sich nicht auszahlen, wegzulaufen."

Ich sagte nichts, doch meine Laune sank noch ein gutes Stück tiefer. Er würde sicher ein tüchtiger Wachhund sein, umso mehr, als er mich für einen „Mann der Tat" hielt. Er kannte zweifellos meinen Ruf gut genug, um mich als einen tollkühnen, gefährlichen Burschen einzuschätzen, der kein Risiko scheute. Hätte er gewusst, welch ein Hasenfuß ich war, wäre er vielleicht weniger wachsam gewesen.

Ich war also vorläufig dem Freiherrn Rudolf von Starnberg auf Gnade und Ungnade ausgeliefert, und hätte ich ihn damals schon so gut gekannt wie später, wäre ich wohl noch nervöser gewesen. Denn dieser fröhliche, sorglose Junge mit seinem Lockenkopf und seinem gewinnenden Lächeln war einer der härtesten Burschen, denen ich je begegnet bin – ein durch und durch böser, skrupelloser Halunke –, und wie der Leser sich denken kann, habe ich eine Menge davon kennengelernt. Nicht viele von ihnen, so verworfen sie auch sein mochten, genossen gleich Rudi die Verruchtheit um ihrer selbst willen. Er tötete, zum Beispiel, mit Leidenschaft und mit einem Lachen; er kannte Frauen gegenüber keine Scham und auch kein Mitleid. Gewiss gab es Verbrechen, die er nicht begangen hatte, doch nur aus Mangel an Gelegenheit. Er war ein nichtswürdiger, tückischer, grausamer Hundesohn.

Trotzdem kamen wir im großen und ganzen recht gut miteinander aus, nicht nur, weil ich die meisten seiner Untugenden teilte, sondern weil er irrtümlich glaubte, seine einzige Tugend, der Mut, sei auch mir zu eigen. Er war zu jung, um zu wissen, was Furcht ist, und er dachte, ich sei ebenso ein Teufelskerl wie er – mein afghanischer Ruhm war doch noch nicht ganz verblasst. Ich muss jedoch auch zugeben, dass er ein guter Kamerad sein konnte, wenn er wollte – er war ein unterhaltsamer Plauderer und hatte eine schmutzige Phantasie, und er liebte die guten Dinge des Lebens – deshalb fiel es mir nicht schwer, mit ihm auszukommen.

An jenem ersten Tag war er überaus besorgt um mich. In dem Haus, zu dem er mich brachte, gab es einen höchst tüchtigen französischen Diener, der mir den Kopf säuberte und verband, mir ein Bad einließ und einen meiner Anzüge bereitlegte – man hatte mein Gepäck aus dem Hotel geholt – und uns später, bevor wir zum Bahnhof fuhren, ein ganz vorzügliches Omelett bereitete. Rudi trieb den Kutscher zur Eile an, damit wir den Zug erreichten; wir führen nach Berlin, sagte er mir, doch mehr war nicht aus ihm herauszubekommen.

„Warten Sie's ab", sagte er. „Im übrigen wäre ich Ihnen dankbar, wenn Sie jetzt nicht mehr französisch sprächen, sondern Ihre Deutschkenntnisse verbessern würden – Sie werden sie brauchen."

Mit dieser geheimnisvollen Instruktion musste ich mich zufriedengeben und gehorchen, denn von nun an sagte er kein französisches Wort mehr und ging auf keines ein. Die Flasche Rheinwein, die ich geleert hatte, ließ die unbekannte Zukunft jedoch nicht mehr ganz so düster erscheinen, und als wir den Abendzug bestiegen, hatte ich mich, zumindest für den Moment, mit meiner Lage abgefunden. Ich beschloss, mich erst wieder darum zu sorgen, wenn wir in Berlin ankamen.

Kapitel 6

Die Reise, zu der man heute nur ein paar Stunden braucht, dauerte drei Tage. Doch es war die Frühzeit der Eisenbahn, und es gab noch keine durchgehende Strecke zwischen München und Berlin. Ein Stück legten wir per Kutsche zurück, doch weiß ich nicht mehr, welches; eine Nacht verbrachten wir in Leipzig, aber ich habe nicht sonderlich auf meine Umgebung geachtet. Mit jedem Kilometer wuchs meine Furcht wieder – was zum Teufel konnten „sie" nur von mir wollen? Ein paar Mal versuchte ich, etwas aus Rudi herauszuholen, doch ohne Erfolg.

„Sie werden es schon zur rechten Zeit erfahren", war alles, was er mit verschmitztem Grinsen erwiderte. „Ich kann Ihnen nur eines sagen – ich würde die Sache sofort machen, wenn sich mir die Gelegenheit böte. Glauben Sie mir, ich beneide Sie sogar. Aber Sie sind der einzige richtige Mann dafür – und keine Sorge: Sie verfügen über die nötigen Fähigkeiten."

Leider munterte mich das nicht auf. Schließlich hingen alle meine Fähigkeiten, wie er und die ganze Welt glaubten, mit Krieg, Gemetzel und Heldentum zusammen, und damit wollte ich möglichst nichts zu tun haben. Doch ich war klug genug, ihn meine Ängstlichkeit nicht merken zu lassen; wenn meine schlimmsten Ahnungen sich bewahrheiteten, würde er ohnedies bald dahinterkommen.

Im Zug verbrachten wir viel Zeit damit, Picquet und Ecarté zu spielen, und bewiesen einander unsere Gerissenheit, doch konnten wir uns beide nicht recht darauf konzentrieren. Ich war innerlich zu nervös und er zu sehr damit beschäftigt, mich zu beobachten – er war einer dieser ungewöhnlichen Menschen, deren Aufmerksamkeit Tag und Nacht nie erlahmt, und während der ganzen Reise ergab sich keine einzige Chance, ihn zu überrumpeln. Das heißt nicht, dass ich es versucht hätte, wenn sich eine geboten hätte; ich hatte nämlich einen gesunden Respekt vor Starnberg entwickelt und zweifelte nicht, dass er ohne das geringste Zögern auf mich schießen und die Folgen auf sich nehmen würde.

So erreichten wir denn in einer bitterkalten, windigen Nacht Berlin, und am Bahnhof erwartete uns eine Kutsche, mit der wir rasch durch die belebten, von Laternen erhellten Straßen rollten. Trotz unserer pelzgefütterten Mäntel und der Decken und heißen Ziegel war es nach dem warmen Zug scheußlich kalt in der Kutsche, und der Gedanke, dass unsere Fahrt offenbar nicht kurz sein würde – ich schloss es daraus, dass wir mehrere Körbe mit Lebensmitteln und Flaschen mit uns führten –, trug nicht gerade zur Verbesserung meiner Laune bei.

Die Reise dauerte weitere drei Tage und war, da die Straßen mit Schnee bedeckt waren und die Kutsche einmal ein Rad verlor, verdammt strapaziös. Es schien mir, dass wir nach Westen fuhren und etwa dreißig Kilometer pro Tag zurücklegten, doch ansonsten verriet mir die öde deutsche Landschaft nichts. Schnee klebte an den Fenstern, und die Kutsche glich einem Eiskeller; ich fluchte und brummte in einem fort, doch Starnberg saß, in seinen Mantel gekuschelt, ruhig in seiner Ecke und pfiff leise durch die Zähne – seine Bemerkungen waren entweder aufreizend vergnüglich oder spöttisch, und ich konnte mich nicht entscheiden, was mir mehr zuwider war.

Als ich am dritten Tage gegen Abend aus einem kleinen Schlummer erwachte, sah ich, dass Rudi das Fenster heruntergelassen hatte und in die Dämmerung hinausstarrte. Es schneite im Augenblick nicht, doch ein beißend kalter Wind pfiff in die Kutsche, und ich wollte ihm eben barsch sagen, er solle das Fenster schließen, damit wir nicht erfrören, als er seinen Kopf herein zog und sagte:

„Gott sei Dank, wir sind am Ziel. Endlich erwarten uns ein anständiges Essen und ein gutes Bett."

Ich beugte mich vor, um hinauszusehen, und ich muss gestehen, dass ich schon heiterere Ausblicke gesehen habe. Wir rollten langsam über eine lange Allee auf ein riesiges, düsteres Gebäude zu, halb Herrenhaus, halb Schloss; in dem Dämmerlicht, mit dem winterlichen Himmel im Hintergrund, wirkte es mit seinen Türmen und Erkern und verwitterten Steinen wie die Szenerie eines Schauerromans. Hinter einigen der Fenster brannte Licht, und eine große Laterne warf ihren gelben Schein auf das gewölbte Haupttor, doch all dies unterstrich nur noch die Düsternis des Hauses. Junker Flashy kam zum Dunklen Turm, dachte ich und bemühte mich, mir nicht vorzustellen, was meiner im Innern harrte.

Man führte uns in eine riesige, mit Steinplatten ausgelegte Halle, in der zerschlissene Teppiche und alte Waffen und Jagdtrophäen hingen; Bogengänge ohne Türen führten aus ihr hinaus, und entsprechend der unheimlichen mittelalterlichen Atmosphäre brannten sogar Fackeln an den Wänden. Man fühlte sich wie in einer Gruft, und der uralte Diener, der uns empfing, hätte einen ausgezeichneten Totengräber abgegeben.

Was mich jedoch am meisten erschreckte, waren drei stramme Burschen von militärischem Aussehen, die uns in der Halle erwarteten. Sie begrüßten Rudi und musterten mich mit kühlem, sachverständigem Blick. Der eine war ein untersetzter, kurzgeschorener typischer Preuße, durch dessen Gesicht sich von der Stirn bis zum Kinn eine große Säbelnarbe zog; der zweite war ein großer, drahtiger, unheimlicher Mann, mit glattem schwarzem Haar und einem verschlagenen Lächeln, der dritte war klein und dick, kahlköpfig und hässlich. Alle trugen Interimsuniformen und waren ein überaus unangenehm wirkendes Trio, und als mir klar wurde, dass angesichts dieser Burschen meine Chancen zu entkommen vollends schwanden, sank mein Mut noch tiefer.

Rudi machte uns bekannt. „Meine Freunde Kraftstein" – der große Preuße klappte die Hacken zusammen – „de Gautet" – der unheimliche Scaramouche verbeugte sich – „und Bersonin" – der hässliche Kahlkopf nickte kaum merklich. „Wie Sie sehen, sind sie Soldaten wie wir beide. Sie werden sich nach Kräften um Ihr Wohlergehen und um, äh, Ihre sichere Unterbringung kümmern", sagte Herr Rudi freundlich, „und ich darf Sie versichern, jeder von Ihnen ist beinahe ebenso kräftig wie ich, nicht wahr?"

„Gewiss", sagte der glatte de Gautet und zeigte seine Zähne. Ein ausgesprochen unsympathischer Bursche, dachte ich.

Während er und Kraftstein mit Rudi in der Halle blieben, geleitete mich Bersonin in ein Zimmer im ersten Stock und gestattete mir, ohne seinen kalten Blick von mir zu wenden, mich umzuziehen, mich zu waschen und ein Mahl zu verzehren, das mir der uralte Diener brachte. Das Essen war leidlich, und ich lud den schweigsamen Bersonin ein, mit mir ein Glas des ausgezeichneten Rheinweins zu trinken, der mir dazu serviert wurde, doch er schüttelte den Kopf. Ich versuchte, mein Deutsch bei ihm zu erproben, aber als ich für meine Mühe nichts als ein paar Grunzer erntete, wandte ich ihm den Rücken zu und widmete mich meinem Essen. Wenn er den Wärter spielen wollte, so gebührte es ihm, auch als solcher behandelt zu werden.

Plötzlich erschien, in einem sauberen Hemd, frisch gebügelten Hosen und blankpolierten Stiefeln, Herr Rudi, gefolgt von den Brüdern Kraftstein und de Gautet. „Wünsche wohl zu speisen“, sagte er. „Wie ich sehe, scheinen Sie zwei sich ausgezeichnet zu vertragen. Ich hoffe, unser guter Bersonin hat Sie nicht mit seinem unsinnigen Geschwätz belästigt. Nein?“ Er grinste Bersonin unverschämt an, und dieser zuckte die Achseln und bedachte ihn mit einem finsteren Blick. „Mein Gott, was für ein Tollkopf“, fuhr Rudi fort, der offenbar auch gespeist hatte und wieder bester Laune schien. „Kommen Sie mit mir“, wandte er sich an mich, „wir wollen sehen, was dieses entzückende Etablissement sonst noch an Zerstreuung bietet.“

„Das einzige, was mich interessiert, ist, was ich hier soll“, entgegnete ich.

„Oh, das werden Sie jetzt bald erfahren“, sagte er und führte mich den Korridor hinunter, eine Treppe hinauf und in eine lange Galerie. Kaum hatten wir sie betreten, da erklang irgendwo vor uns das unmissverständliche Krachen einer Pistole. Ich zuckte zusammen, doch Rudi grinste mich nur über seine Schulter an.

„Ratten“, sagte er. „Das Haus wimmelt davon. Wir haben es schon mit Gift und Hunden versucht, doch unser Gastgeber hält mehr von direkteren Methoden. Da, wieder“, fügte er hinzu, als ein weiterer Schuss krachte. „Sie scheinen heute in Scharen unterwegs zu sein.“

Er blieb vor einer massiven, mit Nägeln beschlagenen Tür stehen. „Es ist soweit“, rief er, stieß sie weit auf und bedeutete mir, einzutreten. „Ihre Geduld wird belohnt.“

Es war ein schöner, großer Raum, weit besser ausgestattet als jene, die ich bisher gesehen hatte; ein Teppich lag auf den Steinplatten, in einem riesigen Kamin brannte ein munteres Feuer, und die Einrichtung bestand aus kostbar wirkenden Ledersesseln, mehreren Bücherregalen an den getäfelten Wänden und einem langen, schmalen polierten Tisch, der in der Mitte des Raums unter einem glitzernden Kandelaber stand. Am anderen Ende des Tisches saß ein Mann, die Füße auf der Platte, und lud eine lange Pistole, und bei seinem Anblick blieb ich stehen, als sei ich gegen eine Wand gelaufen. Es war Otto von Bismarck.

Obwohl mein Leben wahrlich allzu viele unangenehme Überraschungen für mich bereitgehalten hat, entsinne ich mich nur weniger Momente, die so unangenehm waren wie dieser. So seltsam es scheinen mag, doch seit dem Beginn dieser deutschen Affäre hatte ich nie auch nur im entferntesten an Bismarck gedacht – wahrscheinlich, weil ich nicht an ihn denken wollte. Nachdem ich ihm in England den üblen Streich mit John Gully gespielt hatte, hegte ich nicht den Wunsch, ihn je wiederzusehen – vor allem nicht in einer für mich so unvorteilhaften Situation wie dieser. Verständlich, dass man einem Mann, den man von einem Preisboxer hat verprügeln lassen und der Lächerlichkeit preisgegeben hat, nicht gern in einem einsamen Schloss gegenübertritt, vor allem nicht in Gegenwart vierer von ihm gedungener Halunken.

Ebenso erschreckend war die Entdeckung, dass er hinter der Falle stand, in die man mich gelockt hatte; war die ganze Sache mir schon vorher brenzlig erschienen, so tat sie es jetzt umso mehr.

„Willkommen in Schönhausen, Mr. Flashman“, sagte er, und ein ganz leises Lächeln kräuselte seine Mundwinkel. „Nehmen Sie doch bitte Platz [24].“

Bersonin schob mir einen Stuhl an das andere Tischende und nahm dann neben der Türe Aufstellung. Die anderen drei standen am Kamin, Rudi an den Sims gelehnt. Bismarck betrachtete mich über den Tisch hinweg: mit seinen blassblauen Augen und seinem arroganten starren Blick wirkte er ebenso unangenehm wie damals. Nur sein Gesicht war seit unserer ersten Begegnung ein wenig voller geworden, und er trug einen großen Schnurrbart; Saufen und Fressen hatten ihn ein Gutteil Fleisch ansetzen lassen, vor allem am Hals.

Mein Herz schlug wie ein Hammer, und wie immer, wenn ich vor Angst halb von Sinnen bin, rötete sich mein Gesicht. Bismarck zog falsche Schlüsse daraus.

„Sie scheinen nicht sehr erfreut, mich zu sehen", sagte er, seine Pistole beiseite legend. „Mit gutem Grund, möchte ich sagen. Es ist noch eine Rechnung zwischen uns offen; dank Ihrem Freund, dem Boxchampion, fehlt mir immer noch ein Zahn." Er schwieg einen Moment, und ich zitterte. „Aber Sie denken doch nicht etwa, ich habe Sie aus England nur deshalb hierherbringen lassen, um eine persönliche Differenz beizulegen. So erstaunlich Ihnen das erscheinen mag – ich brauche Ihre Dienste. Was sagen sie dazu?"

„Mein Gott", erwiderte ich, „wenn dem so ist, warum, zum Teufel, bitten Sie mich dann nicht darum wie ein zivilisierter Mensch, statt diese verdammte Scharade in München zu inszenieren? Ich kann nur sagen, Sie sind der lächerlichste, gefährlichste – jawohl, und der ungehobeltste –"

„Lassen wir den Unsinn. Sie wollen doch nicht behaupten, Sie wären gekommen, wenn ich Sie darum gebeten hätte, oder? Es war nur möglich, Sie durch Anwendung von List hierherzubringen und Sie – gefügig zu machen. Man hat Sie ja wohl nicht im Zweifel darüber gelassen, was mit Ihnen geschehen wird, wenn Sie nicht tun, was ich will."

„Man hat mich nicht im Zweifel darüber gelassen, dass ich auf gemeinste Weise entführt worden bin! Und dass man mich überfallen und mir Delikte unterstellt hat, die ich nicht begangen habe! Man hat keinen Zweifel daran gelassen, dass Sie ein verdammter Schurke sind. Und –"

„Schluss jetzt mit diesem Geschwätz!" unterbrach er mich barsch. „Sie wissen, wer ich bin, und ich weiß genau, was Sie sind – ein brutaler, zügelloser Raufbold. Jawohl, aber einer mit gewissen Fähigkeiten, die Sie nach meinen Anordnungen einsetzen werden."

„Was, zum Teufel, wollen Sie eigentlich von mir? Inwiefern könnte ich Ihnen von Nutzen sein?"

„So ist's schon besser. Geben Sie ihm einen Brandy, Kraftstein, und eine Zigarre. Also, hören Sie mich jetzt an, Mr. Flashman. Aber was ich Ihnen sage, werden Sie niemandem weitererzählen, verstanden? Keinem Menschen, wenn Ihnen Ihr Leben lieb ist."

Wenn ich jetzt daran zurückdenke, erscheint mir das Ganze immer noch fast unglaublich – dass ich wirklich in diesem langen Raum saß, mit einem Glas und einer Zigarre, und dass dieser kalte, herrische Mann, welcher der größte Staatsmann seiner Epoche werden sollte, mir den erstaunlichen Plan darlegte, welcher der erste kleine Schritt in seiner Karriere war. Es war verrückt, unfassbar – doch es ist wahr. Bismarck war damals ein Niemand – in politischer Hinsicht zumindest. Doch er hatte seine Träume (von denen Lola mir schon vor Jahren erzählt hatte), und nun machte er sich mit seiner kühlen deutschen Entschlossenheit daran, sie zu verwirklichen. Ist es nicht seltsam, dass er ohne mich nicht dazu imstande gewesen wäre? Er brauchte den brutalen, zügellosen Raufbold (eine höchst unvollständige Charakterisierung, doch Bismarck war für seine Halbwahrheiten berühmt).

„Lassen Sie mich Ihnen zuerst eine Frage stellen“, sagte er. „Was wissen Sie von Schleswig-Holstein?“

„Ich bin ihm nie begegnet“, antwortete ich. Rudi lachte laut, und de Gautet setzte sein schiefes Grinsen auf. Bismarck zeigte sich nicht im mindesten belustigt. „Das ist keine Person, das sind Staaten“, sagte er. „Ich will Ihnen Näheres darüber sagen.“

Und er begann mir die „Schleswig-Holstein-Frage“, wie die Historiker zu sagen pflegen, zu erklären. Ich möchte den Leser damit nicht langweilen, denn selbst Diplomaten sind sich darüber einig, dass es sich um die komplizierteste Sache handelt, die den europäischen Politikern je Kopfzerbrechen bereitete. Kein Mensch ist je völlig schlau daraus geworden – Palmerston hat einmal gesagt, nur drei Leute hätten sie begriffen: der eine war Palmerston selbst, und er hatte das Ganze vergessen, der zweite ein berühmter Staatsmann, der tot war, und der dritte war ein deutscher Professor, der beim Nachdenken darüber verrückt wurde. Das Wesentliche daran war, dass die zwei Staaten, die zwischen Dänemark und Preußen lagen, nominell vom König von Dänemark regiert wurden, obgleich die meisten Einwohner Deutsche waren. Sowohl Preußen wie Dänemark erhoben Anspruch auf Schleswig-Holstein, und die Menschen, die dort lebten, stritten sich ständig darum, zu welchem Land sie kommen sollten.

Das war also die berühmte Frage [25] – und Bismarck hatte natürlich eine Antwort darauf parat.

„Es steht außer jedem Zweifel“, sagte er, „dass diese beiden Staaten *de jure* preußisch sind. Es ist von größter Wichtigkeit, dass sie auch *de facto* preußisch werden.“

Ich begriff um alles in der Welt nicht, was das mit mir zu tun hatte, und sagte ihm das.

„Sein Sie ruhig und hören Sie zu", brummte er. „Sie werden es bald verstehen. Sagen Sie: Interessieren Sie sich außer für Saufen und Huren und Jagen auch für Politik?"

„Nun, ich bin wohl ein Tory. Aber ich habe mir nie die Mühe gemacht zu wählen. Weshalb?"

„Gerechter Gott", sagte er. „Dieser Mann, meine Herren" – er blickte die anderen an – „gehört der herrschenden Schicht des – im Moment – mächtigsten Landes der Welt an. Unglaublich, was?" Er wandte sich wieder zu mir und betrachtete mich verächtlich. „Sie haben also keine Ahnung von politischen Dingen – weder von Ihren eigenen, noch von irgendwelchen anderen. Schön und gut. Aber selbst Sie, Mr. Flashman, müssen doch bemerkt haben, dass sich in letzter Zeit über Europa Sturmwolken zusammenziehen. Es herrschen gefährliche liberale Tendenzen, die, gefördert durch sogenannte progressive Gruppen von Intellektuellen, allmählich die Völker der verschiedenen Länder infizieren. Unzufriedenheit und Unruhe werden geschürt; überall entstehen Reformbewegungen. Reform!" – er schien das Wort auszuspucken – „dieses Schlagwort, mit dem Unfähige und Dummköpfe die Stabilität zerstören wollen, weil sie hoffen, zwischen den Ruinen ein paar Krümel zu finden. Reformen! Jawohl, in Ihrem Land wurden sie durchgesetzt, wie vielleicht sogar Sie gehört haben –"

„Ja, ich glaube. Mein Alter hat seinen Sitz im Unterhaus verloren."

„– und was ist das Resultat? Konzessionen haben noch stets zu Anarchie geführt. Sind die niederen Schichten bei Ihnen zufrieden? Natürlich nicht: sie sind es nie."

„Offen gesagt, er hat allerdings nie viel Zeit darin verbracht ..."

„Doch bis jetzt haben sich in England die Folgen der Dummheit seiner Staatsmänner noch nicht voll ausgewirkt.

Es wird aber nicht lange dauern, in England wie in ganz Europa. Wir sind durch einen dreißig Jahre währenden Frieden verweichlicht und geschwächt, und es gibt in Europa kaum noch einen Mann – ausgenommen Metternich –, der über die Grenzen seines Landes blickt, der seinen Blick über die lächerlichen Trivialitäten der Innenpolitik seines Landes auf das düstere Bild des Kontinents richtet. Sie verschließen die Augen vor dem, was um sie herum vorgeht; sie denken nur an die Sicherung ihrer eigenen lächerlichen kleinen Länder und vergessen darüber das Ganze. Wenn jene Männer, die Europa führen und regieren, nicht begreifen, dass sie gemeinsam für die Erhaltung der bestehenden Ordnung sorgen müssen, dann wird die sich erhebende Woge der Revolution sie hinwegfegen."

Er hatte sich in eine immer stärkere Erregung hineingesteigert; seine Augen glänzten, und er beugte sich in seinem Sessel vor und schleuderte seine Worte über den Tisch hinweg.

„Nun", sagte ich, „ich gebe zu, da und dort schleifen die Zügel ein wenig, und meine Frau sagt immer, dass es verdammt schwer ist, gute Dienstboten zu finden. Doch wenn Sie glauben, in England steht eine Revolution bevor, dann schießen Sie weit daneben. Dergleichen überlassen wir den Franzosen und den Niggern."

„Ihre schwachsinnigen Bemerkungen interessieren mich nicht. Ich sage Ihnen, wie die Lage in Europa ist und wie die Folgen aussehen werden, wenn man keine Maßnahmen ergreift, sie zu verhindern. Deutschland ist von Krebs der bösartigsten Form befallen: im ganzen Staatenbund sind die liberalen Bewegungen auf dem Vormarsch. Als Mitglied des preußischen Landtags sehe ich sie offen in Berlin am Werk; als Gutsbesitzer kann ich ihre Tätigkeit sogar auf dem Land beobachten. Ich sehe, wie sie dem deutschen Volk das

Lebensmark aussaugen. Wenn so heimtückische Doktrinen sich in einem losen, undisziplinierten Staatenbund wie dem unseren durchsetzen, kann das nur zum Chaos führen. Deutschland und vor allem die deutsche Einheit, für die weitsichtige Männer seit Generationen gearbeitet haben, werden einen tödlichen Schlag erleiden und vielleicht ein Jahrhundert brauchen, um sich davon zu erholen. Das darf unter keinen Umständen geschehen. Umwälzungen bahnen sich in der ganzen Welt an: die großen Nationen kämpfen in dem Rennen um Macht, das mit unglaublicher Schnelligkeit vor sich geht, da Wissenschaft und Industrie den Anstoß geben, bereits um die Spitze. Wenn Deutschland eine führende Position einnehmen will, braucht es Einigkeit, dann braucht es Stärke, dann braucht es Disziplin" – er hieb bei jeder Phrase seine große Faust auf den Tisch – „dann muss es sich der Führung einer hervorragenden Persönlichkeit unterwerfen, die für ihr Land das gleiche tut wie Napoleon für Frankreich oder wie Washington für Amerika. Das waren keine Liberalen, Mr. Flashman; das waren keine fortschrittlichen Intellektuellen. Deutschland braucht seinen Napoleon, es braucht sein –"

„Waterloo?" Ich hatte genug von seinem Schwulst. Doch im Moment, da ich es sagte, wünschte ich auch schon, ich hätte es nicht getan, denn er zuckte zusammen und starrte mich mit seinen strahlend blauen Augen stumm an. Dann lehnte er sich in seinem Sessel zurück und sagte leise:

„Es wird kein Waterloo geben. Allein, dies alles übersteigt wohl Ihre Intelligenz. Ich denke, ich habe genug gesagt, um Ihnen klarzumachen, dass die Ausbreitung liberaler Gedanken unterbunden werden muss, bevor sie zur Revolution führen. Es müssen deshalb, wo irgend möglich, Maßnahmen ergriffen werden, die bestehende Regierung zu stärken und die Ordnung aufrechtzuerhalten. Wo aufrührerische

Kräfte am Werk sind, muss für Stabilität gesorgt werden, und diese treten nirgends deutlicher in Erscheinung als in Schleswig-Holstein."

„Ich habe mich schon gefragt, wann sie wieder darauf zurückkommen werden", sagte ich und warf einen Blick auf die anderen, um zu sehen, wie sie Bismarcks Tirade aufgenommen hatten. Jung-Rudi blies Rauchringe zum Plafond hinauf, doch de Gautet war ganz Ohr, und Kraftstein blickte wie ein Apportierhund, als würde er vor Bewunderung gleich in Gebell ausbrechen. Wenn er Bismarcks Gefasel hinreißend fand, dachte ich, dann herrschte vermutlich in Deutschland kein Mangel an anderen Idioten, die es in gleicher Weise aufnehmen würden.

„Wenn Sie einen Blick auf die Karte über jenem Bücherschrank werfen", fuhr Bismarck fort, „dann werden Sie sehen, dass an der östlichen Grenze Holsteins, wo es an Mecklenburg stößt, ein kleines Herzogtum namens Strackenz liegt. Gleich Schleswig und Holstein hat es Verbindungen sowohl zu Preußen wie zu Dänemark; wie sie ist es in seinem Innern vom Parteienhader zerrissen. Da es eine ländliche, rückständige Provinz ist, scheint es weniger wichtig als seine größeren Nachbarn, doch dies ist ein Irrtum. Im Gegenteil, es könnte zum Zündfunken werden; sollte der Zwist zwischen den zerstrittenen Parteien in Strackenz zu einem Aufruhr führen, so würden revolutionäre Elemente dies zweifellos zum Anlass nahmen, in den benachbarten Provinzen Unruhe zu stiften, und dann könnten Dänemark und Preußen in die Auseinandersetzungen mit hineingezogen werden – glauben Sie mir, es haben schon große Kriege wegen kleinerer Dinge als Strackenz begonnen.

Ist Ihnen jetzt klar, dass der Friede in dieser kleinen Provinz erhalten bleiben muss? Wenn dies gelingt, so wird die preußische Diplomatie Zeit gewinnen und für die Einverleibung Schleswig-Holsteins in den deutschen Staatenbund sorgen, und unsere nationale Einigung wird ihren Anfang genommen haben. Sollte hingegen in unmittelbarer Zukunft irgendetwas geschehen, was Strackenz in Unruhe stürzt, sollte dort eine Krise entstehen, welche die rivalisierenden Parteien ausnutzen könnten – dann wäre mein Werk ruiniert, noch bevor es begonnen wurde."

Ich muss sagen, dass ich mir aus seinem Werk und dem Aufbau eines einigen deutschen Reiches nicht die Bohne machte, und ich konnte um alles in der Welt nicht begreifen, was all dies mit mir zu tun haben sollte. Doch mir blieb nichts anderes übrig, als zuzuhören. Bismarck beugte sich wieder vor, starrte mich an und schlug auf den Tisch.

„Eine solche Krise droht. Die Gegebenheiten sind folgende: Strackenz wird von einer Herzogin Irma regiert, die vor kurzem das heiratsfähige Alter erreicht hat. Bei ihren Untertanen ist sie außerordentlich beliebt, denn sie ist jung und hübsch und deshalb in den Augen der abergläubischen Bauern eine ausgezeichnete Regentin. Es ist abgemacht, dass sie einen Prinzen aus der dänischen Königsfamilie heiraten soll – Prinz Carl Gustaf, einen Neffen von König Christian. Daraus ersehen Sie die Bedeutung, die Dänemark selbst einer so kleinen Provinz wie Strackenz beimisst. Die Heirat wird von der dänischen Partei in Strackenz begrüßt, einer überaus kämpferischen Gruppe – vielleicht, weil sie so weit von Dänemark entfernt lebt. Und wenn sie zufrieden ist, wird in Strackenz weiterhin Frieden herrschen. Seine deutsche Bevölkerung wird abzuwarten wissen", fügte er in vertraulichem Ton hinzu.

Ich unterdrückte ein Gähnen, doch er achtete nicht darauf.

„In politischer Beziehung ist die Heirat nicht nur wünschenswert, sondern von großer Bedeutung. Abgesehen von der stabilisierenden Wirkung setze ich einige Hoffnungen auf Carl Gustaf, mit dem ich bekannt bin. Er würde sicher einen guten Regenten abgeben."

Er zögerte und sah mich aufmerksam an, und ich rutschte unruhig hin und her.

„Nun, dann dem glücklichen Paar alles Gute", sagte ich, „Gott segne die beiden und ihre Untertanen. Würden Sie mir jetzt bitte erklären, welche Rolle mir bei der ganzen Sache zugedacht ist?"

„Selbstverständlich", erwiderte er, grimmig nickend. „Wie ich schon sagte, es steht eine Krise in Strackenz bevor. Es geht um folgendes: Wie die Dinge liegen, kann die Hochzeit, die in sechs Wochen gefeiert werden soll, nicht stattfinden."

„Nanu – warum nicht?"

„Prinz Carl Gustaf ist zwar in vielerlei Hinsicht ein trefflicher junger Mann, doch ist er, wie alle jungen Männer, nicht frei von Torheiten." Bismarck schwieg einen Moment. „Er hat sich eine Krankheit zugezogen, die es ihm unmöglich macht zu heiraten – zumindest vorläufig."

„Was für eine Krankheit?"

„Eine Geschlechtskrankheit."

„Sie meinen, er hat sich einen Tripper geholt?" Ich lachte schallend. „Das ist aber verdammt rücksichtslos von ihm. Mein Gott, was für ein Pech für die Herzogin. Aber ein Mann ist nun mal ein Mann, was? Doch ich gebe zu, eine peinliche Angelegenheit. Was gedenken Sie zu unternehmen?" Bismarck antwortete nicht gleich. Totenstille herrschte in dem Raum, ein erwartungsvolles Schweigen, das mich nervös machte.

„Also", sagte ich schließlich, „was nun?"

Bismarck stand abrupt auf, ging zu einem an der Wand stehenden Schreibtisch und nahm einen kleinen Gegenstand, der darauf lag. Er wog ihn in der Hand, als er langsam zum Tisch zurückkam.

„Wenn die Hochzeit nicht stattfindet, gibt es in Strackenz einen Aufruhr. Die dänische Partei wird dafür sorgen; liberale Agitatoren werden mit der Behauptung, es handle sich um ein Komplott, antipreußische Gefühle aufwühlen. Doch Prinz Carl kann natürlich erst in einigen Monaten heiraten, wenn er sich einer Behandlung unterzogen hat."

Er schien eine Stellungnahme zu erwarten, und so schlug ich vor, die Heirat zu verschieben.

„Mit welchem Vorwand? Wenn der wahre Grund bekannt wird, kommt die Heirat selbstverständlich überhaupt nicht in Frage. Und dann würde der Kessel überkochen. Im Augenblick weiß niemand von Carl Gustafs Krankheit außer seinem Arzt und zwei hohen dänischen Ministern. Sonst ahnt in Dänemark, Preußen und Strackenz niemand etwas davon, und alles erwartet, dass die Heirat stattfinden wird."

„Sie sagten, nur drei Leuten sei bekannt, dass der Prinz Cupidos Masern hat. Woher wissen Sie dann ..."

„Ich habe meine Quellen. Die drei, die ich erwähnte, der Prinz und wir sind die einzigen, die davon wissen. Verlassen Sie sich darauf." Er blickte auf den Gegenstand in seiner Hand. „Die Heirat muss stattfinden."

„Hm, er wird sie eben einfach heiraten, trotz des Trippers, oder? Was sonst ..."

„Völlig unmöglich", meldete sich zum ersten Male de Gautet zu Wort. „Ganz abgesehen von menschlichen Gründen, würde man natürlich nach der Heirat dahinterkommen, und das gäbe einen Skandal, der ebenso verheerend wäre wie ein Aufschub der Hochzeit."

„Dann gibt es also nur eine Möglichkeit", sagte ich. „Wenn der Prinz sie nicht in sechs Wochen heiraten kann, dann muss die Hochzeit abgeblasen werden, oder? Sie werden sich etwas anderes ausdenken müssen."

„Das haben wir getan", sagte Bismarck. „Und die Heirat wird stattfinden."

„Was ist das für ein verdammter Unsinn", entgegnete ich. „Aber was geht's mich eigentlich an? Was hat das Ganze mit mir zu tun?"

Bismarck warf das Ding, das er in der Hand hielt, auf den Tisch. Es schlitterte über die Holzplatte und blieb vor mir liegen – ein ovales goldenes Etui, etwa vier Zoll lang. „Öffnen Sie es", sagte Bismarck.

Ich drückte auf den Verschluss, und das Ding sprang auf. Darin befand sich eine farbige Miniatur, die einen Mann in Uniform zeigte; er war noch jung, hatte aber einen völlig kahlen Kopf, der ihm ein unnatürliches Aussehen verlieh. Er sah jedoch nicht übel aus, und es schien mir; als ob ich ihn kannte ... und dann entglitt das Etui meinen Fingern, und der Raum schien vor meinen Augen zu verschwimmen In der Tat, ich kannte ihn; bis auf den kahlen Kopf war das Gesicht auf der Miniatur mein eigenes. Ich kannte es nur zu gut aus dem Spiegel: die Ähnlichkeit war unheimlich.

„Prinz Carl Gustaf von Dänemark", sagte Bismarck, und seine Stimme schien wie durch Nebel zu mir zu dringen. Es kommt nicht oft vor, dass es mir die Sprache verschlägt, doch einen Moment brachte ich kein Wort hervor. Die Idee war einfach ungeheuerlich – denn woran Bismarck dachte, war mir sofort sonnenklar. Ich saß da und glotzte von ihm auf die Miniatur und wieder auf ihn, und plötzlich lachte Rudi laut auf.

„Herrlich!" rief er. „Diesen Moment hätte ich nicht für ein Herzogtum versäumen mögen! Ich wünschte, Sie hätten Ihr Gesicht gesehen – Ihr eigenes Gesicht, meine ich."

„Sie werden sich entsinnen“, sagte Bismarck, „dass ich mich, als wir uns in London zum ersten Mal begegneten, fragte, wo ich Sie schon einmal gesehen hatte. Ich hatte Sie natürlich noch nicht gesehen – aber den jungen Prinz Carl, als er einmal Berlin besuchte. Mir wurde damals klar, dass Sie Doppelgänger sind, und ich fand das eine interessante Tatsache, nichts weiter. Als ich vor drei Monaten von der Indisposition des Prinzen erfuhr und hörte, dass er auf die Behandlung zu langsam ansprach, als dass eine Hochzeit zu dem festgesetzten Termin möglich sein würde, fiel es mir wieder ein, und mir kam der Gedanke: vielleicht ist dies ein Ausweg. Wie Sie sich denken können, verwarf ich die Idee zuerst als absurd. Doch dann dachte ich eingehend darüber nach und kam zu der Ansicht, dass es eine Möglichkeit sein könnte. Es schien vielleicht unglaublich, aber dennoch möglich. Ich überdachte alles Schritt für Schritt und erkannte, dass es bei sorgfältiger Vorbereitung mehr als dies war – praktisch konnte es nicht misslingen. Nachdem ich meinen Entschluss gefasst hatte, unternahm ich die Schritte, die Sie hierher nach Schönhausen brachten.“

Endlich fand ich die Sprache wieder. „Sie sind verrückt!“ rief ich. „Das ist ja der reine Irrsinn! Ich soll also ... an seiner Stelle ... Was für eine Wahnidee!“

„Schweigen Sie!“ rief er zornig und kam um den Tisch herum. „Glauben Sie, dass ich mich leichten Herzens dazu entschlossen habe? Dass ich mir das Ganze nicht immer und immer wieder durch den Kopf gehen ließ? Glauben Sie, ich habe den Plan, der Sie hierherbrachte, ersonnen und all die Zeit und das Geld daran gewendet, ohne fest überzeugt zu sein, dass sich die Sache durchführen lässt?“ Er beugte sich nieder, näherte sein Gesicht dem meinen und sagte eindringlich: „Bedenken Sie, falls Sie über die nötige Intelligenz verfügen, mit welch minuziöser Sorgfalt die List erdacht wurde, mit der wir Sie hierherbrachten. Das Ganze wurde mit einer Umsicht und Präzision geplant, die Sie mit Ihrer Beschränktheit wohl nicht begreifen können."

„Einfach genial", sagte Kraftstein und ruckte mit seinem Kopf wie eine Marionette.

„Nur eines war unsicher – Ihre Anwesenheit in England. Sie war die Voraussetzung, und zum Glück hat sie sich ergeben. Das übrige – Organisation." Bismarck holte Luft und richtete sich auf. „Und was wir begonnen haben, werden wir zu Ende führen."

Nun, eines war mir klar: er war in der Tat übergeschnappt; sie alle waren es. Und, bei Gott, wenn sie glaubten, mich für ihr wahnwitziges Vorhaben gewinnen zu können, dann waren sie an den Falschen geraten.

„Ich möchte nichts damit zu tun haben", sagte ich, „und damit basta. Glauben Sie, ich bin ein ebensolcher Narr wie Sie? Großer Gott, Mann, die Sache ist unmöglich: es würde mir keine fünf Minuten gelingen, mich für diesen Dänen auszugeben. Und was dann, hm?"

Bismarck sah mich einen Moment nachdenklich an. Dann sagte er: „Schenken Sie ihm nach, Kraftstein." Er ging zu seinem Sessel zurück, ließ sich nieder und streckte die Beine aus.

„Es ist vielleicht unbillig zu erwarten, Sie würden den Plan akzeptieren, ohne von seiner Durchführbarkeit überzeugt zu sein. Sagen Sie, warum glauben Sie, er könnte misslingen?"

Darauf gab es an die siebenhundert Antworten, und ich platzte mit der ersten heraus, die mir in den Sinn kam. „Es kann einfach nicht klappen! Wie könnte ich einen dänischen Prinzen spielen?"

„Sein Sie überzeugt – Sie könnten. Die Ähnlichkeit, glauben Sie mir, ist verblüffend. Niemand würde auch nur einen Moment einen Schwindel vermuten."

„Aber ich spreche doch nicht dänisch, verdammt noch mal!"

„Sie vergessen Ihre Begabung für Sprachen. In den paar Wochen, die zur Verfügung stehen, könnten Sie sich einige oberflächliche Kenntnisse erwerben. Und mehr ist nicht nötig, denn Seine Hoheit spricht ganz gut deutsch, das Sie recht fließend beherrschen."

„Aber ... aber ... wie, zum Teufel, soll ich denn seinen Platz einnehmen? Soll ich etwa nach Dänemark fahren und entsprechende Referenzen vorweisen? Einfach absurd!"

„Sie brauchen nicht nach Dänemark zu fahren. Ich stehe mit Prinz Carl Gustaf in ständiger Verbindung. Natürlich weiß er nichts von unserem Plan, doch er hat großes Vertrauen zu mir. Einer der Minister, die ich erwähnte, ist mir treu ergeben. Durch ihn wurde alles arrangiert. Der Prinz wird zur gegebenen Zeit mit seinem Gefolge in Dänemark aufbrechen; man hat ihn davon überzeugt, dass ich eine Lösung seiner Schwierigkeiten gefunden habe. Er ist ein liebenswerter, doch recht einfältiger Bursche und vertraut darauf, dass ich das Ganze arrangieren werde. In diesem Glauben wird er auf dem Weg nach Strackenz nach Holstein kommen, und in Holstein wird der Austausch stattfinden. Die technischen Einzelheiten überlassen Sie nur mir."

Das Ganze klang wie ein phantastisches Märchen. Die kühle, präzise Art, in der er es erzählte, war umwerfend. „Aber ... aber sein Gefolge – seine Leute, meine ich ..."

„Der Minister, der mit mir im Bunde ist, wird den Prinz begleiten. Sein Name ist Detchard. Wenn Sie ihn an Ihrer Seite haben, brauchen Sie nichts zu befürchten. Und niemand wird Verdacht schöpfen – warum sollte man?"

„Weil ich mich auf hunderterlei Weise verraten kann, Mann! Meine Stimme, mein Benehmen – weiß Gott, was noch alles!“

„Dem ist nicht so“, sagte Bismarck. „Ich sage Ihnen doch, ich kenne den Prinzen, seine Stimme, seine Gewohnheiten – alles. Und glauben Sie mir, wenn Sie sich den Kopf und die Oberlippe rasieren, werden Ihre eigenen Mütter Sie nicht unterscheiden können.“

„Es stimmt“, sagte Rudi. „Sie sehen ihm nicht nur ähnlich – Sie gleichen ihm völlig. Wenn Sie sich einige seiner Gewohnheiten aneignen – Gesten und dergleichen –, kann es nicht schiefgehen.“

„Aber ich bin doch kein Schauspieler! Wie kann ich –“

„Sie sind doch als Eingeborener verkleidet in Afghanistan herumgezogen, nicht?“ sagte Bismarck. „Sie sehen, es gibt so gut wie nichts, was ich nicht von Ihnen weiß. Wenn Sie das getan haben, wird Ihnen auch dies leicht fallen.“ Wieder beugte er sich vor. „All das wurde gründlich bedacht. Wären Sie kein Mann der Tat, kein Mann von Findigkeit und Mut, von Geist und Geschick, dann hätte ich diesen Plan keinen Moment lang erwogen. Sie sind deshalb hier, weil Sie über all diese Eigenschaften verfügen, weil Sie sie bewiesen haben.“

Du lieber Gott, wenn er die Wahrheit gewusst hätte! Er glaubte den Zeitungen, glaubte an meine auf geblasene Reputation – er hielt mich für den tollkühnen Harry Flashman, für den Helden von Dschalalabad. Und es war hoffnungslos, ihn davon abzubringen.

„Aber mein Gott!“ sagte ich entsetzt. „Ihr Vorschlag läuft darauf hinaus, dass ich nach Strackenz fahre und dieses verdammte Weib heirate! Wissen Sie denn nicht, dass ich schon verheiratet bin?“

„Sie sind Protestant! Es handelt sich um eine katholische Trauung, die Sie in keiner Weise bindet – weder moralisch noch faktisch.“

„Das wäre das wenigste. Ich meine – ich müsste doch mit ihr zusammen leben, als König von Strackenz oder was immer. Wie stellen Sie sich das vor? Was ist mit dem echten Prinz Carl?“

„Man wird ihn hinter Schloss und Riegel halten, an einem geeigneten Ort in Mecklenburg. Dort wird man seine Krankheit auskurieren. Und zu gehöriger Zeit werde ich ihm das Ganze erklären und ihm die volle Wahrheit sagen. Ich werde ihm klarmachen, dass ihm nichts anderes übrigbleibt, als bei der Durchführung des restlichen Plans mitzumachen.“

„Und worin besteht dieser, in Gottes Namen?“

„Wenn er gesund ist – vielleicht einen oder zwei Monate nach Ihrer Heirat –, werden Sie von einer bestimmten Hütte aus auf die Jagd gehen und von Ihren Gefährten getrennt werden. Schließlich wird man Sie finden – oder besser, man wird den echten Prinzen finden. Er wird von seinem Pferd gefallen sein und sich eine leichte Verletzung am Kopf zugezogen haben, die einen Tag Ruhe erforderlich macht. Danach wird er nach Strackenz und zu seiner Gattin zurückkehren. Sollte sie irgendeine Veränderung an ihm bemerken, so wird man diese als Folge der Kopfverletzung hinstellen. Aber sie wird ganz sicher nicht auf die Idee kommen, dass er nicht der Mann ist, den sie geheiratet hat. Sicherlich werden sie lange leben und regieren und zusammen glücklich sein.“

„Und was, zum Teufel, geschieht mit mir?“

„Sie, mein Lieber, werden indessen weit außerhalb der Grenzen Deutschlands sein – mit zehntausend Pfund Sterling in der Tasche.“ Bismarck gestattete sich ein Lächeln.

„Wie Sie sehen, sollen Sie Ihre Aufgabe nicht umsonst übernehmen. Und Ihr Schweigen wäre gewährleistet – denn wenn Sie beschließen würden, die Geschichte zu erzählen, wer würde sie Ihnen glauben? Aber warum sollten Sie auch? Die Affäre wird sich letzten Endes für Sie als höchst vorteilhaft erweisen."

Vorteilhaft? dachte ich; sie wird für mich mit einer Kugel im Kopf oder einem Messer zwischen den Rippen enden. Es war sonnenklar, dass ich danach als toter Mann wesentlich ungefährlicher sein würde als lebendig. Ich blickte von Bismarck zu dem fröhlich lächelnden Rudi, der sich auf den Rand des Tisches gesetzt hatte; zu Kraftstein, der mich von seiner Höhe herab nachdenklich ansah; zu de Gautet mit seinen Schlangenaugen – und ich wandte mich zu Bersonin um, der schweigend und mit düsterer Miene neben der Tür stand. Bei Gott, ich hatte in meinem Leben schon mit allerlei gefährlichen Männern zu tun gehabt, doch noch nie hatte man mich zu solch einem ruchlosen Unternehmen zu dingen versucht.

„Ich kann mir gut vorstellen, was Sie denken", sagte Bismarck. Er stand auf, holte sein Etui hervor, bot mir eine Zigarre an und gab mir mit einer Kerze Feuer. „Sie trauen mir nicht. Sie denken, dass ich Sie danach werde beseitigen lassen, nicht wahr? Dass ich mein Versprechen brechen werde."

„Hm", sagte ich, „auf den Gedanken bin ich gar nicht gekommen, aber nun, da Sie es erwähnen ..."

„Mein lieber Mr. Flashman", sagte er, „ein wenig Intelligenz müssen Sie mir schon zugestehen. Ich brauche mich nur in Ihre Lage zu versetzen – ich bin sicher, Sie haben sich soeben in die meine versetzt. An Ihrer Stelle wäre ich höchst misstrauisch. Ich würde mich vergewissern wollen, dass alles offen und ehrlich zugeht – verständlicherweise, nicht wahr?"

Ich sagte nichts, und er kam um den Tisch herum. „Überlegen Sie doch einmal“, sagte er. „Was könnte ich gewinnen, wenn ich ein falsches Spiel mit Ihnen triebe? Geheimhaltung? Kaum, denn Sie können uns in keiner Weise, wenn wir Sie leben lassen, schaden. Wie ich schon sagte, niemand würde Ihnen Ihre Geschichte glauben – im Gegenteil, wenn Sie so töricht wären, sie zu erzählen, würden Sie sich nur selbst belasten. Und wenn wir Sie töteten, so würde uns das nur vor Probleme stellen. Sie sind kein Kind, und Ihre Beseitigung könnte unvorhersehbare Komplikationen nach sich ziehen und meinen Plan gefährden.“

„Sie sehen, wir sind ganz aufrichtig zu Ihnen“, sagte Rudi, und Kraftstein nickte eifrig. De Gautet bemühte sich, beruhigend zu lächeln wie ein reumütiger Wolf.

„Und auf die zehntausend Pfund, glauben Sie mir, kommt es mir nicht an“, fuhr Bismarck fort. „Sie sind ein billiger Preis für die Grundsteinlegung zu einem neuen Deutschland – und darum geht es in diesem Fall. Sie mögen uns für Träumer halten, für törichte Phantasten – vielleicht sogar für Schurken. Sei's drum – es bekümmert mich nicht. Es ist eine große Sache, die wir uns vorgenommen haben, und Sie spielen nur eine kleine Rolle darin – aber sie ist, wie alle kleinen Rollen, wichtig. Ich brauche Sie, und ich bin willens, entsprechend dafür zu bezahlen.“ Er richtete sich auf. „Sie wollen Beweise für meine Ehrlichkeit. Ich habe versucht, Ihnen darzulegen, dass es in meinem und in Deutschlands Interesse liegt, aufrichtig zu sein. Dem füge ich mein Wort als Junker, als Soldat und als Edelmann hinzu: Ich schwöre bei meiner Ehre, dass ich mein Versprechen halten werde, dass Sie, wenn Sie Ihre Aufgabe erfüllt haben, Deutschland unbehelligt mit Ihrer Belohnung verlassen können, dass Ihnen nichts Böses widerfahren wird.“

Er drehte sich auf dem Absatz herum und ging zu seinem Sessel zurück; die anderen saßen regungslos. Und dann, nach einer wirkungsvollen Pause, fügte er hinzu:

„Wenn Sie es wünschen, bin ich bereit, es auf die Bibel zu schwören. Ich für meinen Teil glaube, dass ein Mensch, der lügt, auch einen Meineid leisten würde. Ich würde keins von beiden tun. Aber ich stehe zu Ihrer Verfügung."

Das war sehr schön gesagt. Einen Moment lang war ich fast bereit, ihm zu glauben. Doch ich hatte mich schon in ebenso übler Gesellschaft bewegt wie Freund Bismarck und kannte alle Schliche.

„Ich gebe nichts auf Schwüre", sagte ich. „Und überdies gefällt mir Ihr Komplott nicht. Wissen Sie, ich bin nicht arm" – was eine gottverdammte Lüge war – „und ich reiße mit kein Bein nach Ihren zehntausend aus. Die Sache ist unehrenhaft, betrügerisch und gefährlich. Wenn dabei ein Fehler unterläuft, könnte es mich den Kopf kosten –"

„Und uns auch, vergessen Sie das nicht", sagte de Gautet. „Wenn man Sie fasst, könnten Sie uns verraten."

„Herzlichen Dank", entgegnete ich. „Das wäre ein großer Trost für mich. Aber ganz offen gesagt, die Sache interessiert mich nicht. Ich bin für ein ruhiges Leben, und –"

„Auch in einem bayrischen Gefängnis – zehn Jahre als Notzüchtiger?" sagte Jung-Rudi in süßlichem Ton.

„Die Karte sticht nicht", sagte ich. „Angenommen, Sie brächten mich jetzt zurück nach München – wie würden Sie dann meine Abwesenheit zwischen meiner angeblichen Straftat und meiner Verhaftung erklären? Das könnte sich als ziemlich schwierig erweisen."

Das stimmte sie nachdenklich, und dann mischte Bismarck sich ein.

„Reden wir nicht um den Brei herum. Ganz gleich, welche Listen wir Ihnen gegenüber angewandt haben, wesentlich ist, Sie sind jetzt hier, und ich brauche Ihnen wohl nicht zu sagen, was geschehen wird, wenn Sie mein Angebot ausschlagen. Wir sind hier in einer sehr einsamen Gegend. Niemand hat Sie kommen sehen; niemand würde Ihr Verschwinden bemerken. Drücke ich mich deutlich genug aus? Sie haben gar keine andere Wahl, als meinem Wunsch zu entsprechen und das Honorar, das, wie ich Ihnen verspreche, an Sie ausgezahlt werden wird, anzunehmen."

Nun war es also soweit; dies war eine unverhüllte Drohung. Wenn Sie wollten, konnten sie mir den Hals durchschneiden, und niemand würde sich darum scheren. Ich saß in einer verteufelten Patsche, und ein mulmiges Gefühl beschlich mich. Doch es gab keinen Ausweg – und vielleicht meinten sie es wirklich ehrlich. Bei Gott, die zehntausend hätte ich gut brauchen können. Aber ich konnte nicht glauben, dass sie ihr Versprechen halten würden (ich an Bismarcks Stelle würde es nicht tun, sobald ich gehabt hätte, was ich wollte). Ich wagte mir die Risiken ihres hirnverbrannten Plans nicht einmal vorzustellen, doch die Alternative, wenn ich mich weigerte, war noch unausdenkbarer. Auf der einen Seite ein mit entsetzlicher Gefahr verbundener Betrug und möglicherweise eine hübsche Belohnung; auf der anderen – der Tod, fraglos durch die bloßen Hände des Herr Kraftstein.

„Wissen Sie was, Bismarck", sagte ich. „Sagen wir fünfzehntausend."

Er starrte mich ausdruckslos an. „Das ist zuviel. Das Honorar beträgt zehntausend und kann nicht erhöht werden."

Ich bemühte mich, eine düstere Miene zu machen, doch dies flößte mir Mut ein. Hätte er beabsichtigt, mich übers Ohr zu hauen, so hätte er nicht gezögert, den Preis zu erhöhen; die Tatsache, dass er es nicht tat, schien auf seine Ehrlichkeit zu deuten.

„Ich dachte, Sie sind auf das Geld nicht angewiesen", lachte Rudi, der verdammte Kerl.

Ich tat einen Augenblick unentschlossen, dann rief ich: „Also schön, ich tu's."

„So ist's recht!" rief Rudi und klopfte mir auf die Schulter. „Wusste ich's doch, Sie sind ein Mann nach meinem Herzen."

De Gautet schüttelte meine Hand und bemerkte, sie schätzten sich verdammt glücklich, einen so resoluten, tüchtigen Verbündeten gefunden zu haben; Kraftstein brachte mir ein weiteres Glas Brandy und stieß mit mir an: selbst Bersonin verließ seinen Platz an der Tür und trank auf mein Wohl. Bismarck hingegen sagte lediglich: „Ausgezeichnet. Wir werden morgen mit den Vorbereitungen beginnen." Dann zog er sich zurück und ließ mich mit den vier Kerlen allein. Sie waren jetzt die Freundlichkeit in Person; wir waren nun Kameraden im gleichen Boot und pfundige Gesellen, und sie taten ihr bestes, mir einen Mordsrausch anzuhängen. Ich widersetzte mich nicht; ich zitterte vor Aufregung und sprach dem mir Mut machenden Schnaps tüchtig zu. Dennoch ging mir in einem fort ein Gedanke durch den Kopf: Oh, Jesus, du sitzt wieder einmal schön in der Tinte; wie in Gottes Namen wirst du diesmal herauskommen?

Man kann sich denken, wie viel Schlaf ich in jener ersten Nacht in Schönhausen fand. So angetrunken ich auch war, als Bersonin und Kraftstein mich zu Bett brachten und meine Stiefel auszogen, mein Geist war nur zu klar; voll bekleidet lag ich da, lauschte dem Wind, der um die Türme heulte, blickte auf die Schatten, welche die flackernde Kerze an die hohe Decke warf, und mein Herz hämmerte, als hätte ich ein Rennen gelaufen. Das Zimmer war kalt wie eine Gruft, doch ich war schweißüberströmt. Wie, zum Teufel, war ich in all dies hineingeraten? Und was, verdammt, sollte ich tun? Ich verfluchte meine Torheit, die mich veranlasst hatte, nach Deutschland zu gehen, und mir kamen sogar die Tränen. Ich hätte gemütlich daheim sitzen können, mich mit Elspeth vergnügen und von ihrem knickrigen Vater aushalten lassen – nichts Schlimmeres wäre mir widerfahren, als ihre Familie in die Gesellschaft einführen zu müssen –, und nun hielten mich fünf gefährliche Burschen in einem einsamen Schloss gefangen und trieben mich in ein hirnverbranntes Abenteuer, das mich gewiss den Kopf kosten würde. Und wenn ich mich widersetzte oder zu flüchten versuchte, würden sie mich ebenso bedenkenlos umbringen wie eine Fliege. Doch es war wie immer; sobald ich genug geflucht und geheult hatte, begann ich nach irgendeinem Lichtblick zu suchen – nach etwas, woran ich mich klammern konnte, denn bei einem Feigling nimmt die unsinnigste Hoffnung völlig vernunftwidrige Dimensionen an. Bismarck hatte gesagt, es seien noch sechs Wochen bis zu dieser unmöglichen Hochzeit; also mindestens fünf Wochen oder ein Monat, bis ich mit Carl Gustaf die Rollen tauschen sollte. In dieser Zeit konnte viel geschehen. So tüchtig und gerissen sie auch sein mochten; Bismarcks Kreaturen konnten nicht die ganze Zeit ein Auge auf mich haben – in vier Wochen musste es einen Moment geben, in dem ein so geübter Drückeberger wie ich durchbrennen konnte. Alles, was ich brauchte, war ein Pferd; orientieren konnte ich mich nach der Sonne oder den Sternen. Ich hatte keine Ahnung, wie weit es bis zur Grenze war, doch ich hätte meinen Hals darauf gewettet, dass ich sie schneller erreichen würde als sonst irgendein Reiter. Allerdings, meinen Hals würde ich damit in der Tat riskieren.

Über solchen heiteren Erwägungen verging die Nacht – ich dachte mir Dutzende von närrischen Fluchtmöglichkeiten aus und hatte ebenso viele Alpträume, in denen Bismarck mich erwischte. Es war natürlich alles sinnlos; in meinem tiefsten Innern war mir klar, dass jemand, der einen so kunstvollen Plan erdacht hatte, mir nicht die leiseste Chance zu einer Flucht lassen würde. Und ich hatte den Verdacht, dass ich, wenn sich eine Gelegenheit ergab, zu feige sein würde, sie zu nutzen. Diese Burschen schreckten sicher vor nichts zurück.

Sie bewiesen es mir gleich an meinem ersten Morgen in Schönhausen.

Kraftstein weckte mich, als es dämmerte, und ich zog eben meine Stiefel an, als Rudi hereinschlenderte, frisch und munter und fröhlich pfeifend.

„Haben Eure Hoheit gut geschlafen?" fragte er. „Ich hoffe, Eure Hoheit sind von der Reise genügend ausgeruht?"

Mürrisch sagte ich ihm, dass ich für seine Komödie nicht in der rechten Laune sei.

„Oh, es ist keineswegs eine Komödie, sondern ein Drama", sagte er, „und wenn Sie nicht wollen, dass eine Tragödie daraus wird, setzen Sie nach Kräften Ihre schauspielerischen Fähigkeiten ein. Von diesem Augenblick an sind Sie Seine Hoheit Prinz Carl Gustaf, von königlichem Blut und von Gott gesalbt. Haben Sie verstanden? Sie sprechen von nun an nur noch Deutsch – um Ihr Dänisch werden wir uns bald kümmern – und betragen sich wie ein Angehöriger des dänischen Herrscherhauses."

„Ich habe keine Ahnung, wie man das macht", brummte ich.

„Das werden wir Ihnen schon beibringen – Eure Hoheit", sagte er, und plötzlich schwand das Lächeln aus seinem Gesicht. „Nun denn. Als erstes werden wir Sie für Ihre Rolle entsprechend herrichten. Bitte, Kraftstein."

Und trotz meiner Proteste zwang mich Kraftstein, auf einem Stuhl Platz zu nehmen, und machte sich ans Werk;

zuerst schnitt er mir mein Haar und meinen Backenbart ab, dann seifte er meinen Schädel ein und rasierte ihn. Es war eine lange und unangenehme Prozedur, und als er fertig war und ich in den Spiegel blickte, wäre ich fast in Tränen ausgebrochen. Die schreckliche Kreatur mit dem großen, glänzenden, gewölbten Kopf war eine scheußliche Parodie auf mich – mein Gesicht, überragt von einem kahlen Sträflingsschädel.

„Hol Sie der Teufel!“ rief ich. „Sie haben mich ruiniert!“ Ich dachte, sie würden sich über mich lustig machen, doch keiner von ihnen zuckte auch nur mit einer Wimper.

„Es wird nötig sein, dass Eure Hoheit sich jeden Tag den Kopf rasieren“, murmelte Rudi. „Kraftstein wird Ihnen dabei zur Hand gehen. Darf ich vorschlagen, dass Eure Hoheit heute Uniform anlegen?“

Sie hatten diese natürlich ebenfalls vorbereitet; es war, wie ich zugeben muss, eine sehr schmucke Uniform in Flaschengrün, die mir wie angegossen saß, und ich hätte sehr gut darin ausgesehen, wäre nicht jene kahle Monstrosität über dem Kragen gewesen.

„Vortrefflich“, sagte Rudi, einen Schritt zurücktretend. „Darf ich Hoheit zu Eurem Aussehen gratulieren?“

„Lassen Sie das, verdammt noch mal“, fuhr ich ihn an. „Wenn ich euer verfluchtes Spiel schon mitmachen muss, dann ersparen Sie mir, bis es beginnt, wenigstens diesen Unsinn. Ich bin Ihr Gefangener – genügt Ihnen das nicht?“

Er schwieg einen Moment; dann sagte er in genau demselben Ton: „Darf ich Hoheit zu Eurem Aussehen gratulieren?“

Ich starrte ihn an und hätte ihm beinahe meine Faust in sein ausdrucksloses Gesicht geschmettert, doch er blickte nur auf mich nieder, und so sagte ich:

„Also schön – wenn es denn sein muss.“

„Ausgezeichnet, Hoheit", sagte er ernst. „Darf ich ergebenst vorschlagen, dass wir uns jetzt zum Frühstück begeben? Ich entwickle in Schönhausen immer einen ungeheuren Appetit – das macht natürlich die Landluft. Würden Sie bitte vorausgehen, Kraftstein?"

Ich war nicht hungrig, doch Rudi machte sich mit Herzenslust über das Essen her und schwatzte dabei in einem fort. Er behandelte mich mit einer charmanten Mischung aus Vertraulichkeit und Respekt, und niemand, der uns beobachtet hätte, wäre auf die Idee gekommen, dass alles nur Theater war. Er war ein hervorragender Schauspieler, und mir wurde klar, dass in seinem Verhalten Methode lag. Kraftstein saß mit gesenktem Kopf da und schlang das Essen in sich hinein, doch das eine Mal, als er das Wort an mich richtete, nannte er mich gleichfalls „Hoheit".

Bismarck erschien erst, als wir fertig waren, und er spielte kein Theater. Er blieb jedoch, als er mich erblickte, einen Moment wie erstarrt auf der Schwelle stehen; dann trat er langsam ins Zimmer, betrachtete mein Gesicht, ging um mich herum und musterte mich sorgfältig eine Minute oder länger. Schließlich sagte er:

„Die Ähnlichkeit ist verblüffend. Ohne Übertreibung – er ist Carl Gustaf."

„Davon haben mich Ihre Freunde auch zu überzeugen versucht", murmelte ich.

„Wirklich exzellent, aber noch nicht ganz perfekt. Zwei kleine Details fehlen noch."

„Was denn?" fragte Rudi.

„Die Narben. Auf beiden Seiten, die linke direkt über dem Ohr, die rechte einen Zoll tiefer und leicht abwärts verlaufend – so." Und er fuhr mit seinem Finger über meine glattrasierte Haut; die Berührung ließ mir eine Gänsehaut über den Rücken laufen.

„Potztausend, Sie haben recht“, sagte Rudi. „Das habe ich ganz vergessen. Wie sollen wir sie ihm zufügen?“

Meine Eingeweide drehten sich um, als Bismarck mich mit seinem eisigen Lächeln betrachtete.

„Vielleicht mittels einer kleinen Operation? Ich bin sicher, Kraftstein versteht sehr gut mit einem Rasiermesser umzugehen ...“

„Sie werden nicht an meinem Kopf herum schneiden, Sie verfluchter Bastard!“ rief ich und wollte von dem Stuhl aufspringen, doch Kraftstein packte mich mit seinen riesigen Händen und stieß mich zurück. Ich schrie und zappelte, doch er umklammerte mit seiner Pranke mein Kinn und drückte es, bis der Schmerz mich niedersinken ließ.

„Nein“, sagte Bismarck. „Es gibt eine bessere Möglichkeit. Sie können ihm auf korrekte Weise beigebracht werden – mit dem Schläger. De Gautet dürfte das nicht schwerfallen.“ Mit einem süffisanten Blick auf mich fügte er hinzu: „Überdies kann ich damit unserem Freund eine kleine Schuld zurückzahlen.“

„Hm“, sagte Rudi zweifelnd, „aber ob dies mit solcher Genauigkeit möglich ist? Sie müssen präzise an der richtigen Stelle sitzen. Es hat keinen Sinn, ihm eine Wunde zuzufügen, wo Carl Gustaf keine hat.“

„De Gautet besitzt mein volles Vertrauen“, entgegnete Bismarck. „Er kann mit einem Säbel den Flügel einer Fliege spalten.“

Voll Entsetzen hörte ich ihnen zu; diese beiden Menschenfreunde diskutierten in aller Ruhe über die beste Methode, mein Gesicht zu zerfleischen. Wenn es etwas gibt, was ich nicht ertragen kann, so ist es Schmerz, und der Gedanke, dass kalter Stahl meinen Schädel zerschlitzen sollte, ließ fast meine Sinne schwinden. Sowie Kraftstein seine Hand fortnahm, begann ich sie anzujammern; Bismarck hörte mir mit finsterer Miene ein paar Sekunden zu und sagte dann:

„Bringen Sie ihn zum Schweigen, Kraftstein."

Der Hüne umklammerte meinen Nacken, und ein entsetzlicher Schmerz durchzuckte meinen Rücken und meine Schultern. Er muss auf irgendeinen Nerv gedrückt haben, und ich schrie und wand mich unter seinem Griff.

„Er kann so weitermachen, bis Sie tot sind", sagte Bismarck. „Benehmen Sie sich nicht wie ein altes Weib und stehen Sie auf. Ein paar Wunden von einem Schläger werden Sie nicht umbringen. Jeder deutsche Bursche ist stolz darauf, sie zu bekommen."

„Um Himmels willen!" schrie ich. „Hören Sie, ich habe mich bereit erklärt, zu tun, was Sie wollen, aber dies ist abscheulich! Ich werde nicht –"

„Sie werden", sagte Bismarck. „Prinz Carl Gustaf hat zwei Mensurnarben, die ihm zugefügt wurden, als er in Heidelberg studierte. Ohne sie können Sie unmöglich seine Rolle spielen. Ich bin überzeugt", fuhr er mit einem ironischem Lächeln fort, „de Gautet wird sie Ihnen so schmerzlos wie möglich beibringen. Und wenn es Sie ein wenig schmerzt, so mögen Sie sich mit dem Gedanken trösten, dass Ihr liebenswerter Freund Mr. Gully Sie im voraus bezahlt hat. Sie erinnern sich doch?"

In der Tat, ich erinnerte mich, doch es tröstete mich nicht im mindesten. Dieser Halunke wollte sich jetzt also revanchieren, und wenn ich mich widersetzte, würde Kraftstein mich mit bloßen Händen in Stücke reißen. Mir blieb nichts anderes übrig, als mich zu fügen, und so ließ ich mich in einen großen kahlen Raum neben dem Hof führen, in dem Fechtmasken und Schläger an den Wänden hingen und Kreidestriche auf den Boden gezeichnet waren wie in einer Fechtschule.

„Unser Paukboden“, sagte Bismarck. „Sie werden während Ihrer Vorbereitung einige Zeit hier verbringen – Sie dürften ein oder zwei Pfund schwerer sein als Carl Gustaf, schätze ich. Vielleicht können wir Sie gleich heute morgen davon erleichtern.“

Von einem Mann, über dessen Kragen Fettwülste hervortraten, klang das reichlich unverfroren, doch meine Angst machte mir viel zu sehr zu schaffen, um mich darum zu kümmern. Gleich darauf erschien de Gautet; er sah noch verschlagener aus als am vergangenen Abend, und man merkte, wie ihm das Wasser im Munde zusammenlief, als Bismarck ihm erklärte, was er tun sollte.

„Sie müssen haargenau treffen“, sagte Bismarck. „Schauen Sie, hier.“ Er trat vor mich, zog die kleine Miniatur, die er mir am Abend zuvor gezeigt hatte, aus der Tasche, sah sie und dann mich an und runzelte die Stirn. „Sehen Sie, wie sie verlaufen – so und so. Bitte, den Bleistift.“ Und zu meiner Bestürzung nahm er einen dicken schwarzen Stift, den Kraftstein ihm hinhielt, und begann mit großer Sorgfalt auf meinem Kopf die Stellen zu markieren, wo mir die Wunden zugefügt werden sollten.

Bei seiner letzten Berührung stieg mir die Galle hoch, und fast hätte ich ihn angespien. Sein Gesicht dicht vor dem meinen, stand er da, pfiff leise durch die Zähne und zeichnete auf meinem kribbelnden Fleisch herum wie auf einer Schiefertafel. Als ich zurückzuckte, fuhr er mich an, ich solle stillhalten. Ich war wie gelähmt – ich glaube nicht, dass es unter all den Dingen, die dieser Mann je getan hat, etwas gab, dass diesem gelassenen Markieren meiner Haut für Gautets Hiebe gleichkam. Es gibt nur ein Wort dafür – es war unmenschlich.

Endlich war er fertig, und Kraftstein konnte uns für die Mensur ausstatten. Damals erschien mir das Ganze schrecklich, doch wenn ich heute in meinen alten Tagen daran zurückdenke, kommt es mir ungeheuer kindisch vor. Trotz all des Stolzes, den die Deutschen darein setzen, einander zum Beweis ihrer Männlichkeit Narben zuzufügen, sind sie ungemein darauf bedacht, sich nicht ernstlich zu verletzten. Kraftstein setzte uns große metallene Hauben auf den Kopf, die vorn mit großen Brillen zum Schutz der Augen und der Nase ausgestattet waren, und befestigte um unseren Hals dicke gepolsterte Binden. Sodann schnallte er uns wattierte Schurze um den Oberkörper, mit Klappen, die die Schenkel bedeckten, und wickelte eine dicke Bandage vom Handgelenk bis zur Schulter um den rechten Arm. Als unsere Ausrüstung komplett war, fühlte ich mich wie ein aufgeblähter Hanswurst; es war so lächerlich, dass ich beinahe meine Furcht vergaß.

Der Schläger, den man mir in die Hand drückte, kam mir so komisch vor, dass ich fast lachen musste. Er war über einen Meter lang und hatte eine dreieckige Klinge und am Griff einen riesigen Metallkorb zum Schutz der Hand, dessen Durchmesser einen Fuß betragen haben muss [26].

„Ein Instrument der Ehre“, sagte Bismarck. „Mit einem Säbel verstehen Sie doch sicher umzugehen, oder?“

„Fragen Sie das Ihren Mann, wenn wir fertig sind“, sagte ich, eine Dreistigkeit mimend, die ich nicht verspürte. De Gautet ließ seinen Schläger auf erschreckend sachkundige Weise durch die Luft zischen.

„Ausgezeichnet“, sagte Bismarck. „Wie Sie sehen, ist der Kopf Ihres Kontrahenten wie der Ihre bedeckt, außer an den Wangen und dem unteren Teil der Schläfen. Dies sind Ihre – und seine – Ziele. Sie müssen versuchen, diese Ziele bei de Gautet zu treffen, ebenso wie ich Mr. Gully treffen sollte. Sie dürfen nur Hiebe austeilen, keine Stöße. Haben

Sie verstanden? Auf meinen Zuruf hin werden Sie beginnen und unterbrechen."

Er trat zurück, und ich stand de Gautet auf dem mit Kreide markierten Boden gegenüber; Rudi und Kraftstein hatten an den Wänden Aufstellung genommen, doch Bismarck stand ein paar Meter von uns entfernt, mit einem Schläger bewaffnet, um, falls nötig, unsere Klingen zu trennen.

De Gautet trat vor und hob salutierend seinen Schläger; mit den Bandagen sah er aus wie eine ausgestopfte Puppe, doch hinter der Brille funkelten seine Augen. Ich salutierte nicht, sondern hob den Schläger wie einen Säbel über meinen Kopf, die Klinge schräg vor mein Gesicht haltend.

„Salutieren Sie!" rief Bismarck.

„Ich pfeif darauf!" sagte ich in der Annahme, dass ich ihn in seiner edlen teutonischen Gesinnung verletzen würde, wenn ich die Formalitäten ignorierte. Ich wurde keck, denn all dieses Drum und Dran hatte mich überzeugt, dass es sich um eine nicht im mindesten ernstzunehmende Sache handelte. Ich bin kein Säbelexperte, und wenn ich gezwungen bin, einen zu benutzen, dann lieber nicht in einem Zweikampf, sondern in einem Gemenge, bei dem man sich am Rande halten, die Seele aus dem Leib brüllen und warten kann, bis ein Gegner einem seinen Rücken zukehrt. Es schien mir jedoch, dass es mir gelingen würde, die ungeschützten Stellen, die de Gautet treffen sollte, zu decken.

Er rückte auf mich zu, die Klingen klirrten aneinander, und dann zuckte blitzschnell sein Handgelenk nach links und rechts, und er versuchte, mit flinken, kurzen Hieben meinen Kopf zu treffen. Doch Flashy ist kein Tölpel, und ich fing seine Klinge mit der meinen ab. Er schlug wieder zu, und seine Klinge traf meine Haube, doch ich wich zurück, holte aus und hieb wie ein besoffener Dragoner auf ihn ein. Wie ich später erfuhr, darf man mit dem Schläger nur aus dem Handgelenk schlagen, doch ich war ja ein unwissender Ausländer. Hätte ich ihn getroffen, so wären Herrn de Gautets Eingeweide auf den Fußboden gequollen, doch er reagierte flink und wehrte mit der Breitseite seiner Klinge ab.

Wieder ging er, die Augen zusammengekniffen, auf mich los, und die Klingen klirrten aneinander. Er fintierte und hieb zu, doch ich war auf der Hut, grinste ihn über unsere gekreuzten Klingen hinweg spöttisch an und versuchte, ihn mit aller Kraft zurückzudrängen. Ich spürte, wie seine Klinge herabgedrückt wurde, und dann zuckte sie wie ein Blitz, und es war, als treffe ein rotglühendes Eisen meine rechte Schläfe. Der Schmerz und der Schreck ließen mich zurücktaumeln, ich ließ meinen Schläger fallen und griff nach meinem Gesicht, und während Bismarck zwischen uns sprang, sah ich das Widerlichste, was ich mir denken kann, nämlich mein eigenes Blut; es rann meine Wange herab und auf meine Hand, und ich presste jammernd meine Hand auf die Wunde, um es zu stillen.

„Halt!“ rief Bismarck und trat zu mir, um meine Verletzung zu untersuchen, doch nicht etwa, weil er sich um mich sorgte, sondern nur, um nachzusehen, ob sie an der rechten Stelle saß. Er ergriff meinen Kopf und starrte mich an. „Haargenau!“ rief er und winkte triumphierend de Gautet, der sich grinsend verbeugte.

„Fahren Sie fort!“ rief Bismarck, trat zurück und bedeutete mir, meinen Schläger aufzuheben. Zitternd vor Schmerz und Wut und mit einem Gefühl, als quelle das Blut in Strömen aus mir, rief ich ihm zu, er solle mich gernhaben; ich denke nicht daran, mich zu seiner Belustigung zerfetzen zu lassen.

Er wurde rot vor Zorn. „Heben Sie ihn auf", brüllte er, „oder ich lasse Sie von Kraftstein festhalten, und wir bringen Ihnen die andere Narbe mit einer rostigen Säge bei."

„Das ist gemein!" rief ich. „Ich glaube, mein Schädel ist gebrochen!"

Er schimpfte mich einen Feigling, ergriff den Schläger und drückte ihn mir in die Hand. Und damit nichts Schlimmeres geschah, stellte ich mich de Gautet wieder, entschlossen, mir die andere Wunde so schnell wie möglich zufügen zu lassen und dann, wenn möglich, die Rechnung auf meine eigene Weise zu begleichen.

Federnd tänzelte er auf mich zu und hieb geschickt nach rechts und links. Ich parierte, versuchte ihm rasch einen Hieb beizubringen und hob dann den Schläger, meine linke Seite ungeschützt lassend. Instinktiv hieb er auf die Lücke, und ich nahm den Schlag mit geschlossenen Augen und zusammengebissenen Zähnen entgegen. Es tat schrecklich weh, und ich konnte einen Schrei nicht unterdrücken; ich taumelte, hielt aber meinen Schläger fest umklammert, und als de Gautet befriedigt zurücktrat und einen Blick auf Bismarck warf, machte ich einen plötzlichen Ausfall und bohrte ihm die Spitze des Schlägers mit aller Kraft in den Leib.

Das nächste, was ich weiß, ist, dass man mich zu Boden warf, und während ich, geblendet von meinem eigenen Blut, dalag, brach die Hölle los. Jemand versetzte mir einen fürchterlichen Tritt zwischen die Rippen, ich hörte Rudi schreien und de Gautet stöhnen – ein köstlicher Laut –, und dann muss mein Bewusstsein geschwunden sein, denn als ich die Augen aufschlug, lag ich auf einer Bank, und Kraftstein wischte mir das Blut vom Gesicht.

Mein erster Gedanke war: jetzt werden sie mich abmurksen, doch dann merkte ich, dass Bismarck und de Gautet verschwunden waren – nur Rudi war noch da und grinste auf mich nieder.

„Ich hätte mich nicht besser schlagen können“, sagte er. „Unser Freund de Gautet wird das nächste Mal nicht so überheblich sein. Sie haben ihn nicht schlimm verletzt – nur in die Seite gestochen –, aber er wird es ein oder zwei Tage spüren. Sie natürlich auch. Schauen wir einmal Ihre ehrenvollen Narben an.“

Mein Kopf tat schrecklich weh, doch als er und Kraftstein ihn untersucht hatten, meinten sie, es sei alles in bester Ordnung – von ihrem Standpunkt aus. De Gautets Hiebe hatten genau richtig gesessen, und Kraftstein versicherte mir, wenn man die Wunden offen ließ, würden sie rasch zu exzellenten Narben verheilen.

„Sie werden Ihnen ausgezeichnet stehen“, sagte Rudi. „Sämtliche kleinen Preußinnen werden sich um Sie reißen.“

Ich fühlte mich zu elend, um ihn zu verfluchen. Der Schmerz schien mein Hirn zu zerreißen, und als Kraftstein meinen Kopf verband und die beiden mich nach oben trugen und auf mein Bett legten, schwanden mir fast die Sinne. Das letzte, was ich hörte, bevor ich ohnmächtig wurde, war, dass Rudi sagte, es sei das beste, wenn meine Hoheit ein wenig ruhte, und ich weiß noch, wie seltsam es mir erschien, dass er aus der Rolle, die er spielte, für eine Weile heraus- und dann wieder hineingeschlüpft war.

Dies war meine einzige Erfahrung auf dem Gebiet der Mensur, und sie genügte mir vollauf. Doch sie lehrte mich eines, und zwar einen fürchterlichen Respekt vor Otto Bismarck und seiner Canaille. Wenn sie einer so kaltblütigen Verstümmelung fähig waren, so gab es nichts, was ihnen nicht zuzutrauen war; von diesem Moment an schlug ich mir den Gedanken an eine Flucht aus Schönhausen völlig aus dem Kopf. Ich besaß nicht den nötigen Mut dazu.

Was die Wunden betrifft, so verheilten sie unter Kraftsteins Pflege schnell. Ich werde die Narben bis an mein Grab tragen, die eine dicht an meinem rechten Ohr, die andere ein wenig höher. Zum Glück wirkt keine von ihnen entstellend; Rudi hatte recht – es ist etwas Schneidig-Romantisches an ihnen, und sie haben oft dazu beigetragen, Leuten einen falschen Eindruck von meinem Charakter zu vermitteln.

Ein paar Tage lang, während derer ich auf meinem Zimmer blieb, taten sie jedoch verdammt weh. Eine längere Zeit der Erholung vergönnten sie mir nicht, denn sie brannten darauf, mir, wie Rudi es auszudrücken beliebte, meine „prinzliche Erziehung" angedeihen zu lassen.

Sie war mit der härtesten geistigen Anstrengung verbunden, der ich mich je in meinem Leben unterziehen musste. Einen vollen Monat lang lebte, redete, ging, aß und trank ich wie Prinz Carl Gustaf, bis ich beim Gedanken an ihn aus der Haut hätte fahren können – was ich gelegentlich auch tat. Es war eine grässliche seelische Tortur, doch wenn ich heute daran zurückdenke, so muss ich gestehen, dass die drei – Rudi, Kraftstein und Bersonin – hervorragende Arbeit leisteten und nach menschlichem Ermessen das möglichste taten, mich in eine andere Person zu verwandeln.

Sie taten es, indem sie von Anfang an hartnäckig und ohne Unterlass vorgaben, ich sei Carl Gustaf, und mich Stunde um Stunde daran erinnerten. Die Sache auf andere Weise anzugehen, wäre vermutlich nutzlos gewesen, denn dadurch hätte man ständig eingestanden, dass es ein Schwindel und ein idiotischer, hirnverbrannter Plan war. Hundertmal führten sie mich, von der Wiege an, durch das Leben dieses Dänenbastards, bis ich mehr über ihn gewusst haben muss als er selbst. Seine Kinderkrankheiten, seine Verwandten, seine Vorfahren, seine Lehrer, seine Spielgefährten, seine Erziehung, seine Vorlieben, seine Abneigungen, seine Gewohnheiten – es gab nichts in den zwanzig Jahren seines Lebens, was sie ausgelassen hätten. Stunde für Stunde, Tag für Tag zwangen sie mich, an dem langen Tisch zu sitzen, und flößten mir Tatsache um Tatsache ein – was er gerne aß, welches seine Lieblingstiere waren, was er las, welche Farbe die Augen seiner Schwester hatten, bei welchem Kosenamen ihn seine Gouvernante genannt hatte (ausgerechnet Tutti), wie lange er in Heidelberg gelebt hatte, welche Musik er am liebsten mochte („Fra Diavolo" von einem gewissen Auber gefiel ihm offenbar besonders, und er pfiff in einem fort eine Melodie daraus; es besagt wohl einiges über ihre Lehrmethode, dass ich sie ebenfalls seit fünfzig Jahren hin und wieder zu pfeifen pflege). Weiß der Himmel, woher sie all ihre Kenntnisse hatten, doch sie besaßen zwei riesige Ordner mit Papieren und Zeichnungen, die alles zu enthalten schienen, was er je getan hatte und was über ihn bekannt war. Ich kenne nicht einmal den Taufnamen meiner eigenen Großmutter, doch ich weiß bei Gott, dass Carl Gustafs Dogge Ragnar hieß und dass sie dreiundzwanzig Jahre alt wurde.

„Und was haben Eure Hoheit am liebsten gespielt, als Ihr ein kleiner Junge wart?"

„Matrose", antwortete ich.

„Wie hieß das englische Schiff, das Ihr, wie Ihr Eurer Mutter stolz erzähltet, in Kopenhagen gekapert habt?"

„Agamemnon."

Das waren die Dinge, die ich ihrer Meinung nach wissen musste, und wenn ich einwandte, dass mich wohl kaum jemand fragen werde, welche Spiele ich als kleiner Junge gespielt habe, widersprachen sie nicht, sondern gingen geduldig darüber hinweg und erinnerten mich daran, dass ich mit vierzehn Jahren ein Fieber gehabt habe oder von einem Apfelbaum gefallen sei und mir den Arm gebrochen habe.

Alle unsere Gespräche führten wir auf deutsch, so dass ich darin beträchtliche Fortschritte machte – ja, Rudi befürchtete sogar, ich könnte mir darin eine zu große Fertigkeit aneignen, denn Carl Gustaf sprach es trotz seines Studiums in Heidelberg offenbar nicht allzu gut. Bersonin, der trotz seiner Schweigsamkeit ein geduldiger Lehrer war, unterrichtete mich in Dänisch, doch darin kam ich nicht sehr gut voran, wahrscheinlich, weil er es selbst nur unvollkommen beherrschte. Ich habe es nie soweit gebracht, darin zu denken, was bei mir ungewöhnlich ist, und mit seinen langgezogenen Vokalen, die den Eindruck erwecken, als sei man kurzatmig, fand ich es hässlich und langweilig.

Das allerschwierigste jedoch war, mir seinen äußeren Habitus anzueignen – trotz des ungeheuren Vorteils, dass Carl Gustaf und ich echte Doppelgänger waren, die sich glichen wie ein Ei dem anderen. Sogar unsere Stimmen waren die gleichen, doch er hatte gewisse Sprachgewohnheiten und Eigenheiten, die ich erlernen musste, und die einzige Möglichkeit bestand darin, diese immer und immer wieder zu üben, bis Rudi mit den Fingern schnipste und ausrief: „Er ist es selbst! Sagt es noch einmal, und dann noch einmal."

Es schien, zum Beispiel, dass Carl Gustaf, wenn man ihm eine Frage stellte, auf welche die normale Antwort „ja" oder „natürlich" gewesen wäre, statt dessen häufig „sicher" sagte, und dies mit einer kecken Miene und indem er den rechten Zeigefinger hob. Und wenn er jemandem zuhörte, so pflegte er an ihm vorbeizublicken, hin und wieder leicht mit dem Kopf zu nicken und fast unhörbare zustimmende Laute von sich zu geben. Es gibt viele Menschen, die dies tun, doch ich gehöre nicht zu ihnen, und so musste ich es einstudieren, bis es mir in Fleisch und Blut überging.

Er hatte auch ein kurzes, helles Lachen, bei dem er seine Zähne zeigte – etwas, das ich übte, bis mir der Hals weh tat und die Kinnbacken schmerzten. Doch dies war nichts im Vergleich zu den Grimassen, die ich schnitt, um mir seine Gewohnheit, die eine Augenbraue zu heben, anzueignen; ich zog mir dabei fast den Tick zu, ständig mit der einen Wange zu zucken, und schließlich beschlossen sie, darauf zu verzichten und zu hoffen, dass niemand bemerken würde, dass ich immer beide Augenbrauen zugleich hochzog.

Zum Glück war Carl Gustaf gleich mir ein fröhlicher, ungezwungener Bursche, doch ich musste mir alle Mühe geben, mir die düstere Miene abzugewöhnen, die ich aufzusetzen pflege, wenn ich verdrossen bin, ebenso meinen finsteren Blick und meine Manier, die Unterlippe vorzuschieben. Dieser dänische Sonnenschein stierte offenbar niemals finster; grollte er, so runzelte er wütend die Stirn, und so musste ich auch dies tun, bis sie schmerzte.

Wie gut ich meine Lektionen lernte, mag man daran ersehen, dass ich bis zum heutigen Tag mit der einen Hand den Rücken der anderen zu reiben pflege (wenn ich tief nachdenke), und dass ich völlig die Gewohnheit verloren habe, mich am Hintern zu kratzen (wenn ich verwirrt bin). Königliche Hoheiten fassen sich nicht – wie Bersonin mir feierlich erklärte – an den Arsch.

Das Resultat alles dessen war erstaunlich und manchmal sogar erschreckend. Gewiss, ich bin vermutlich ein guter Schauspieler – wenn man sich sein Leben lang verstellt hat wie ich, wird man das fast von selbst –, doch es gab Momente, in denen ich ganz vergaß, dass ich eine Rolle spielte, und beinahe glaubte, ich sei Carl Gustaf. Manchmal übte ich vor dem großen Drehspiegel, wobei Rudi und Bersonin zusahen und mich kritisierten, und ich sah diesen kahlköpfigen jungen Burschen in seiner grünen Husarenuniform, wie er lächelte und mit seinem Zeigefinger in die Luft stach, und dachte „Das bin ich“, und dann versuchte ich mir den dunklen, fröhlichen Burschen mit dem lockigen Haar und dem Backenbart ins Gedächtnis zu rufen, und es gelang mir nicht. In diesen Augenblicken, in denen ich nicht mehr wusste, wie ich selbst ausgesehen hatte, beschlich mich ein unheimliches Gefühl. Mein Charakter änderte sich natürlich nicht; dieses Gefühl ging immer schnell vorüber, und die Angst, die ich anfangs verspürt hatte, wich einer vagen Befürchtung, wie das Ganze wohl ausgehen würde.

Doch das lag in der Zukunft, und in der Zwischenzeit ließ ich mich, wie es meine Art ist, mit dem Strom treiben und bemühte mich, bei meinen Schergen den Eindruck zu erwecken, ich könnte kein Wässerchen trüben. Sie schienen von meinen Fortschritten entzückt, und als eines Tages, etwa drei Wochen, nachdem ich nach Schönhausen gekommen war, Bismarck mit uns zusammen zu Abend aß, tat ich etwas, was Rudi und Bersonin überzeugte, dass zumindest die erste Runde gewonnen war.

Wir setzten uns an den Tisch, ich, wie üblich, ans Ende, und Bismarck ließ sich auf seinen Stuhl sinken, bevor ich es tat. Nun war ich es indessen so gewohnt, als erster Platz zu nehmen, dass ich ihn groß anstarrte – wie ich annehme, vor allem aus Neugier; und als er meinen Blick bemerkte, stand er doch tatsächlich wieder auf. Rudi, dem dies nicht entging, konnte sich nicht enthalten, leise zu lachen und sich auf den Schenkel zu schlagen.

„Wahrhaft königlich“, sagte er zu Bismarck. „Ich wette, er hat Sie eben mit dem Gefühl erfüllt, ein unartiger kleiner Schuljunge zu sein. Bravo, Hoheit, Ihr macht Euch.“ Eine solche Vertraulichkeit hatte Rudi sich mir gegenüber seit meinem Duell mit de Gautet nicht erlaubt. Es machte mir natürlich nichts aus, doch Bersonin war schockiert und murmelte, Rudi vergesse sich. Es schien mir damals, als ob ich nicht der einzige sei, der an meine königliche Würde zu glauben begann. Jedenfalls bemerkte ich in gelassenem Ton zu Bersonin, dass der Freiherr noch in einem Alter sei, in dem Frechheit verzeihlich sei.

Bismarck verzog keine Miene, doch ich war überzeugt, dass ihn die Natürlichkeit meines prinzlichen Gebarens insgeheim beeindruckte, und noch mehr seine momentane Reaktion darauf.

Übrigens war Bismarcks Anwesenheit an jenem Abend eine seltene Ausnahme. Manchmal sah ich ihn tagelang nicht, doch aus den Gesprächen der anderen entnahm ich, dass er häufig in Berlin weilte – er war dort Mitglied des Parlaments, wenn er nicht gerade nützliche Engländer entführte und *lèse majesté* plante. Außerdem erfuhr ich, dass er in der Hauptstadt eine Frau hatte, was mich überraschte; irgendwie war ich zu der Vorstellung gelangt, dass er missmutig in seinem einsamen Schloss vor sich hin brütete und davon träumte, deutscher Kaiser zu werden. Ich entsann mich, dass Lola die Ansicht geäußert hatte, er sei Frauen gegenüber kühl und unnahbar, doch dies schien nur eine Pose zu sein; vor seiner Heirat hatte er es angeblich mit sämtlichen Frauenzimmern auf seinem Gut getrieben und haufenweise Kinder gezeugt. Man hatte ihn damals den Bock von Schönhausen genannt, doch in letzter Zeit widmete er sich, wie Bersonin sagte, ganz der Politik und seiner Frau und kümmerte sich voll Umsicht um seinen Landbesitz. Ich hatte den Eindruck, sein einziges Interesse an der Politik lag darin, zu persönlicher Macht zu gelangen – ganz gleich, wie – und ansonsten zu fressen und zu saufen und herumzuhuren.

Doch, wie gesagt, wir sahen ihn nicht viel und auch sonst kaum einen Menschen. Ich durfte den einen Flügel des Schlosses so gut wie nicht verlassen, und obgleich es Dienstboten gegeben haben muss, sah ich nie einen außer dem alten Diener. Es gab keine Frau im Hause, was ich als sterbenslangweilig empfand, und als ich Rudi vorschlug, er möge ein oder zwei Weiber besorgen, mit denen wir uns die Abende vertreiben könnten, schüttelte er nur den Kopf und sagte, das sei unmöglich.

„Eure Hoheit müssen sich in Geduld fassen“, fügte er hinzu. „Darf ich ergebenst daran erinnern, dass Eure Hochzeit bald bevorsteht?“

„Herzlichen Dank“, sagte ich. „Darf ich ergebenst daran erinnern, dass ich jetzt eine Frau brauche und keine Lust habe, mich bis zu meiner Hochzeit mit einer hässlichen Kuh zu bezähmen, die wahrscheinlich aussieht wie ein Bootsmannsmaat.“

„In dieser Hinsicht können Eure Hoheit ganz beruhigt sein“, sagte er und zeigte mir ein Porträt der Herzogin Irma von Strackenz, das mich, wie ich sagen muss, erheblich aufmunterte. Sie sah sehr jung aus, und sie hatte eines dieser kühlen, schmalen, hochmütigen Gesichter, die man bei Mädchen findet, denen immer alles nach ihrem Kopf gegangen ist, doch sie war ohne Zweifel eine Schönheit. Ihr Haar war lang und blond, und sie hatte sehr feine, regelmäßige Gesichtszüge; sie erinnerte mich an ein Märchen aus meiner Kindheit von einer Schneeprinzessin mit einem Herzen aus Eis. Nun, ich würde sie schon aufwärmen; vorausgesetzt, unser Unternehmen gedieh wie erhofft.

„Wie wär's bis dahin mit einem netten, munteren Landmädchen?“ sagte ich. „Sie könnte meine Deutschkenntnisse verbessern und ich die ihrigen in Anatomie.“

Doch er wollte nichts davon wissen.

So verstrich eine Woche nach der anderen, und allmählich muss mir wohl die alptraumhafte Aussichtslosigkeit meiner

Lage weniger bedrückend erschienen sein, als sie heute, ein halbes Jahrhundert später, aussieht; was immer einem widerfährt, so ungewöhnlich es auch sein mag – man gewöhnt sich schließlich daran, und als die Zeit kam, Schönhausen zu verlassen, war ich dazu bereit. Gewiss, ich hatte fürchterliche Angst, doch ich war so von Herzen dankbar dafür, diesem grässlichen Mausoleum zu entrinnen, dass mir das meiner Harrende erträglich schien.

Kapitel 7

Es muss etwa eine Woche nach meiner eben geschilderten Begegnung mit Bismarck gewesen sein, als man mich eines Abends in die Bibliothek rief. Sie waren alle versammelt, Rudi, Bismarck und die drei Weisen, und ich wusste sofort, dass es um etwas Wichtiges ging. Bismarck trug noch seinen Überzieher; schmelzende Schneeflocken bedeckten seine Schultern, und eine kleine Wasserpfütze umgab jeden seiner Stiefel, wie er so vor dem Kamin stand. Er sah mich, die Hände auf dem Rücken, ausdruckslos an, und sagte dann:

„Die Narben sind noch zu rot. Jeder Idiot kann sehen, dass sie frisch sind."

Dies schien mir ein ausgezeichneter Grund, das Ganze abzublasen, doch Kraftstein sagte in seiner nachdenklichen Art, das sei kein Problem; er habe eine Salbe, mit der man ihre Röte verdecken könne, so dass sie aussehen würden wie alte Wunden. Dies schien Bismarck zufriedenzustellen, denn er brummte und wandte sich zu Rudi.

„Ansonsten ist er genügend vorbereitet und kann seine Rolle spielen? Sie wissen, Ihr Kopf hängt davon ab." „Seine Hoheit ist bereit, seine Pflichten zu übernehmen", sagte Rudi.

„Seine Hoheit!" schnaubte Bismarck. „Er ist ein Schauspieler, der für eine Rolle engagiert wurde. Das sollte er nicht vergessen, und auch nicht, welche Folgen es für ihn hätte, wenn er ein Stichwort versäumt – dann wird er sich mehr Mühe geben, es nicht zu verpfuschen. Sie werden morgen nach Strackenz abreisen, Mr. Flashman. Sie wissen, was Sie zu tun haben; Ihnen ist klar, welche Belohnung Sie erwartet, wenn es gelingt – und was geschieht, wenn Sie versagen." Er musterte mich mit seinen kalten Augen. „Haben Sie Angst?"

„Aber nein", sagte ich. „Wenn alles vorbei ist, werde ich zurück nach England gehen und den Platz von Prinz Albert einnehmen."

Rudi lachte, doch Kraftstein schüttelte den Kopf – zweifellos dachte er, ich sähe Prinz Albert nicht ähnlich genug, als dass mir das gelingen könnte.

„Setzen Sie sich", sagte Bismarck. „Geben Sie ihm einen Brandy, de Gautet." Er trat zu mir ans Tischende und blickte auf mich nieder. „Hören Sie mich gut an. Wenn Sie morgen abreisen, werden Freiherr von Starnberg und de Gautet Sie begleiten. Sie bringen Sie per Kutsche zu dem festgesetzten Treffpunkt – es genügt, wenn Sie wissen, dass es sich um den Landsitz eines Adeligen handelt, der Prinz Carl Gustaf während seiner Reise nach Strackenz für eine Nacht beherbergen wird. Die Reise dorthin wird zwei Tage dauern, doch wir veranschlagen zur Sicherheit drei. Am festgesetzten Tag werden Carl Gustaf und sein Gefolge am Nachmittag in dem Landhaus eintreffen. Es steht in bewaldetem Gelände, ist aber leicht zugänglich; Sie werden bis zum Abend warten, dann werden von Starnberg und de Gautet Sie im Schutz der Dunkelheit hinführen. Ein Mann wird Sie einlassen, der zu den drei einzigen auf der Welt außerhalb dieses Zimmers gehört, die an dem Komplott teilnehmen. Sein Name ist Detchard, ein mir treu ergebener dänischer Minister. Er wird Sie heimlich zu den Gemächern des Prinzen führen, und inzwischen wird Starnberg für die ... Entfernung des echten Prinzen sorgen. Ist Ihnen bis jetzt alles klar?"

Bei Gott, das war es, und während ich zuhörte, überfielen mich plötzlich wieder all meine alten Ängste. Es war ein wahrhaft irrsinniges Unternehmen, und dieser so ekelhaft selbstsichere Bursche, der so aufrecht und ungerührt in seinem Überzieher dastand, ein gefährlicher Verrückter.

„Aber ... aber, hören Sie“, begann ich, „angenommen, es geht etwas schief – ich meine, angenommen, jemand kommt ...“

Er hieb seine Faust auf den Tisch und starrte mich an. „Nichts wird schiefgehen! Niemand wird kommen! Himmelherrgott noch mal! Glauben Sie etwa, ich habe nicht alles bis ins einzelne geplant? De Gautet! Sagen Sie ihm den Namen des Dienstmädchens, dessen Pflicht es sein wird, während des Aufenthalts des Prinzen seine Bettwäsche zu wechseln.“

„Heidi Gelber“, sagte de Gautet.

„Starnberg – wie gelangen Sie von der Tür, bei der Detchard Sie einlässt, zum Ankleideraum des Prinzen?“

„Zwölf Schritte durch einen Korridor, die Treppe zur Rechten hinauf, auf dem ersten Absatz nach links, und dann rechts zehn Schritte einen Korridor hinunter. Der Ankleideraum des Prinzen befindet sich hinter der ersten Tür links.“

„Fünfzig Sekunden von einer Tür zur anderen“, sagte Bismarck. „Wenn Sie wollen, kann ich Ihnen genau sagen, welcher Art die Möbel im Zimmer des Prinzen sind, und wie sie stehen. Zum Beispiel befindet sich auf dem Kaminsims die Statuette eines knienden Cupido. Nun – sind Sie jetzt überzeugt, dass alles bestens organisiert ist, dass ich bis ins letzte informiert bin?“

„Wie können Sie wissen, ob nicht irgendein besoffener Diener in das Ganze hineinplatzt?“ rief ich.

Ich dachte, er würde mich schlagen, doch er nahm sich zusammen.

„Das wird nicht passieren“, sagte er. „Alles wird genauso vor sich gehen, wie ich sagte.“

Ich sah ein, dass es sinnlos war zu widersprechen; verzweifelt saß ich da, während er fortfuhr.

„Sobald Sie sich in dem Zimmer befinden, sind Sie Prinz Carl Gustaf. Dies ist von überragender Bedeutung. Von diesem Moment an existiert Flashman nicht mehr – verstanden? Detchard und Ostred, der Arzt des Prinzen, der ebenfalls in unseren Plan eingeweiht ist, werden bei Ihnen sein. Sollten Sie über irgendetwas im Zweifel sein, werden sie Ihnen sagen, was zu tun ist. Und wenn Sie am nächsten Morgen als Prinz Carl Gustaf die Grenze von Strackenz passieren, dann werden sich unter den Honoratioren, die Sie begrüßen, de Gautet und Starnberg befinden – Sie werden Ihren Zug besteigen. An Freunden wird es Ihnen also nicht mangeln“, fügte er grimmig hinzu. „Jetzt trinken Sie Ihren Brandy.“

Ich kippte ihn hinunter; ich brauchte ihn. Irgendwie hatte ich wohl immer noch den Hintergedanken gehegt, es werde mir gelingen, dem Ganzen im letzten Moment zu entschlüpfen, doch Bismarck hatte diese Hoffnung zerstört.

Ich würde die Sache durchstehen müssen, Rudi und de Gautet an meiner Seite lauernd – zweifellos bereit, mir bei der geringsten falschen Bewegung eine Kugel in die Rippen zu jagen. Warum, zum Teufel, fragte ich mich zum tausendsten Mal, war ich bloß in dieses vermaledeite Land gekommen?

„Am Tag nach Ihrer Ankunft wird in der Hauptstadt Strackenz die Hochzeit stattfinden“, fuhr Bismarck in gleichgültigem Ton fort. „Über die Einzelheiten der Zeremonie sind Sie ja ausführlich informiert worden. Also dann – Hals- und Beinbruch, wie man bei uns zu sagen pflegt.“

Er setzte sich und schenkte sich aus der Karaffe ein Glas Brandy ein. Er trank einen Schluck, während ich stumm da saß und auf mein Glas starrte.

„Nun, Mr. Flashman, was haben Sie zu sagen?"

„Was, zum Teufel, interessiert Sie das?" platzte ich heraus. „Mir bleibt ja gar keine andere Wahl, verdammt noch mal"

Zu meinem Erstaunen lachte er. Er streckte die Beine aus und drehte den Stiel des Glases zwischen seinen Fingern.

„Da haben Sie recht", sagte er grinsend. „Flashman, Sie sollten froh sein. Sie werden Geschichte machen – jawohl, große Geschichte. Sind Sie sich eigentlich über die Bedeutung und Größe unseres Vorhabens im klaren? Wir nageln eine kleine Angel an eine Tür, eine große Tür, durch die der Weg in ein größeres Deutschland führen wird! Und Sie – ein auf halben Sold gesetzter, unbedeutender Offizier, ein kleiner Mann, der selbst auf die Angelegenheiten seines eigenen Landes keinerlei Einfluss hat – Sie werden es ermöglichen! Sind Sie sich denn nicht bewusst, was das heißt?" Er strahlte jetzt übers ganze Gesicht, und seine Augen funkelten vor Begeisterung. „Denn wir werden siegen! Wir sechs, wir riskieren alles, wir setzen unser Leben aufs Spiel – und der Erfolg wird unser sein! Wenn ich Sie ansehe, dann weiß ich, unser Plan kann nicht fehlschlagen. Gott hat Sie Deutschland geschickt, und ich schicke Sie jetzt nach Strackenz. Und in Strackenz werden Sie ein Spiel spielen, wie es in der Weltgeschichte noch nie gespielt worden ist. Und Sie werden es gewinnen – ich weiß es. Sie sind ein Auserwählter – dazu bestimmt, am Aufbau des neuen Vaterlandes mitzuwirken!" Er hob sein Glas. „Ich trinke auf Ihr Wohl und auf gutes Gelingen Ihres Auftrags!"

Kaum zu glauben, aber er stimmte mich damit ein wenig optimistisch. Natürlich war es alles Humbug, dazu ausersehen, mir Mut einzuflößen – das war alles, was er wollte –, doch der Mann strahlte eine Zuversicht aus, die ansteckend wirkte; wenn er wirklich überzeugt war, dass es gelingen würde – nun, dann würden wir es vielleicht schaffen. Die anderen tranken mir ebenfalls zu, und Bismarck seufzte und schenkte sich nach. Ich hatte ihn noch nie so gesehen; er war fast jovial und zeigte eine völlig neue Seite seines Wesens – sicherlich nur, um mich zu beeindrucken.

„Wie werden wir wohl einst daran zurückdenken?“ sinnierte er. „Wenn wir alt sind und uns auf unsere Landsitze zurückgezogen haben und die jungen Männer einer neuen Zeit an die Macht drängen?“ Er schüttelte den Kopf. „Ich werde wohl lederne Breeches tragen und mich auf dem Stettiner Wollmarkt auslachen lassen und an jeden, der mich ‚Baron' nennt, um zwei Taler billiger verkaufen [27]. Und Sie, Flashman, Sie werden in Ihrem Club in St. James sitzen und sich mit Portwein vollaufen lassen und Ihren Erinnerungen nachhängen. Aber wir werden gelebt haben, bei Gott! Wir werden gekämpft haben! Wir werden gesiegt haben! Ist es vielleicht nichts, in die Geschichte eingegriffen und den Lauf großer Dinge beeinflusst zu haben?“

Ohne Zweifel hätte ich seinen Enthusiasmus wie Kraftstein teilen sollen, der an seinen Lippen hing und dreinblickte wie ein hingerissener Ochse. Doch ich konnte bei mir nur denken: Gott, wenn John Gully dich doch nur noch tüchtiger zusammengeschlagen hätte. Laut sagte ich:

„Herr Bismarck, ich bin tief gerührt. Mit Ihrer Erlaubnis werde ich mich jetzt sinnlos betrinken. Morgen stehe ich dann, da mir nichts anderes übrigbleibt, zu Ihren Diensten. Doch wenn ich die Geschicke Europas bestimmen soll, brauche in eine Menge Schnaps in mir, um mich in Gang zu bringen. Wären Sie deshalb so freundlich, mich mit einer Flasche und einer guten Zigarre zu versorgen, und dann wollen Sie, Ihre Freund und ich ein paar schmutzige Trinklieder anstimmen. Sollte es Ihnen zu unflätig erscheinen, sich auf diese Weise für unseren glorreichen Dienst am Vaterland in die rechte Verfassung zu bringen – nun – Sie haben Ihre Vorbereitungen getroffen; lassen Sie mich jetzt die meinen treffen."

Infolge der nächtlichen Exzesse, gegen die Bismarck keinen Einwand erhob, hatte ich am Morgen meiner Abreise von Schönhausen rasende Kopfschmerzen und einen verdorbenen Magen. Ich entsinne mich deshalb nur an wenig, was jedoch kein Nachteil ist. Auch meine Erinnerung an die Reise nach Strackenz ist verschwommen; ich bin in meinem Leben zuviel gereist, als dass mich diese Fahrt mit mehr als Langeweile hätte erfüllen können, und es war nicht viel mehr zu sehen als flache, schneebedeckte Felder, hin und wieder ein Dorf und düstere Wälder aus kahlen schwarzen Bäumen.

Rudi war wie üblich bester Laune, und de Gautet höflich und unpersönlich, doch ich wusste, er hatte mir den Stoß mit dem Schläger nicht vergessen und verziehen. Auch ich hatte ihm die beiden von ihm zugefügten Hiebe nicht vergessen, und so hatten wir einander nichts vorzuwerfen. Er verlor kein Wort über unsere Mensur, doch dann und wann in der Kutsche bemerkte ich, dass seine dunklen Augen auf mir ruhten, und dann wandte er rasch den Kopf ab und blickte woandershin. Ich glaube, er hätte mir ohne Bedenken eine Kugel in den Rücken gejagt, wenn ich einen Fluchtversuch unternommen hätte.

Auf Bismarcks Aufforderung hin hatten die beiden die Gewohnheit, mich „Hoheit" zu nennen, abgelegt – sie hatten wohl Bersonins „Theorie", wie Bismarck es nannte, während meiner Abrichtungszeit als gut betrachtet, hielten sie aber jetzt nicht mehr für notwendig. Sie versäumten jedoch keine Gelegenheit, mich über die Geographie von Strackenz zu informieren, über die Bräuche am dortigen Hof und die Einzelheiten der Trauungszeremonie. Da ich nichts anderes zu tun hatte, hörte ich ihnen aufmerksam zu, doch inzwischen habe ich alles längst vergessen.

Wir waren drei Tage unterwegs, und am letzten Nachmittag unserer Reise fuhren wir tief in bewaldetes Land, das geisterhaft und still unter dem Schnee lag. Es war sehr schön und feierlich, und auf dem holprigen Weg, der sich zwischen den Bäumen durchschlängelte, begegneten wir keiner Menschenseele. Gegen vier Uhr nachmittags hielten wir an einer kleinen Lichtung, auf der eine Hütte stand, aus deren Schornstein dünner Rauch zum stahlblauen Himmel aufstieg.

Zwei oder drei munter aussehende Burschen in Bauernkleidern striegelten die Pferde und baten uns in die Hütte – ich hielt sie keinen Moment lang für Bauern, denn ich hörte zwei von ihnen mit Rudi sprechen. Sie waren Männer von Stand, doch nichtsdestoweniger raue, kräftige Gesellen, mit denen nicht gut Kirschen zu essen schien. Rudi und ich machten uns über das Mahl her, das sie uns vorsetzten, und de Gautet schritt unterdessen unruhig auf und ab und blickte abwechselnd auf seine Uhr und den sich verfinsternden Himmel, bis Rudi ihn aufforderte, sich zu setzen und ein Glas Wein mit uns zu trinken. Ich wurde selbst recht nervös, als eine Stunde nach der anderen verstrich, und Rudi gab mir zur Beruhigung einen ordentlichen Brandy.

„Nur noch drei Stunden“, sagte er, „– dann werden Sie in ein seidenes Nachthemd mit den Initialen C. G. schlüpfen. Mein Gott! Ich wünschte, ich könnte in Ihrer Haut stecken. Wie vielen Bürgerlichen bietet sich schon die Gelegenheit, eine Königliche Hoheit zu spielen!“

„Ich werde eine darstellen, die jederzeit bereit ist, auf ihre Krone zu verzichten.“ Wieder einmal lief mir eine Gänsehaut über den Rücken.

„Unsinn. Ich wette, nach zwei Tagen werden Sie sich betragen wie ein geborener Monarch. Wahrscheinlich werden Sie ein königliches Edikt gegen die Jungfräulichkeit erlassen. Wie spät ist es, de Gautet?“

„Wir sollten uns auf den Weg machen.“ Ich bemerkte die Anspannung in seinem Ton.

Rudi streckte sich; er war ruhig, als gedächten wir einen abendlichen Spaziergang zu unternehmen. „Also schön, brechen wir auf.“

Bevor wir die Hütte verließen, gab es eine kleine Auseinandersetzung; als de Gautet mir in den Mantel half, bemerkte er die Pistolen in meinen Taschen. Ich hatte sie in Schönhausen in einem Paar Stiefel bei meinem Gepäck versteckt und war entschlossen, sie zu behalten.

Rudi schüttelte den Kopf. „Königliche Hoheiten tragen keine Waffen, es sei denn bei Zeremonien.“

„Ich schon“, sagte ich. „Entweder Sie lassen Sie mir oder ich gehe überhaupt nicht.“

„Welchen Nutzen versprechen Sie sich von Ihnen, Mensch?“

„Nicht viel. Doch wenn es zum Schlimmsten kommt, werden sie mir vielleicht ein wenig Ellbogenfreiheit verschaffen.“

De Gautet drängte zum Aufbruch, und so fluchte und grinste Rudi schließlich und ließ sie mir. Er wusste, dass ich nicht so töricht sein würde, von ihnen Gebrauch zu machen.

De Gautet ging voran, Rudi und ich hinter ihm, und zwei der anderen bildeten die Nachhut. So stapften wir zwischen den Bäumen durch den knöcheltiefen Schnee. Es war totenstill und stockfinster, doch de Gautet führte uns unbeirrt etwa eine Viertelstunde, bis wir auf eine hohe, quer zu unserem Weg verlaufende Steinmauer stießen. In ihr befand sich eine kleine Pforte, durch die wir traten, und dann gingen wir an einem Dickicht hoher Büsche entlang. Wir schienen uns im Garten eines großen Gutes zu befinden. Trotz der Dunkelheit erkannte ich einen weiten, ebenen Rasen unter dem Schnee, und dann tauchte vor uns ein hell beleuchtetes riesiges Herrenhaus auf, umgeben von Terrassen und Wegen, die von gestutzten Sträuchern gesäumt wurden.

De Gautet schritt lautlos darauf zu, wir dicht auf seinen Fersen. Steinerne Stufen führten zu einem Flügel des Hauses hinauf, der unbeleuchtet war, und dann versammelten wir uns vor einer kleinen Tür unter einem großen steinernen Vorsprung, und Rudi pfiff leise (ausgerechnet): „Marlbrough s'en va-t'en guerre." Ein paar Sekunden warteten wir keuchend gleich Schuljungen, die einen Obstgarten geplündert haben; dann ging die Tür auf.

„Detchard?"

De Gautet trat ein, und wir folgten. In dem schlecht beleuchteten Gang stand ein Mann in einem Gehrock; er schloss rasch die Tür hinter uns – die beiden anderen blieben draußen – und legte den Finger auf den Mund. Er war ein großer, distinguiert aussehender Herr mit einer Hakennase und einer dicken Unterlippe; er hatte graues Haar und einen dichten Backenbart. Er musterte mich aufmerksam, murmelte „Donnerwetter!" und wandte sich an Rudi.

„Eine Komplikation – Seine Hoheit hat sich bereits früh in seine Gemächer zurückgezogen."

Aha, dachte ich, damit hat Bismarcks pfiffige kleine Bandobast [28] nicht gerechnet; oh, Jesus, alles ist verpfuscht ...

„Macht nichts", sagte Rudi gelassen. „Er hat drei Zimmer; er kann nicht in allen zugleich sein."

Das war mir unverständlich, doch Detchard schien es zu beruhigen. Ohne ein weiteres Wort führte er uns durch den Gang, eine Treppe hinauf, in einen gut beleuchteten, mit einem Läufer ausgelegten Korridor und um eine Ecke zu einer großen Doppeltüre. Er blieb stehen, lauschte, drückte vorsichtig die Klinke nieder und lugte hinein. Gleich darauf waren wir alle in dem Raum.

Detchard wartete einen Moment, und mein Herz pochte wie verrückt. Durch die Verbindungstür zum nächsten Zimmer drangen leise Stimmen.

„Seine Hoheit ist in seinem Schlafgemach", flüsterte Detchard.

Rudi nickte. „Ziehen Sie sich aus", sagte er zu mir, und de Gautet rollte die Sachen, die ich ablegte, zu einem Bündel zusammen. Er wickelte alles in meinen Mantel – mir fielen im letzten Moment meine Pistolen ein, und ich schob sie rasch unter ein Kissen –, und dann stand ich splitternackt da, während Detchard sein Ohr an die Türfüllung drückte und horchte.

„Glückliche kleine Herzogin Irma", murmelte Rudi und grinste mich an. „Hoffen wir, der echte Prinz ist seinem königlichen Stand gemäß ausgestattet." Spöttisch salutierte er vor mir. „Bonne chance, Hoheit. Bereit, de Gautet?"

Zusammen gingen wir zur Verbindungstür; Rudi nickte, und in Sekundenschnelle hatten sie sie geöffnet und waren durchgeschlüpft, Detchard hinter ihnen. Einen Moment lang war das Stimmengemurmel lauter, dann wurde die Tür zugemacht, und ich stand nackt im königlichen Ankleideraum eines deutschen Herrenhauses, allein und zitternd. Eine Weile war es still, dann hörte ich im Nebenraum ein polterndes Geräusch. Minuten vergingen, irgendwo wurde eine Tür geschlossen, auf dem Korridor war Stimmengemurmel zu hören, das mich hinter einen Vorhang schlüpfen ließ, und dann war es still. Wieder verstrichen einige Minuten, und vor Furcht und Kälte begannen meine Zähne zu klappern. Schließlich lugte ich hervor, um zu sehen, ob nicht ein Schlafrock oder irgend etwas da war, in das ich mich hüllen konnte; es standen eine Menge Möbel in dem Raum, darunter eine riesige reichverzierte Kommode, doch es war kein einziges Kleidungsstück da, nur ein paar Handtücher. So hüllte ich mich, so gut es ging, in den Vorhang und wartete voll Angst.

Endlich ging die Tür auf, und Detchard sagte leise: „Wo sind Sie?“

Ich steckte meinen Kopf hervor. Gott sei Dank, er hatte einen großen seidenen Schlafrock in der Hand, den ich ihm entriss.

„Seine Hoheit hat das Haus verlassen“, sagte er. „Alles ist in bester Ordnung. Wie fühlen Sie sich?“

„Oh, ausgezeichnet – nur dass ich schrecklich friere. Ist denn nirgends ein Feuer, in Gottes Namen?“

„Im Schlafzimmer steht ein Ofen“, sagte er und führte mich in einen prächtigen Raum mit einem dicken Teppich, einem riesigen Bett mit einem Baldachin und einem Ofen, dessen Türen weit geöffnet waren. Während ich mich aufwärmte, stand Detchard, den grauen Kopf zur Seite geneigt, da und betrachtete mich, seinen Siegelring drehend.

„Wahrhaft erstaunlich“, sagte er schließlich. „Ich konnte es nicht glauben – aber Sie sind der gleiche Mann. Wundervoll!“

„Nun, ich hoffe, dem anderen ist es wärmer als mir. Haben Sie keinen Brandy?“

Er schenkte mir ein Glas ein und sah mir zu, wie ich es hinunterkippte.

„Sie sind nervös“, sagte er. „Begreiflich. Sie werden jedoch die Nacht über Gelegenheit haben, sich an die – äh – Neuheit Ihrer Situation zu gewöhnen. Seine Hoheit hat sich früh zurückgezogen – er hatte leichte Kopfschmerzen, wohl infolge der strapaziösen Reise. Sie werden deshalb ungestört sein. Ihrem Gastgeber, Graf von Tarlenheim, wurden entsprechende Instruktionen erteilt. Sie werden ihn übrigens morgen, bevor wir zur Grenze abreisen, kurz sehen. Ein liebenswerter Narr. Seine Hoheit – oder besser gesagt, Eure Hoheit – standen bisher mit ihm auf sehr formellem Fuß, und so wird er Ihnen morgen weiter keine Fragen stellen, wenn Sie sich ihm nicht mehr widmen, als die Höflichkeit erfordert."

„Gott sei Dank", erwiderte ich. Ich brauchte Zeit, mich an meine Rolle zu gewöhnen, und der Gedanke, an einem Frühstückstisch zu plaudern, erschreckte mich.

„Die einzigen, die während der Reise in Ihrer Nähe sein werden, sind außer mir Dr. Ostred, Ihr Arzt, und der junge Josef, Ihr Kammerdiener. Er steht erst seit einem Tag in Ihren Diensten – Ihr alter Diener Einar wurde kurz nach unserer Abreise krank."

„Wie passend", sagte ich. „Wird er am Leben bleiben?"

„Selbstverständlich. Es besteht kein Anlass zur Besorgnis." Plötzlich ging die Tür auf, und ich zuckte heftig zusammen. Ein furchtsam dreinblickender kleiner Bursche trat ein. Detchard wandte sich um.

„Ah, Ostred", sagte Detchard, und der kleine Kerl zwinkerte, sah mich an, dann Detchard und wieder mich.

„Ich dachte ...", stammelte er. „Ich bitte um Verzeihung, Hoheit – ich dachte, Hoheit hätten sich zurückgezogen und lägen im Bett." Hilflos sah er Detchard an, und ich dachte: Beim Himmel, er glaubt, ich bin der echte Prinz. Mir wurde klar, dass dies eine ausgezeichnete Gelegenheit war, das Ganze auf die Probe zu stellen; wenn es mir gelang, meinen eigenen Arzt zu täuschen, dann konnte ich jedermann täuschen.

„Ich habe Kopfschmerzen", sagte ich in dumpfem Ton. „Aber das heißt doch nicht, dass ich zu Bett gehen muss."

„Nein, nein ... natürlich nicht, Hoheit." Er leckte sich die Lippen.

„Vielleicht sollten Sie Seiner Hoheit den Puls fühlen", sagte Detchard, und der kleine Mann trat zu mir und ergriff mein Handgelenk, als sei es aus Porzellan. Auf seiner Stirn standen Schweißperlen.

„Ein wenig beschleunigt", murmelte er und blickte mir ängstlich und verwirrt ins Gesicht. Plötzlich sprang er zurück, als hätte er ein Gespenst gesehen.

„Er ... er ...", rief er, auf mich deutend.

„Nein, Ostred", sagte Detchard. „Es ist nicht der Prinz."

„Aber –" stieß der kleine Doktor entgeistert hervor, und ich musste lachen. „Aber er sieht ihm völlig gleich! Mein Gott! Ich kann's nicht glauben. Als ich ihn sah, hatte ich gleich das Gefühl, dass irgendetwas nicht stimmt – aber ich war trotzdem überzeugt, es ist der Prinz. Mein Gott!"

„Was hat ihn verraten?" fragte Detchard.

„Die Narben. Sie sind frisch und rosa."

Detchard biss wütend die Zähne zusammen „Natürlich, die Narben. Daran hatte ich gar nicht gedacht. Das hätte schlimme Folgen haben können. Doch das lässt sich leicht beheben." Und er holte ein Fläschchen hervor, das ihm vermutlich Rudi gegeben hatte, und bestrich meine Wunden, bis er und der Doktor befriedigt waren.

„So", sagte Detchard. „Wann haben Sie sich zum letzten Mal den Kopf rasiert?"

„Gestern Abend."

„Das genügt vorläufig. Ostred wird sich morgen wieder darum kümmern." Er blickte auf seine Uhr. „Ich glaube, Doktor, wir sollten uns jetzt wieder zu unserem Gastgeber begeben." Er sagte mir noch rasch einiges über Tarlenheim und die für den nächsten Morgen getroffenen Vorkehrungen. „Ihr Diener wird gleich kommen, um Sie zu Bett zu bringen", fügte er hinzu. „Sie können beruhigt schlafen, glauben Sie mir. Nun, da ich Sie gesehen habe, sind meine Sorgen beseitigt. Ich bezweifle ernsthaft, dass Ihr eigener Vater den Schwindel bemerken würde. Ich wünsche eine gute Nacht, Hoheit."

Unter Verbeugungen verließen sie das Zimmer, und ich blieb zitternd zurück – doch nicht vor Angst. Freudige Erregung erfüllte mich – ich hatte Ostred genarrt. Bei Gott, es würde alles gut gehen. Ich schritt grinsend ein paar Mal im Zimmer auf und nieder, trank noch ein Glas Brandy und noch eines und stellte mich grinsend vor den Spiegel. Nun, Prinz Harry, dachte ich, wenn Elspeth dich doch jetzt sehen könnte. Und Morrison, der alte Geldsack. Und der hochnäsige, aufgeblasene Cardigan. Was würde er darum geben, Königliche Hoheit wieder bei seinen lausigen 11. Husaren zu haben. Denn ich war eine Königliche Hoheit, im Moment jedenfalls – ein ausgewachsener Prinz von königlichem Geblüt, bis – ja, bis Bismarcks kleines Spiel zu Ende war. Und dann – ach, zum Teufel mit ihm. Ich trank noch ein Glas Brandy und inspizierte meine königliche Umgebung.

Es war eine wahre Pracht – seidene Bettwäsche, ein spitzenbesetztes Kissen, ein Pokal und ein Teller aus echtem Silber neben dem Bett – mit einer Hühnerbrust unter einer Serviette, für den Fall, dass ich Hunger verspürte. Ich widerstand der Versuchung, den Teller in die Tasche zu schieben – es war später genügend Zeit, sich mit derlei Kram zu versehen. Schließlich war dies nur eine Station auf der Reise; im Palast von Strackenz würde die Auswahl wesentlich größer sein. Doch ich hatte das Gefühl, die Nacht hier würde zu ertragen sein – ausgezeichneter Brandy, ein warmes Feuer, Zigarren in einer gepunzten Lederdose; selbst der Topf unter dem Bett war aus feinstem Porzellan mit einem Kranz aus dickärschigen kleinen Engeln. Als ich mich aufs Bett plumpsen ließ, war mir, als schwebte ich auf einer Wolke. Genau das Rechte für den alten Flashy, dachte ich. Der Leser möge mir glauben, wenn er das nächste Mal von den Bürden der Königswürde hört, dann ist das eine verdammte Übertreibung. Ich weiß es; ich war selbst eine Königliche Hoheit.

Mein Blick fiel auf das Kaminsims; eine kniende Figur stand darauf. Ein leichter Schauder überlief mich, als mir klar wurde, dass es der Cupido war, den Bismarck erwähnt hatte – bei Gott, der Bursche wusste Bescheid, bis ins letzte Detail. Ich rollte mich vom Bett und sah ihn an, und eine leise Genugtuung erfüllte mich, als ich bemerkte, dass es gar kein Cupido war, sondern eine Nymphe. Der große Otto war also doch nicht unfehlbar. Es war ganz offensichtlich eine Nymphe, und während ich sie betrachtete, wurde mir bewusst, dass mir etwas in meinem prinzlichen Paradies fehlte. Bronzene Nymphen sind kein Ersatz für echte; seit man die fette Baronin Pechmann so rüde meiner Umarmung entriss, hatte ich keine Frau gehabt – und ich hatte mich nicht richtig mit ihr befassen können, bevor Rudi uns trennte. So dick sie auch gewesen war; der Gedanke an sie machte mich ganz hitzig, und im gleichen Moment klopfte es leise an der Tür, und ein schmächtiger, ernst dreinblickender Bursche schlüpfte herein. Offenbar war es Josef, mein Diener.

„Haben Eure Hoheit irgendeinen Wunsch?“ fragte er. „Ich glaube nicht, Josef“, sagte ich gähnend. „Ich wollte mich soeben zur Ruhe begeben.“ Da kam mir eine glänzende Idee. „Schicken Sie mir doch ein Zimmermädchen, das mir das Bett aufschlägt.“

Er blickte erstaunt. „Das kann ich doch machen, Hoheit.“

Flashy hätte daraufhin gebrummt: „Verdammt, tun Sie, was man Ihnen sagt." Doch Prinz Carl Gustaf sagte nur: „Nein, schicken Sie das Zimmermädchen."

Er zögerte eine Sekunde und sah mich mit ausdrucksloser Miene an. Dann sagte er: „Sehr wohl, Eure Hoheit", verbeugte sich und ging zur Tür. „Gute Nacht, Hoheit."

Es war natürlich verteufelt unbedacht, doch der Brandy und meine geilen Gedanken waren stärker als jede Vernunft. Außerdem – war ich nicht ein Prinz? Und der echte Carl Gustaf war ganz gewiss kein Mönch. So harrte ich in lustvoller Erwartung, bis es wieder klopfte und ein Mädchen den Kopf durch die Tür steckte, als ich „Herein" rief.

Sie war ein hübsches, feistes, kleines Ding mit lockigem Haar und ebenso breit wie lang, doch da ich mit meinen Gedanken bei der Baronin Pechmann war, genau das Rechte für mich. Sie hatte ein keckes Gesicht, und mir fiel ein, dass Josef vielleicht gar nicht so dumm war. Sie knickste und trippelte zum Bett, und als ich zu ihr schlenderte – unterwegs schob ich den Türriegel vor – und neben sie trat, kicherte sie und tat, als streiche sie umständlich mein Kissen glatt.

„Nur Arbeit und kein Vergnügen ist nichts für kleine Mädchen", sagte ich, setzte mich aufs Bett und zog sie auf meinen Schoss. Sie wehrte sich kaum, sondern bemühte sich nur, zu erröten und spröde dreinzublicken, und als ich ihr Mieder herabzog, seufzte sie und drückte sich an mich. Gleich darauf wälzten wir uns auf dem Bett, und ich entschädigte mich gründlich für die Wochen erzwungener Enthaltsamkeit. Sie war in der Tat höchst eifrig bei der Sache, und als sie sich mir entzog und mich der wohlverdienten Ruhe überließ, war ich auf höchst wonnige Weise erschöpft.

Manchmal habe ich mich gefragt, was wohl die Folge dieser Begegnung war und ob irgendwo in Holstein ein kräftiger Bauernbursch namens Carl herumläuft, der sich brüstet, königlicher Abstammung zu sein. Wenn ja, so kann man ihn wahrhaftig einen ignoranten Bastard nennen.

Kapitel 8

Es gibt eine Trunkenheit, die nichts mit Alkohol zu tun hat. Die nächsten paar Tage war ich, abgesehen von gelegentlichen Momenten entsetzlicher Klarheit, ständig wie berauscht. Ein König – oder besser ein Prinz – zu sein, ist etwas Herrliches; man wird umschmeichelt, hofiert, bejubelt; jeder Wunsch wird einem von den Augen abgelesen und sofort erfüllt; man steht im Mittelpunkt der Aufmerksamkeit, und jedermann katzbuckelt vor einem und renkt sich den Hals aus und ist außer sich vor Begeisterung – es ist das Wundervollste, was man sich denken kann. Vielleicht hatte ich von alldem weniger gehabt als die meisten gewöhnlichen Leute, vor allem, als ich jünger war, und so genoss ich es um so mehr; jedenfalls schwelgte ich geradezu darin, solange es dauerte.

Natürlich hatte man mich überschwänglich gefeiert und bewundert, als ich aus Afghanistan heimkehrte, doch das war etwas völlig anderes gewesen. Damals hatte man gesagt: „Das ist der heroische Flashman, der tollkühne, löwenherzige Bursche, der Nigger schlachtet und Old Englands Ehre hochhält. Mein Gott, seht nur, dieser Backenbart!“ Auch dies war überaus schmeichelhaft, erfüllte einen aber nicht mit dein Gefühl, ein Übermensch zu sein. Ist man jedoch eine Königliche Hoheit, so wird man behandelt wie ein Gott; man hat das Gefühl, als sei man aus ganz anderem Stoff gemacht als die restliche Menschheit; man geht nicht, man schwebt über allem, unter einem der Pöbel, kriechend und speichelleckerisch.

Den ersten Vorgeschmack davon verspürte ich an dem Morgen, da ich Tarlenheim verließ, als ich mit dem Grafen und etwa vierzig Gästen – glotzäugigen Adligen und überspannten Damen – frühstückte, bevor ich aufbrach. Nachdem ich das Zimmermädchen gehabt und herrlich geschlafen hatte, war ich in exzellenter Verfassung und verströmte nach allen Seiten meinen Charme – auch gegenüber dem alten Tarlenheim, der es mit den größten Langweilern in den Clubs von St. James mit Leichtigkeit hätte aufnehmen können. Er bemerkte, dass ich an diesem Morgen viel frischer aussehe – seine besorgten Erkundigungen nach meinen Kopfschmerzen hätten eine Kommission von Hofärzten zutiefst beschämt –, und wohl durch meine Freundlichkeit ermutigt, erzählte er mir, wie verdammt schlecht die Ernte in diesem Jahr ausgefallen sei. Die deutschen Kartoffeln schienen von miserabler Qualität zu sein [29]. Ich kam jedoch recht gut mit ihm zurecht, und bald darauf verabschiedete ich mich nach vielen Händeküssen und Verbeugungen und Hackenzusammenschlagen der Ehrenwache an der Zufahrt, und wir bestiegen die Kutsche und rollten der Grenze von Strackenz entgegen.

Es war ein schöner, klarer Tag, und weit und breit war alles mit Schnee und Eis bedeckt, doch trotzdem recht warm. Meine Kutsche war ein prächtiges Fahrzeug, mit grauer Seide ausgeschlagen, ausgezeichnet gefedert, an den Türen das königlich-dänische Wappen. (Ich musste daran denken, dass die Kutsche, in der ich einst mit Wellington gefahren war, wie eine öffentliche Droschke ausgesehen und geklappert hatte wie ein Schubkarren.) Eine Eskorte schmucker Kürassiere trabte neben uns her, und die Nachhut bildete eine lange Reihe weiterer Kutschen. Behaglich zurückgelehnt rauchte ich eine Zigarre, während Detchard mir versicherte, wie gut alles gegangen sei und weiterhin gehen werde – ganz unnötigerweise, denn ich war zuversichtlichster Stimmung –, und gleich darauf rollten wir durch das erste Dorf, und der Jubel begann. Die ganze Straße säumten lachende Gesichter und flatternde Taschentücher; Junker und Bauern, Landmädchen und Knechte, Kinder, welche die rot-weiße dänische Fahne mit dem seltsamen distelartigen Emblem [30] schwenkten, dem Wahrzeichen Holsteins, glotzende Arbeiter in ihren Kitteln, salutierende Offiziere zu Pferde – das gesamte Landvolk schien sich an der Straße nach Strackenz versammelt zu haben, um meine Königliche Hoheit vorbeifahren zu sehen. Ich lachte und winkte aus dem Fenster, und sie jubelten und winkten umso begeisterter zurück. Es war ein wonniger Traum, und ich kostete ihn bis zur Neige aus, bis Detchard mich trocken darauf hinwies, dass dies nur Holsteiner seien und dass ich ein wenig von meiner königlichen Energie für die Strackenzer aufsparen solle.

In der Tat begann erst an der Grenze der richtige Zirkus. Eine riesige Menschenmenge wartete, die Herrschaften von Stand im Vordergrund, das gemeine Volk, die Hälse ausrenkend und hurra schreiend, in respektvoller Distanz. Auf Detchards Anweisung hin stieg ich aus der Kutsche, und der Jubel brandete noch lauter auf. Ein alter magerer Mann mit schneeweißem Haar humpelte steif auf mich zu, verbeugte sich, küsste mir die Hand und hieß mich mit krächzender Stimme willkommen.

„Marschall von Saldern, Polizeipräsident von Strackenz", flüsterte Detchard, und ich reichte dem alten Knacker die Hand. Er behauptete voll Überschwang, dies sei der größte Tag in Strackenz' Geschichte, und ließ mich dreimal hochleben.

Ich versicherte ihm meinerseits, noch kein Besucher sei mit größerer Freude nach Strackenz gekommen als ich, und wenn der Empfang ein Vorgeschmack dessen sein, was meiner harre, so schätzte ich mich ungemein glücklich, oder was mir an derlei Phrasen eben einfiel. Daraufhin schrien und klatschten alle, und dann wurden mir die Honoratioren vorgestellt, und ich schritt eine Ehrengarde der Strackenzer Grenadiere ab, und weiter ging die Fahrt, nachdem von Saldern zu mir in die Kutsche gestiegen war, um mich auf interessante Dinge wie Felder und Bäume und dergleichen hinzuweisen – der alte Bursche platzte fast vor Eifer und plapperte in einem fort, was ich mit königlichem Wohlwollen über mich ergehen ließ. Nach einer Weile verstummte er jedoch zu meiner Erleichterung, und ich winkte wieder den Leuten zu, die die ganze Straße säumten, und schließlich wurden die Menschenmenge immer dichter und der Lärm immer lauter; in der Ferne donnerten Salutschüsse, und wir rollten durch die Vororte der Stadt Strackenz.

Überall waren Menschen; sie drängten sich auf den Gehsteigen, winkten aus den Fenstern, hockten auf Zäunen und Geländern und schrien aus voller Kehle. Die Häuser waren mit Fahnen und Girlanden geschmückt, und Marschmusik ertönte, und dann ragte vor uns ein großes gewölbtes Tor auf, und die Kutsche hielt an.

Der Lärm ließ ein wenig nach, und ich sah, dass eine kleine Prozession von Honoratioren in Roben und mit flachen Mützen sich der Kutsche näherte. Voran ging ein kräftiger Bursche mit einem Kissen, auf dem irgendetwas lag.

„Die Schlüssel der Stadt“, sagte von Saldern mit zitternder Stimme. „Eure Hoheit mögen sie gnädigst annehmen.“

Gedankenlos öffnete ich die Tür und sprang hinaus, womit man wohl nicht gerechnet hatte, was jedoch, wie sich herausstellte, eine glückliche Eingebung war. Die Menge schrie auf, als sich mich erblickte, die Kapelle donnerte los, und der kleine Bürgermeister nahm die Schlüssel – riesige, schwere Dinger an einem großen Ring – und bat mich, sie als Beweis der Ergebenheit und Liebe der Stadt entgegenzunehmen.

„Die Stadt gehört Euch, Hoheit", piepste er. „Mögen Hoheit sich darin zu Hause fühlen."

Ich erwiderte, dass ich über die mir erwiesene Ehre tief gerührt sei, und gab ihm die Schlüssel zurück. In meiner etwas exaltierten Stimmung hielt ich es für angemessen, mein Degengehenk über den Kopf zu streifen und ihm die Waffe mit der Bemerkung zu überreichen, dass ich stets bereit sein werde, für die Verteidigung der Strackenzschen Ehre und Unabhängigkeit einzutreten.

Mir war dies nicht bewusst, doch diese kurze Rede hatte eine ungeheure politische Wirkung, denn die dänischen Strackenzer hatten große Furcht vor der Bedrohung ihrer Freiheit durch die Deutschen, und die deutschen Strackenzer konnten es nicht erwarten, der dänischen Herrschaft zu entrinnen. Jedenfalls brach daraufhin ein Applaus los, der mich geradezu bestürzte, und der kleine Bürgermeister wurde rot vor freudiger Erregung, drückte mir, Tränen in den Augen, den Degen wieder in die Hand und nannte mich einen Kämpen der Strackenzschen Freiheit. Ich weiß nicht, auf welcher Seite er stand, doch es schien nicht wesentlich; ich glaube, wenn ich „Der Kesselflicker ist da!" gerufen hätte, hätten sie ebenso laut gejubelt.

Sodann forderte man mich auf, die Stadt zu betreten, und es schien mir eine gute Idee, nicht mit der Kutsche weiterzufahren, sondern zu Pferde in sie einzuziehen. Dies löste Begeisterung und Verwirrung aus; man rief Befehle, Offiziere rannten hin und her, und dann führte ein Kavallerist einen schönen schwarzen Wallach herbei, den ich unter enthusiastischen Rufen bestieg. Ich muss, wenn ich dies in aller Bescheidenheit sagen darf, sehr gut ausgesehen haben; man hatte mich an jenem Morgen ganz in Hellblau eingekleidet und mir die blaue Schärpe des Elephantenordens um die Schulter geschlungen. (Ich habe sie übrigens in den letzten Jahren des öfteren bei offiziellen Anlässen in London getragen – zur Verwunderung und Empörung der dänischen Gesandtschaft, die sich fragte, woher, zum Teufel, ich sie hatte. Ich verwies sie an den ehemaligen Kanzler Bismarck.) Die Uniform unterstrich aufs beste meine tadellose Statur, und da mein scheußlicher Kahlkopf mit einem federgeschmückten Helm bedeckt war, muss ich einfach hinreißend ausgesehen haben [31].

Die Kapelle spielte, die Menge begann wieder zu jubeln, und ich ritt durch das Tor in die Stadt ein. Von den Balkonen regneten Blumen, Mädchen warfen mir Kusshände zu, die Soldaten, die die Straße säumten, konnten nur mit Mühe die Menschen zurückdrängen, und ich winkte und neigte meinen prinzlichen Kopf nach links und rechts und lächelte meinen zukünftigen treuen Untertanen zu.

„Nun, reiten kann er", schrie jemand, und ein Witzbold in der Menge rief zurück: „Herzogin Irma wird's zu schätzen wissen", was lautes Gelächter hervorrief. Trotz des Beifalls und Hurrageschreis gewahrte ich, dass einige in der Menge schweigend dastanden, und ein paar blickten gar unverhüllt feindselig drein. Ohne Zweifel waren es die Deutschen, die eine festere Bindung des Landes an Dänemark nicht wünschten. Sie waren jedoch eine kleine Minderheit, zumindest in der Stadt, und Blumen und Lachen überwogen bei weitem, während ich die hübschesten Mädchen mit meinem charmantesten Lächeln bedachte und mich ungemein geschmeichelt fühlte.

Vermutlich weil ich das Ganze so sehr genoss, waren wir in kürzester Zeit am Rathaus. Ich muss erwähnen, dass Strackenz nicht viel größer ist als eine unserer Marktstädte, doch es hat einen Dom und einen recht prunkvollen herzoglichen Palast. Übrigens hat das ganze Herzogtum, das den Rest einer im Lauf der Jahrhunderte zusammengeschrumpften, einst ziemlich großen Provinz bildet, nur eine Breite von etwa einem Dutzend und eine Länge von ungefähr dreißig Meilen. Doch es war eine wahre Brutstätte deutscher und dänischer nationalistischer Emotionen, und die Bevölkerung erfüllte ein grimmiger Stolz auf die Traditionen, darunter ihr Herzogshaus. Die dänische Partei war über die bevorstehende Hochzeit überglücklich; daher mein stürmischer Empfang.

Im Rathaus erwarteten mich mit Verbeugungen und Kratzfüßen weitere Würdenträger, und man überreichte mir eine reichverzierte Kassette mit dem Stadtwappen und forderte mich auf, einen Amnestieerlass zu unterzeichnen – hier wie anderswo war es Brauch, bei freudigen Anlässen sämtliche Strolche und Dirnen aus dem örtlichen Kittchen zu entlassen. Inwiefern dies dazu beitragen soll, die allgemeine Fröhlichkeit zu erhöhen, habe ich nie begriffen – überdies ist mir selbst, obwohl es nicht viele Gefängnisse zwischen Libby Prison [32] und Botany Bay gibt, in denen ich nicht gesessen habe, nie eine solche Amnestie zugute gekommen. Ich bin aus Prinzip dagegen, doch in diesem Fall sah ich keine andere Möglichkeit, als zu unterzeichnen. Doch als ich die Feder in die Hand nahm, wurde mir zu meinem Entsetzen bewusst, dass meine Instruktoren mir eines beizubringen vergessen hatten – nämlich Carl Gustafs Unterschrift nachzuahmen. Ich wusste nicht einmal, wie seine Handschrift aussah. Vermutlich hätte ich meine eigene Signatur hinkritzeln können, ohne dass jemand etwas bemerkt hätte, doch in jenem Moment wagte ich nicht, es zu riskieren.

So stand ich denn am großen Tisch des Bürgermeisters, die Feder in der Hand und vor mir ausgebreitet die lange Pergamentrolle, und schwankte endlos, wie mir schien, was ich tun sollte, während die Menge erwartungsvoll glotzte und der kleine Bürgermeister mit der Sandbüchse darauf wartete, meine Unterschrift zu bestreuen. Mein Mutterwitz ließ mich jedoch nicht im Stich. Ich legte die Feder hin und sagte sehr ernst und feierlich, ich wolle mich, bevor ich einen derartigen Erlass unterschreibe – der doch, wie ich erklärte, eine sehr schwerwiegende Sache sei –, zuerst bei den Richtern vergewissern, ob nicht ein Übeltäter, der sich als Gefahr für das Gemeinwohl erweisen könne, durch diese Amnestie die Freiheit erlange. Das Ganze, sagte ich in festem Ton, könne doch ein oder zwei Tage warten, und ich würde gewiss andere und bessere Möglichkeiten finden, das freudige Ereignis meiner Ankunft zu manifestieren.

Arnold, mein Schuldirektor, dieser alte Heuchler, wäre von meinen Worten sicherlich sehr angetan gewesen, doch um den Tisch breitete sich allgemeine Enttäuschung aus; lediglich einer oder zwei der Speichellecker murmelten etwas von einem klugen Prinzen und nickten beifällig mit den Köpfen. Der kleine Bürgermeister schien den Tränen nahe, fügte sich jedoch meinem Wunsch.

Der nächste Akt der Komödie hob jedoch die Stimmung wieder: ein kleines Kind wurde hereingeführt, um mir einen Pfirsich zu überreichen, der eigens für mich im Treibhaus des städtischen Waisenheimes gezogen worden war. Ich sage hereingeführt, denn das Kind war gelähmt und konnte sich nur mit Hilfe kleiner Krücken fortbewegen, und die anwesenden Damen ließen Seufzer und mitleidsvolle Rufe hören. Ich habe für Kinder nicht das geringste übrig – für mich sind sie im allgemeinen widerliche, laute, lästige Bälger –, doch es schien mir angebracht, dieses mit äußerster Freundlichkeit zu behandeln. So nahm ich das Geschenk nicht einfach entgegen, sondern dachte mir rasch eine rührende Geste aus; mir kam die Idee, den kleinen Jungen hochzuheben, ihn auf den Tisch zu setzen und ihm vorzuschlagen, den Pfirsich gemeinsam zu verzehren. Er lachte und weinte zugleich, und als ich zärtlich seinen Kopf tätschelte, ergriff er meine Hand und küsste sie. Die Damen schnäuzten sich und schluchzten, und die Männer blickten mitleidsvoll und edel. Ich schämte mich und tue das noch heute. Es war das einzige Mal in meinem Leben, dass ich mich schämte; und obgleich ich nicht weiß, weshalb, möchte ich es hier nicht unerwähnt lassen.

Jedenfalls verließ ich das Rathaus in äußerst schlechter Laune, und als man mir erklärte, als nächstes sei ein Besuch des örtlichen Gymnasiums vorgesehen, war ich nahe daran, ihnen zu sagen, ich hätte für heute genug von ihren verdammten Sprösslingen. Natürlich tat ich es nicht, und so wurde ich bald darauf von dem Professor durch die Schule geführt, der mir zu Ehren eine Rede auf Griechisch hielt und sodann seine besten Schüler für meine Unterhaltung sorgen ließ. Was diese rechtschaffenen Esel sich doch zur Belustigung Seiner Königlichen Hoheit ausdenken!

Die ausgewählten Schüler waren natürlich die zimperlichen Musterknaben, die in jeder Schule bei solchen Gelegenheiten herausgestellt werden, erbärmliche kleine Jämmerlinge, wie ich sie in meiner Jugendzeit zu schurigeln pflegte. Ich entschloss mich deshalb zu einem Schabernack und sah mich im Hintergrund nach dem hiesigen Flashman um – jawohl, dort stand er, ein großer Rüpel, der verstohlen grinsend an seinen Fingernägeln kaute. „Dort ist ein netter Bursche, Professor“, sagte ich. „Ich würde mich gern von seinen Kenntnissen überzeugen.“ So musste man denn wohl oder übel den Kerl hervorrufen, und er wurde vor

Schreck ganz blass. Natürlich stammelte und stockte er und blickte Hilfe heischend um sich, und die Musterknaben kicherten und stießen einander an, und des Professors Miene wurde immer düsterer.

„Geh wieder auf deinen Platz", sagte er wütend, und zu mir: „Ich versichere Sie, Hoheit, er wird bestraft werden."

„Das ist Ihre Sache, Professor", sagte ich. „Legen Sie ihn nur tüchtig über." Und ich verließ die Schule in ausgezeichneter Laune.

Immer noch füllten Menschenmengen die Straßen und jubelten mir auf dem letzten Stück meines Weges zum Palast zu, der ein schöner, imposanter Bau mit Säulen und Balkons am Rand der Stadt war, auf dessen Dach die Löwenfahne von Strackenz und daneben die dänische Fahne flatterten. Die Menschen drängten sich an den Geländern, und die geschwungene Zufahrt dahinter säumten die gelbbejackten Infanteristen der herzoglichen Garde, alle in schimmernden Harnischen und mit gezogenen Degen. Trompeter bliesen einen Tusch, die Menge wogte schreiend hin und her, und ich kanterte über den Kies zu der breiten Palasttreppe. Dort wandte ich mich um und winkte ein letztes Mal, wobei ich mich fragte, weshalb die Leute wegen einer Königlichen Hoheit ein solches Aufheben machen. Bei unserem dicken, kleinen Teddy ist es das gleiche; alle tun, als sei er der edelste und tugendhafteste Gentleman von Europa, und dabei weiß man doch allgemein, dass er bloß ein lasterhafter alter Wüstling ist – gleich mir, doch ohne mein Talent, mich, wenn nötig, liebenswürdig zu geben.

Dies nur nebenbei; all diese Überlegungen verflogen, als ich den Palast betrat, denn dort erwartete mich die Herzogin, die ich am nächsten Tag im alten Dom von Strackenz heiraten sollte, und es beweist meine Bewunderung für sie, dass mir die prächtige Menge, die sich auf der Marmortreppe und in dem großen Saal drängte, nur dunkel in Erinnerung ist, ihr Anblick hingegen frisch und klar bis zum heutigen Tag. Schlank und aufrecht stand sie auf dem Podium auf der anderen Seite des Saales, hinter sich den rot umrahmten herzoglichen Thron, und blickte mir entgegen, als ich auf sie zuging. Alles verstummte plötzlich, und man hörte in der Stille nichts als meine hallenden Schritte.

Dies war einer der Momente, in denen mir klar wurde: das alles ist ein Schwindel, es ist nicht wahr. Nicht Prinz Carl Gustaf aus dem uralten königlichen Hause Oldenburg, sondern der schurkische Flashy aus dem vulgären Haus Flashman schritt seiner edlen Braut entgegen. Mein Gott, dachte ich, in was hat man mich da hineingezogen, und dieser Gedanke hinderte mich vermutlich daran, mein überhebliches Grinsen aufzusetzen wie sonst in Gegenwart schöner Frauen.

Und sie war schön – viel schöner als auf dem Porträt, das ich von ihr gesehen hatte. Sie konnte nicht älter als zwanzig gewesen sein, doch sie hatte bereits die harte, kühle Anmut, die man nur bei Frauen aus dem Norden findet, mit feinen, klaren Gesichtszügen, die aussehen wie aus Marmor gemeißelt. Sie trug ein elfenbeinfarbenes Kleid mit einer hinter sich ausgebreiteten Schleppe, und ihre Figur war ziemlich schlank und ein wenig jungenhaft, ohne dass jedoch etwas fehlte, was einen Mann erfreut. Auf ihrem Kopf funkelte ein kleines, mit Brillanten besetztes Diadem, und ihr schimmerndes blondes Haar war zurückgekämmt und hinten in einer Art juwelengeschmücktes Netz zusammengerollt. Die Wirkung alles dessen – so blass und rein und makellos – war ziemlich Ehrfurcht einflößend; ich verspürte fast ein wenig Angst vor ihr.

Die Art, wie sie mich ansah, wirkte nicht gerade aufmunternd – ihre grauen Augen waren kühl und stolz, und ich dachte: welch ein verwöhntes, arrogantes Frauenzimmer. Was sie auch über diese Vernunftheirat gedacht haben mag, sie schien sich auf den ersten Blick nicht viel aus mir zu machen; ich merkte, sie blickte auf meinen glänzenden kahlen Kopf, und ich dachte wütend, was für ein Jammer, dass ich des natürlichen Schmucks meiner lockigen Mähne und meines Backenbarts entraten muss. Die Hand, die sie mir zum Kuss reichte, war bleich und kühl wie Nebel auf einem Friedhof und ebenso einladend. Ich nahm sie, murmelte etwas von Freude und Ehre und wie zutiefst glücklich ich mich schätze, und bevor sie sie zurückzog, spürte ich, wie sie ganz leicht zitterte.

So standen wir zusammen auf dem Podest, und ich fragte mich, was ich als nächstes sagen sollte, als jemand in der Menge zu klatschen begann, und dann drängte alles vor, um uns näher zu betrachten, und jedermann war froh und glücklich und applaudierte wie verrückt. Ich grinste und nickte den Leuten zu, doch Ihre Gnaden stand regungslos und ohne das mindeste Lächeln da, als langweile sie sich schrecklich. Dann trat ein alter Knacker in einem Gehrock mit Orden an der Brust unter Verbeugungen neben uns und gebot der Menge mit erhobener Hand zu schweigen. Es war der Ministerpräsident, ein gewisser Schwerin; er hielt eine nette kleine Rede, in die er einen höflichen Willkommensgruß an mich einflocht, ein Kompliment an die Herzogin (die, wie ich bald feststellte, davon nicht genug bekommen konnte), eine patriotische Huldigung an Strackenz und Dänemark sowie einen Hinweis an die Menge, sich zurückzuhalten und sich nicht auf das Büfett nebenan zu stürzen, bevor Ihre Gnaden und ich es für angebracht hielten, uns hinüber zu begeben.

Das ungefähr war das Wesentliche, und die guten Leute – ein sehr disziplinierter Hofstaat – murmelten respektvoll, während Schwerin mir die bedeutenderen Persönlichkeiten vorstellte. Darunter befanden sich die verschiedenen ausländischen Gesandten in Strackenz, auch der britische, und ich dankte Gott, dass ich daheim nie in diplomatischen Kreisen verkehrt hatte, denn sonst hätte er mich womöglich erkannt. Er und die anderen machten ihre Verbeugungen, und als sie sich zurückgezogen hatten, bedeutete mir die Herzogin, mit ihr Platz zu nehmen, was wir beide ziemlich steif taten, und während die vornehme Versammlung vorgab, keine Notiz davon zu nehmen, schlossen wir Bekanntschaft. Das Ganze war von geradezu absurder Förmlichkeit, und würde ich mich nicht genau der ersten Sätze, die wir wechselten, entsinnen, so hielte ich sie nicht für möglich.

Herzogin Irma: Ich hoffe, die Reise war für Eure Hoheit nicht allzu anstrengend.

Flashy: Oh, keineswegs, obgleich ich gestehen muss, dass ich in meiner Ungeduld, hierherzukommen, jede Minute zählte.

Herzogin: Eure Hoheit sind sehr liebenswürdig. Wir können nur hoffen, dass Sie von Strackenz nicht allzu enttäuscht sind – es ist hier alles sehr klein und provinziell.

Flashy (äußerst galant): Wer könnte enttäuscht sein, wenn er von einer so schönen und noblen Gastgeberin empfangen wird?

Herzogin: Oh. (Pause.) War das Wetter während Eurer Reise sehr kalt?

Flashy: Zuweilen. Gelegentlich war es recht warm. Allein nie so warm, wie ich es hier finde. (Dies mit einem charmanten Lächeln.)

Herzogin: Finden Sie es zu heiß? Ich werde die Fenster öffnen lassen.

Flashy: Oh Gott, nein. Was ich meine, ist die Wärme Eures Empfangs ... der Jubel der Leute auf den Straßen ...

Herzogin: Ach, die Leute. Ja, sie sind recht laut.

Nun, ich gebe nicht leicht auf, doch ich muss gestehen, dass ich mir reichlich tölpelhaft vorkam. Im allgemeinen fällt es mir nicht schwer, gegenüber jungen Frauen den rechten Ton zu finden. Gestelztes Gerede liegt mir nicht – ein wenig Galanterie, ein paar Scherze, um zu sehen, ob sie will oder nicht, ein Klaps auf den Hintern, und auf geht's. Wenn nicht, so lass ich's bleiben. Doch bei Herzogin Irma wusste ich nicht, wie ich daran war; sie hielt den Kopf hoch erhoben und blickte an mir vorbei, so ruhig und würdevoll, dass ich mich zu fragen begann, ob sie vielleicht vor Furcht außer sich war. Doch bevor ich mich dessen vergewissern konnte, erhob sie sich und ließ sich von mir in den Vorraum geleiten, wo große Tische mit silbernen Schüsseln und Kristall gedeckt waren und Lakaien ein höchst opulentes Mahl servierten, während oben auf einer Galerie ein kleines Orchester spielte. Ich hatte einen Mordshunger, und während die Herzogin von einer ihrer Hofdamen versorgt wurde, machte ich mich über den Schinken und das kalte Geflügel her und plauderte liebenswürdig mit den Nobilitäten und ihren Gattinnen, die sich, wie das die Deutschen oft zu tun pflegen, ziemlich vollstopften.

Derlei Veranstaltungen langweilen mich im allgemeinen unsäglich, und außer an die Tatsache, dass das Essen exzellent war und dass die Herzogin darauf bedacht schien, mit mir keinen Moment lang allein gelassen zu werden, kann ich mich kaum an etwas deutlich erinnern. Ich weiß noch, als ich mich einmal in dieser fröhlichen Gesellschaft und inmitten der gepflegten Konversation umwandte, sah ich ihren Blick auf mich gerichtet; sie schaute rasch weg, und ich dachte: Mein Gott, diese Frau werde ich morgen heiraten. Mein Herz machte bei dem Gedanken einen Sprung; sie war unsagbar schön. Und dann setzte es einen Moment aus, denn mir fiel ein, welchem entsetzlichen Risiko ich jeden Augenblick hier in Strackenz ausgesetzt war, und ich fragte mich, welche Strafe wohl darauf stand, wenn man die Thronerbin unter Vortäuschung falscher Tatsachen heiratete. Gewiss der Tod. Ich bemühte mich, den süßlichen, schmeichlerischen Gesichtern um mich herum zuzulächeln und den unglaublichen Albernheiten des Geplauders zu lauschen, während ich in Gedanken desperat nach einem Ausweg suchte und dabei genau wusste, dass es keinen gab.

Wahrscheinlich trank ich ein bisschen mehr, als ich sollte – obwohl ich mich ziemlich vorsah –, doch jedenfalls schwand das verzweifelte Gefühl. Die Sympathie der Strackenzer war so offensichtlich und sie zeigten sie mir so rückhaltlos, dass sie anscheinend meine Befürchtungen vertrieb. Ich stellte sogar fest, dass ich mit der Herzogin ohne Befangenheit reden konnte, obgleich mir klar war, dass sie mich nicht mochte; sie gab sich weiterhin stolz und arrogant, doch so war sie auch gegenüber allen anderen, und sie nahmen es hin und taten ihr schön.

Danach nahmen mich der alte Schwerin und einige seiner Ministerkollegen – ihre Namen habe ich vergessen – beiseite, um mit mir über die Zeremonie des nächsten Tages zu diskutieren. Sie sprachen des langen und breiten über die politischen Vorteile der Heirat, die allgemeine Befriedigung, welche darüber herrschte, und die gute und stabilisierende Wirkung, welche sie haben würde.

„Ihre Gnaden ist natürlich noch sehr jung“, sagte Schwerin. „Sehr jung.“ Er bedachte mich mit einem etwas traurigen Lächeln. „Eure Hoheit sind zwar nicht sehr viel älter, doch der Umstand, dass Sie an einem großen Hof aufgewachsen sind, und Ihre Erziehung haben Sie sicherlich auf das Ihnen beiden Bevorstehende besser vorbereitet. (Wenn du wüsstest, alter Junge, dachte ich.) „Sie nehmen eine große Verantwortung auf sich, aber Sie werden sie gewiss ehrenhaft tragen."

Ich murmelte ein paar hochtrabende Floskeln, und er fuhr fort: „Es ist viel verlangt von zwei jungen Menschen – ich denke mir oft, auch solche politischen Heiraten bedürften einer längeren – äh – Vorbereitung. Vielleicht bin ich sentimental", sagte er mit einem senilen Lächeln, „doch ich finde, auch bei Personen königlichen Standes wäre eine Zeit der Werbung angebracht. Liebe stellt sich schließlich nicht innerhalb eines Tages ein."

Kommt darauf an, was man unter Liebe versteht, dachte ich, und einer der anderen sagte zu Schwerin: „Du hast ein gutes Herz, Adolf."

„Das hoffe ich. Und ich weiß, Eure Hoheit haben auch ein gutes Herz. Sie werden unserer – unserer kleinen Irma sicher großes Verständnis und Zartgefühl entgegenbringen. Sie müssen wissen, sie ist für uns fast wie eine Tochter" – seine Augen wurden feucht – „und obwohl sie für ihr Alter so ernst und stolz erscheint, ist sie doch noch ein halbes Kind."

Da konnte ich ihm nur beipflichten – sie war für ihr Alter ein ungemein arrogantes Ding –, doch ich bewahrte prinzliches Schweigen. Er sah mich fast flehend an.

„Ich bin überzeugt", sagte er schließlich, „Eure Hoheit werden gut zu unserem Herzblatt sein."

Merkwürdig, mein Schwiegervater hatte etwas Ähnliches gesagt, bevor ich Elspeth heiratete; es ist eine höflich umschriebene Aufforderung, sich während der Flitterwochen nicht allzu barbarisch zu verhalten. Ich setzte eine Miene mannhaften Verständnisses auf.

„Meine Herren", sagte ich, „ich kann nur eines sagen – ich werde mich Ihrer Herzogin gegenüber stets so betragen, als sei sie die Tochter meines ältesten und besten Freundes."

Das schien sie ungemein zu beruhigen, und plötzlich wurde die Atmosphäre unbefangen, und die vornehmen Gäste schienen geradezu aufzutauen; Schwerin lächelte die Herzogin und mich väterlich an und meinte, da der nächste Tag anstrengend werden würde, sollten wir davor so viel wie möglich der Ruhe pflegen. Es war noch früh am Nachmittag, doch von all den neuen Eindrücken und den Aufregungen des Vormittags war ich hundemüde, und so verabschiedeten wir uns voneinander. Ich empfahl mich so liebenswürdig wie möglich, und Herzogin Irma antwortete mit einem Neigen des Kopfes und reichte mir ihre Hand zum Kuss. Sie kam mir vor wie eine wandelnde Statue.

Detchard, der sich seit mehreren Stunden hinter mir herumgedrückt hatte, trat vor und geleitete mich mit einigen Lakaien zu der für mich im Westflügel des Palastes für mich bestimmten Suite. Die Lakaien scharwenzelten um mich herum, doch er scheuchte sie weg, und zu meinem Erstaunen entließ er auch Josef, der mir beim Entkleiden und Ausziehen der Stiefel helfen wollte. Mir wurde klar, dass er mit mir allein sein wollte, und als wir in meinen Salon gingen, begriff ich, warum, denn dort erwarteten uns Rudi Starnberg und de Gautet.

Ihr Anblick dämpfte meine Laune; er erinnerte mich daran, weshalb ich hier war und warum meine Wärter mir die ganze Zeit auf den Fersen blieben. Aus dem Prinzen verwandelte ich mich wieder in den Schauspieler Flashy.

Rudi trat zu mir, ergriff, ohne um Erlaubnis zu fragen, mein Handgelenk und fühlte meinen Puls.

„Sie sind ein kaltblütiger Bursche“, sagte er. „Ich habe Sie unten beobachtet. Auf mein Wort, Sie wirkten wie ein leutseliger Despot. Wie fühlen Sie sich in der Rolle eines Prinzen?“

Dieser Art von Gerede hatte ich mich in den letzten Stunden entwöhnt, und es gefiel mir gar nicht. Ich rügte seine Dreistigkeit und fragte ihn, wo, zum Teufel, er den ganzen Tag gewesen sei – denn er und de Gautet hätten mich mit den anderen an der Grenze erwarten sollen.

Er zog seine Augenbraue hoch. „Königliche Launen, was? Nun, Eure Hoheit, wir haben uns um staatliche Geschäfte gekümmert, wenn's beliebt. Um Angelegenheiten, die Euch und Euren Staat betreffen. Ihr solltet Euch Euren getreuen Dienern ein wenig dankbar zeigen." Er grinste unverschämt. „Aber wie es mit der Dankbarkeit von Prinzen steht, ist ja allgemein bekannt."

„Dann zählen Sie nicht darauf – auch nicht bei einem Prinzen auf Zeit", brummte ich. „Geht zum Teufel, ihr beiden. Ich möchte schlafen."

De Gautet sah mich prüfend an. „Ein wenig zuviel getrunken?"

„Verdammt noch mal, hinaus mit euch!"

„Ich fürchte, er hat sich in seine Rolle ein wenig zu sehr hinein gelebt", sagte Rudi lachend. „Gleich wird er die Wache rufen. Im Ernst, Freund Flashman" – er schlug mir auf die Brust – „Sie sollten Ihre schlechte Laune nicht an uns auslassen. Es ist nicht unsere Schuld, dass die Herzogin sich nicht nach Ihnen verzehrt. Beruhigen Sie sich bitte und hören Sie mich an. Es sind gewisse Dinge geschehen, die vielleicht – ich betone, vielleicht – von ungünstiger Wirkung auf unsere Pläne sein könnten."

Mein Magen schien zu Eis zu erstarren. „Was soll das heißen?"

„Unglückseligerweise ist heute ein höherer Beamter der dänischen Gesandtschaft in Berlin – ein gewisser Hansen – in Strackenz eingetroffen. Er befand sich auf der Heimfahrt und hat seine Reise hier unterbrochen, um an der Hochzeit teilzunehmen. Es fand sich keine Möglichkeit, ihn davon abzubringen, und so wird er morgen anwesend sein."

„Na und?" fragte ich. „Es werden eine Menge Dänen im Dom sein, oder? Wieso sollte es auf einen mehr oder weniger ankommen?"

Hinter mir sagte Detchard: „Hansen ist mit Carl Gustaf von Kindheit an befreundet. Ja, er ist sogar der beste von all seinen Freunden."

„Sie ähneln Carl Gustaf auf geradezu unheimliche Weise", warf de Gautet ein. „Aber ob Sie seinen ältesten Spielgefährten werden täuschen können?"

„Jesus!" Entsetzt sank ich auf einen Stuhl. „Nein, bei Gott, natürlich nicht! Völlig unmöglich! Er wird mich erkennen!" Ich sprang auf. „Ich hab's gewusst! Ich hab's gewusst! Wir sind erledigt! Er wird den Schwindel aufdecken! Ihr ... ihr verfluchten Idioten, da seht ihr, wohin wir mit eurem irrsinnigen Plan geraten sind!"

„Nicht so laut, bitte", sagte Rudi, „und nehmen Sie sich zusammen." Er stieß mich wieder auf den Sessel. „Sie sind ein wenig durcheinander – was nicht erstaunlich scheint. Bersonin warnte uns, dass selbst ein kräftiger Mann in Ihrer Lage Anzeichen von Hysterie zeigen könnte ..."

„Und hat er nicht recht – Bersonin ist kein Narr, oder?" rief ich. „Was, zum Teufel, soll ich tun? Er wird mich verraten, dieser Hansen, und ..."

„Das wird er nicht", sagte Rudi fest. „Verlassen Sie sich darauf. Ich sehe in dieser Sache klar, was Sie, da Sie der Hauptdarsteller sind, nicht können, und ich sage Ihnen, es besteht nicht das mindeste Risiko – vorausgesetzt, Sie verlieren nicht den Kopf. Er wird Sie einen Moment nach der Trauung sehen, Ihnen die Hand drücken, Sie beglückwünschen – und das wird alles sein. Vergessen Sie nicht, er hat nicht den leisesten Verdacht, dass es sich um einen Schwindel handeln könnte. Woher sollte er?"

„Wenn es sich hätte vermeiden lassen", warf Detchard ein, „hätten wir Ihnen gar nichts davon gesagt. Doch wenn wir es nicht täten, würden Sie vielleicht unwissentlich einen fatalen Fehler begehen."

„Genau das ist der Grund", sagte Rudi. „Sie müssen auf ihn vorbereitet sein. Nun, wir haben bereits entschieden, was Sie zu ihm sagen werden, wenn er sich Ihnen in der Reihe der Gratulanten nähert. Detchard wird neben Ihnen stehen und ‚Hansen' flüstern, wenn er auf Sie zutritt. Bei seinem Anblick werden Sie zusammenzucken, hocherfreut dreinblicken, seine Rechte in beide Hände nehmen, sie fest drücken und ausrufen: ‚Erik, alter Freund, wie kommst du denn hierher?' Darauf werden Sie, ganz gleich, was er erwidert, vergnügt lachen und sagen: ‚Das ist die freudigste Überraschung dieses schönen Tages. Gott segne dich, dass du gekommen bist, mir Glück zu wünschen.' Und das wird alles sein. Ich werde dafür sorgen, dass er nicht in Ihre Nähe kommt, bevor Sie zu dem Jagdhaus bei Strehlow aufbrechen, wo Sie Ihre Flitterwochen verbringen werden."

„Und wenn er mich durchschaut – was dann?" Mir war ganz übel von dieser Nachricht. „Angenommen, er lässt sich mit diesem Unsinn über meine freudige Überraschung nicht abspeisen, und ich muss länger mit ihm sprechen?" Ein entsetzlicher Gedanke kam mir. „Angenommen, er ruft: ‚Das ist nicht der Prinz!' Was werden Sie dann tun?"

„Dafür wird entsprechend vorgesorgt sein", sagte Rudi ruhig. „Sie können dessen ganz sicher sein."

So leicht ließ ich mich nicht beruhigen. Meine feigen Instinkte waren voll erwacht, und es bedurfte Rudis und Detchards ganzer Überredungskunst, mich zu überzeugen, dass das Risiko nicht so schrecklich war – ja, dass es, wenn ich meine Rolle richtig spielte, so gut wie gar kein Risiko gab.

„Verhalten Sie sich genauso wie vor einer Stunde“, sagte Rudi, „dann wird alles glattgehen. Nur Mut, Mann. Das Schlimmste ist überstanden. Sie haben heute ganz Strackenz eingewickelt, und das auf wahrhaft königliche Weise.“ Es schien mir, als sei eine Spur von Neid in seiner Stimme. „Jetzt brauchen Sie nichts mehr weiter zu tun, als mit der reizenden Herzogin vor den Altar zu treten und ihr Gelöbnis abzulegen – und dann auf in Ihr Liebesnest im Wald, wo eine wonnige Idylle Ihrer harrt. Ach, malen Sie sich doch nur aus, welch Plaisier es sein wird, mit diesem leckeren kleinen Hühnchen zu Bett zu gehen.“ Er stieß mich an und grinste lüstern. „Ich wette, der nächste Herzog von Strackenz wird einen schönen lockigen Backenbart haben, obgleich sein Vater kein einziges Haar im Gesicht hat.“

Mir fiel die Amnestieurkunde ein. Rudi holte ein von Prinz Carl unterschriebenes Schriftstück, und nach einigem Üben war ich sicher, seine Unterschrift fälschen zu können. Wie es sich so oft erweist, hatte ich natürlich gar keine Zeit, mich zu ängstigen. Ostred gab mir am Abend einen Schlaftrunk, und am nächsten Morgen herrschte ein verrücktes Hin und Her; von dem Moment an, da ich aufstand, war ständig ein Dutzend Leute um mich herum, die mich ankleideten, drängten und mir Instruktionen und Ratschläge erteilten, und als man mich die große Marmortreppe zur Kutsche hinunterführte, die mich zum Dom bringen sollte, fühlte ich mich wie ein Preisstier. Wir blieben einen Augenblick auf der Treppe stehen, und hinter dem Palastgeländer hörte man den Lärm Tausender wartender Menschen, eine Kanone donnerte im Park, und über die steilen Dächer von Strackenz schallte der Jubelruf:

„Gott schütze Prinz Carl!“

„Wo immer er sein mag“, murmelte Rudi. „Vorwärts, Hoheit!“

Es sollte wohl ein Tag gewesen sein, den man im Gedächtnis behält, doch wie vieler Einzelheiten seiner eigenen Hochzeit entsinnt man sich schon – und es war, wie der Leser weiß, meine zweite. Es kommt mir heute wie ein seltsamer Traum vor, wie ich im Sonnenschein durch die überfüllten Straßen fuhr, im Ohr das Geschrei der Menschen, das Geschmetter der Trompeten, das Klappern der Hufe, und überall fröhlich im Morgenwind flatternde Fahnen – doch was mir im Gedächtnis haftenblieb, ist das rote Muttermal auf dem Hinterkopf des Kutschers, der unter seinem Hut ebenso kahl war wie der meine.

Sodann entsinne ich mich der plötzlichen Düsternis und Stille des großen Doms, der hohen bunten Glasfenster über mir und der teppichbelegten Steinplatten unter meinen Füßen. Es raschelte, als Hunderte von Menschen sich erhoben, feierlich dröhnte eine große Orgel, und dumpf hallten meine Schritte auf den Steinen. Da waren die schrille Süße eines Chors, Menschen, die vor mir hin und her huschten, und die imposante Gestalt des Bischofs von Strackenz mit seinem mächtigen Bart. Ich weiß noch, dass ich sehr allein und furchtsam dastand und mich fragte, ob es vielleicht doch eine Hölle gibt – eine Frage, die mich sehr als kleinen Jungen beschäftigt hatte, vor allem, als Arnold uns mit Predigten über Kibroth-Hattaavah [33] ängstigte, wo es nach meiner Vorstellung alle Arten von Unzucht und Vergnügen gab. Kein Zweifel, was ich in jenem Dom tat, schien mir eine Fahrkarte in die Verdammnis zu sichern, doch ich tröstete mich mit dem Gedanken, dass das Danach das letzte war, wonach ich mich in diesem Augenblick zu sorgen brauchte.

Weiter erinnere ich mich, dass die Herzogin plötzlich an meiner Seite stand, blass und wunderbar schön in ihrem weißen Kleid, auf dem blonden Haar einen mit Brillanten besetzten Reif. Ihre kleine Hand schlüpfte in die meine, mit klarer Stimme antwortete sie dem Bischof, und sodann ich, heiser und nervös. Man drückte mir einen Ring in die Hand, und ich zwängte ihn auf ihren winzigen Finger und küsste sie, als der alte Bischof mich dazu aufforderte, auf die Wange. Sie stand da wie eine Wachspuppe, und ich dachte, der arme Carl Gustaf, der mit diesem kalten Fisch ein ganzes Leben verbringen muss, und der Chor stimmte einen schmetternden Choral an, als man die Herzogskronen auf unsere Köpfe setzte und der Herzogin ihr goldenes Zepter reichte und mich mit dem Schwert des Staates umgürtete.

Dann erhob sich die ganze Versammlung und sang eine Freudenhymne, und mehrere rangniedere Geistliche schmückten uns mit den übrigen Kronjuwelen. Ich muss sagen, dass ein kleiner Staat wie Strackenz in dieser Hinsicht bemerkenswerten Aufwand trieb; abgesehen von den Kronen und dem Zepter gab es Ringe, die man mir über die Finger streifte, und eine prachtvolle, mit Smaragden besetzte goldene Kette, die um meinen unwürdigen Hals gelegt wurde; daran hing ein Stern aus Diamanten, der gewiss ein halbes Pfund wog.

Die Herzogin wurde noch reichhaltiger ausgestattet, da sie ja die Regentin und der arme Flashy nur ihr Gemahl war. Sie wurde mit einem Kollier aus riesigen Juwelen geschmückt und mit Ringen, denen gegenüber meine schäbig wirkten. Mein Soldatengeist ließ sich nicht verleugnen, und während sich die Hymne ihrem Ende näherte, überschlug ich im Geist den Wert all dieser Juwelenpracht und überlegte, wie ich sie am besten verstauen könnte: die Smaragdkette in der einen Seitentasche, das Kollier in der anderen, die Ringe und übrigen Kleinigkeiten in der Uhrentasche – die Kronen waren ziemlich groß, doch konnte man sie notfalls sicher plattdrücken. Und das Zepter war dünn genug, dass ich es in den Stiefel hätte stecken können.

Wahrscheinlich würde sich nie wieder die Gelegenheit ergeben, diese herrliche Beutekollektion in meine juckenden Finger zu bekommen, doch es kann nie schaden, auf jeden Fall derlei Überlegungen anzustellen: man weiß nie, wie die Dinge sich fügen werden. Die Kronjuwelen des Herzogtums Strackenz würden mir und einem Dutzend meinesgleichen einen sagenhaften Lebensstil ermöglicht haben, und sie schienen ungemein leicht zur Seite zu schaffen. Ich beschloss, sie im Gedächtnis zu behalten. Zum Schluss erklang ein Hallelujah und Amen, und als wir wieder in den Sonnenschein hinaustraten, brach die Menge in ein ohrenbetäubendes Geschrei aus, und die großen Glocken des Doms ertönten über uns. Eine offene Staatskutsche wartete, in der wir Seite an Seite fuhren, die Brautjungfern der Herzogin uns gegenüber, und ich winkte und lachte der Menge zu, während meine Gemahlin dann und wann lässig die Hand hob. Ein oder zwei Mal brachte sie ein Lächeln zustande und ließ sich gar herab, mit mir ein paar Artigkeiten auszutauschen, was mir als großer Fortschritt erschien. Warte nur, dachte ich, bald sind wir in der Jagdhütte; dann geht die Hatz an, und wir werden diese bleichen Wangen schon zum Glühen bringen.

Wir fuhren langsam, so dass die Bevölkerung uns ausgiebig betrachten konnte, und ihre Begeisterung war so ungeheuer, dass die Infanteristen, die die Straße säumten, die Arme ineinander verschränken mussten, um sie zurückzuhalten. Kinder schrien und winkten mit Fähnchen, Mädchen schwenkten ihre Taschentücher, Männer warfen ihre Hüte in die Luft, und alte Frauen schluchzten und wischten sich die Augen. An einer Stelle riss die Kette der Soldaten, und die Leute stürmten bis zur Kutsche und beugten sich vor, um uns zu berühren, als wären wir heilige Reliquien. Die Herzogin war nicht sehr erfreut, aus solcher Nähe angehimmelt zu werden, und blickte steif geradeaus, doch ich schüttelte den Leuten leutselig die Hände, und sie jubelten mir aus voller Kehle zu.

Gleich darauf kam es zu einem merkwürdigen Zwischenfall. Über den Jubel hinweg hörte ich hinter der Menge eine Stimme schreien – nein, nicht schreien, sondern deklamieren. Die Worte gingen im Tumult unter, doch es war eine Stimme wie eine grelle Trompete, und ihr Besitzer ein höchst seltsam aussehender Bursche, der auf eine Art Handkarren gestiegen war und lauthals eine Rede an die Menge hielt. Soldaten drängten sich zu ihm vor, und eine Gruppe kräftiger, düster blickender Kerle umstand den Karren, als wolle sie den Redner schützen, woraus ich folgerte, dass er uns beschimpfte oder den Frieden zu stören suchte.

Er war nicht groß, doch gebaut wie ein Stier mit mächtigen Schultern, einem riesigen zottigen Kopf und einem Bart wie einem Besen. Selbst aus dieser Entfernung konnte ich seine Augen funkeln sehen, während er brüllend seine Botschaft verkündete und mit der Faust fuchtelte wie ein Erweckungsprediger in Mississippi voll Ekstase und einem Liter Whiskey. Die Leute in seiner Nähe riefen ihm Drohungen zu, doch er brüllte weiter, und es schien mir, als stünde eine handfeste Prügelei bevor; doch just als die Soldaten ihn erreichten und herabzuzerren versuchten, entschwand er meinem Blick, so dass ich nicht sehen konnte, wie das Ganze ausging [34].

Die Herzogin hatte den Zwischenfall ebenfalls bemerkt, und wir waren kaum im Palast, als sie Schwerin ins Vorzimmer rufen ließ, wo wir Platz genommen hatten, und ihn anfuhr:

„Wer war dieser unverschämte Kerl? Wie konnte er es wagen, seine Stimme gegen mich zu erheben? Wer hat seine Pflicht versäumt, dass es zu diesem Vorfall kommen konnte?" Ihre Stimme war völlig ruhig, doch sie war offensichtlich in zornigster Stimmung, und der alte Minister duckte sich förmlich vor ihr. „Hat man ihn und den Pöbel arretiert?"

Schwerin rang die Hände. „Hoheit, ich bin untröstlich, dass dies passieren konnte! Ich weiß nicht, wer der Mann gewesen ist, doch ich werde es eruieren. Ich glaube, er war einer dieser sozialistischen Agitatoren –"

„Agitatoren?" sagte die Herzogin in einem Ton, der Brandy zum Gefrieren gebracht hätte. „Revolutionäre Umtriebe? Und dies an meinem Hochzeitstag?" Sie wandte sich zu mir. „Es ist eine Schmach für mich und für mein Land, dass es in Gegenwart Eurer Hoheit zu diesem Affront kommen konnte, und noch dazu bei dieser Festlichkeit."

Nun, mir machte es nichts aus. Was mich mehr interessierte, war ihre kalte Wut über die Beleidigung ihrer Würde, als die sie das Ganze aufzufassen schien; ein neuer Beweis, wie überaus arrogant und eingebildet sie war. Ich bemerkte, der Mann sei wahrscheinlich nur betrunken gewesen und habe ja schließlich nichts Böses getan.

„Dänemark scheint sich in der glücklichen Lage zu befinden, vor solchen gefährlichen Kriminellen sicher zu sein", sagte sie. „In Strackenz scheinen härtere Maßnahmen gegen solche ... solche Agitatoren angebracht! Schwerin, ich mache Sie dafür verantwortlich und erwarte von Ihnen baldige Meldung, dass sie arretiert und bestraft wurden."

Selbst aus dem Mund eines Bischofs hätte das schwülstig geklungen; bei einem neunzehn Jahre alten Mädchen wirkte es lächerlich, doch ich verzog keine Miene. Es stellte sich immer deutlicher heraus: meine kleine Irma war ein unleidliches junges Ding. Ich hoffte, dass ihr Vorhaben, sich an dem großköpfigen Revolutionär zu rächen, fehlschlagen würde; wer immer er sein mochte, er hatte den sympathischen Eindruck gemacht, als würde er sich nicht scheuen, mit der Polizei einen Tanz zu wagen.

Sie entließ Schwerin, und nachdem ihre Damen so gut wie unsichtbare Makel an ihrer äußeren Erscheinung beseitigt hatten, begaben wir uns mit ungeheurer Förmlichkeit in den großen Ballsaal, wo die vornehme Gesellschaft sich bereits versammelt hatte. Dies ist ein größerer Rummel als jener, den der alte Morrison für Elspeth und mich in Paisley aufgeführt hat, dachte ich, doch ich wette, die können nicht mehr trinken als damals dieses Schottenpack. Es wimmelte von prächtigen Uniformen und Abendkleidern; allenthalben funkelten Orden, Medaillen und Juwelen; adelige Rücken beugten sich, und hundert Unterröcke raschelten beim Hofknicks, als wir auf das Podest traten und die Gäste vorbeidefilierten, um uns respektvollst zu beglückwünschen. Ich habe nie mehr in meinem Leben einen solchen Haufen von Speichelleckern süßlich lächeln sehen. Natürlich himmelten sie alle die Herzogin an, die Nordländer sich steif verneigend und die Hacken zusammenschlagend, die Romanen mit tiefen Verbeugungen – denn Vertreter aus halb Europa waren erschienen. Schließlich war Herzogin Irma die Cousine unserer eigenen britannischen Majestät – was mich sozusagen zu ihrem und Alberts angeheiratetem Vetter machte –, und alle drängten sich danach, uns ihrer Ehrerbietung zu versichern. Es entzückte mich jedoch, als der britische Gesandte sich auf eine kleine Verneigung und ein „Meine Gratulation, Madame, und beiden Hoheiten viel Glück“ beschränkte. Das ist der rechte Stil, dachte ich; es lebe Good Old England, und zum Teufel mit allen Ausländern.

Ich stand da und senkte und hob meinen Kopf, bis mein Hals knarrte, murmelte meinen Dank und lächelte in jedes vorbeiziehende Gesicht – dick, dünn, schwitzend, gespannt, lächelnd, verzückt: jede Größe, jeder Ausdruck war vertreten. Und dann flüsterte plötzlich hinter mir Detchards Stimme „Hansen“, und als ich scharf hinsah, erblickte ich einen jungen Burschen mit blondem Haar und kantigem Kinn, der sich eben von seiner Verbeugung vor der Herzogin aufrichtete. Erwartungsvoll lächelnd wandte er sich zu mir, und von plötzlicher Nervosität gepackt trat ich verzerrt grinsend vor, ergriff seine Hand und rief:

„Erik, alter Freund, dies ist die schönste Überraschung dieses glücklichen Tages!“, wobei ich mich hoffnungslos verhaspelte, doch er lachte nur und schüttelte meine Hand.

„Lieber Carl – Hoheit – ich musste einfach kommen, um dir alles Gute zu wünschen.“ Er machte jene gefühlvolle Miene mit feuchten Augen und trotzdem lächelnd, die ich persönlich nur zustande bringe, wenn ich betrunken bin. „Gott segne euch beide!“

„Gott segne dich, alter Freund“, sagte ich, fest seine Hand pressend, und dann verschwand sein Lächeln, er starrte mich erstaunt an und trat zurück.

Ich habe weiß Gott in meinem Leben schlimme Momente durchgemacht, doch nur selten packte mich eine so grässliche Furcht wie damals. Mein verzerrtes Grinsen blieb mir im Gesicht stecken, denn ich war vor Entsetzen so gelähmt, dass ich keinen Muskel rühren konnte, und wartete auf die Anklage, die – dessen war ich sicher – von seinen Lippen kommen würde.

Eine Sekunde lang starrte er mich an, dann machte er eine rasche, nervöse, entschuldigende Geste und lächelte wieder.

„Pardon“, sagte er. „Ich bitte um Pardon, Hoheit ... Carl.“ Er trat schnell zur Seite, um den nächsten Gratulanten vorzulassen, verbeugte sich nochmals und ging dann zum Büfett, wo die anderen Gäste sich versammelt hatten. Ich sah, wie er sich umdrehte und zu mir zurückstarrte, und dann rieb er sich mit der Hand die Stirn, schüttelte den Kopf wie jemand, der irgendeinen verrückten Gedanken vertreiben will, und wandte sich zu einem Kellner, der Champagner anbot.

Ich weiß, dass mein Gesicht glutrot vor Schreck war, und mein eines Knie zitterte heftig, doch ich zwang mich, standhaft zu lächeln, während die Dame vor mir einen tiefen Knicks und ihr Begleiter eine Verbeugung machte. Ich sah die Bestürzung in ihren Gesichtern – wenn ich erröte, so biete ich einen besorgniserregenden Anblick –, und so lachte ich mühsam.

„Verzeihen Sie“, sagte ich. „Es bringt einen etwas außer Atem, zu mehreren hundert Leuten ‚Danke' zu sagen.“ Sie waren hoch entzückt, dass ich sie so vertraulich ansprach, und damit war die kritische Situation überstanden, und ich beruhigte mich allmählich.

Es war jedoch ein furchtbarer Moment gewesen, und während des restlichen Empfangs war ich wohl nicht ganz bei mir, denn das nächste, dessen ich mich entsinnen kann, ist, dass ich wieder in meinem Zimmer war, allein mit Detchard, Rudi und de Gautet, und aus einem Glase, das klirrend an meine Zähne schlug, Brandy trank.

„Es war ein schlimmer Augenblick“, sagte Rudi. „Eine Sekunde lang dachte ich, wir sind verloren. Ich hielt die Pistole in meiner Tasche auf ihn gerichtet, und ich schwöre, wenn es einen Moment länger gedauert hätte, bis er lächelte, dann hätte ich ihn niedergeschossen und behauptet, er wollte ein Attentat auf Sie verüben. Und nur Gott weiß, was dann geschehen wäre. Puh!"

„Aber er hat gemerkt, dass ich nicht der Prinz bin!" Ich schlug auf die Armlehne meines Sessels. „Er hat mich durchschaut, das ist doch klar! Oder nicht, de Gautet?"

„Ich glaube nicht", erwiderte er. „Einen Moment glaubte er, dass irgendetwas mit Ihnen nicht stimmt, doch dann kam er zu der Überzeugung, dass es nur Einbildung ist. Sie haben doch gesehen, wie er den Kopf schüttelte – und jetzt sind seine Zweifel beseitigt."

„Bei Gott, hoffen wir's." Ich trank wieder einen Schluck Brandy. „Wenn er sich aber eines anderen besinnt und Verdacht schöpft – was dann?"

„Er wird während seines Aufenthalts in Strackenz ständig überwacht", sagte Rudi. „Wir haben noch andere Gründe, Herrn Hansen gut im Auge zu behalten."

„Nanu. Wieso?"

„Oh, er ist nicht nur hierhergekommen, um auf Ihrer Hochzeit zu tanzen. Wir wissen, dass er und andere Mitglieder der dänischen Regierung mit dem militanten Teil der dänischen Partei in Strackenz in Kontakt stehen – Leuten wie den Eider-Dänen [35], nur noch gefährlicher. Sie beobachten alles Deutsche mit Argusaugen, halten geheime Versammlungen ab und dergleichen. Angeblich gibt es eine Geheimorganisation, die ‚Söhne der Wälsungen', die im Fall einer Bedrohung der Strackenzschen Unabhängigkeit durch Berlin zu den Waffen greifen wollen." Rudi grinste vergnügt. „Wir werden, falls es dazu kommt, mit diesen Herren schon fertig werden. Vorläufig brauchen Sie sich weder ihretwegen noch wegen Ihres Freundes Hansen Sorgen zu machen. Das Spiel ist so gut wie gewonnen, mein Junge" – und er klopfte mir auf die Schulter. „Nun, da wir die Hochzeit hinter uns gebracht haben, brauchen wir nur noch ein paar Wochen zu warten, bis Otto uns verständigt, dass unser guter Carl Gustaf bereit ist, die Rolle, für die Sie eine so ausgezeichnete zweite Besetzung abgeben, zu übernehmen. Dann gehen Sie zurück nach England. Wir wollen nur hoffen, dass die entzückende Irma über die Umbesetzung nicht allzu enttäuscht sein wird."

Dies schien alles schön und gut, doch ich war keineswegs überzeugt, dass ich das Schlimmste überstanden hatte. In meinem kurzen Leben als Prinz Carl Gustaf war es bereits zu einigen scheußlichen Unannehmlichkeiten gekommen, und es schien nicht auszuschließen, dass es noch einige weitere geben würde, bis man seinen Tripper auskuriert hatte und er mich als Prinzgemahl ablösen konnte. Und war es so sicher, dass Bismarck dann sein Wort halten würde? Ich mochte daran noch gar nicht denken, doch es ging mir ständig im Kopf herum.

Ich zitterte noch von der Sache mit Hansen, und überdies machte sich wohl die Anspannung der letzten zwei Tage bemerkbar – jedenfalls vertilgte ich auf einen Sitz eine halbe Flasche Brandy ohne merkliche Wirkung, was immer ein Zeichen dafür ist, dass ich eine Heidenangst habe. Rudi beobachtete mich aufmerksam und pfiff durch die Zähne, sagte aber nichts; an diesem Tag waren außer der Unterzeichnung der Amnestieurkunde, die ich schnell hinter mich brachte, ohne Fragen zu stellen, keine offiziellen Pflichten mehr wahrzunehmen – nur die Fahrt zu dem Jagdhaus bei Strehlow, zehn Meilen von der Stadt, stand noch bevor, und dazu brauchte ich nicht stocknüchtern zu sein.

Wir wollten am Nachmittag aufbrechen, und bald darauf wurde es Josef und einigen Bediensteten gestattet, mich für die Fahrt vorzubereiten. Koffer und Kästen wurden die Treppe hinuntergetragen, und man zog mir meine Galauniform aus, legte mir einen Cutaway an und setzte mir einen

Zylinder auf. Allmählich schwand meine Nervosität – oder der Brandy begann zu wirken –, und ich war imstande, mit Rudi über die Vorzüge karierter oder gestreifter Hosen zu diskutieren, das Hauptthema bei den Londoner Dandies in jenem Jahr [36]. Ich war, da ich die Größe und die Beine dafür hatte, für karierte Hosen, doch Rudi fand, sie sähen bäurisch aus, was beweist, welch verdammt merkwürdigen Geschmack man zu jener Zeit in Österreich hatte. Doch in einem Land, in dem man sich mit Metternich abfand, schien nichts verwunderlich.

Während wir uns unterhielten, erschien ein Offizier der Palastwache, begleitet von einer Eskorte mit gezogenen Degen, um die Kronjuwelen zu holen, die Josef mir mit meiner Uniform abgenommen hatte. Die Krone und das Staatsschwert hatte ich schon vor unserer Rückfahrt vom Dom abgegeben, die Kette und die Ringe jedoch behalten, und diese wurde nun sorgfältig in mit Samt ausgeschlagenen Kassetten verstaut.

„Hübsche Dinger", sagte Rudi, nachdenklich seine Zigarre zwischen die Zähne klemmend „Wohin bringen Sie sie, Fähnrich?"

„In den Uhrenraum, Herr Baron", sagte der junge Offizier, die Hacken zusammenschlagend.

„Nanu, das ist aber ein merkwürdiger Ort. Wäre ein Verlies nicht sicherer?"

„Mit Verlaub, Herr Baron, der Uhrenraum ist im oberen Teil des Hauptturms des Palasts. Der Turm hat nur eine Treppe, die ständig bewacht wird." Der Fähnrich zögerte. „Ich glaube, sie werden dort aufbewahrt, weil der alte Herzog zu seiner Zeit mit Vorliebe täglich den Uhrenraum aufsuchte und den Staatsschatz besichtigte."

Ich horchte auf und bemerkte, dass auch Rudi von Starnberg ein ungewöhnliches Interesse zeigte. Dieser Schlingel – ich wusste, was er dachte.

Um Punkt drei verließen wir den Palast und fuhren unter dem Jubel der loyalen Strackenzer, die nach Herzenslust dem Wein, der gratis in allen öffentlichen Gebäuden ausgeschenkt worden war, zugesprochen hatten, durch die Stadt. Die ganze Bevölkerung schien halb betrunken, und der Applaus, der uns durch die Straßen begleitete, war ausgelassen und überschwänglich. Ich saß mit der Herzogin in einem offenen Landauer, begleitet von Rudi und einer bildschönen rothaarigen Hofdame, deren Fuß er während der Fahrt ständig mit seinem Stiefel streifte.

Ansonsten zeigte er sein bestes Benehmen, was bedeutete, dass er sich vor offener Unverschämtheit gerade noch zurückhielt. Irma befand sich jedoch in einer Verfassung, in der sie es nicht bemerkte; sie war übel gelaunt, hauptsächlich deshalb, wie ich annehme, weil Schwerin nicht die Festnahme des Agitators hatte melden können, der uns bei unserer Fahrt vom Dom zum Palast geschmäht hatte. Überdies hatte es Schwierigkeiten mit ihrer Ausstattung gegeben, die Leute, die uns zuwinkten, machten allzu kecke Gesichter, die offene Kutsche war für solch einen kalten Tag nicht geeignet und so fort – ohne ersichtlichen Grund gab es eine Widrigkeit nach der anderen. Wie auch der Rest ihrer Ausstattung aussehen mochte – ich fand, dass das blaue Reisekleid und die Pelzmütze, die sie trug, ihr ausgezeichnet standen. Als ich es ihr sagte, ließ sie sich herab, für das Kompliment zu danken, doch überaus förmlich. Sie benahm sich immer noch steif wie eine Königinmutter in der Kirche, und wieder kam mir der Gedanke, dass sie trotz ihres gezierten Betragens vermutlich innerlich bebte. Mir war das nur recht, und ich beschloss, sie für eine Weile in ihrem eigenen Saft schmoren zu lassen. Ich kümmerte mich nicht viel um sie, und den größten Teil der Fahrt legten wir schweigend zurück.

Es war ein sonniger und trotz Irmas Klagen recht warmer Nachmittag. Die Straße führte durch eine liebliche bewaldete Gegend, in der es etwas für diesen Teil der Welt sehr Ungewöhnliches gab, nämlich eine kurze Kette kleiner Felsspitzen und -klippen, den sogenannten Jotungipfel. Diese Felsen sind sehr hübsch, sehr wild, wie unsere selige Königin gesagt hätte, und sie gleichen den Bergen an den englischen Seen. Abgesehen von den Hütten einiger Schafhirten ist die Gegend ziemlich unbewohnt; die meisten Einwohner der Provinz Strackenz leben unten im flachen Land nahe der Stadt, doch es gibt dort ein oder zwei schöne Bergseen, und in einem davon steht die alte Burg Jotunberg, die Feste der Herzöge von Strackenz in den schlimmen alten Zeiten. Sie wurde jetzt von der Familie Bülow bewohnt, einem Strackenzschen Zweig des berühmten deutschen Geschlechts.

Das Jagdhaus Strehlow befindet sich einige Meilen vom Jotungipfel, ein Stück von der Hauptstraße im Wald versteckt. Es war seit Generationen der Landsitz der Herrscherfamilie, ein reizendes Blockhaus mit Pelzteppichen, schönen offenen Kaminen, Butzenscheiben, allen Bequemlichkeiten und genügend Räumen. Wir reisten ziemlich unzeremoniell; abgesehen von de Gautet und Rudi begleiteten mich meine zwei Strackenzer Adjutanten und die Herzogin drei Hofdamen und fünf Zofen – weiß der Himmel, wozu sie die alle brauchte. Detchard kam gleichfalls mit, zog es aber vor, im Dorf zu wohnen, und natürlich hatte ich Josef bei mir. Außerdem gab es noch verschiedene andere Dienstboten.

Wir erreichten das Jagdhaus kurz vor Einbruch der Dämmerung. Meine Gemahlin war nervös und gereizt und jagte die Bediensteten, die herauskamen, um uns zu begrüßen, in alle Richtungen. In dem getäfelten Speisezimmer erwartete uns ein Mahl, im Kamin prasselte ein lustiges Feuer, und alles schien äußerst gemütlich und einladend, doch sie entschuldigte sich und ging, gefolgt von ihrer Hofdame und einer Schar Lakaien, nach oben. Wir Männer hatten einen Riesenhunger und machten uns über das Essen her und danach über den Portwein und Brandy, und es wurde ein ausgelassener, amüsanter Abend. Das Essen und der Wein brachten mich in exzellente Stimmung, und Rudi und die beiden Strackenzer taten es mir gleich und zechten wie die alten Ritter. Nur de Gautet hielt sich wie immer zurück – allmählich begann ich sein süßliches, stummes Lächeln zu hassen.

Die Deutschen mögen ihre Fehler haben, doch man muss ihnen zugestehen, dass sie ausgezeichnete Zechkumpane sind. Rudi war bester Laune; er hatte seinen Uniformrock abgelegt, sein lockiges Haar war zerzaust, und er sang mit einem prächtigen Bariton aus voller Kehle (doch seine Augen waren immer noch munter und klar; ich bezweifle, dass er jemals in seinem Leben richtig betrunken war). Ich schüttete den Schnaps nur so in mich hinein und hatte eben das Stadium erreicht, in dem ich auf Unfug zu sinnen begann, als ein Diener erschien und ausrichtete, die Herzogin wolle sich zur Ruhe begeben und ersuche, wir möchten mit dem Lärmen aufhören.

Daraufhin verstummten die anderen. Rudi lehnte sich in seinem Sessel zurück und lächelte in sein Glas; die Strackenzer blickten einander nervös an. Ich erhob mich ein wenig taumelnd, wobei ich meinen Sessel umstieß, und sagte, wenn Ihre Gnaden sich zur Ruhe begebe, so werde ich dies gleichfalls tun. Ich wünschte ihnen eine gute Nacht und ging – ziemlich schwankend, nehme ich an – zur Tür.

Der eine Strackenzer Adjutant sprang auf und fragte, ob er meiner Hoheit behilflich sein könne.

„Nein, vielen Dank, mein Sohn", sagte ich. „Ich bin alt genug."

Darauf setzte er sich errötend, und als ich hinausging, hörte ich, wie Rudi lachend rief: „Meine Herren, ein Toast! Auf die Verbindung von Prinz Carl Gustaf mit Ihrer Gnaden, der Herzogin von Strackenz!"

Ich polterte die Treppe hinauf, zog mich im Ankleideraum aus, schickte Josef fort, schlüpfte in einen Schlafrock und ging ins Schlafzimmer. Ich war voll Brandy und Geilheit, und Irmas Anblick, die ich in einem weißen Nachthemd dastehend überraschte, war nicht gerade dazu angetan, mich zu ernüchtern. Ihre kalte, stolze Schönheit weckte meine niedersten Instinkte, ich warf den Schlafrock ab, und sie kreischte und schlug die Hände vor die Augen.

„Keine Sorge, kleine Frau", sagte ich, „man wird unten nicht mehr singen", und dann beugte ich mich vor und riss ihr das Nachthemd über den Kopf. Sie schrie leise auf, und da ich der Ansicht bin, man wird mit nervösen Frauen am leichtesten fertig, wenn man sie kräftig anpackt, hob ich sie hoch und tanzte mit ihr im Zimmer herum, wobei ich sang: „Trit-trot, trit-trot, so reiten die Damen."

Soviel ich mich entsinnen kann, sang ich es auf englisch, doch ich bezweifle, dass sie es bemerkte. Jedenfalls landeten wir schließlich auf dem Bett, und ich lachte leise und murmelte „Hoppel-hopp, hoppel-hopp, und hinein in den Graben" und versicherte ihr, dass sie eine verdammt famose Herzogin sei und für ihr Land Ehre einlege [37].

Ich glaube, dann nickte ich ein, und als ich aufwachte, nahm ich sie noch einmal, und da ich diesmal schon etwas nüchterner war, merkte ich, dass sie reglos dalag wie eine Leiche und an dem Ganzen überhaupt keinen Spaß fand. Eine andere Frau hätte ich mit ein paar Klapsen auf den Bauch aufgemuntert, doch ich fand, mit einer Herzogin musste man Geduld haben.

Und in der Tat, ich hatte recht, denn danach schlief ich ein, während sie mit geschlossenen Augen dalag wie ein schönes Gespenst im Kerzenlicht, und was mich – ich weiß nicht, nach wie vielen Stunden – weckte, war eine kleine Hand, welche über meinen Schenkel strich, und langes Haar, das sich an mein Gesicht schmiegte, und ich dachte, ei potz, ob von königlichem Blut oder nicht – im Grunde sind sie doch alle gleich. Ich muss sagen, ich war ziemlich erledigt, aber man darf nie vergessen, dass man ein Gentleman ist, und so machte ich mich wieder an die Arbeit, und diesmal klammerte sie sich an mich wie ein Engel. Genau wie Elspeth, musste ich denken – äußerlich züchtig und fromm und die Keuschheit in Person und dabei brünstig wie ein Affe.

Ich habe zu viele Frauen gekannt, viel zu viele, um die Behauptung zu wagen, ich würde sie verstehen. Ihre Art zu denken ist mir zu rätselhaft, als dass ich Lust verspürte, sie zu ergründen, und so habe ich mich bei meinen Studien im allgemeinen auf ihre Körper beschränkt. Doch ich weiß, dass die Herzogin von Strackenz nach jener Nacht eine andere Frau war – jedenfalls mir gegenüber. Einen Tag zuvor war sie noch stolz und arrogant gewesen, ein durch und durch verwöhnter Fratz; nervös wie eine Maus und kalt wie der Rücken eines Walfischs. Und so wie ich sie behandelte, hätte es mich nicht gewundert, wenn sie von Männern überhaupt nichts mehr hätte wissen wollen. Doch am nächsten Morgen war sie lammfromm, auf eine nachdenkliche, aber sichtlich befriedigte Weise, und sehr fügsam. Sie war bereit, mit mir zu reden, und was noch bemerkenswerter schien, mir auch zuzuhören – obgleich ich am Morgen kein großer Plauderer bin.

Ich erwähne dies nicht aus Prahlerei oder um den Eindruck zu erwecken, dass ich ein Bursche bin, der die Frauen bloß fest anzupacken und aufs Kreuz zu legen braucht, damit sie ihm aus der Hand fressen. Weit davon entfernt; es ist vorgekommen, dass Frauen, die ich so behandelte, mit dem Messer auf mich losgingen oder mich in die Flucht trieben. Doch bei Irma hatte es aus irgendeinem Grunde die entgegengesetzte Wirkung; ich darf sagen, dass sie mich von dieser Nacht an, solange ich sie kannte, geradezu anbetete. Was beweist, wie töricht eine verliebte junge Frau sein kann.

All dies machte den Aufenthalt in Strehlow natürlich überaus vergnüglich. Tagsüber unternahmen wir allerlei; wir veranstalteten Picknicks – denn obgleich noch etwas Schnee lag, war es für die Jahreszeit angenehm warm –, wir jagten in den Wäldern, und am Nachmittag ritten wir (auf Pferden). An den Abenden sorgten die Damen für musikalische Unterhaltung, oder wir spielten Billard, und Speise und Trank waren vorzüglich. Ich begann mich wieder wahrhaft königlich zu fühlen, denn man bediente mich von hinten und vorn und las mir jeden Wunsch von den Augen ab, und es ist äußerst ergötzlich, von einer jungen Herzogin angehimmelt zu werden, selbst wenn sie einem des Nachts nicht viel Schlaf gönnt. Es war ein Leben ganz nach meinem Geschmack – Faulenzen, Schlemmen, Jagen, Billard spielen und im Bett mit Irma herumtollen – all die trivialen Vergnügungen, die für Burschen wie mich das Höchste sind.

Rudi und de Gautet waren die einzigen Haare in der Suppe, denn allein ihre Gegenwart erinnerte mich ständig an das, was bevorstand. Doch seltsamerweise kamen de Gautet und ich einander ein wenig näher, denn ich entdeckte, dass er eine meiner größten Leidenschaften, nämlich die für

Pferde, teilte. Er war ein Experte auf dem Gebiet, und zwar einer der echten, die nie Kenntnisse vorgeben, die sie nicht besitzen, und im Sattel war er beinahe so gut wie ich, was bedeutet, dass er es mit den hervorragendsten Reitern der Welt hätte aufnehmen können – selbst mit den Cheyennen der amerikanischen Prärie, die die besten sind, die ich kenne. Wir ritten häufig zusammen aus, doch ich sorgte dafür, dass uns stets einer der Strackenzer oder ein Diener begleitete – denn ich bin mit jemandem, den ich mit einem Schläger verletzt habe und der mir dies bestimmt nicht vergessen hat, nicht gern allein im Wald.

De Gautet war ein schweigsamer, zurückhaltender Bursche, was man von Starnberg nicht behaupten kann. Nun, da er überzeugt war, dass ich meine Rolle mit perfekter Überzeugungskraft spielen konnte, verhielt er sich mir gegenüber genauso, wie er es gegenüber dem echten Prinz Carl Gustaf getan haben würde, nämlich mit seiner üblichen Impertinenz. Er legte sich keinerlei Zurückhaltung auf und scheute sich nicht einmal, Irma keck zu betrachten, während er mit ihr in jener halb spöttischen Ehrerbietung sprach, die er gegenüber allen gesellschaftlich Höherstehenden an den Tag legte. Sie war Frau genug, um sein gutes Aussehen und seinen Charme einnehmend zu finden, doch ich glaube, sie spürte, dass er ein rechter Halunke war, und einmal vertraute sie mir an, sie sei überzeugt, er sei kein Gentleman. Ich versprach ihr, ihn nach unserer Rückkehr in die Stadt durch einen neuen Adjutanten zu ersetzen – und es bereitete mir ein maliziöses Vergnügen, ihm dies später zu sagen, damit er sich bewusst war, dass wenigstens eine Frau ihn durchschaut hatte. Doch es amüsierte ihn nur.

„Ich wusste ja, die Person hat keinen Geschmack", sagte er. „Außerdem – kein Wunder, sie ist ja in Sie vernarrt. Aber glaubt nicht, Ihr könnt mich so leicht loswerden, Eure

Hoheit – ich werde Euer ergebener, gehorsamer und allgegenwärtiger Diener sein, bis es an der Zeit ist, unsere kleine Komödie zu beenden." Er blies einen Rauchring und glotzte mich belustigt an, die Zunge an die Wange gepresst. „Es wird Ihnen sicherlich leid tun, wenn das Ganze vorbei ist, oder? Das prinzliche Leben gefällt Ihnen, oder ich müsste mich sehr täuschen."

In der Tat, er täuschte sich. Gewiss, es war sehr idyllisch dort in Strehlow, doch ich ahnte bereits, dass die Zukunft für Carl Gustaf nicht nur eitel Wonne bereithalten würde. Das Leben eines gekrönten Hauptes ist gewiss sehr angenehm, vor allem das eines absoluten Monarchen mit uneingeschränkter Macht – doch ein Prinzgemahl, und ein solcher war ich mehr oder weniger, ist nicht ganz das gleiche. Er kann Leuten, die er nicht mag, nicht einfach die Köpfe abschlagen lassen, oder jedem hübschen Frauenzimmer, nach dem ihm der Sinn steht, befehlen, ihm zu Willen zu sein. Er steht immer im Schatten seiner Gemahlin, und selbst, wenn sie in ihn verliebt ist – und wer weiß, wie lange dem so sein wird? –, ist er bei allem, was er will, stets auf ihr Einverständnis angewiesen. Selbst in jenen wonnigen ersten Tagen mit Irma ahnte ich bereits, wie das Ganze später aussehen würde, und es gefiel mir gar nicht. Weiß der Himmel, wie unser seliger Albert es ertragen hat, der arme Teufel. An seiner Stelle hätte ich mich schon nach sechs Monaten auf der Rückfahrt nach Sachsen-Coburg befunden, oder woher er stammte. Aber vielleicht machte es ihm nichts aus, die zweite Geige zu spielen – er war kein Engländer.

Aus diesem Grund tröstete mich der Gedanke, dass mein luxuriöses Sklavendasein zwar vergnüglich, doch zeitlich begrenzt war. Dann und wann sorgte ich mich ein wenig, wie die Komödie wohl enden würde, doch darauf hatte ich keinerlei Einfluss. Entweder würde Bismarck sein Versprechen halten oder nicht – und ich zwang mich, die letztere Möglichkeit aus meinen Gedanken zu verdrängen. Dies ist natürlich typisch für einen Feigling – ich wünschte zu glauben, dass er ein ehrliches Spiel trieb, und so glaubte ich es, obgleich mein Verstand mich daran hätte zweifeln lassen müssen. Und wie es so oft geschieht – ich fiel meiner unbekümmerten Arglosigkeit beinahe zum Opfer.

Kapitel 9

Wir waren etwa zehn Tage in Strehlow, als sich eines Abends im Billardzimmer das Gespräch dem Thema Pferde zuwandte. Jemand – ich glaube, Rudi – erwähnte den ausgezeichneten Stall, den sich ein Gutsbesitzer auf der anderen Seite des Jotungipfels hielt; ich zeigte Interesse, und man schlug mir vor, am nächsten Tage hinzureiten und ihn zu besuchen. Es schien ein Ausflug wie all die anderen, die wir unternommen hatten, und ich machte mir deshalb keinerlei Gedanken.

So brachen denn am nächsten Morgen de Gautet, einer der Strackenzer Adjutanten und ich auf. Am schnellsten kam man zu Pferde über den Jotungipfel, und Irma begleitete uns mit einer Kutsche, soweit es die Straße erlaubte. Danach bogen wir in Richtung auf die Felsklippen ab, sie winkte ihrem scheidenden Gemahl zärtlich mit ihrem Taschentuch nach, und bald erklommen wir auf einem der Reitpfade, die die einzigen Wege sind, die durch jene wilde, malerische Gegend führen, die Berge. Es war ein herrlicher Tag für solch einen Ausflug, klar und sonnig, und die Landschaft war wunderschön – einer unserer viktorianischen Maler hätte sie mit ihren hübschen kleinen Felsen und Bäumen und Wasserfällen sogleich skizziert und mit ein paar romantischen bärtigen Hirten und Kühen ausgeschmückt. Wir sahen jedoch keine Menschenseele, als wir uns dem Gipfel näherten, und ich genoss den Ritt und dachte schmunzelnd an die letzte Nacht mit Irma, als das Pferd des Strackenzer Adjutanten plötzlich lahmte.

Ich habe mich oft gefragt, wie man das arrangierte, denn das Pferd lahmte tatsächlich, und ich bezweifle, dass der Adjutant – ein ganz junger Kerl namens Steubel – irgendetwas damit zu tun hatte. Ich fluchte ein wenig, und de Gautet meinte, wir sollten umkehren. Der Junge wollte jedoch nichts davon wissen; er würde sein Pferd langsam hinunter nach Strehlow führen, sagte er, und wir sollten weiter reiten. De Gautet blickte unschlüssig – er war ein exzellenter Schauspieler –, doch ich war töricht genug, zuzustimmen. Es ist mir heute unbegreiflich, wie ich so dumm sein konnte, doch damals war ich es. Ich dachte keinen Moment daran, man könnte ein falsches Spiel mit mir treiben – ich, der normalerweise sofort Deckung sucht, wenn jemand überraschend einen Furz fahren lässt, war gänzlich arglos. Zur Sicherheit hatte ich meine Pistolen und auch mein Messer bei mir, denn ich hatte mir klugerweise angewöhnt, das Jagdhaus niemals unbewaffnet zu verlassen; doch de Gautets Benehmen muss mich völlig besänftigt haben.

Wir ritten zusammen weiter, und etwa zwanzig Minuten, nachdem wir uns von Steubel getrennt hatten, erreichten wir den Gipfel, ein hübsches, kleines, von Bäumen gesäumtes Plateau mit einer tiefen Schlucht in der Mitte, durch die ein Fluss rauschte, von dem Nebelwolken an den Felswänden emporstiegen. Das ganze Plateau war von Bäumen umgeben, doch nahe dem Rand der Schlucht befand sich ein Fleck Rasen, auf dem wir abstiegen, um auf den Grund der etwa hundert Fuß tiefen Schlucht hinabzublicken. Ich neige leicht zu Schwindel, doch der Anblick war so schön und friedlich, dass ich nicht die geringste Unruhe verspürte, bis de Gautet sprach.

„Die Jotunschlucht“, sagte er, und irgendetwas an seinem Ton ließ mich aufschrecken. Vielleicht war es die Dumpfheit seiner Stimme oder der Umstand, dass er dichter hinter mir stand, als es mir recht war – jedenfalls warf ich mich aus einer rein instinktiven Furcht heraus seitwärts auf den Rasen und drehte mich im Fallen ihm zu.

Hätte seine Pistole nicht versagt, so hätte er mich erschossen; während ich fiel, hörte ich das Klicken, und mir wurde klar, dass er auf meinen Rücken gezielt hatte. Als ich mich hoch rappelte, warf er sie fluchend weg, zog eine zweite unter seiner Jacke hervor und richtete sie auf mich. „Nicht! Nicht!“ schrie ich, als er sie entsicherte, und er zögerte den Bruchteil einer Sekunde, um zu sehen, ob ich aufsprang, und um genau zu zielen.

In einem Roman oder in einem Theaterstück wird ein Mord natürlich nicht auf diese Weise begangen, sondern der Schurke starrt düster und hämisch, und das Opfer fleht um Gnade. Nach meiner praktischen Erfahrung jedoch geben sich Mörder wie de Gautet mit solchem Unsinn nicht ab; sie schießen, ohne zu zögern, und die Sache ist erledigt. Ich wusste, dass mich vielleicht nur ein Herzschlag von der Verdammnis trennte, und so riss ich in nacktem Entsetzen das Seemannsmesser aus meinem Stiefel und schleuderte es mit aller Kraft nach ihm, wobei ich mich wieder flach auf den Boden warf.

Ich hatte Glück; das Messer traf ihn zwar nur mit dem Griff am Bein, doch er tat rasch einen Schritt zurück, sein Absatz stieß an einen Stein oder Grasklumpen, er verlor das Gleichgewicht, die Pistole krachte, die Kugel sauste über meinen Kopf, und dann war ich über ihm und bearbeitete ihn blindlings mit Fäusten und Knien und versuchte, ihn niederzuwerfen.

Er war groß und wehrte sich verzweifelt, doch ich war schwerer und kräftiger, und Flashy in seiner Todesangst, ohne die Möglichkeit, fortzulaufen, und mit keiner anderen Wahl als zu kämpfen, muss ein fürchterlicher Gegner gewesen sein. Ich brüllte aus voller Kehle und schlug wie besessen auf ihn ein; einmal gelang es ihm, mich wegzustoßen, doch er beging den Fehler, sich nach dem Messer zu bücken, und ich versetzte ihm mit dem Stiefel einen festen Tritt gegen den Kopf. Stöhnend und die Augen verdrehend, taumelte er zurück und sank schlaff ins Gras.

Einen Augenblick dachte ich, ich hätte ihn getötet, doch ich nahm mir nicht die Zeit, mich zu überzeugen. Die jahrelange Übung machte sich geltend, und ich wandte mich ab und rannte schnurstracks den Pfad hinunter, nichts im Sinn, als der Gefahr möglichst weit zu entrinnen. Doch schon nach einem kurzen Stück musste ich anhalten und mich übergeben – zweifellos war der Schock über mein knappes Entkommen schuld –, und während der Pause hatte ich Zeit, zu überlegen, was ich tun sollte. Wo konnte ich hinlaufen? Keinesfalls zurück nach Strehlow; Bismarcks Leute hatten jetzt die Karten aufgedeckt, und mein Leben war keinen Penny wert, wenn sie mich erwischten. Aber warum wohl hatten sie mich jetzt töten wollen? Welchen Sinn konnte es haben, mich umzubringen, bevor der echte Carl Gustaf imstande war, meinen Platz einzunehmen? Vielleicht war er imstande; möglicherweise hatten sie seinen Tripper so schnell auskuriert? Oder war Bismarcks ganze Geschichte reiner Schwindel gewesen? Vielleicht war Carl Gustaf tot, vielleicht – ach, es gab tausenderlei Möglichkeiten einer Erklärung.

Wie ich, glaube ich, schon einmal erwähnte, pflegt Furcht mich zwar zu lähmen – vor allem meine Laufwerkzeuge –, doch sie hindert mich selten, klar zu denken. Noch während ich dort stand und spie, wurde mir klar, was ich tun musste. Das Wichtigste war, dass ich sofort aus Strackenz verschwand. Doch die Vernunft sagte mir, dass ich das nur in Sicherheit tun konnte, wenn ich wusste, was meine Feinde im Schilde führten, und der einzige, der mir das sagen konnte, war de Gautet. Je länger ich zögerte, desto mehr Zeit blieb ihm, sich zu erholen; meine Pistolen steckten in den Satteltaschen auf dem Gipfel, und so rannte ich, so schnell ich konnte, wieder den Pfad hinauf und blieb nur nahe der Spitze einen Augenblick stehen, um die Lage zu erkunden.

Die Pferde waren fort, zweifellos durch den Pistolenschuss vertrieben, doch de Gautet lag immer noch an der Stelle, wo ich ihn verlassen hatte. Verstellte er sich? Es hätte dem tückischen Halunken ähnlich gesehen, und so kauerte ich mich nieder und beobachtete ihn. Als er sich nicht rührte, warf ich einen Stein nach ihm. Er traf ihn, doch er bewegte sich nicht. Beruhigt erhob ich mich, schlich zu dem Messer, hob es auf und kniete keuchend neben ihn. Er war bewusstlos und hatte an seinem Schädel eine hübsche rote Beule, doch er atmete; ich riss ihm seinen Gürtel herunter und fesselte damit seine Arme; dann zog ich ihm die Stiefel aus und band mit meinem eigenen Gürtel seine Knöchel zusammen. Nun fühlte ich mich schon wesentlich sicherer. Mir gingen verschiedene exzellente Ideen durch den Kopf, wie ich mit Herrn de Gautet umgehen würde, wenn er zu sich kam, und ich wartete mit einem angenehmen, erwartungsvollen Gefühl. Wie ich sah, hatte er in seinem einen Strumpf ein Loch; wenn ich mit der Kanaille fertig war, würde sie noch an anderen Stellen Löcher in sich haben.

Plötzlich stöhnte er und schlug die Augen auf, und zu meinem Ergötzen sah ich, wie sein Gesicht nacheinander Verwirrung, Wut und Furcht zeigte.

„Nun, de Gautet", sagte ich. „Was haben Sie mir zu sagen, Sie hinterhältige Ratte?"

Er starrte mich stumm an; so kitzelte ich ihn ein wenig mit dem Messer, und er keuchte und fluchte.

„Das ist nur ein kleiner Vorgeschmack“, sagte ich. „Und glauben Sie mir, ich werde nicht viel Zeit mit Ihnen vergeuden. Ich werde Ihnen einige Fragen stellen, und Sie werden sie beantworten, und zwar rasch – verstanden? Wenn Sie es nicht tun, so werde ich Ihnen die Vorzüge einer englischen Public-School-Erziehung vor Augen führen. Also, erstens – warum wollten Sie mich töten? Was haben Sie und Ihr guter Freund Otto Bismarck im Sinn?“

Er zappelte ein wenig, sah jedoch, dass es nichts nützte, und lag wieder still.

„Von mir erfahren Sie nichts“, sagte er.

„Irrtum“, sagte ich. „Da, sehen Sie.“

Zum Glück hatte ich ein Stück Schnur bei mir, die ich um zwei seiner Zehen schlang; dazwischen legte ich einen schönen scharfen Kieselstein. Ich steckte einen Zweig durch die Schlinge und zerrte ein wenig daran. De Gautets Reaktion war zufriedenstellend. Er wand sich jammernd hin und her, doch ich drückte seine Beine auf den Boden.

„Sehen Sie, mein Junge“, sagte ich. „Machen Sie lieber die Klappe auf, sonst kommt's noch schlimmer.“

„Sie Schuft!“ schrie er schwitzend vor Angst. „Behandelt man so einen Gentleman?“

„Nein“, sagte ich erheitert. „So behandelt man einen gemeinen, feigen Mordbuben.“ Und ich zerrte fest an dem Stock. Er schrie auf, doch ich ließ nicht los, und er kreischte derart, dass ich ihm meinen Handschuh in den Mund stopfen musste, um ihn zum Schweigen zu bringen. Ich fürchtete nicht, dass uns jemand überraschen könnte, denn er war so darauf bedacht gewesen, mit mir allein zu sein, dass ich bezweifelte, dass einer seiner teuren Freunde in der Nähe war. Dennoch hielt ich es für das Beste, ihn am Schreien zu hindern.

„Nicken Sie mit dem Kopf, wenn Sie genug haben, de Gautet“, sagte ich grinsend. „Wenn ich Ihnen sämtliche Zehen gebrochen habe, werde ich Ihnen zeigen, was die afghanischen Damen mit den Gefangenen ihrer Männer machen.“

Und ich machte mich wieder über ihn her. Ich muss gestehen, dass ich einen wahren Genuss dabei empfand, denn nur ein richtiger Hasenfuß und Angeber weiß, wie schrecklich Schmerzen sein können. De Gautet schien nicht viel tapferer als ich; ich zerrte ein paar Mal an dem Zweig, und er nickte mit dem Kopf auf und ab wie ein Kasper, und aus irgendeinem Grund versetzte mich dies in Wut. So zerrte ich an dem Zweig, bis die Schnur riss. Dann nahm ich ihm den Handschuh aus dem Mund.

Er wimmerte und beschimpfte mich auf ordinärste Weise, und so brachte ich ihm Benehmen bei, indem ich die Spitze des Messers in sein Bein bohrte.

„Nun, Sie Schwein, warum wollten Sie mich töten?“

„Der Baron hat es befohlen. Ach, du lieber Gott.“

„Lassen Sie Gott aus dem Spiel. Weshalb? Was ist mit meinen zehntausend Pfund, verdammt?“

„Man … man hatte nie die Absicht, sie Ihnen auszuzahlen.“

„Heißt das, es stand von Beginn an fest, dass ich ermordet werden sollte?“

Stöhnend und seine Lippen leckend, wälzte er sich herum und starrte mich entsetzt an.

„Wenn ich Ihnen alles sage ... oh, meine Füße! Wenn ich's Ihnen sage ... geben Sie mir dann Ihr Wort als Ehrenmann, dass Sie mich laufen lassen?“

„Warum sollte ich? Sie werden's mir auch so sagen. Also schön, sei's drum, ich gebe Ihnen mein Ehrenwort. Los, reden Sie.“

Doch er bestand darauf, dass ich auch noch beim Andenken meiner Mutter schwor – was er vom Wert all dieser Schwüre hielt, weiß ich nicht, doch er war wohl nicht ganz bei sich, und Ausländer pflegen auf das Wort eines Engländers große Stücke zu halten.

Ich schwor also sämtliche Eide, und da sprudelte er alles hervor. Prinz Carl Gustaf hatte gar keinen Tripper – er war kerngesund. Doch Bismarck hatte mit Detchard geplant, ihn verschwinden zu lassen und durch mich zu ersetzen – was sie ja auch getan hatten. Die Trippergeschichte hatten sie sich lediglich für mich ausgedacht, und wenn sie jetzt geradezu lächerlich fadenscheinig erscheint, so kann ich nur versichern, dass sie aus Bismarcks Mund in seinem einsamen Schloss, während Kraftstein mich zu zermetzeln drohte, verflucht überzeugend klang. Jedenfalls bestand ihr Plan darin, mich nach ein paar Tagen, wenn Strackenz überzeugt war, dass seine Herzogin einen echten Gemahl hatte, auf dem Jotungipfel zu ermorden, und danach sollte de Gautet über die Grenze nach Preußen verschwinden. Man würde meine Leiche finden, ein Mordsgezeter anstimmen und sie unter allgemeiner Bestürzung nach Strackenz bringen.

Und dann, Wunder über Wunder, würde man in meinen Kleidern Papiere finden, aus denen hervorging, dass ich gar nicht Prinz Carl war, sondern ein dreister englischer Betrüger namens Flashman, ein Agent Lord Palmerstons, der einen heimtückischen Anschlag auf die Sicherheit und Ordnung des Herzogtums Strackenz hatte unternehmen wollen. Es würden Chaos und Verwirrung herrschen, und die Folge wäre ein politischer Skandal ungeahnten Ausmaßes.

Zuerst konnte ich es nicht glauben. „Sie verdammter Lügner! Sie erwarten doch nicht, dass ich Ihnen dieses Märchen glaube? Wer, um alles in der Welt, dachten Sie eigentlich, würde es glauben?“

„Jeder.“ Er verzog schmerzvoll sein Gesicht „Sie sind ja tatsächlich nicht der Prinz – man würde feststellen, wer Sie wirklich sind – selbst wenn es Zeit kostete, würde man Zeugen auftreiben, die Sie kennen. Wer würde daran zweifeln können? Es ist ja wahr.“

Mir war ganz schwindlig im Kopf. „Aber, in Gottes Namen, wozu das alles? Welchen Vorteil könnte Bismarck daraus ziehen?“

„Die Diskreditierung Englands und Ihres Lords Palmerston. Höchste Bestürzung und Empörung in Strackenz. Dänen und Deutsche stehen hier wie Hund und Katz zueinander – es käme zu Aufruhr und Blutvergießen. Das ist es, was der Baron will – ach, Herrgott, meine Füße ...“

„Zum Teufel mit Ihren Füßen! Warum, verdammt, will er Aufruhr und Blutvergießen?“

„Als – Vorwand. Sie wissen, dass Dänen und Preußen wegen Strackenz und Schleswig-Holstein bitter verfeindet sind. Der Aufruhr in einem Land würde sich auf die anderen ausbreiten – die alte Rivalität zwischen Berlin und Kopenhagen würde aufflammen, was in Berlins Interesse läge. Die Preußen würden in Strackenz und dann in Schleswig-Holstein einmarschieren. Wer könnte sie aufhalten? Das einzige, was sie brauchen, ist ein Vorwand.“

„Und wie, in Gottes Namen, würde man den Mord an mir erklären?“

„Er bedürfte keiner Erklärung. Es würde genügen, dass Sie ein englischer Agent sind.“

Dies erschien mir völlig absurd, und ich sagte es ihm – wer würde glauben, dass ich ein Agent bin?

„Befühlen Sie das Futter Ihrer Jacke – auf der rechten Seite.“ Trotz seiner Schmerzen konnte er ein triumphierendes Grinsen nicht unterdrücken. „Dort steckt der Beweis.“

Bei Gott, es stimmte. Ich schlitzte das Futter mit meinem Messer auf und holte ein Papier hervor, bedeckt mit einer winzigen Geheimschrift – weiß der Himmel, was sie bedeutete, doch da ich Bismarck kannte, zweifelte ich nicht, dass es gutes, hieb- und stichfestes Belastungsmaterial war. Ich starrte darauf und bemühte mich, zu begreifen, was de Gautet mir gesagt hatte.

„Es wurde alles sorgfältigst geplant", sagte er. „Es konnte nicht fehlschlagen. Ihr Tod musste Verwirrung und Tumult auslösen – und Preußen hätte die Gelegenheit ergriffen, einzumarschieren."

Ich bemühte mich, eine schwache Stelle in dem ganzen unglaublichen Plan zu finden.

„Moment!" sagte ich schließlich. „Alles schön und gut – aber allein die Tatsache, dass Bismarck sich einen so schönen Plan ausgedacht hat, in Strackenz einzumarschieren, bedeutet gar nichts. Schließlich gibt es doch in Berlin eine Regierung – angenommen, sie teilt seine Kriegslüsternheit nicht – was dann?"

„Aber so glauben Sie mir doch, der Plan besteht!" rief er. „Er hat Freunde – mächtige Männer in hohen Positionen. Sie sind einverstanden, und wenn sich in Strackenz die Gelegenheit bietet, werden sie tun, was er will. Er kann das Ganze durchsetzen – er hat dazu den Genius."

Nun, vielleicht hatte de Gautet recht. Heute weiß ich natürlich, dass Bismarck es geschafft hätte – ich bezweifle, dass es irgendeinen diplomatischen Coup gibt, der ihm mit seiner brillanten Intelligenz nicht gelungen wäre; obwohl ich ihn für den fürchterlichsten Schurken halte, der je auf einem Kanzlerstuhl gesessen hat, war er doch unzweifelhaft der größte Staatsmann unserer Zeit. Jawohl, es wäre ihm gelungen – und schließlich gelang es ihm ja auch, denn wo ist Strackenz heute? Gleich Schleswig-Holstein ist es ein

Teil des deutschen Reiches, das Otto Bismarck zusammenschmiedete.

Es war reines Pech, dass er mich – lediglich infolge meiner unheimlichen Ähnlichkeit mit Carl Gustaf – zum ersten Grundstein seines großen Traums ausersehen hatte. Dies sollte sein erster Schritt auf dem Weg zur Macht sein, der erste Zug in seinem großen Spiel, Deutschland zu einigen und zum ersten Staat der Welt zu machen. Als ich dort auf dem feuchten Rasen des Jotungipfels hockte, wurde mir klar, dass der verrückte Plan, in den er mich hineingezogen hatte, eine ganz klare Logik hatte – er brauchte nur etwas, um in Strackenz einen Funken zu schlagen, und ich war der Zündstein. Danach würde die tragische Farce von selber ihren Lauf nehmen.

De Gautet stöhnte und brachte mich in die Wirklichkeit zurück. Da lag er, dieser Unmensch, der mir eine Kugel in den Rücken hatte jagen wollen – ja, und der mir die Schmisse in meinem Gesicht beigebracht hatte. In meiner Wut versetzte ich ihm einen Tritt – in eine schöne Lage hätten er und seine verdammten Freunde mich gebracht, rief ich, hilflos inmitten ihres verfluchten Landes, dazu verurteilt, entweder von Bismarcks Leuten ermordet oder von den Behörden gehängt zu werden. Er schrie auf und flehte mich an, aufzuhören.

„Ja, jetzt jammern Sie“, sagte ich. „Und vor einer Stunde noch hätten Sie nicht das geringste Erbarmen mit mir gehabt!“ Ein Gedanke kam mir. „Mit diesem armen Dänen hatten Sie wahrscheinlich auch keins? Wo ist Carl Gustaf? Liegt er irgendwo mit durchschnittener Kehle, in der Tasche einen Zettel, auf dem steht ‚Ein Geschenk von Flashy und Lord Palmerston?’“

„Nein, nein – er ist am Leben – das schwöre ich. Er wird in Gewahrsam gehalten.“

„Weshalb? Was hat Bismarck mit ihm vor?“

„Er sollte nicht … es sollte ihm nichts geschehen – bis – bis ...“

„Bis man mich umgebracht hat? Stimmt's? Ihr gemeinen Hunde, ihr! Wo befindet er sich, wenn er noch am Leben ist?“

Zuerst wollte er's nicht sagen, doch als ich ihm das Messer an den Hals setzte, besann er sich eines anderen.

„In Jotunberg – der alten Burg des Herzogs. Dort drüben, jenseits der Felsen – am Jotunsee. Es ist die Wahrheit, ich schwöre es. Er steht dort unter Bewachung – er weiß von nichts. Der Baron überlässt nichts dem Zufall – wenn etwas schiefgegangen wäre, hätte man ihn vielleicht gebraucht – lebendig.“

„Niederträchtiges Schwein! Und ansonsten hätte man ihm auch eine Kugel verpasst, wie?“

Ich musste wieder erst ein wenig seine Zehen bearbeiten, bis er antwortete, doch dann berichtete er mir das Ganze in allen Einzelheiten. Um zu gewährleisten, dass kein unglückseliger Zufall zu seiner Befreiung führte, hielt man Carl Gustaf in einem Verlies der Burg gefangen, in dessen Boden sich ein Schacht befand, der in den Jotunsee hinabführte. Wenn sie ihn dort hineinwarfen, würde man ihn niemals finden – und das würden sie gewiss tun, sobald sie erfuhren, dass man meine Leiche nach Strackenz gebracht hatte und der Aufruhr um meine Identität dort in vollem Gange war. Nun, es stand in jedem Fall schlecht um Carl Gustaf – was mich zwar nichts anging, jedoch dazu beitrug, meine Empörung noch mehr anzufachen.

„De Gautet“, sagte ich. „Sie sind ein gemeiner Lump – Sie verdienen es nicht, auch nur eine Minute länger zu leben –.“

„Sie haben geschworen!" stieß er hervor, an seinen Fesseln zerrend. „Sie haben mir Ihr feierliches Versprechen gegeben!"

„So ist es", sagte ich. „Das Versprechen, Sie laufen zu lassen. Und das werde ich tun. Los, stehen Sie auf."

Ich zerrte ihn auf die Füße und nahm meinen Gürtel von seinen Knöcheln. Seine Zehen schmerzten so sehr, dass er kaum stehen konnte und ich ihn stützen musste.

„Nun, de Gautet!" sagte ich. „Ich werde Sie laufen lassen – aber wohin wohl? Das ist die Frage!"

„Was meinen Sie?" Er riss angstvoll die Augen auf. „Sie haben mir Ihr Versprechen gegeben!"

„Das haben Bismarck und Sie auch getan. Sie sind ein dreckiger Hund, de Gautet – Sie brauchen ein Bad." Ich trieb ihn zum Rand des Abgrunds und hielt ihn eine Sekunde fest. „So, ich lasse Sie laufen, Sie Halunke – dort hinab."

Er stieß einen Schrei aus, den man in München gehört haben muss, und versuchte sich loszureißen, doch ich hielt ihn fest und ließ ihn hinunterschauen, damit ihm klar wurde, dass er sterben musste. Dann sagte ich: „Los, laufen Sie, de Gautet" und gab ihm einen Stoß.

Einen Moment schwankte er, heiser schreiend, und versuchte, sein Gleichgewicht zu bewahren, dann stürzte er, und ich sah, wie er sich langsam in der Luft drehte, auf einen Felsvorsprung in der Mitte der Klippe schlug, wie eine Stoffpuppe herumwirbelte, bevor er im Gischt unten in der Schlucht verschwand.

Es war ein erregender Anblick. Gewiss, ich hatte schon Menschen getötet, wenngleich nie kaltblütig, doch de Gautets Ende erfüllte mich mit nichts als Genugtuung. Wenn jemand den Tod verdiente, dann er. Er war eine herzlose, grausame Kanaille, und wenn die Dinge eine andere Wendung genommen hätten, wäre ich wohl nicht so leicht davongekommen. Ich will mich nicht rechtfertigen, weder dafür, dass ich ihn folterte, noch dass ich ihn tötete, denn beides musste sein. Ich bin sogar aufrichtig genug, einzugestehen, dass ich beides genoss. Immerhin, er war ein guter Reiter gewesen.

Sein Tod, so sehr er mich befriedigte, änderte jedoch nichts an meiner gefährlichen Lage. Als ich mich auf der leeren Lichtung umblickte und überlegte, was ich nun tun sollte, wurde mir klar, dass ich mich noch immer in einer ausweglosen Situation befand. Bestimmt hatte de Gautet vorgesorgt, dass Rudi und die anderen schnell erfahren würden, dass Flashy erledigt und alles in Ordnung war. Wie lange würde es wohl dauern, bis sie dahinterkamen, dass die Sache schiefgegangen war? Eine Stunde oder zwei? Einen Tag? Vermutlich würde es nicht allzu lange dauern, bis die Jagd begann – mit mir als armem kleinem Fuchs. Ich musste sofort aus Strackenz hinaus – aber wohin?

Diese Gedanken versetzten mich natürlich in heillose Angst, und ich schritt auf dem Gipfel auf und nieder und murmelte: „Wohin? Wohin? Oh, Jesus, wie soll ich dieser Patsche entkommen?“ Dann beruhigte ich mich und sagte mir: Wenn du von Afghanen gehetzt worden und heil davongekommen bist, dann brauchst du wegen eines Haufens Deutscher nicht die Nerven zu verlieren. Was, wie mir eine Sekunde später klar wurde, natürlich Unsinn war, denn die einen waren so bestialisch und gefährlich wie die anderen. Anderseits, dies war ein relativ zivilisiertes Land, ich beherrschte leidlich die Sprache, und ich hatte gewiss genügend Erfahrung, einen Ausweg zu finden. Ich besaß kein Pferd und als Waffe nur ein Messer – de Gautets leere Pistolen waren nutzlos –, doch das Wichtigste war, vom Jotungipfel herunterzusteigen und dabei zu überlegen, was ich tun sollte.

Bevor ich aufbrach, verbrannte ich die belastenden Papiere, die man in meine Jacke eingenäht hatte. Dann schlug ich mich in den Wald rechts von dem Pfad, den wir heraufgekommen waren, und kletterte über bemooste Felsen und durch dichtes Unterholz hinunter; es war ein beschwerlicher Abstieg, doch ich war zu sehr mit meinen Gedanken beschäftigt, um viel darauf zu achten. Mir fiel der Rat ein, den der ums Leben gekommene Sergeant Hudson mir gegeben hatte, als wir auf der Straße nach Dschalalabad vor den Afridis flüchteten: „Wenn die Hunde hinter einem her sind, muss man in die Richtung laufen, wo sie einen nie vermuten würden – und wenn man direkt auf sie zuläuft."

Nun, nach Strehlow würde ich nicht laufen, das stand fest. Was würde ich an Bismarcks oder Rudis Stelle vermuten? Natürlich, dass Flashman nach Norden flüchtete, auf die weniger als hundert Meilen entfernte Küste zu. Das kam also nicht in Frage. Welcher andere Weg schien für eine Flucht der am wenigsten wahrscheinliche? Alle waren riskant, denn sie führten weit durch Deutschland, doch am gefährlichsten war wohl der nach Süden. Bei Gott, der letzte Ort, wo sie mich erwarten würden, war München am anderen Ende des Landes, wo die ganze üble Geschichte begonnen hatte.

Meine Beine zitterten bei dem Gedanken, doch je länger ich ihn erwog, desto besser erschien er mir. Sie würden nie annehmen, dass ich das riskieren würde, und mich deshalb dort nicht suchen. Es war eine verdammt gewagte Sache, aber ich war sicher, wenn Hudson bei mir gewesen wäre, hätte er die gleiche Idee gehabt. Ich musste mir nur ein Pferd beschaffen – ganz gleich, wie –, dann konnte ich bei Einbruch der Nacht die Grenze von Strackenz hinter mir haben und südwärts galoppieren. Ich musste mir eins mieten, leihen oder stehlen und es unterwegs wechseln – nun, das würde nicht das erste Mal sein. Eventuell konnte ich sogar die Eisenbahn benutzen, falls das sicher schien. Auf jeden Fall war ich im Moment frei, und wenn sie den alten Flashy erwischten – nun, dann waren sie eben gerissener, als ich gedacht hatte.

Ich eilte den Berghang hinunter, und nach etwa einer halben Stunde erreichte ich flacheres Land, wo die Bäume nicht mehr so dicht standen. Hinter einem Wäldchen stieg Rauch auf, und ich schlich vorsichtig weiter, um nachzusehen, woher er kam. Ich stieß auf ein kleines Bauernhaus mit großen Bäumen dahinter, doch es war niemand zu sehen außer ein paar Kühen auf einem Feld daneben und einem alten Hund, der schlafend auf dem Hof lag. Es war kaum zu befürchten, dass man den neuen Prinzgemahl von Strackenz hier kennen würde, was mir zupass kam – je weniger Leute mich zu Gesicht bekamen, um so geringere Aussichten hatten Bismarcks Häscher, mich aufzuspüren.

Ich fragte mich eben, ob ich weitergehen oder mich nach einem Pferd umsehen sollte, das ich stehlen konnte, als die Haustür aufging und ein alter Mann mit einem Schlapphut heraustrat. Als er mich erblickte, blieb er stehen und sah mich finster an, so wie Landleute jeden anstarren, der keinen Mist an seinen Stiefeln hat. Ich grüßte höflich und sagte ihm, mein Pferd habe mich abgeworfen, als ich auf den Jotungipfel geritten sei; ob er ein anderes für mich habe – ich würde einen guten Preis dafür zahlen. Und ich zeigte ihm eine Handvoll Kronen.

Er murmelte irgendetwas, musterte mich misstrauisch und feindselig mit seinen alten Augen und sagte dann, seine Tochter sei im Hause. Sie erwies sich als ein großes, dralles Ding mit nicht sehr hübschem Gesicht, doch nicht ohne Reiz, und so verbeugte ich mich und wiederholte mit charmantem Lächeln meine Bitte. Sie hieß mich in der Küche

Platz nehmen, setzte mir ein Glas ausgezeichneten Bieres und Brot und Käse vor, und der alte Mann ging hinaus und um das Haus herum und kam gleich wieder und sagte, Franz sei Willi suchen gegangen, der sicherlich Wolf dazu bringen könne, mir sein Pferd zu leihen; es werde bestimmt nicht lange dauern, und der Herr möge sich doch indessen ausruhen und essen.

Ich atmete auf, denn keiner von ihnen schien zu ahnen, wer ich war – oder besser, wer ich angeblich war –, und auf diese Weise bot sich mir die Gelegenheit, etwas in den Bauch zu bekommen. Es machte sie beide ein wenig befangen, einen so feinen Herrn in ihrem Hause zu haben, und so sprachen sie nicht viel. Wäre der Greis nicht dagewesen, so hätte ich die dralle Dirne wohl bald dazu gebracht, mit mir die Matratzenquadrille zu tanzen, doch so musste ich mich auf die Atzung mit Käse und Bier beschränken.

Als jedoch eine Stunde verstrichen war, begann ich nervös zu werden. Ich hatte keine Lust, hier herumzusitzen, während Rudi womöglich bereits den Jotungipfel nach mir absuchte, und als eine zweite Stunde verging und dann eine dritte, befiel mich eine fieberhafte Erregung. Auf meine ungeduldigen Fragen versicherte mir der Alte immer wieder, dass Wolf oder Franz oder Willi bald mit dem Pferd kommen würden. Es sei ein ausgezeichnetes Pferd, fügte er hinzu. Also blieb mir nichts anderes übrig, als an meinen Nägeln kauend zu warten, während der alte Mann stumm dasaß und die Frau leichtfüßig ihrer Arbeit nachging.

Es war vier Uhr, als sie kamen, und sie hatten kein Pferd. Was sie hingegen hatten, waren Waffen. Es waren ihrer vier, kräftige Burschen in Bauernkleidern, doch mit einem forschen Aussehen, das darauf schließen ließ, dass sie sich nicht nur mit Pflügen beschäftigten. Zwei hatten Musketen, im Gürtel des dritten steckte eine Pistole, und der Anführer, ein blonder Hüne, der mindestens einen Kopf größer als ich war, hatte ein breites Schwert an seiner Hüfte hängen. Als ich sie erblickte, sprang ich zitternd auf, doch der große Bursche hob die Hand und machte eine knappe Verbeugung.

„Hoheit“, sagte er, und die anderen verneigten sich hinter ihm. Mein kahler Kopf war offenbar bekannter, als ich gedacht hatte. Unsicher versuchte ich den Beherzten zu spielen.

„Nun, Jungens“, sagte ich munter, „habt ihr ein Pferd für mich?“

„Nein, Hoheit“, erwiderte der Große. „Aber wenn Ihr mit uns kommen wollt, so wird mein Herr Euch mit allem Nötigen versorgen.“

Der Ton, in dem er es sagte, gefiel mir nicht.

„Wer ist denn euer Herr?“

„Mit Verlaub, Hoheit, ich muss Euch ersuchen, mit uns zu kommen. Bitte, Hoheit.“

Seine Höflichkeit beruhigte mich nicht.

„Ich wünsche nicht euren Herrn zu sehen, sondern ein Pferd. Es scheint, ihr wisst, wer ich bin. Also bringt mir schnellstens ein Pferd.“

„Bitte, Hoheit“, wiederholte er beharrlich. „Kommt mit uns. Mein Herr hat es befohlen.“

Darauf wurde ich sehr hochfahrend und ungnädig, was mir jedoch nicht das mindeste nützte. Er rührte sich nicht von der Stelle, und ein kalter Schauder lief mir über den Rücken. Ich schimpfte und fluchte, doch er ließ sich nicht beeindrucken. Schließlich ging ich mit ihnen, und der Alte und seine Tochter blickten uns mit großen Augen nach.

Zu meiner Bestürzung führten sie mich schnurstracks zurück zum Jotungipfel und waren trotz meiner Proteste nicht von ihrem Weg abzubringen; der große Bursche drehte sich dann und wann zu mir um und murmelte Entschuldigungen, während seine Kumpane ihre Musketen bereithielten und mich nicht aus den Augen ließen. Ich war außer mir vor Furcht und Wut; wer, zum Teufel, seien sie, fragte ich, und wohin brächten sie mich? Doch es war kein vernünftiges Wort aus ihnen herauszubringen, und mein einziger Trost war ein vages Gefühl, dass sie, wer immer sie sein mochten, nicht Rudis Büttel waren, und dass sie nichts Böses im Sinn zu haben schienen. Wie weit wir dahintrotteten, weiß ich nicht, doch wir müssen zwei volle Stunden unterwegs gewesen sein. Ich hätte nicht gedacht, dass der Jotungipfel so ausgedehnt war, doch wir schienen am Fuße der Felsen in immer tieferen Wald vorzudringen. Die Sonne neigte sich schon nach Westen, als ich vor uns Leute erblickte, und dann traten wir auf eine kleine Lichtung, auf der uns etwa ein Dutzend Männer erwartete; kräftige Bauern gleich meinen vier Bewachern, und alle bewaffnet.

Halbversteckt zwischen dem Gebüsch am Fuße eines Felsens, der in den Wald emporragte, befand sich eine kleine Hütte, vor der zwei Männer standen. Der eine war ein großer, schlanker, ernst dreinblickender Bursche, gekleidet wie ein vornehmer Advokat, der an diesem Ort auf geradezu groteske Weise fehl am Platz wirkte; der andere war klein und dick, trug einen Samtanzug und Ledergamaschen und sah aus wie ein Landedelmann oder ein pensionierter Offizier. Er hatte graues, kurzgestutztes Haar, ein Bulldoggengesicht und trug über dem einen Auge eine schwarze Klappe. Er rauchte eine Pfeife.

Die beiden starrten mich an, und dann wandte sich der Große zu seinem Gefährten und sagte in eindringlichem Ton: „Er täuscht sich. Ich bin sicher, er täuscht sich."

Der andere klopfte die Pfeife auf seiner Hand aus. „Vielleicht", sagte er. „Vielleicht aber nicht." Er trat einen Schritt auf mich zu. „Darf ich fragen, wie Ihr Name ist, mein Herr?"

Darauf gab es nur eine Antwort. Ich holte tief Luft, blickte auf meine Nase nieder und sagte: „Ich glaube, das wissen Sie sehr wohl. Ich bin Prinz Carl Gustaf. Und ich denke, meine Herren, ich bin zu der Frage berechtigt, wer Sie sind und wodurch Sie sich legitimiert fühlen, mir diese skandalöse Behandlung angedeihen zu lassen."

Ich glaube, für einen Mann mit dem Herz in der Hose spielte ich meine Rolle sehr gut. Jedenfalls sagte der Große aufgeregt:

„Sehen Sie! Habe ich's doch geahnt. Hoheit, darf ich ..."

„Sparen Sie sich Ihre Entschuldigungen", sagte der Kleine. „Sie mögen angebracht sein oder auch nicht." Und zu mir gewandt: „Mein Herr, wir sind in einer verzwickten Lage. Ich hörte Sie sagen, wer Sie seien; nun, mein Name ist Sapten, und dies ist Dr. Per Grundvig aus Strackenz. Darf ich fragen, was Sie auf den Jotungipfel verschlagen hat und warum Ihre Jacke beschmutzt und Ihre Hose zerrissen ist?"

„Was nehmen Sie sich heraus!" sagte ich hitzig. „Muss ich Sie daran erinnern, wer ich bin und dass Ihre Fragen impertinent sind? Ich werde ..."

„Hin, das scheint ziemlich echt zu klingen", sagte Sapten, ein grimmiges leises Lächeln aufsetzend. „Nun, wir werden sehen." Er drehte sich um. „Hansen! Kommen Sie bitte her!"

Und aus der Hütte trat zu meinem Entsetzen der junge Mann, der mich bei dem Hochzeitsempfang beglückwünscht hatte – Erik Hansen, Carl Gustafs Jugendfreund. Mir wurde ganz übel vor Furcht; er hatte schon damals gemerkt, dass etwas nicht stimmte – gewiss würde er mich jetzt demaskieren. Ich sah ihn wie durch einen Nebel, als er auf mich zukam und mir aufmerksam ins Gesicht starrte.

„Prinz Carl?" sagte er schließlich. „Carl? Bist du's? Bist du's wirklich?"

Ich zwang mich zu einem Lächeln. „Erik!“ Mein Gott, wie jämmerlich klang es. „Erik, wie kommst du denn hierher?“

Er trat zurück; weiß im Gesicht, mit zitternden Händen. Kopfschüttelnd blickte er von Sapten zu dem Doktor. „Meine Herren, ich weiß es nicht … er ist es … und dennoch … ich weiß es nicht ...“

„Sprechen Sie dänisch mit ihm“, sagte Sapten, sein eines graues Auge starr auf mich gerichtet.

Da wusste ich, ich war verloren. Bersonins Bemühungen hatten nicht ausgereicht, mir auch nur eine ganz oberflächliche Kenntnis einer der schwierigsten Sprachen Europas beizubringen. Man muss es meinem Gesicht angesehen haben, als Erik sich mir wieder zuwandte, denn der schurkische Sapten fügte hinzu:

„Fragen Sie ihn etwas Schwieriges.“

Erik überlegte einen Moment, und dann sagte er, mich beinahe flehentlich anblickend, etwas in dem sanften, quakigen Ton, der mich schon in Schönhausen verwirrt hatte. Ich verstand nur die Worte „Hvor boede“ und nicht viel mehr. Mein Gott, er wollte wissen, wo irgendjemand lebte – weiß der Himmel, wer. Verzweifelt erwiderte ich „Jeg forstar ikke“, was soviel hieß, dass ich nicht begriff, und es klang so verflucht zaghaft, dass ich fast in Tränen ausgebrochen wäre. Langsam verdüsterte sich sein hübsches junges Gesicht.

„Ny“, sagte er leise. „De forstar ikke.“ Er wandte sich zu den beiden und fügte mit bebender Stimme hinzu: „Vielleicht ist er der Teufel in Person. Er hat das Gesicht und die Gestalt des Prinzen. Aber er ist nicht Carl Gustaf – so wahr ich lebe!“

Es war totenstill auf der Lichtung; nur meine hastigen Atemzüge waren zu hören. Sapten steckte seine Pfeife in die Tasche.

„So“, sagte er. „Marsch – in die Hütte mit Ihnen, und keine falsche Bewegung, sonst stehen Sie vor Ihrem Schöpfer. Jakob“, rief er. „Befestigen Sie auf dem Ast dort einen Strick.“

*

Der Feige stirbt schon vielmal, eh' er stirbt, hat Shakespeare einmal weise bemerkt, doch nur wenige haben wohl so oft auf diese Weise ihren Geist ausgehaucht wie ich. Und ich hatte selten besseren Grund dazu als in diesem Augenblick, da Sapten seinen Leuten diesen Befehl zurief; der Mann blickte mit einer grimmigen Entschlossenheit drein, die keinen Zweifel daran ließ, dass er sein Versprechen halten würde, und diese beiläufige Anordnung war schrecklicher, als es jede direkte Drohung hätte sein können. Ich taumelte in die Hütte und sank auf eine Bank, und die drei folgten mir und schlossen die Tür.

„Nun“, sagte Sapten, seine Arme verschränkend, „wer sind Sie?“

Frech bei meiner Behauptung zu bleiben, schien ebenso aussichtslos wie ein Fluchtversuch. Meine einzige Chance war, mich herauszureden, obgleich die drei grimmigen Gesichter nicht im mindesten ermutigend wirkten. Doch ich besann mich, dass keine Lüge so überzeugend wirkt wie eine halbe Wahrheit, und dachte bei mir, nur los.

„Meine Herren“, begann ich, „glauben Sie mir, ich kann diese ganze schreckliche Sache erklären. Sie haben völlig recht, ich bin nicht Prinz Carl Gustaf. Doch ich versichere Sie feierlichst, dass ich in den vergangen Tagen keine andere

Wahl hatte, als diesen Mann zu spielen. Einfach keine andere Wahl – und ich bin überzeugt, wenn Sie mich zu Ende angehört haben, werden Sie mir zustimmen, dass das wahre Opfer dieses verwerflichen Schwindels ich selbst bin."

„Wie recht Sie haben", sagte Sapten, „denn Sie werden deshalb hängen."

„Nein, nein!" protestierte ich. „So hören Sie mich doch zuerst an. Ich kann beweisen, was ich sage. Ich wurde dazu gezwungen – auf tückischste Weise –, aber glauben Sie mir, ich bin unschuldig."

„Wo ist der Prinz?" schrie Hansen mich an. „Reden Sie schon, Sie Lügner!"

Ich überhörte dies aus gutem Grund. „Mein Name ist Arnold – Captain Thomas Arnold. Ich bin Offizier der britischen Armee, und Feinde von Strackenz haben mich entführt und zu dieser schmutzigen Sache genötigt."

Das brachte sie zum Reden; sowohl Grundvig wie Hansen begannen mich mit Fragen zu überhäufen, doch Sapten schnitt ihnen das Wort ab.

„So, Offizier der britischen Armee?" sagte er. „Wie viele Garderegimenter haben Sie – rasch, wenn ich bitten darf."

„Nun, drei."

„Hm", sagte er. „Weiter."

„Nun", sagte ich. „Es ist eine phantastische Geschichte ... Sie werden sie nicht glauben ..."

„Vermutlich nicht", erwiderte Sapten, der mir immer unsympathischer wurde. „Kommen Sie zur Sache."

Und so erzählte ich ihnen das Ganze von Anfang an, wobei ich mich so genau wie möglich an die Wahrheit hielt. Während ich sprach, zerbrach ich mir verzweifelt den Kopf. Lola Montez ließ ich aus und legte mir eine Frau und ein Kind zu, die mich nach Deutschland begleitet hätten – ich würde sie brauchen. Ich schilderte meine Entführung in

München, ohne die Baronin Pechmann zu erwähnen, und berichtete über die Schönhausener Episode genauso, wie sie passiert war.

„Otto Bismarck?“ fragte Sapten. „Ich habe von ihm gehört. Und der junge Starnberg – von dem wissen wir auch.“

„Das ist unglaublich!“ rief Grundvig. „Was der Mann erzählt, sind doch lauter Lügen. Wir sollten –“

„Moment, Doktor“, sagte Sapten. „Unglaublich – ja.“ Er deutete auf mich. „Es scheint auch unglaublich, dass es ihn gibt – und dennoch sitzt er hier vor uns.“ Er nickte mir zu. „Fahren Sie fort.“

Gott sei Dank hatte wenigstens einer von ihnen einen kühlen Kopf. Ich erzählte weiter, wie ich nach Strackenz kam, wie ich die Komödie im Dom spielte, wie de Gautet mich zu ermorden versuchte und wie ich ihn in ehrlichem Kampf heute morgen auf dem Jotungipfel umgebracht hatte. Sapten wandte keinen Moment sein eiskaltes Auge von meinem Gesicht, Grundvig stieß in einem fort erstaunte und entsetzte Rufe aus, und Hansen konnte sich schließlich nicht mehr zurückhalten.

„Warum haben Sie's getan? Mein Gott, Sie Gauner, warum? Haben Sie kein Schamgefühl, keine Ehre? Wie kann ein Mensch solch ein ungeheuerliches Verbrechen begehen?“

Ich blickte ihm offen ins Gesicht, als kämpfte ich gegen überwältigende Gefühle an. (Das stimmte, und was mich überwältigte, war Furcht, doch ich bemühte mich dreinzublicken, als platze ich vor Empörung und Verzweiflung.) „Warum, mein Herr?“ sagte ich. „Sie fragen, ‚warum‘? Glauben Sie, ich hätte mich dieser Infamie gefügt – ich hätte diese schreckliche Maskerade mitgemacht –, wenn man mich nicht mit einer Waffe dazu gezwungen hätte, gegen die ein Mann, und sei er noch so ein Ehrenmann, einfach wehrlos ist?“ Ich schluckte mühsam. „Sie haben sich meiner Frau und meines Kindes bemächtigt, mein Herr. Können Sie sich vorstellen, was das bedeutet?“ Ich schleuderte ihm die Frage entgegen und kam zu dem Schluss, dass es an der Zeit war, zusammenzubrechen. „Mein Gott, mein Gott!“ rief ich aus. „Meine Herzblätter! Amelia, mein kleines Blondköpfchen! Werde ich sie wohl je wiedersehen?“

Ich schwöre, im Parkett jedes Londoner Theaters hätte es das Publikum zutiefst erschüttert, doch als ich den Kopf von meinen Händen hob, erntete ich bei diesem Publikum keinerlei stürmischen Applaus. Hansen blickte verwirrt, und Grundvigs langes Gesicht war wutverzerrt. Sapten stopfte seine Pfeife.

„Und Prinz Carl Gustaf – wo ist er?“ fragte er.

Ich hatte zu Beginn gedacht, ich würde vielleicht mit ihnen handeln können – mein Leben für die Information –, doch jetzt sagte mir mein Instinkt, dass das aussichtslos war. Sapten hätte mich auf der Stelle gehängt, dessen bin ich sicher – nur hätte es der Person, die zu spielen ich verzweifelt bemüht war, nicht gebührt. Mir war klar, dass darin meine einzige Hoffnung lag – sie glauben zu machen, dass ich das hilflose Opfer eines abgefeimten Komplotts war. Und bei Gott, war ich das etwa nicht?

So erzählte ich ihnen von Jotunberg und den Plänen, Carl Gustaf zu beseitigen. Grundvig umklammerte seine Schläfen, Hansen stieß einen Entsetzensruf aus, Sapten zündete seine Pfeife an und paffte schweigend.

„So“, sagte er, „und was dann? Dieser Bursche versuchte, Sie zu ermorden, und Sie haben ihn umgebracht, sagen Sie. Was beabsichtigten sie als nächstes zu tun?“

„Nun – nun – das wusste ich nicht recht. Ich war zutiefst verzweifelt – meine Frau, mein Kind – das Geschick des Prinzen – ich war halbverrückt vor Furcht.“

„Verständlich“, sagte er, an seiner Pfeife ziehend. „Und all dies, behaupten Sie, wurde ausgeheckt, weil dieser Otto Bismarck ein deutsches Reich errichten will?“

„Sie haben gehört, was ich Ihnen sagte, mein Herr“, entgegnete ich. „Ich wies Sie darauf hin, dass es unglaublich scheinen mag, doch es ist wahr – jedes Wort davon.“

Grundvig, der auf und nieder schritt, wandte sich plötzlich um. „Also, ich kann es nicht glauben! Es ist unmöglich! Major, Erik! Solch einer Geschichte kann doch nur ein Verrückter Glauben schenken? Es ist einfach unvorstellbar!“ Er starrte mich an. „Dieser Mann – dieser Schurke – halten Sie es für möglich, dass jemand so infam sein kann, wie er es nach seinem eigenen Eingeständnis war?“

„Nein, ich nicht“, sagte Hansen.

Sapten kratzte sich seinen grauen Kopf. „Sie haben recht“, sagte er, und mein Mut sank. „Doch Sie, Doktor, und auch Sie, Erik, sollten sich eine Frage vorlegen.“ Sein Blick wanderte von einem zum anderen. „Sehen Sie sich diesen Burschen an – einen Mann, dem es zwei Wochen lang gelungen ist, ein ganzes Volk zu täuschen. Können Sie sich angesichts dieser Tatsache eine bessere Geschichte vorstellen als die, die er uns erzählt hat?“

Sie starrten ihn stumm an. Er nickte mir zu.

„Da sitzt er. Das lässt sich nicht leugnen.“ Er klopfte seine Pfeife aus. „Wenn er gelogen hat – was ist dann die Wahrheit?“

Sie diskutierten eine Weile darüber, fanden aber natürlich keine Lösung. Sapten räumte ein, dass meine Geschichte allzu phantastisch klang – doch jede Alternative sei ebenso unglaublich.

„Wenn wir es für möglich halten, dass ein Doppelgänger zwei Wochen lang die Rolle des Prinzen gespielt hat – und wir wissen, dass es so war –, dann halte ich persönlich alles für möglich."

„Heißt das, Sie glauben ihm?" rief Grundvig.

„Da wir keine Beweise haben, die seine Geschichte widerlegen – ja." Mein Herz begann wild zu pochen. „Stimmt nicht alles zusammen?" sagte Sapten grimmig. „Sind wir in den letzten zwanzig Jahren nicht wegen jedes deutschen Schattens vor Schreck zusammengefahren? Das wissen Sie doch, Grundvig. Ist Furcht um die Sicherheit unseres Herzogtums nicht der Grund, weshalb wir hier sind? Warum haben wir uns als Söhne der Wälsungen zusammengeschlossen?" Er schüttelte den Kopf. „Zeigen Sie mir ein Loch in der Geschichte dieses Burschen – ich kann keins entdecken?"

Eine Weile herrschte Schweigen; dann fragte Grundvig: „Was sollen wir mit ihm tun?"

„Ihn hängen", rief Hansen. „Das Schwein verdient es."

„Bei Gott, für das Verbrechen, das er an unserer Herzogin begangen hat, verdient er es", sagte Grundvig, mich düster anglotzend.

Sie blickten alle drei wie alte Schotten in einem Bordell, doch mir wurde klar, dass hier wieder eine Chance für mich lag. Ich machte eine bestürzte Miene und rief dann voll Empörung: „Was meinen Sie damit?"

„Sie waren über eine Woche mit ihr verheiratet", sagte Sapten dumpf.

Ich schnaubte vor Wut. „Sie infamer alter Mann!" rief ich. „Was wollen Sie damit andeuten? ... Verdammt, haben Sie vergessen, dass ich britischer Offizier bin? Besitzen Sie die Unverschämtheit zu unterstellen, dass ich ..."

Ich tat, als ob es mir vor Zorn die Sprache verschlug, doch Sapten schien nicht sehr beeindruckt. Die beiden anderen hingegen blickten zweifelnd drein.

„Halten Sie mich für so ehrlos“, sagte ich und bemühte mich, eine zugleich würdevolle und wütende Miene aufzusetzen, „dass ich mich erniedrigen würde, das Spiel so weit zu treiben? Es gibt gewisse Dinge, die ein Gentleman niemals ...“ Und ich brach ab, als sei es zuviel für mich.

Sie dachten einen Moment nach und erwogen wohl, ob ihre Herzogin noch eine Jungfrau sein mochte. Dann sagte Grundvig: „Schwören Sie, dass ... dass ...“

„Mein Ehrenwort“, sagte ich, „als britischer Offizier.“

„Nun, damit ist die Sache beigelegt“, sagte Sapten, und ich könnte schwören, sein Mund zuckte unter seinem Schnurrbart. „Meine Herren, auf die Gefahr hin, als illoyal zu erscheinen, möchte ich darauf hinweisen, dass das Geschick Prinz Carl Gustafs vielleicht ebenso wichtig ist wie die Frage, ob die Herzogin ... na ja, lassen wir das.“ Er fuhr zu mir herum. „Sie bleiben hier. Wenn Sie diese Hütte verlassen, sind Sie ein toter Mann. Ich schlage vor, wir setzen unsere Überlegungen anderswo fort, Doktor. Wenn das, was wir erfahren haben, wahr ist, so bleibt uns nicht viel Zeit, unsere Herzogin davor zu bewahren, Witwe zu werden, bevor sie getraut worden ist. Davon, dass wir ihr Land für sie retten müssen, ganz zu schweigen. Kommen Sie.“

Die Türe schlug hinter ihnen zu, und ich war allein mit meinen Gedanken. Sie waren nicht angenehm, doch sie hätten schlimmer sein können. Man schien mir meine Geschichte zu glauben, und ich war mir ziemlich sicher, dass ihre Bemühungen, mich bezüglich der erfundenen Teile als Schwindler zu überführen, erfolglos sein würden – es waren ja auch keine wesentlichen Lügen, sondern nur Ausschmückungen, die unterstreichen sollten, dass ich ein Unschuldiger in den Klauen eines grausamen Schicksals war. Vor allem war ich so gut wie überzeugt, dass sie mich nicht hängen würden. Sapten gab unter ihnen den Ton an, und obgleich ich ihn für einen Mann hielt, der nicht lange zögern würde, einen Menschen, wenn nötig, zu töten, schien kein einleuchtender Grund vorhanden, warum sie mich beseitigen sollten. Er war ein Realist und ließ sich nicht wie Grundvig und Hansen durch Gefühle beeinflussen. Doch auch Grundvig würde wohl vor einem Mord zurückschrecken – er schien ein anständiger, wenngleich etwas törichter Bursche. Am meisten grollte mir Hansen, wahrscheinlich, weil er ein guter Freund des Prinzen war. Ich glaube, er wäre imstande gewesen, mich um ihrer Freundschaft willen umzubringen, doch ich rechnete damit, dass man ihn überstimmen würde.

Da saß ich nun und konnte nichts anderes tun als warten und nachdenken. Wenigstens war ich vor Bismarcks Bütteln sicher, und das war nicht zu unterschätzen. Wenn dies die Söhne der Wälsungen waren – die mit den Dänen sympathisierende Geheimorganisation, von der Rudi so verächtlich gesprochen hatte –, so konnte ich, von diesem Standpunkt aus betrachtet, nicht in besseren Händen sein. Mir schien, Rudi hatte sie unterschätzt; ich hatte keine Ahnung, auf welche Weise sie ihren geliebten Prinzen aus Jotunberg befreien wollten, und es war mir auch gleich, doch sie schienen tüchtige und wackere Gesellen zu sein. Es war ein erfreulicher Gedanke, dass sie des verfluchten Bismarcks Pläne möglicherweise durchkreuzen würden – Sapten schien genau der rechte Mann dafür, wenn mich nicht alles täuschte. Er war ruhig und bedachtsam, hatte einen Blick für das Wesentliche und schien voll der besten Tugenden wie Entschlossenheit, Mut und dergleichen, ohne allzu sehr von Skrupeln gehemmt zu sein. Hätte er unsere Armee beim Rückzug aus Kabul befehligt, so hätte er sie ohne Zweifel sicher heimgeführt und die Beute von Bala Hissar obendrein.

Jedenfalls war ich über meine Lage nicht allzu unglücklich, und der Gedanke, der mich am meisten beschäftigte, war, wann sie mich wohl laufen lassen würden. Weiß der Himmel, weshalb ich so optimistisch war – möglicherweise, weil ich zweimal an diesem Tag einem grässlichen Tod entronnen war –, doch ich hätte es besser wissen müssen. Hätte ich klar gedacht, so wäre mir bewusst geworden, dass von ihrem Standpunkt aus der sicherste Platz für mich sechs Fuß unter der Erde war, wo ich keinerlei Skandal auslösen konnte.

Man ließ mich mehrere Stunden allein, und die einzige Menschenseele, die ich in dieser Zeit sah, war der große Bauer, der mir etwas Essen und Bier brachte (und mich noch immer als „Hoheit" anredete, wenngleich in etwas verlegenem Ton). Erst am Abend kehrten meine drei Inquisitoren zurück, und ich bemerkte, dass sowohl Saptens wie Hansens Beine mit Schmutz bespritzt waren, als hätten sie einen anstrengenden Ritt hinter sich. Sapten stellte eine Lampe auf den Tisch, warf seinen Mantel beiseite und sah mich grimmig an.

„Captain Arnold – falls dies wirklich Ihr Name ist –", sagte er, „Sie setzen mich in Verwirrung, und das ist etwas, das ich nicht mag. Wie diese Herren hier meinen, würde niemand, der recht bei Verstand ist, Ihre Geschichte auch nur einen Moment glauben. Nun, vielleicht bin ich nicht recht bei Verstand, doch ich habe mich entschlossen, sie zu glauben – zumindest den größten Teil davon. Ich weiß nicht, ob Sie ein Spitzbube sind oder ein armer Teufel – ich persönlich neige zu der ersten Ansicht, und ich habe eine gute Nase für Spitzbuben –, nein, verschonen Sie uns mit Ihren Protesten, wir haben genug davon. Kurz gesagt, ich bin mir nicht sicher, und so ziehe ich es vor, anzunehmen, dass Sie ehrlich sind – zumindest in gewissem Maß. Nun denn ..."

Ich schwieg – teils furchtsam, teils hoffnungsvoll. Er zog seine Pfeife hervor und begann, sie mit Tabak zu stopfen.

„Zum Glück haben wir die Möglichkeit, Sie auf die Probe zu stellen und zugleich unseren eigenen Zwecken zu dienen", fuhr er fort und starrte mich mit seinem kalten Auge an. „Also, es geht um folgendes. Ob Sie ein Opfer sind oder ein Schurke – Sie haben eine ungeheuerliche Missetat begangen. Sind Sie bereit, das Ihre dazu beizutragen, sie wieder gutzumachen?"

Als ich diese drei düsteren Gesichter im Lampenlicht auf mich gerichtet sah, hatte ich keinerlei Zweifel, dass es darauf nur eine richtige Antwort gab.

„Meine Herren", sagte ich, „Gott segne Sie. Was immer ich tun kann" – und ich konnte mir, dem Himmel sei Dank, nicht vorstellen, dass das viel war – „das will ich tun, unter Einsatz all meiner Fähigkeiten. Während ich hier saß, dachte ich an die schreckliche –"

„Schon gut, schon gut – nicht nötig", unterbrach mich Sapten. Er zündete seine Pfeife an, zog daran und stieß den Rauch aus. „Sie sollen nur ja oder nein sagen, und ich hoffe, Ihre Antwort lautet ja."

„Aus ganzem Herzen", rief ich feierlich.

„Was ich bezweifle", sagte Sapten, „aber sei's drum. Sie sagen, Sie sind Soldat. Sagen Sie – haben Sie öfter Frontdienst getan?"

Nun, darauf konnte ich wahrheitsgetreu antworten – das hatte ich, doch ich sah keinerlei Notwendigkeit, ihm zu sagen, dass ich dabei Heidenängste ausstand. Törichterweise wies ich hingegen (in aller geziemenden Bescheidenheit) darauf hin, dass ich diverse heiße Scharmützel mitgemacht und mir dabei einige Auszeichnungen erworben hatte. Ich platzte damit heraus, bevor mir klar wurde, dass ich mich damit womöglich in noch größere Schwierigkeiten redete.

„Gut“, sagte er, „Sie machen den Eindruck eines tüchtigen Soldaten. Dies könnte sich als überaus vorteilhaft für uns erweisen. Nun, die Lage ist also folgende. Wie Sie uns sagten, befindet sich Prinz Carl Gustaf, bewacht von Bismarcks Leuten, in Jotunberg, und sie können ihn ohne Hinterlassung von Beweisen beim ersten Anzeichen von Gefahr beseitigen. Sie brauchen ihn nur in diesen Schacht zu werfen, und er ist auf Nimmerwiedersehen verschwunden.“ Ich bemerkte, dass Grundvig erschauderte. „Wenn wir also die Burg stürmen – und dies wäre bestimmt nicht einfach –, so fänden wir lediglich eine Gruppe von Herren vor, die ohne Zweifel behaupten würden, sie seien harmlose Gäste Adolf Bülows, des Besitzers – der übrigens taktvollerweise das Land verlassen hat. Und Prinz Carl Gustaf hätten wir verloren. Der Jotunsee ist tief, und wir würden niemals auch nur seine Leiche finden.“

Hansen schluchzte leise, und ich sah, dass ihm Tränen über die Wangen liefen.

„Das kommt also nicht in Frage“, sagte Sapten, an seiner Pfeife paffend. „Nun – wie wäre es, wenn wir Jotunberg in Ruhe ließen? Wenn wir nach Strehlow zurückkehren und abwarten, was unsere deutschen Freunde tun? Wir würden dadurch Zeit gewinnen.“

Bei Gott, das gefiel mir gar nicht. De Gautets Anschlag auf mich war fehlgeschlagen, doch einem anderen würde es gewiss gelingen, mich umzubringen – das letzte, was ich mir wünschte, war, mich irgendwo in Strackenz in der Öffentlichkeit zu zeigen.

„Sie würden den Prinzen kaum ermorden“, sagte Grundvig, „solange Sie den Prinzgemahl spielen. Zumindest haben sie es bis jetzt nicht getan.“

„Wir würden dadurch Zeit gewinnen“, wiederholte Sapten langsam, „aber was könnten wir mit ihr anfangen, hm?“

Ich überlegte angestrengt.

„Vielleicht sollte ich abdanken", schlug ich rasch vor. „Ich meine ... falls es helfen würde ..."

„Warten erhöht andererseits das Risiko", fuhr Sapten fort, als hätte ich nichts gesagt. „Dass Sie entdeckt werden und der Prinz ermordet."

„Wir können ihn nicht dort lassen, in den Händen dieser Schurken!" rief Hansen.

„Nun, so müssen wir diesen Plan aufgeben", sagte Sapten. „Und damit sind wir wieder bei der einzigen Möglichkeit – einer desperaten und gefährlichen Sache, denn sie könnte ihn das Leben kosten. Allein, es bleibt nichts anderes übrig."

Er schwieg einen Moment, und es lief mir kalt über den Rücken. Oh Jesus, es war wieder einmal soweit – immer wenn ich die Worte „desperat und gefährlich" höre, weiß ich, dass ich an der Reihe bin. Ich konnte nur mit dem Schlimmste rechnen.

„Jotunberg zu stürmen, ist unmöglich", sagte Sapten. „Die Burg steht im Jotunsee und ist vom Ufer aus nur an einer Stelle über einen Damm zugänglich. Auf dem Damm standen heute Abend zwei Posten – dort, wo die Lücke zwischen dem Damm und der Burg von einer Zugbrücke überspannt wird. Diese Brücke ist hochgezogen, ein Zeichen dafür, dass die Leute in der Burg wissen, dass ihre Pläne fehlgeschlagen sind. Als der Mann, den Sie töteten, heute morgen nicht zu seinen Freunden zurückkehrte, gerieten sie zweifellos in Unruhe. Jedenfalls ritten zwei von ihnen heute Abend in die Burg – Hansen und ich haben sie gesehen; einen jungen Stutzer, der beinahe noch wie ein Knabe wirkte, und mit ihm einen großen, brutal aussehenden Burschen –"

„Starnberg und Kraftstein", sagte ich. „Major Sapten, das sind zwei Teufelskerle – die würden vor nichts zurückschrecken!"

„Wie viele sich bereits in der Burg befanden, wissen wir nicht“, fuhr er fort. „Wahrscheinlich nicht mehr als eine Handvoll. Es würde uns aber nie gelingen, sie zu überrumpeln. Deshalb müssen wir eine andere Möglichkeit finden, und zwar schnell.“ Er lehnte sich zurück. „Erik, schildern Sie Ihren Plan.“

Ein Blick auf Hansens Gesicht – seine Augen funkelten fanatisch – genügte, damit ich mich aufs Schlimmste gefasst machte.

„Da eine Erstürmung nicht in Frage kommt, müssen wir zu einer List greifen. Zwei tapfere Männer könnten des Nachts den Jotunsee vom gegenüberliegenden Ufer her überqueren – so weit wie möglich mit einem Boot und dann schwimmend. Ein Teil der Burg ist eine Ruine; dort könnten sie im Finstern an Land gehen, lautlos in die Burg schleichen und den Raum suchen, in dem der Prinz gefangen gehalten wird. Dann müsste ihn der eine bewachen und der andere zu der Zugbrücke eilen und sie herablassen, damit unsere am Ufer verborgenen Leute über den Damm stürmen können. Sie könnten die Besatzung sicherlich leicht überwältigen, doch irgendwie müsste während des Kampfes das Leben des Prinzen geschützt werden. Ob dies gelingt –“ Er zuckte die Achseln. „Es könnte sein, dass zumindest die zwei, die als erste eingedrungen sind, dabei sterben.“

Schon allein daraus, dass sie mir dies erzählten, schloss ich, wer einer dieser beiden sein sollte. Von allen aussichtslosen Plänen, die ich bisher gehört hatte, schien dies der wahnsinnigste. Wenn sie glaubten, sie würden mich dazu bringen, im Finstern zur Burg hinüberzuschwimmen, wo Burschen wie Rudi und Kraftstein meiner harrten, so kannten sie mich schlecht. Bei dem bloßen Gedanken drehte sich mir vor Angst der Magen um. Lieber würde ich – am Ende von Saptens Seil baumeln? Das würde ich ohne Zweifel, wenn ich mich weigerte.

Während mich diese Gedanken durchzuckten, meinte Grundvig – den ich von Anfang an als einen klugen Burschen eingeschätzt hatte – vernünftigerweise, wenn zwei Männer hinüberschwimmen könnten, dann könnte es auch ein Dutzend, doch Hansen schüttelte entschieden den Kopf.

„Nein. Zwei würden vielleicht unbemerkt bleiben, aber mehr nicht. Kommt nicht in Frage." Er wandte sich mir zu und sah mich mit ausdruckslosem Blick an. „Der eine der beiden werde ich sein – Carl Gustaf ist mein Freund, und wenn er sterben muss, so werde ich mich glücklich schätzen, mit ihm zu sterben. Sie kennen ihn nicht – doch ohne Sie wäre er nicht, wo er sich jetzt befindet. Sie sind es ihm schuldig, Ihr Leben für ihn einzusetzen. Werden Sie mit mir kommen?"

Was immer ich auch sein mag – ein Trottel bin ich nicht. Wenn ich mich je in einer Lage befand, in der es angebracht war, flehentlich an die Vernunft zu appellieren, dann jetzt – ich hätte vorschlagen können, sie sollten versuchen, mit Rudi zu verhandeln, oder einen Kurier zu Bismarck (wo er auch sein mochte) zu schicken und ihm mitzuteilen, dass sie hinter seine Schliche gekommen seien; ich hätte in Ohnmacht fallen oder ihnen sagen können, dass ich nicht schwimmen könne oder dass ich Heuschnupfen bekomme, wenn ich im Finstern an die frische Luft ging – und ich hätte einfach um Erbarmen winseln können. Doch ich wusste, das würde nichts nützen; sie meinten es todernst, und sie hatten Angst – nicht Angst um sich selbst, wie sie jeder Mensch von klarem Verstand gehabt hätte, sondern um diesen dänischen Idioten –, und wenn ich zögerte oder widersprach, wenn ich mich nicht sofort einverstanden erklärte, würden sie mich einen Feigling und Heuchler und Verräter nennen. Und dann würde man Flashy die Schlinge um den Hals legen, und sämtliche Söhne der Wälsungen würden am Seil ziehen. Dies alles wurde mir in den wenigen Sekunden klar, die ich in kalten Schweiß gebadet zubrachte, und ich hörte mich selbst mit kläglicher, dumpfer Stimme sagen:

„Ja, ich komme mit."

Hansen nickte langsam. „Ehrlich gesagt, gerne nehme ich Sie nicht; jeder Bauer aus unserem Haufen wäre mir lieber. Aber Sie sind Soldat, Sie können mit Waffen umgehen und verstehen sich auf derlei Dinge." (Mein Guter, dachte ich, wie wenig weißt du doch.) „Sie sind ein Mann von Geschick und Intelligenz, sonst wäre Ihnen nie die infame Sache gelungen, die Sie hierhergebracht hat. Vielleicht hat dabei ein merkwürdiges Geschick seine Hand im Spiel. Auf jeden Fall sind Sie der Richtige dafür."

Ich hätte nicht wenige überzeugende Argumente dagegen vorbringen können, doch ich unterließ es. Als ich schwieg, sagte Hansen: „Dann werden wir es morgen Nacht durchführen", und er und Grundvig standen auf und gingen ohne ein weiteres Wort weg.

Sapten schlüpfte zögernd in seinen Mantel und sah mich an. Schließlich sagte er:

„Dies ist etwas, das man lernt, wenn man alt wird: Wünsche und Gefühle zu unterdrücken – ja, und sogar das Verlangen nach Ehre und Ansehen – und zu tun, was mit den zur Verfügung stehenden Mitteln getan werden muss. Sie werden also morgen mit Hansen den Versuch wagen. Möge er gelingen, denn so wahr Gott mein Zeuge ist, wenn nicht, so werde ich Sie ohne Erbarmen töten." Er wandte sich zur Tür. „Vielleicht tue ich Ihnen unrecht; ich weiß es nicht. Sollte dies der Fall sein, so verspreche ich Ihnen – was auch geschieht, ich werde alles tun, um für die Sicherheit Ihrer Frau und Ihrer Tochter zu sorgen, um die sie früher am Tag so besorgt waren, die Sie jedoch heute Abend vergessen zu haben scheinen. Schöpfen Sie Trost aus der Überzeugung, dass ich die kleine blondhaarige Amelia nicht vergessen werde.“ Er öffnete die Tür. „Gute Nacht, Engländer.“

Und damit war er hinaus, offenbar sehr zufrieden mit sich selbst.

Ich verbrachte die nächste Stunde mit dem verzweifelten Bemühen, mit bloßen Händen ein Loch unter der Wand der Hütte zu graben, doch es gelang mir nicht. Die Erde war zu hart und voller Wurzeln und Steine; ich hob eine jämmerlich kleine Kerbe aus und füllte sie dann wieder und stampfte sie fest, damit niemand etwas bemerkte. Doch selbst wenn es mir gelungen wäre, auszubrechen, hätten sie mich bald erwischt; sie kannten die Wälder dieser Gegend gut, und ich hatte keine Ahnung, wo ich mich befand.

Sobald meine anfängliche Panik sich gelegt hatte, setzte ich mich und versank in mutloses Grübeln. Es bestand eine geringe Chance, dass bis morgen Abend etwas geschah, was sie zwingen würde, von Hansens Irrsinnsplan abzusehen – oder vielleicht ergab sich eine vom Himmel gesandte Möglichkeit zur Flucht, was ich jedoch bezweifelte. Wenn nicht, so stand mir das gefährlichste Abenteuer meines Lebens bevor, und die Aussicht, es zu überstehen, war erbärmlich gering. So würde ich nun hier enden, in einer gottverfluchten, elenden deutschen Ruine, bei dem Versuch, einen Mann zu retten, den ich nie gesehen hatte – ich, der ich keinen Finger rühren würde, um meine eigene Großmutter zu retten. Es war einfach zuviel, und eine Weile heulte ich jämmerlich vor Mitleid mit mir selbst, und dann fluchte ich und betete ein wenig, jenen Gott anrufend, von dem ich nur in Momenten tiefster Verzweiflung glaube, dass er mir helfen könnte.

Kapitel 10

Ich versuchte mich damit zu trösten, dass ich schon anderen hoffnungslos erscheinenden Lagen entronnen war – aber vielleicht würde mich diesmal mein Glück im Stich lassen? Nein, nein, Jesus würde in mir den bußfertigen Sünder erkennen, und ich würde nie wieder fluchen oder huren oder stehlen oder lügen – ich bemühte mich, mir die sieben Todsünden ins Gedächtnis zu rufen, um sicherzugehen, dass ich keine vergessen hatte, und sodann zermarterte ich mir mein Hirn, bis mir alle Zehn Gebote eingefallen waren, damit ich geloben konnte, nie wieder gegen sie zu verstoßen – wobei ich erwähnen muss, dass ich mir nie ein Bildnis von Gott gemacht hatte. Nach all dem hätte ich mich geläutert und beruhigt fühlen müssen, doch ich stellte fest, dass meine Angst noch ebenso groß war wie vorher, und so fluchte ich schließlich auf die ganze Methode.

Der nächste Tag nahm kein Ende; jedes Mal, wenn sich der Hüttentür Schritte näherten, fiel mir das Herz in die Hose, und als Sapten und seine zwei Kumpane am Abend erschienen, war ich fast erleichtert. Sie brachten alle möglichen Sachen mit und erklärten, dass wir vor dem Aufbruch alle Vorbereitungen treffen müssten, und die damit verbundene Tätigkeit lenkte mich vorübergehend von den bevorstehenden Schrecknissen ab.

Zuerst zogen Hansen und ich uns nackt aus, damit man uns zum Schutz vor dem kalten Wasser am ganzen Körper mit Fett einschmieren konnte. Sapten pfiff durch die Zähne, als er meine Narben sah – die Stelle, wo eine Pistolenkugel von der Hüfte bis zum Rückgrat eingedrungen war, die Spuren der Peitschenschläge, die mir das Schwein Gul Shah verabreicht hatte, und die weiße Schwiele an meinem Schenkel, wo ich mir in Piper's Fort das Bein gebrochen hatte. Es war eine eindrucksvolle Kollektion – und obgleich die meisten sich auf meiner Rückseite befanden, stellten sie nicht die Art von Dekorationen dar, die ein Feigling normalerweise vorzuweisen hat.

„Sie haben Glück gehabt“, sagte er, „– bis jetzt.“

Als wir gründlich eingefettet waren, zog man uns – eine höchst widerliche Prozedur – raues wollenes Unterzeug an und sodann dicke wollene Hemden und Jacken, die man in unsere Hosen stopfte. Wir trugen Strümpfe und leichte Schuhe, und Sapten wickelte uns Bandagen um Handgelenke und Knöchel, um unsere Kleider zusammenzuhalten.

„Nun zu den Waffen“, sagte er und holte zwei Breitschwerter und mehrere Jagdmesser hervor. „Wenn Sie Feuerwaffen wollen, müssen Sie unsere Freunde in Jotunberg dazu überreden, Ihnen welche zu geben“, fügte er hinzu. „Es hat keinen Sinn, wenn Sie welche mitnehmen.“

Hansen nahm ein Schwert und einen langen Dolch, doch ich schüttelte den Kopf.

„Haben Sie keinen Säbel?“

Sapten blickte zweifelnd, doch eine Suche unter seinen Briganten draußen brachte einen zum Vorschein – ein altes, aber gutes Stück Stahl, bei dessen Anblick ich innerlich erschauderte. Doch ich nahm ihn – wenn ich, Gott behüte, schon kämpfen muss, dann am liebsten mit einer Waffe, von der ich etwas verstehe, und ich war mit dem Säbel zwar kein Angelo [38], doch in seinem Gebrauch zumindest ausgebildet. Außerdem gaben sie mir mein Seemannsmesser zurück und jedem von uns eine Flasche Schnaps.

Man befestigte die Blankwaffen auf unseren Rücken, indem man sie an Schulter und Taille festband, und Hansen schlang einen Strick um seine Mitte. Man erörterte kurz, ob wir ein Feuerzeug mitnehmen sollten, doch es schien zwecklos. Schließlich stattete man uns beide mit einem in Öltuch gewickelten Paket aus, das etwas Fleisch und Brot und Käse enthielt – für den Fall, dass wir, wie Sapten bemerkte, Zeit für einen Imbiss hatten.

„Wenn Sie aus dem Wasser steigen, werden Sie vielleicht das Bedürfnis danach verspüren", fügte er hinzu. „Essen und trinken Sie etwas, wenn sich die Gelegenheit bietet. So, Mr. Thomas Arnold, geben Sie jetzt gut acht. Wir reiten von hier zum Jotunsee, wozu wir gute drei Stunden brauchen werden. Dort wartet das Boot mit zwei kräftigen Männern an den Rudern; sie werden Sie so nahe wie möglich an die Burg heranbringen – der Mond scheint, doch dagegen lässt sich nichts tun. Der Himmel ist dicht bewölkt, und so werden Sie mit dem Boot ziemlich weit kommen, ohne dass man Sie bemerkt. Dann schwimmen Sie weiter – und vergessen Sie nicht, man wird auf der Burg Ausschau halten und horchen."

Er ließ mich dies verdauen, den Kopf zur Seite geneigt und die Hände tief in den Taschen vergraben – merkwürdig, wie einem so etwas im Gedächtnis haftenbleibt – und fuhr dann fort:

„Sobald Sie in der Burg sind, übernimmt Hansen das Kommando, verstanden? Er wird entscheiden, was geschieht – wer den Prinzen bewacht, wer die Brücke herablässt. Soviel wir wissen, wird sie mittels einer Winde hochgezogen und herabgelassen. Sie brauchen also nur den Bolzen herauszuschlagen, damit sie fällt. Dies wird für uns das Signal sein, den Damm zu stürmen – fünfzig Mann, angeführt von mir und Grundvig." Er schwieg einen Augenblick und zog seine

Patronentasche hervor. „Wir haben nicht die Absicht, von der Besatzung auch nur einen am Leben zu lassen."

„Sie müssen alle sterben", sagte Grundvig feierlich. „Bis zum letzten Mann", sagte Hansen.

Man schien eine Stellungnahme von mir zu erwarten, und so sagte ich: „So sei es."

„Wenn Sie tun, was wir von Ihnen erwarten", fügte Sapten hinzu, „dann soll das Vergangene vergessen sein. Versuchen Sie jedoch, uns hereinzulegen –" Er ließ es unausgesprochen. „Nun, ist alles klar?"

Es war alles klar, nur allzu klar; ich bemühte mich, nicht daran zu denken. Ich hatte nicht den Wunsch, weitere schreckliche Einzelheiten zu erfahren – ja, die einzige Frage, die mir durch den Kopf ging, war völlig unwichtig und hatte nichts mit dem Bevorstehenden zu tun. Doch ich war neugierig, und so stellte ich sie.

„Sagen Sie", wandte ich mich an Hansen. „Damals in Strackenz – wie kamen Sie darauf, dass ich nicht Carl Gustaf bin?"

Er starrte mich erstaunt an. „Das fragen Sie gerade jetzt? Nun schön, ich war mir nicht ganz sicher. Die Ähnlichkeit ist verblüffend, und dennoch ... irgendetwas schien nicht zu stimmen Und dann, ganz plötzlich, wusste ich es. Ihre Narben befinden sich nicht genau an den richtigen Stellen – die linke sitzt zu tief. Doch es war nicht nur das. Was, weiß ich nicht – sie waren einfach nicht Carl Gustaf."

„Vielen Dank", sagte ich. Der arme alte Bismarck – auch dies war für ihn schiefgegangen.

„Wie sind Sie eigentlich zu diesen Narben gekommen?" fragte Sapten.

„Man hat sie mir mit einem Schläger beigebracht", sagte ich gelassen, und Grundvig holte tief Luft. „Oh, nein", fügte ich an Hansen gewandt hinzu, „dies ist kein Kindergarten, in den wir eindringen. Dies sind, wie Sie vielleicht bemerken werden, zu allem entschlossene Männer"

„Genug jetzt", brummte Sapten, „Sind Sie bereit? Dann lassen Sie uns gehen."

Draußen standen Pferde und Männer bewegten sich im Halbdunkel. Schweigend ritten wir hintereinander durch den Wald, über einen Pfad, der sich den Jotungipfel hinauf wand, und dann durch dichtes Gesträuch und Farnkraut hinab. Es bestand keinerlei Aussicht zu flüchten, selbst wenn ich es gewagt hätte; die ganze Zeit ritten beiderseits von mir zwei Männer. Wir hielten häufig an – ich vermute, dass unterdessen Späher die Gegend vor uns erkundeten –, und ich nutzte die Gelegenheit, den Inhalt meiner Flasche zu probieren. Sie enthielt Brandy, etwa eine halbe Pinte, und war bereits leer, als wir erst die Hälfte des Ritts zurückgelegt hatten. Er half mir jedoch nicht viel, außer dass er mich wärmte; ich hätte damals eine ganze Gallone trinken können, ohne etwas zu merken.

Schließlich machten wir halt und stiegen ab; schattenhafte Hände nahmen meinen Zügel, und man führte mich durchs Gesträuch zum Ufer eines kleinen Flusses, dessen Wasser an meine Füße plätscherte. Neben mir stand Hansen, und im Dunkel hörte ich Geflüster; ich sah die undeutlichen Umrisse eines Bootes und der darinsitzenden Ruderer, und dann kam der Mond hinter den Wolken hervor, und durch das wirre Gebüsch an der Mündung des Flusses erblickte ich das gekräuselte graue Wasser des Sees, und aus ihm erhob sich, kaum fünfhundert Meter entfernt, die Silhouette der Burg.

Es war ein Anblick, der einem das Blut erstarren und einen an Ungeheuer und Vampire und in düsteren Verliesen kreischende Fledermäuse denken ließ – ein Schauerschloss mit dunklen Zinnen und Türmen, still und drohend im

Mondlicht, dahinter aufgetürmte Wolken. Meine Phantasie bevölkerte es mit gespenstischen Gestalten, die hinter den Fenstern lauerten und die nicht viel schlimmer sein konnten als Rudi und Kraftstein. Hätte ich noch einen Moment dagestanden, so wäre ich, glaube ich, kraftlos am Ufer zusammengesunken, doch ehe ich mich versah, befand ich mich im Boot mit Hansen neben mir.

„Wartet, bis der Mond verschwindet", drang Saptens Flüstern aus dem Dunkel hinter uns, und gleich darauf verfinsterte sich der Himmel, und die Burg war nur mehr ein mächtiger Schatten. Doch sie war immer noch da und erschien mir in meiner Phantasie nur noch entsetzlicher. Ich musste mein Kinn umklammern, damit meine Zähne nicht klapperten. Sapten murmelte wiederum etwas, die dunklen Gestalten der Ruderer bewegten sich, und wir glitten aus dem Fluss hinaus auf den Jotunsee. Eine leichte Brise streifte uns, als wir den Schutz des Gesträuchs verließen, und dann verschwand das Ufer hinter uns.

Es war finster wie im Höllenschlund und totenstill bis auf das Plätschern unter unserem Bug und das Rauschen, mit dem die Ruder durch das Wasser glitten. Das Boot schaukelte leicht, doch wir kamen recht rasch voran, und die düsteren Umrisse der Burg wurden mit jedem Moment größer und bedrohlicher. Es schien mir, als ruderten wir gefährlich nahe heran; an einem der unteren Fenster sah ich einen schwachen Lichtschein, und dann sagte Hansen leise „Halt", und die Männer hörten zu rudern auf.

Hansen berührte meine Schulter. „Bereit?" Ich versuchte den Angstklumpen, der in meiner Kehle hochstieg, zu unterdrücken, und gab keine Antwort. „Folgen Sie mir ganz dicht", sagte er, und dann glitt er nahezu lautlos, wie eine Otter, über den Bootsrand.

Ich konnte mich um alles in der Welt nicht überwinden, ihm zu folgen; meine Glieder waren wie aus Gelee; ich konnte mich nicht rühren. Doch so erstarrt ich war, wusste ich dennoch, dass ich es nicht wagen durfte, zurückzubleiben. Ich beugte mich über den Rand des Bootes und versuchte unbeholfen, es Hansen gleichzutun, und dann verlor ich das Gleichgewicht, tat einen schrecklichen Plumpser über das Schandeck und stürzte in den Jotunsee.

Das Wasser war grässlich kalt und schnitt wie ein Messer in meinen Körper, und prustend tauchte ich auf. Während ich nach Luft schnappte, tauchte Hansens Gesicht aus dem Dunkel auf; er packte mich unter dem Wasser und zischte mir zu, still zu sein.

„Geben Sie acht, Sie Idiot! Machen Sie nicht so ein Geplätscher!"

„Das ist der reine Wahnsinn!" jammerte ich. „Herrgott, Mann, es ist tiefer Winter! Wir werden erfrieren!"

Er packte mich an der Schulter und fuhr mich an, ich solle ruhig sein. Dann wandte er sich vom Boot ab und begann langsam, in der Erwartung, ich werde ihm folgen, auf die Burg zuzuschwimmen. Eine Sekunde erwog ich, in diesem letzten Moment zum Ufer zurückzukehren und zu versuchen, im Wald zu verschwinden, doch mir wurde klar, dass ich unmöglich so weit schwimmen konnte – nicht bei dieser Temperatur und mit dem auf den Rücken gebundenen Säbel und meinen durchtränkten Kleidern, die wie Blei an mir hingen. Ich musste bei Hansen bleiben, und so folgte ich ihm, schluchzend vor Angst und Verzweiflung, so schnell ich konnte.

Ich weiß noch, dass ich dachte: Mein Gott, welches Verhängnis. Womit, zum Teufel, hatte ich das verdient? Wenn man mich in Ruhe lässt, bin ich ein ganz harmloser Bursche, der niemandem etwas zuleide tut, zufrieden mit etwas Fleisch und etwas zu trinken und dann und wann einer Hure – warum wurde ich auf solch höllische Weise gestraft? Die Kälte nagte an meinen tiefsten Eingeweiden; ich wusste, weit würde ich nicht mehr kommen, und dann durchzuckte ein grässlicher Schmerz mein linkes Bein, ich versank, und Wasser drang in meinen Mund, als ich zu schreien versuchte. Mit meinem gesunden Bein ausschlagend, tauchte ich auf und plärrte nach Hansen. „Ein Krampf!" wimmerte ich. „Jesus, ich ertrinke!" Ich war selbst in diesem Moment so klug, nicht zu laut zu rufen, doch laut genug, dass er mich hörte, denn als ich das nächste Mal versank, zerrte er mich hoch und fuhr mich wütend an, still zu sein und mit dem Gezappel aufzuhören.

„Mein Bein! Mein Bein!" stöhnte ich. „Himmel, ich bin verloren. Retten Sie mich, Sie egoistischer Bastard! Oh Gott, die Kälte!" Der Schmerz in meinem Bein schien unerträglich, doch während Hansen mich umklammerte und mein Gesicht über Wasser hielt, hatte ich Zeit, mich auszuruhen, bis der Schmerz allmählich schwand; vorsichtig streckte ich es, und es schien wieder in Ordnung.

Als er überzeugt war, dass ich weiter schwimmen konnte, flüsterte er mir zu, wir müssten uns beeilen, sonst werde die Kälte uns lähmen. Mir war das schon fast gleich, und ich sagte ihm das; meinetwegen solle ihn und seinen verdammten Prinzen und Sapten und all die anderen der Teufel holen, sagte ich, und da schlug er mich ins Gesicht und drohte mich zu ertränken, wenn ich nicht schweige.

„Es geht auch um Ihr Leben, Sie Narr!" zischte er. „Seien Sie jetzt still!"

Ich bedachte ihn (flüsternd) mit den gemeinsten Namen, die ich kannte, und dann schwamm er weiter, und ich mit schwachen Schlägen hinter ihm drein, doch es war jetzt nicht mehr weit; noch einige Minuten in der Eiseskälte, und wir befanden uns unter der Burgmauer, die schroff aus dem Wasser emporragte, und es war nichts zu sehen oder zu hören, was darauf schließen ließ, dass man uns bemerkt hatte. Als ich Hansen erreichte, deutete er auf eine Stelle vor uns, und ich sah am Fuß der Mauer etwas wie eine dunkle Öffnung. „Dort", sagte er. „Aber ganz leise."

„Ich kann nicht mehr", flüsterte ich erschöpft. „Ich erfriere – ich sterbe ... Sie gottverdammtes, räudiges dänisches Schwein, Sie ... warten Sie doch!"

Langsam schwamm er auf die Lücke in der Mauer zu, und im gleichen Moment kam wieder der Mond hervor und tauchte die hoch aufragenden Zinnen über uns in sein kaltes Licht, und wir sahen, dass die Lücke eine Art winziger Hafen war, aus dem Fels des Jotunbergs herausgeschlagen. Zur Linken und vor uns umschloss ihn die Burgmauer; rechts schien die Mauer verfallen, und dort befanden sich dunkle schattige Flächen, die das Mondlicht nicht durchdrang.

Als ich langsam darauf zu schwamm, spürte ich ein Frösteln, mit dem mich jedoch nicht das kalte Wasser erfüllte; erschöpft und verängstigt, wie ich war, witterte ich, dass an der Stelle Gefahr drohte. Doch Hansen war bereits im Schatten verschwunden; ich schwamm ihm um einen Felsvorsprung herum nach und sah, dass er sich wassertretend mit der Hand auf den Steinsims stützte, der den Hafen umgab. Als er mich erblickte, wandte er sich ab, legte seine andere Hand darauf und zog sich aus dem Wasser.

Eine Sekunde hing er da, bemüht, seinen Körper auf den Sims zu hieven; der Mond strahlte ihn an, und plötzlich flog etwas Glitzerndes über das Wasser und schlug zwischen seine Schulterblätter; sein Kopf fuhr hoch, und sein Körper zuckte krampfhaft; eine Sekunde verharrte er reglos, und dann sank er mit einem schrecklichen Seufzer auf den Stein nieder und glitt langsam zurück ins Wasser. Ich konnte deutlich den Messergriff sehen, der aus seinem Rücken ragte; dann tauchte er halb unter, und ich schwamm verzweifelt zappelnd von ihm weg, den Entsetzensschrei, der aus meiner Kehle hervordrängte, unterdrückend.

In dem Schatten über mir ertönte ein leises, fröhliches Lachen, und dann pfiff jemand die Melodie von „Marlborough s'en va-t'en guerre".

„Schwimmen Sie hierher, Flashman, Prinz von Dänemark", sagte Rudis Stimme. „Ich habe Sie aufs Korn genommen, und wenn ich Sie mit Blei vollpumpe, werden Sie rasch versinken. Sein Sie schön brav und kommen Sie her; Sie wollen sich doch keinen Schnupfen holen, oder?"

Die Hand auf der Hüfte und fröhlich lächelnd stand er da und sah mir zu, wie ich, zitternd vor Furcht und Kälte, herauskletterte.

„Dies ist ein nicht gänzlich unerwartetes Vergnügen", sagte er. „Ich hatte irgendwie das Gefühl, dass Sie auftauchen werden, wenngleich nicht auf so exzentrische Weise." Er deutete mit dem Kopf aufs Wasser. „Wer ist Ihr toter Freund?"

Ich sagte es ihm.

„So, Hansen? Hm, geschieht dem vorwitzigen Narren ganz recht. Keine schlechte Leistung, finde ich – 10 Meter, schlechtes Licht, ein recht unhandliches Jagdmesser, und dennoch mitten in die Schulter getroffen. Nicht übel, was meinen Sie? Aber Sie zittern ja, Mann!"

„Mir ist kalt", sagte ich zähneklappernd.

„Nicht so kalt wie ihm", entgegnete die teuflische Kanaille lachend. „Wohlan, kommen Sie mit. Ach ja, zuerst die Formalitäten." Er schnipste mit den Fingern, und zwei Männer traten aus dem Dunkel hinter ihm. „Michael, nehmen Sie dem Herrn den Säbel ab und dieses höchst unenglische Messer an seinem Gürtel. So ist's recht. Hier entlang, wenn ich bitten darf."

Sie führten mich durch einen verfallenen Bogengang, über einen gepflasterten Hof, durch eine Seitentür in den Hauptturm, wie es schien, und in eine riesige gewölbte Halle, an deren Wand eine große steinerne Treppe empor führte. Zu meiner Linken befand sich ein hoher steinerner Bogen, durch den ich undeutlich dicke Ketten und ein großes Rad sehen konnte; vermutlich war es der Mechanismus der Zugbrücke.

Fröhlich vor sich hin summend ging Rudi mir voran die Treppe hinauf und trat am ersten Absatz in eine Kammer. Im Gegensatz zu dem düsteren mittelalterlichen Mauerwerk, durch das wir gegangen waren, schien sie anheimelnd; sie war hübsch eingerichtet, auf unordentliche, junggesellenhafte Weise – Kleider, Papiere, Hundepeitschen, Flaschen und dergleichen waren überall verstreut, und im Kamin brannte ein Feuer, auf das ich sogleich zuging.

„Da", sagte er und drückte mir ein Glas Schnaps in die Hand. „Michael wird Ihnen trockene Kleider besorgen." Und während ich gierig den Schnaps trank und mich sodann meiner triefnassen Kleidung entledigte, ließ er sich in einen Sessel nieder.

„So", sagte er, als ich die einfachen Sachen, die man mir brachte, angezogen hatte und wir allein waren. „De Gautet hat das Ganze also verpfuscht, wie? Ich habe ihnen gesagt, sie sollen es lieber mir überlassen – wenn ich es getan hätte, hätten Sie keinen Muckser mehr von sich gegeben. Erzählen Sie, was ist geschehen?"

Vielleicht war ich ein wenig durcheinander von dem Brandy und den Schrecknissen, die ich durchgestanden hatte, oder meine Furcht hatte jenes Stadium erreicht, in dem einem alles gleich zu sein scheint; jedenfalls berichtete ich ihm, wie ich seinen Kollegen erledigt hatte, und er lachte anerkennend.

„Wissen Sie, Sie gefallen mir immer besser; ich wusste von Anfang an, dass wir ausgezeichnet miteinander auskommen werden. Und was dann? Dann haben unsere dänischen Freunde Sie geschnappt, was?“ Als er merkte, dass ich zögerte, beugte er sich in seinem Sessel vor. „Aber ich bitte Sie; ich weiß viel mehr, als Sie vermutlich denken, und den Rest kann ich sicher leicht erraten. Und falls Sie mir etwas vorenthalten oder mich anlügen – dann werden Sie bald an der Seite Ihres Freundes Hansen schwimmen, das verspreche ich Ihnen. Wer hat Sie hierhergeschickt? Es war die dänische Partei, nicht wahr – Saptens Banditen?“

„Ja“, gestand ich, „die Söhne der Wälsungen.“ Ich wagte es nicht, ihn anzuschwindeln – und was hätte es auch für einen Sinn gehabt?

„Die Söhne der Wälsungen? Die Söhne der Nibelungen würde besser passen. Und Sie und Hansen sollten versuchen, Carl Gustaf zu befreien? Wie sind sie wohl dahintergekommen, dass er hier ist?“ sagte er nachdenklich. „Dachten Sie tatsächlich, es könnte Ihnen gelingen? In Himmels Namen, Sie konnten doch unmöglich hoffen, zu zweit ... ah – einen Moment! Sie waren nur ein Vortrupp, stimmt's? Sie sollten Major Saptens Patriotenhorde den Weg frei machen.“ Er lachte schallend. „Schauen Sie nicht so verdutzt drein, Mann! Dachten Sie, wir sind blind? Wir haben sie den ganzen Tag beobachtet, wie sie sich am Ufer zu schaffen machten. Ja, wir haben sogar mit einem Nachtglas vom Turm aus gesehen, wie Sie vor einer Stunde mit dem Boot aufbrachen! Wie kann man nur so dumm und ungeschickt und stümperhaft sein! Aber was kann man von diesen Tölpeln schon erwarten?“ Wieder brüllte er vor Lachen. „Sagen Sie, wie haben sie Sie dazu gebracht, bei diesem törichten Unternehmen mitzumachen? Zweifellos, indem sie drohten, Sie umzubringen. Hm, was werden sie sich wohl als nächstes ausdenken?"

Wie ich so in dem warmen Raum saß, kam ich allmählich wieder zu mir. Keine Frage, ich war aus dem Regen in die Traufe geraten, doch ich konnte um alles in der Welt nicht begreifen, warum sie Hansen getötet und mich gefangengenommen hatten – wahrscheinlich, um mich auszuhorchen. Und wenn er von mir erfahren hatte, was er wissen wollte, was würde er dann wohl mit mir tun? Es war nicht schwer zu erraten.

„Ja, was haben sie wohl als nächstes vor?" Er schritt vor dem Kamin auf und nieder, schlank und elegant in seiner engsitzenden Uniform. Dann wandte er sich mir zu und lachte mich mit blitzenden Zähnen an. „Wie wär's, wenn Sie's mir sagten?"

„Ich weiß es nicht", erwiderte ich. „Es war ... wie Sie vermuteten. Wir sollten versuchen, ihn zu befreien und die Brücke herabzulassen."

„Und wenn das missglückt wäre?"

„Das haben sie nicht gesagt."

„Hm. Wissen sie, wie stark unsere Besatzung ist?"

„Sie denken, sie besteht nur aus ein paar Mann."

„Gut geraten – oder gut ausspioniert. Aber das wird Ihnen nichts nützen. Wenn sie die Burg stürmen sollten, dann wird, bevor sie noch über den Damm sind, ihr teurer Prinz den Fischen im Jotunsee zum Fraß vorgeworfen werden. Können sie sich das nicht denken?"

Ich nickte. „Doch. Das ist ihnen klar."

Er grinste. „Nun, wir wollen uns nicht für sie den Kopf zerbrechen. Es lässt uns Zeit zum Überlegen. Wie viele von ihnen stehen übrigens dort drüben? Aber erwägen Sie bitte sehr gut, was Sie sagen!"

„Ich hörte, wie sie etwas von fünfzig sagten."

„Es freut mich, dass Sie vernünftig sind, Flashman. Ich sehe, wir verstehen uns." Er klopfte mir plötzlich auf die Schulter. „Würden Sie nicht gern Ihren königlichen Zwillingsbruder kennenlernen? Ich kann es kaum erwarten, Sie einander gegenüberzustellen – und überdies können Sie bei dieser Gelegenheit die ausgezeichneten Vorkehrungen sehen, die wir zu seiner – äh – Sicherheit getroffen haben. Kommen Sie." Er öffnete die Tür. „Ach ja, Flashman", fügte er gelassen lächelnd hinzu. „Sie werden nicht vergessen, dass ich nicht de Gautet bin, nein? Ich meine, Sie werden keine Dummheiten anstellen? Wissen sie, es wäre ein wahrer Jammer, denn ich glaube, Sie und ich könnten gemeinsam einen kleinen Plan, den ich mir erdacht habe, ausprobieren. Wir werden sehen." Er verbeugte sich und ließ mir den Vortritt. „Nach Ihnen, Hoheit."

Wir gingen hinunter in die große Halle, und dort bog Rudi in einen Seitengang ein und ging eine steile Treppe hinab, die sich in die Tiefen der Burg wand. Da und dort befanden sich Öllampen an der Wand, in deren Schein der Salpeter, der den kahlen Stein überkrustete, glitzerte, und an manchen Stellen bedeckte schlüpfriges Moos die Stufen.

Wir traten in einen mit Fliesen ausgelegten Kreuzgang, dessen niedrige Decke mächtige gedrungene Säulen stützten; es war finster, doch vor uns, unter einem Bogen, brannte eine Lampe, und als wir darunter hindurchgingen, traten wir in eine breite Kammer, in der zwei Männer an einem Tisch saßen und Karten spielten. Als wir uns näherten, blickten sie auf, und der eine legte die Hand auf seine Pistole; es waren kräftige, große Burschen, die, wie es schien, Kavallerieuniformen trugen, und neben ihren Ellbogen hingen ihre Säbel, doch ich beachtete sie nicht weiter. Hinter ihnen befand sich ein großes eisernes Gitter, das vom

Boden bis zur Decke reichte, und davor stand wie ein Oger im flackernden Lampenlicht Kraftstein, die riesigen Hände auf den Hüften.

„Da ist er, Kraftstein", sagte Rudi lächelnd. „Unser alter Zechkumpan aus Schönhausen. Sind Sie jetzt nicht froh, dass ich ihn nicht im Wasser von Ihnen erschießen ließ? – Kraftstein hat keine Manieren, wissen Sie", sagte er über seine Schulter zu mir. „Und wie befindet sich unser königlicher Gast heute Abend?"

Kraftstein schwieg. Nachdem er mich einen Moment düster angeblickt hatte, wandte er sich ab und öffnete einen Riegel im Gitter. Kreischend drehte sich die Türe in ihren Angeln, und Rudi winkte mir. Die kurzen Haare in meinem Nacken stellten sich auf, doch von Neugier getrieben ging ich hindurch.

Wie ich sah, verschloss das Gitter ein Verlies, das etwa zwölf Meter tief und halb so breit war. Am anderen Ende, mir gegenüber, stand eine niedrige Pritsche an der Wand, auf der ein Mann lag; neben ihm stand ein Tisch mit einer Lampe. Als er die Türe quietschen hörte, setzte er sich auf, beschattete die Augen und starrte uns an.

Mich befiel eine Nervosität, die jedoch nichts mit der Gefährlichkeit meiner Situation zu tun hatte; ich hatte das Gefühl, dass sich etwas Unheimliches meinem Blick bieten würde – und dabei wusste ich ganz genau, was.

„Guten Abend, Hoheit", sagte Rudi, als wir vortraten. „Hier ist Besuch für Euch."

Der Mann nahm die Hand vom Gesicht, und ich stieß unwillkürlich einen leisen Schrei aus. Denn dort saß, mich ansehend – mein Ebenbild, das Gesicht verwirrt und müde und dann auf einmal zutiefst erstaunt, den Mund aufgerissen, die Augen starr. Er zuckte zurück und sprang dann plötzlich auf.

„Was ist das?“ Seine Stimme war dumpf und heiser. „Wer ist dieser Mann?“

Als er sich bewegte, gab es ein lautes klirrendes Geräusch, und ich sah voll Entsetzen, dass sich an seinem linken Knöchel eine schwere Kette befand, mit der er an ein schweres Steingewicht neben seinem Bett gefesselt war.

„Ich habe die Ehre, Euch einen alten Bekannten vorzustellen, Hoheit“, sagte Rudi. „Ich bin sicher, Ihr kennt ihn aus Eurem Spiegel?“

Es war unheimlich, in dieses Gesicht zu blicken und, als er wieder sprach, diese Stimme zu hören – sie war vielleicht ein wenig tiefer als die meine, und nun, da ich ihn ansah, bemerkte ich, dass er eine Spur schlanker war als ich und etwas kleiner. Doch trotzdem – die Ähnlichkeit war verblüffend.

„Was soll das bedeuten?“ fragte er. „In Gottes Namen, wer sind Sie?“

„Bis vor kurzem war er Prinz Carl Gustaf von Dänemark“, sagte Rudi, der sich sichtlich amüsierte. „Doch sie würden ihn vermutlich als einen höchst dreisten Nachfolger betrachten. In Wahrheit, Eure Hoheit, ist er ein Engländer, der so gütig war, Euch während Eures hiesigen Urlaubs zu vertreten.“

Er nahm es mit erstaunlicher Gelassenheit auf – das muss man ihm zugestehen. Ich hatte schließlich seit Wochen gewusst, dass es irgendwo ein Ebenbild von mir gab, doch ihm war dies völlig neu. Er starrte mich eine lange Weile an, und ich starrte zurück, und dann sagte er langsam: „Ihr wollt mich in den Wahnsinn treiben. Warum, weiß ich nicht. Es ist irgendein schmutziges Komplott. In Gottes Namen, wenn nur ein Funken von Erbarmen oder Anstand in euch ist, dann sagt mir, was ihr im Schilde führt. Wenn ihr ein Lösegeld wollt – so sagt es! Wollt ihr mein Leben – verdammt, so nehmt es!“ Er wollte vortreten, doch die Kette zerrte an seinem Knöchel, und fast wäre er gestürzt. „Ihr gemeinen, feigen Schurken!“ brüllte er, uns mit der Faust drohend. „Macht mich los, und ich schicke diese Kreatur mit meinem Gesicht schnurstracks zur Hölle – und dich auch, du grinsender Hundsfott!“ Es war erschreckend anzusehen, wie er an seiner Kette zerrte und fluchte wie ein Bierkutscher.

Rudi schnalzte mit der Zunge. „Wahrhaft königlicher Zorn“, sagte er. „Ruhig, Hoheit, immer mit der Ruhe. Versprecht nichts, was Ihr nicht halten könnt.“

Einen Augenblick dachte ich, Carl Gustaf werde vor Wut platzen; sein Gesicht war purpurrot. Doch dann legte sich sein Zorn, er beruhigte sich und presste die Lippen auf jene Weise zusammen, die nachzuahmen ich mich in so vielen ermüdenden Stunden bemüht hatte.

„Ich fürchte, ich habe mich vergessen“, sagte er mühsam atmend. „Wie töricht von mir! Ich weiß nicht, Kerl, wer Sie sind – und was dies bedeutet. Ich will euch nicht durch weitere Fragen erheitern. Wenn Sie es mir sagen wollen – schön; wenn nicht, so ist's mir auch recht. Aber merkt euch eins“, und er senkte seine Stimme auf eine Weise, die ich nur zu gut kannte, weil ich's selbst zu tun pflege, „bringt mich lieber um, denn wenn ihr's nicht tut, dann, bei Gott, werde ich's euch auf fürchterliche Weise vergelten ...“

Er brach ab und nickte uns zu, und mir wurde klar, dass wir uns, so sehr wir einander äußerlich auch ähneln mochten, dem Wesen nach wie Tag und Nacht unterschieden. Mich hätte man niemals dazu gebracht, angekettet in einem Verlies derart den Mund aufzureißen – ich hatte mich bereits in der gleichen Situation befunden und um Gnade gewinselt, bis ich heiser war. Es stellte sich denn auch sogleich heraus, was seine Keckheit ihm nützte.

„Oh, nur keine Sorge, Hoheit“, sagte Rudi. „Verlasst euch drauf – wir werden Euch töten, wenn die Zeit reif ist. Vergesst nicht, wir haben bestens dafür vorgesorgt.“

Und er deutete auf die Seite der großen Zelle; ich blickte hin, und was ich sah, ließ einen Moment mein Herz aussetzen.

Die Steinplatten senkten sich dort zu einer Vertiefung herab, vielleicht 4 Meter im Durchmesser und über einen Meter tief. Die Steine sahen glatt und schlüpfrig aus, und am Grund des Trichters, den sie bildeten, befand sich ein kreisrundes einen Meter breites Loch.

Als Carl Gustaf ebenfalls hinblickte, wurde er bleich, und sein Mund zuckte, doch er sagte nichts. Eine Gänsehaut überlief mich bei dem Gedanken daran, was unterhalb dieses Schachtes lag.

„Sie waren lustige Gesellen, die früheren Herren von Jotunberg“, sagte Rudi. „Waren sie eines Menschen überdrüssig, so wurde er mit einem entsprechenden Gewicht versehen – wie unser königlicher Gast –, und dann hinab mit ihm – klatsch! Es ist keine Reise, die ich persönlich gern unternehmen würde – doch Eurer Hoheit wird sie vielleicht nicht soviel ausmachen, wenn ich Euch sage, dass Euch einer Eurer Freunde bereits im Jotunsee erwartet. Hansen war sein Name.“

„Hansen? Erik Hansen?“ Die Hand des Prinzen zitterte. „Was haben Sie mit ihm gemacht, Sie Teufel?“

„Ihn befiel zur unrechten Jahreszeit die Lust zu schwimmen“, sagte Rudi fröhlich. „Wirklich höchst unbesonnen von dem armen Jungen. Nun, Hoheit, werden wir uns mit Eurer gnädigen Erlaubnis wieder zurückziehen.“ Er verbeugte sich spöttisch und bedeutete mir, ihm zum Gitter vorauszugehen.

Als wir es erreichten, rief Carl Gustaf plötzlich: „Sie – Sie mit meinem Gesicht! Haben Sie keine Zunge im Mund? Warum sprechen Sie nicht, verdammt?“

Ich taumelte hinaus, denn ich ertrug es nicht länger an diesem höllischen Ort; ich konnte mir nur allzu gut vorstellen, wie es war, in diesen Schacht zu gleiten! Und diese mörderischen Bestien würden mich, wenn es ihnen passte, ebenso hinab stoßen wie ihn.

Jung-Rudis Lachen schallte mir nach, als ich durch das Gewölbe stolperte; er holte mich ein, legte seinen Arm um meine Schultern und fragte mich neugierig, wie es gewesen sei, meinem Doppelgänger gegenüberzutreten – ob ich mich gefragt habe, wer ich sei. Ob ich Carl Gustafs Verblüffung bemerkt habe und was er nach meiner Meinung von alldem denke?

„Bei Gott, mir war gar nicht klar, wie sehr ihr euch ähnelt, bis ich euch zusammen sah“, sagte er, als wir wieder in seine Kammer traten. „Es ist phantastisch. Wissen Sie ... ich frage mich, ob Otto Bismarck nicht die wahren Möglichkeiten seines Vorhabens verkannt hat!“ Er verstummte und rieb sich sein Kinn. Dann fuhr er fort: „Sie entsinnen sich, dass ich vorhin von einem Plan sprach, den wir gemeinsam ausprobieren könnten? Ich will ganz offen sein; der Gedanke kam mir, als ich Sie im See schwimmen sah. Da wurde mir klar, dass ich zwei Trümpfe in der Hand habe und dass niemand außer dem guten Kraftstein das Ganze verpatzen kann – und der zählt nicht. Jawohl, zwei Trümpfe“, wiederholte er grinsend, „und der eine ist ein Bube. Trinken Sie ein Glas, Herr Komödiant. Und hören Sie mir zu.“

Der Leser wird bemerkt haben, dass ich seit meiner Ankunft in Jotunberg sehr wenig gesprochen hatte – und meine Situation war ja auch wahrhaftig dazu angetan, mir die Sprache zu verschlagen. Die Ereignisse der letzten achtundvierzig Stunden hatten mich in eine Lage gebracht, in der es so gut wie unmöglich war, einen vernünftigen Gedanken zu fassen, geschweige denn zu äußern. Das einzige Verlangen, das ich verspürte, war, diesem Alptraum so schnell wie möglich und ganz gleich wie zu entrinnen. Und dennoch – die arrogante Art, in der dieser dünkelhafte junge Protz mich in einen Sessel stieß und mir gebot, ihm zuzuhören, erfüllte mich trotz meiner erbärmlichen Angst mit einem Gefühl des Grolls. Ich hatte es gründlich satt, mich von Fremden herumkommandieren zu lassen, ihnen zuzuhören, behandelt zu werden wie eine Marionette. Wohin hatte es mich gebracht, alles demütig hinzunehmen? Ein entsetzliches Erlebnis war dem anderen gefolgt, und ich hatte verdammtes Glück, dass ich noch am Leben war. Und wenn ich Starnbergs Blick nicht missverstand, so wollte er mir schon wieder einen brillanten Vorschlag machen, der mich in Teufels Küche bringen würde. Es war natürlich nicht daran zu denken, ihm offen zu trotzen, doch in diesem Moment hatte ich das Gefühl, wenn ich meine Feigheit überwand und irgend etwas von mir aus tat, so konnte nichts Schlimmeres dabei herauskommen als das, was er mit mir vorhatte.

„Sagen Sie“, fragte er, „wie viele von diesen verdammten Dänen wissen eigentlich, dass Sie ein Schwindler sind?“ Mir fielen nur Grundvig und Sapten ein; bezüglich ihrer bäuerlichen Gefolgsleute war ich mir nicht sicher, doch Rudi tat sie als unwichtig ab.

„Also nur zwei, die von Bedeutung sind“, sagte er. „Und auf meiner Seite sind es Bismarck, Bersonin und Kraftstein – Detchard und diesen Laffen von einem Doktor können wir beiseite lassen. Nun – nehmen wir einmal an, unser Prinz würde heute Nacht durch diesen exzellenten Schacht fahren und wir würden die Brücke herablassen, um Ihre Freunde zum Angriff zu ermutigen? Wir könnten ihnen einen herzlichen Empfang bereiten – so herzlich, dass Grundvig und Sapten den Damm nicht lebendig verlassen würden. Kraftstein könnte während des Kampfes leicht zu Tode kommen, und bis die Söhne der Wälsungen in die Burg eingedrungen wären und die Überlebenden erledigt hätten, könnten wir beide mit einem Boot zum Ufer rudern. Sodann könnten wir uns auf den Weg nach Strackenz machen, wo uns alle, die sich gefragt haben, wo ihr geliebter Prinz gewesen ist, begeistert empfangen würden. Wir müssten uns irgendeine Geschichte ausdenken – wer könnte uns schon verraten? Detchard und der Doktor würden es nicht wagen. Ihre dänischen Freunde könnten es nicht, da sie tot wären. Und Bismarck und Bersonin werden – dessen bin ich sicher – zu dieser Zeit viel zu beschäftigt sein, um sich Strackenz' wegen Gedanken zu machen."

Als er meinen erstaunten Blick bemerkte, fügte er hinzu: „Natürlich, Sie haben noch nicht die letzten Neuigkeiten gehört. In Berlin scheint es drunter und drüber zu gehen. Die Revolution steht kurz bevor, mein Freund; die Studenten und der übrige Pöbel werden den König von Preußen in ein oder zwei Wochen stürzen. Der gute Otto hat also im Augenblick andere Sorgen. Oh, nicht nur Deutschland ist in Aufruhr – soviel ich gehört habe, auch Frankreich, und Louis-Philippes Thron soll heftig wackeln. Es breitet sich aus wie ein Lauffeuer [39]." Er lachte vergnügt. „Verstehen Sie denn nicht, Mann? Es ist eine gottgesandte Chance. Wir könnten darauf zählen, dass Wochen – nein, Monate – vergehen, bis irgendjemand an dieses gemütliche kleine Herzogtum denkt – oder die Echtheit des Prinzgemahls anzweifelt."

„Und was würde uns das nützen?"

„Mein Gott, sind Sie schwer von Begriff! Wir könnten die Zügel der Macht in einem europäischen Staat ergreifen, selbst wenn es nur ein so kleiner ist wie Strackenz! Gelänge es uns dabei nicht, einigen Profit herauszuschlagen – genug, um bis an unser Lebensende gut versorgt zu sein –, dann ist es nicht weit mit uns her. Wissen Sie, wie hoch die Revenuen eines Herzogtums sind?"

„Sie sind verrückt", sagte ich. „Sie denken doch nicht etwa, ich lasse mich noch einmal auf so etwas ein?"

„Aber warum denn nicht? Was sollte Sie davon abhalten?"

„Es würde keine Woche dauern, bis man uns das Handwerk legt! Von den Strackenzer Bauern weiß vermutlich die Hälfte, dass es zwei Carl Gustafs gibt! Sie glauben doch nicht, dass sie den Mund halten würden, oder?"

„Bah, was für ein Unsinn!" rief er spöttisch. „Wer würde denn schon auf sie hören? Und es ist ja nur für ein paar Wochen – Sie haben es doch schon einmal gemacht, Mann! Und bedenken Sie doch, was für ein Heidenspaß es wäre!"

Es ist eine seltene Spezies, doch es gibt sie, und man kann sie nur Abenteurer nennen. Rudi war so einer; was ihn reizte, war nicht so sehr, was dabei heraussprang, sondern der Kitzel der Erregung, der Schabernack; das Spiel, nicht der Gewinn. Sie sind gefährlich wie Haie und ohne jede Vernunft, und Hasenfüße wie ich haben für sie nicht das mindeste Verständnis. Ich pflegte ihnen, wo nur möglich, aus dem Weg zu gehen, doch ich kannte genau ihre Art zu denken. Verzweifelt überlegte ich, wie ich ihn von seinem Plan abbringen sollte.

„So können Sie auch wieder zu Ihrer hübschen Herzogin", sagte er.

„Vielen Dank", sagte ich. „Ich habe sie hinreichend genossen."

„Aber es steckt ein Vermögen in der Sache, Mann!"

„Ich bin lieber arm und lebendig."

Er dachte einen Moment nach. „Sie trauen mir nicht, stimmt's?“

„Nun“, sagte ich, „da Sie dieses Thema selber anschneiden ...“

„Aber gerade das ist ja das Wesentliche!“ Er klatschte in die Hände. „Wir sind die idealen Partner – keiner traut dem anderen über den Weg, aber wir brauchen einander. Das ist bei jedem Geschäft die beste Garantie. Sie sind ein ebenso großer Lump wie ich; keiner von uns würde auch nur einen Moment zögern, den anderen übers Ohr zu hauen – doch wozu?“

Unseren Finanzmännern ist dies alles natürlich nur zu gut bekannt, aber ich habe mir oft gedacht, unsere Diplomaten und Politiker hätten viel von Professor Starnberg lernen können. Ich sehe ihn deutlich vor mir, wie er dastand, die Arme in die Seiten gestemmt, die funkelnden Augen, der lockige Kopf, das strahlende Lächeln – bereit, ein Waisenhaus in Brand zu stecken, um seine Zigarre anzuzünden. Ich bin ein gemeiner Halunke, doch von Natur aus; Rudi machte einen Beruf daraus.

„Nun sagen Sie schon, Mann – was halten Sie davon?“

Ich bemerkte die Ungeduld in seiner Stimme; Vorsicht, dachte ich, sonst wird er böse. Sein Plan war absurd, doch das wagte ich ihm nicht zu sagen. Also schien es nur einen Ausweg zu geben. Ich musste vorläufig so tun, als sei ich einverstanden – vielleicht ergab sich eine Möglichkeit zur Flucht? Mir wurde immer klarer, dass die einzige sichere Lösung – oder die am wenigsten gefährlichste – darin bestand, auf irgendeine Weise zu tun, was Sapten wollte. Wie sollte ich die Zugbrücke herablassen; würde ich den darauffolgenden Kampf überleben? Gleichviel – im Moment musste ich so tun, als hätte Starnberg mich gewonnen.

„Sie glauben, mit Sapten und Grundvig könnten wir fertig werden?“ fragte ich zweifelnd.

„Worauf Sie sich verlassen können“, erwiderte er. „Unter der Treppe stehen zwei kleine Kanonen – an sich nur zum Schmuck, doch sie werden funktionieren. Wenn die Befreier angreifen, werden wir sie damit vom Damm fegen.“

„Vergessen Sie nicht, es sind ihrer fünfzig; haben Sie genügend Leute, um die Kanonen zu bemannen und die Burg zu halten, bis wir entkommen sind?“

„Wir beide, die drei, die Sie im Keller gesehen haben, und drei weitere im Turm“, sagte er. „Außerdem stehen zwei auf dem Damm, doch die werden beim ersten Ansturm fallen. Was uns jedoch nicht zu bekümmern braucht.“ Bei Gott, er war der geborene Führer, das musste man ihm lassen. Immerhin wusste ich jetzt, wie viele Männer er hatte und wo sie sich befanden. Das Wichtigste war, dass offenbar niemand den Mechanismus der Zugbrücke im Innern bewachte.

„Sie machen also mit?“ rief er.

„Nun“, sagte ich zögernd, „wenn Sie überzeugt sind, dass wir diese verdammten Wälsungen lange genug auf der Brücke hinhalten können ...“

„Wir werden alle unsere Leute auf die zwei Kanonen am Zugbrückenbogen konzentrieren“, sagte er. „In einer halben Stunde können wir mit allen Vorbereitungen fertig sein. Dann herunter mit der Brücke, und sie können in unsere gute Stube strömen.“ Seine Augen glänzten vor Erregung, und er streckte die Hand aus. „Und dann, mein Freund, steht unserem profitablen Vorhaben nichts mehr im Wege.“

Plötzlich wurde mir klar, dass ich jetzt alles auf eine Karte setzen musste; er würde schnell handeln, und ich musste ihn irgendwie hinhalten, während seine paar Leute noch, ohne etwas zu ahnen, in der Burg verstreut waren. Ich unterdrückte meine wachsende Furcht und nahm all meinen Mut für mein verzweifeltes Unterfangen zusammen.

Er drückte meine schweißnasse Hand. „Trinken wir darauf!“ rief er jauchzend und wandte sich zum Tisch, auf dem die Flaschen standen.

Oh Jesus, steh mir bei, dachte ich. Ich trat neben ihn, und als er Brandy in die Gläser schüttete, betrachtete ich rasch die anderen danebenstehenden Flaschen. Eine davon nahm ich und drehte sie herum, als wollte ich das Etikett ansehen. Er war so selbstsicher in seiner Jugend und Kraft und Arroganz, dass er nie auf die Idee gekommen wäre, man könnte ihn überrumpeln – wie sollte er auch in einer von seinen Männern besetzten Burg, ihm gegenüber nur der furchtsame Flashman?

„Da“, sagte er, sich mit den Gläsern zu mir umwendend, und ich murmelte ein Stoßgebet, umklammerte den Hals der Flasche und schmetterte sie ihm mit aller Kraft auf den Kopf. Er sah die Bewegung, hatte jedoch keine Zeit, sich zu ducken; die Flasche zerschellte mit einem Krach wie ein Pistolenschuss an seiner Schläfe, und er taumelte, sein Haar und sein Waffenrock von Wein getränkt, zurück und stürzte der Länge nach zu Boden.

Blitzschnell war ich neben ihm, doch er war bewusstlos, und aus einer großen hässlichen Wunde zwischen seinen Locken quoll Blut hervor. Ein paar Sekunden wartete ich lauschend, doch draußen war kein Laut zu hören. Mit pochendem Herzen erhob ich mich und ging rasch quer durch den Raum, wobei ich nur einen Augenblick stehenblieb, um einen Säbel von einem Ständer in der Ecke zu nehmen. Nun hatte ich's getan, und schreckliche Angst erfüllte mich, doch mir blieb nichts anderes übrig, als weiterzumachen und zu hoffen.

Die Tür quietschte scheußlich, als ich sie vorsichtig öffnete und hinauslugte. Alles war still; die Lampen an der Treppe erfüllten die große leere Halle mit ihrem fahlen Licht. Ich hörte keine Schritte. Leise schloss ich die Tür und schlich, mich dicht an der Wand haltend, auf Zehenspitzen zur Treppe. Durch den großen Steinbogen auf der anderen Seite der Halle sah ich das Rad und die Ketten der Zugbrücke; sie wirkten riesengroß, und ich fragte mich nervös, ob ich die Brücke wohl allein würde herunterlassen können und ob ich dazu genügend Zeit haben würde, bevor jemand in die Halle trat.

Ich verfluchte mich, dass ich die Gelegenheit nicht genutzt und Starnberg kaltgemacht hatte; was, wenn er zu sich kam? Sollte ich zurückgehen und ihn erledigen? Doch ich schreckte davor zurück, und jede Sekunde, die ich zögerte, erhöhte die Gefahr, dass man mich entdeckte.

Meine Furcht unterdrückend, rannte ich die Treppe hinunter und durch die Halle. Im Schatten des Bogengangs suchte ich Deckung, hielt den Atem an und horchte pochenden Herzens. Noch immer war nichts zu hören, und die beleuchtete Öffnung des Gangs, der zu den Verliesen führte, war leer. Ich schlich zu dem großen Rad, legte leise meinen Säbel auf den Boden und bemühte mich festzustellen, wie der Mechanismus funktionierte. Am Rad befand sich ein großer Griff, den mindestens zwei Männer umklammern konnten; auf diese Weise wurde die Brücke hochgezogen. Doch irgendwo an dem Rad musste eine Sperre sein, die es festhielt; zitternd vor Angst tastete ich im Dunkeln herum, konnte jedoch nichts dergleichen finden. Die Ketten waren fest gespannt, und als ich weiter unter den Steinbogen trat, sah ich, dass er von außen durch die Holzbrücke selbst verschlossen war; sie war mindestens drei Meter breit und mochte dreimal so lang sein – ihr oberes Ende befand sich im Dunkeln über mir, so dass ich es nicht sehen konnte. Zu beiden Seiten fielen schwache Mondstrahlen hindurch.

Nun, wenigstens gab es keine Türen oder Gatter, um die ich mich zu kümmern brauchte; sobald die Brücke unten war, war der Weg frei – wenn es mir gelang, sie herabzulassen, und wenn ich ihren Fall überlebte. Das verdammte Ding sah aus, als wiege es eine Tonne; wenn es über die Lücke zum Damm niederkrachte, war kein weiteres Signal für Sapten und seine Leute nötig – den Lärm würde man meilenweit hören. Ja, und auch die Männer in der Burg würde er natürlich aufschrecken, und Flashy würde schnellstens Deckung suchen müssen, bevor die Schießerei begann.

Doch zuerst musste ich das verdammte Ding herunterkriegen! Wie lange war es her, seit ich Rudi verlassen hatte? Womöglich kam er bereits zu sich? In panischer Hast lief ich zu dem Rad zurück und stieß dabei im Dunkeln mit dem Fuß an meinen Säbel, so dass er mit einem höllischen Lärm über die Steinfliesen schlitterte. Fluchend bückte ich mich nach ihm, und im gleichen Moment stockte mein Herz: in dem Gang auf der anderen Seite der Halle näherten sich Schritte. Ich schlug die Hand vor den Mund, stürzte zu dem Rad, kauerte mich darunter nieder und hielt den Atem an, während die Schritte in die Halle trampelten.

Es waren ihrer zwei, Kraftstein und ein anderer. Sie blieben in der Mitte der Halle stehen, und Kraftstein blickte hinauf zu dem Raum, in dem ich Rudi zurückgelassen hatte. Oh, mein Gott, dachte ich, bitte las' sie nicht hinaufgehen.

„Was machen sie?“ fragte der zweite, und Kraftstein brummte etwas, das ich nicht verstehen konnte. Der andere zuckte die Achseln und sagte, er habe es satt, im Keller zu sitzen und Carl Gustaf Gesellschaft zu leisten, worauf Kraftstein bemerkte, zumindest sei er besser daran als die Posten draußen auf dem Damm. Sie lachten darüber und blickten beide zu dem Steinbogen, unter dem ich mich verbarg; ich lag reglos wie ein Toter, die Nerven aufs äußerste angespannt, und beobachtete sie durch die Speichen des Rades. Und dann sah ich etwas, was mich in eiskalten Schweiß ausbrechen ließ: im Licht der Lampe in der Halle, dessen Schein in den Eingang meines Bogengangs fiel, glitzerte die Spitze des Säbels, der noch immer an der Stelle lag, wohin ich ihn gestoßen hatte, halb im Hellen und halb im Schatten.

„Gott, ich bin müde. Was glauben Sie, wie viel Uhr es ist?"

Kraftstein schüttelte den Kopf. „Schon spät. Gehen Sie zu Bett."

Ich wünschte zu Gott, sie möchten beide zu Bett gehen, und schließlich trollte sich der andere davon. Kraftstein machte eine Runde durch die Halle, was mein Herz in rasenden Galopp versetzte, und schlenderte dann zurück in den Gang.

Ich wartete zitternd, bis seine Schritte verklungen waren, und schlich dann aus meinem Versteck und holte den Säbel. In meiner Angst und Verwirrung schien es mir unglaublich, dass aus Rudis Zimmer noch immer kein Laut zu hören war, obwohl vermutlich noch keine fünf Minuten verstrichen waren, seit ich ihn verlassen hatte. Ich ging zurück zu dem Rad und zwang mich, es ruhig zu untersuchen; es musste an irgendeiner Stelle festgehalten werden. Ich betastete es auf beiden Seiten, wobei mir immer übler wurde – und dann sah ich es. An der Stelle, wo sein Rand beinahe den Boden berührte, war ein Bolzen durch eines seiner Speichen in das Gehäuse der Winde gesteckt; entfernte man ihn, so würde das Rad frei sein, doch er ließ sich sicher nicht leicht herausziehen, sondern musste mit Gewalt herausgetrieben werden.

Nun, in Gottes Namen, irgendwo musste doch etwas sein, womit man ihn herausschlagen konnte; angestrengt lauschend und mir selbst unsinnige Instruktionen erteilend, tastete ich im Dunkel herum, doch das einzige, was ich fand, war ein schwerer Holzscheit in einem Abfallhaufen in der Ecke. Ich konnte nur hoffen, dass es damit ging; verzweifelt lief ich auf die andere Seite der Winde und schlug mit aller Kraft auf das hervorstehende Ende des Bolzens.

Das Gedonner hätte ausgereicht, Tote zu erwecken; oh, Jesus, der Bolzen rührte sich nicht! Wütend und fluchend bearbeitete ich ihn, und er rutschte ein winziges Stück hinein. Ich hämmerte drauflos, und plötzlich glitt er in die Öffnung; es gab ein ohrenbetäubendes Getöse, das Rad wirbelte herum, und der Griff hätte mich um ein Haar erschlagen.

Ich warf mich zur Seite, in den Ohren das Kreischen und Klirren der Ketten, die über ihre Rollen sausten; es klang, als ob tausend Teufel in der Hölle auf Ambosse hämmerten. Doch die Brücke senkte sich; ich sah, wie zwischen ihr und dem äußeren Teil des Bogens eine Lücke entstand, Mondlicht flutete herein, und dann stürzte die riesige Holzmasse mit einem entsetzlichen Krach auf das Mauerwerk des Dammes, sprang wie lebendig hoch und legte sich – oh, Gott sei Dank – über die Lücke.

In meinen Ohren noch den Krach, ergriff ich meinen Säbel und suchte an der Seite des Bogengangs Deckung. Mein erster Gedanke war, hinaus und über die Brücke zu stürzen – nur fort von der verdammten Burg –, doch ein Aufschrei draußen auf dem Damm hielt mich zurück. Die Posten! Ich konnte sie nicht sehen, doch sie waren da, und dann blitzte es am anderen Ende des Damms auf, und gleich darauf hörte ich einen Schuss. Saptens fröhliche Gesellen schienen in Aktion zu treten; eine prasselnde Salve ertönte am Ufer und dann ein Schrei, und ich zögerte nicht länger. Alles, was jenseits dieser Brücke auftauchte, musste ein erstklassiges Ziel bieten; dies war kein Ort für Harry Flashman, und ich flüchtete in die Halle zurück und sah mich nach einem sicheren Winkel um, in dem ich mich verstecken konnte, bis das bevorstehende Gefecht vorbei war. Bei Gott, ich hatte mein Teil getan, und mir lag nichts daran, den Söhnen der Wälsungen etwas von ihrem Ruhm, den sie in so reichem Maß verdienten, zu stehlen.

Jemand lief schreiend durch den Gang, der vom Verlies heraufführte; irgendwo oben brüllte eine andere Stimme. Gleich würde in der Halle ziemliche Betriebsamkeit herrschen, und so rannte ich zu einer zwischen dem Haupttor und dem Gang zum Verlies gelegenen Tür, die ich bisher nicht bemerkt hatte. Sie war versperrt; einen Moment hämmerte ich vergebens daran, dann fuhr ich herum, mich nach einem anderen Schlupfwinkel umzusehen. Doch es war zu spät; Kraftstein stürzte mit gezogenem Degen durch die Halle und schrie allen zu, sie mögen mit ihm kommen und ihm beistehen; zwei andere tauchten unter der Treppe auf. Ich drückte mich in die Türnische – zum Glück war sie ziemlich tief, und da alle zu dem offenen Haupttor starrten, hatte mich niemand gesehen.

„Pistolen!“ brüllte Kraftstein. „Schnell, sie kommen über den Damm. Heinrich! Zurück, Mensch!“ Er verschwand, dicht gefolgt von den zwei anderen, in dem Bogengang; ich hörte, wie sie zu schießen begannen, und beglückwünschte mich, dass ich ihnen den Weg in diese Richtung freigelassen hatte. So wie es sich anhörte, würde es für Sapten nicht so einfach sein, wie er es sich ausgedacht hatte, und plötzlich rannten zwei weitere Leute der Besatzung aus dem Gang hinaus, und einer lief die Treppe herunter; wenn ich mich nicht täuschte, so war jetzt die gesamte Besatzung von Jotunberg am Haupteingang versammelt – bis auf Rudi, der vermutlich noch oben in seinem Zimmer lag und bei einigem Glück verblutete. Ich fragte mich, ob wohl der letzte, der von unten heraufgekommen war, Carl Gustaf die Kehle durchgeschnitten und in den Schacht geworfen hatte; nicht, dass es mich besonders bekümmerte, doch die Haltung der Angreifer mir gegenüber würde zweifellos wesentlich freundlicher sein, wenn sie ihn lebendig fanden. Indessen schien es mir ratsam, mir irgendein anderes Versteck zu suchen; wenn ich einen raschen Ausfall wagte, schien es unwahrscheinlich, dass die Verteidiger mich bemerken würden – ihre Aufmerksamkeit war ganz auf das Schreien und Krachen hinter der Zugbrücke gerichtet.

Ich lugte vorsichtig hervor; der Gang zum Verlies schien gut geeignet, denn ich entsann mich, dass sich in seinen Wänden Nischen befanden, in denen es möglich sein sollte, sich relativ sicher zu verbergen. Die Halle war leer; ich überzeugte mich, dass am Hauptbogen niemand zu sehen war, und sprang rasch hervor, als eine Stimme von der Treppe mich erstarren ließ: „Halt, Schauspieler! Die Komödie ist noch nicht zu Ende!"

Rudi stand, an die steinerne Balustrade gelehnt, auf der untersten Stufe. Er grinste, doch sein Gesicht war unheimlich blass, außer auf der rechten Seite, die mit getrocknetem Blut beschmiert war. In seiner freien Hand hielt er einen Säbel, dessen Spitze er auf mich richtete.

„Was für schlechte Manieren, davonzuschleichen, ohne seinem Gastgeber Lebewohl zu sagen", rief er. „Verdammt schlechte Manieren. Hat man Ihnen in Ihren englischen Schulen keine besseren beigebracht?"

Ich stürzte auf den Verliesgang zu, doch mit einer Flinkheit, die mich in Anbetracht seiner Kopfwunde erstaunte, sprang er von der Treppe und erreichte ihn vor mir, wobei er mit dem Säbel nach mir hieb, so dass ich zurückweichen musste, um nicht getroffen zu werden. Er lachte grimmig, strich sich die Locken aus den Augen und fintierte mit dem Säbel.

„Nicht schnell genug, wie? Nun, diesmal haben Sie's nicht mit de Gautet zu tun!"

Ich wich langsam zurück, und er folgte mir mit seinem Blick, böse grinsend und mit dem Säbel vor mir hin und her fuchtelnd. Ich hörte hinter mir, bei dem Bogen, ein Geräusch, doch bevor ich mich umwenden konnte, rief er:

„Nein, nein, nicht schießen! Kümmert euch um die Ratten dort draußen! Mit dem da werde ich schon allein fertig!"

Langsam kam er auf mich zu; seine Augen funkelten, als das Licht auf sie fiel.

„Das Spiel ist noch nicht entschieden", sagte er. „Vielleicht wird Jotunberg sich für Ihre Freunde als eine härtere Nuss erweisen, als sie dachten. Und dann werden sie zu ihrer Freude zwei Tote finden!" Sein Säbel zuckte, und ich sprang zurück. Er lachte. „Sie mögen keinen kalten Stahl, wie? Nun, gleich werden Sie ihn noch weniger mögen. Seien Sie gut auf der Hut, verdammt!"

Ich konnte nicht flüchten; er hätte mir im Nu mit dem Säbel den Rücken durchbohrt. Also musste ich kämpfen. Es gibt nicht viele, die Flashys Gesicht im Kampf gesehen haben, doch Rudi schien dazu bestimmt, einer davon zu sein, und ein gefährlicherer Gegner war kaum denkbar. Ich wusste, dass er mit einem Säbel ebenso gut umzugehen verstand wie mit einem Messer oder einer Pistole und dass er mir weit überlegen war, doch mir blieb nichts anderes übrig, als mit schwitzender Hand meinen Griff zu umklammern und mich so lange wie möglich zu wehren. Ich hatte nur eine schwache Hoffnung; er war so gierig nach meinem Blut, dass er seinen Gefährten nicht gestatten würde, einzugreifen, und vielleicht konnte ich ihm so lange standhalten, bis Sapten die Verteidiger überwältigt hatte – zwar mangelte mir im Umgang mit dem Säbel seine Brillanz, doch einiges hatte mir der Fechtmeister der 11. Husaren schon beigebracht, und überdies war ich bei vollen Kräften, während Rudi durch die Kopfwunde, die ich ihm beigebracht hatte, geschwächt sein musste. Vielleicht merkte er mir an, was ich dachte, denn er lachte wieder und hieb mit dem Säbel nach mir.

„Sie können sich's aussuchen, wie Sie sterben wollen", rief er höhnisch. „Ein hübscher Stoß? Oder ein guter Rückhandhieb? Wie Sie sicher wissen, ist es nicht schwer, damit glatt einen Kopf abzuschlagen!"

Und damit ging er auf mich los, und ich wich verzweifelt kämpfend durch die Halle zurück. Seine Klinge war überall – bald zielte sie nach meinem Gesicht, bald nach meiner Brust; bald hieb er nach meiner linken Seite, bald nach meinem Kopf – wie ich diese Stöße und Hiebe parierte, weiß ich nicht, denn er war schneller als jeder Mann, dem ich je gegenübergestanden habe, und sein Handgelenk glich einer stählernen Feder. Er trieb mich zurück zum Fuß der Treppe und senkte dann lachend den Säbel und blickte zum Haupttor, wo die Pistolen krachten und der Rauch wie Nebel in die Halle wogte.

„Zeigen Sie's Ihnen, Kraftstein!" rief er. „Schließlich sind sie nur eine Horde von Bauerntölpeln! Feuert, Jungens! Werft sie in den See!"

Er fuchtelte aufmunternd mit seinem Säbel, und ich nutzte die Chance und versuchte, ihm einen Hieb auf den Kopf zu versetzen. Bei Gott, beinahe hätte ich ihn getroffen, doch die Spitze seines Säbels zuckte im letzten Moment hoch, und er ging wieder auf mich los, schnaufend und so schnell zustoßend, dass ich mich ducken und davonrennen musste.

„Kämpfen Sie, verdammt!“ rief er, mir nachstürzend. „Seid ihr alle so feige, ihr verfluchten Briten? Bleiben Sie stehen und kämpfen Sie!“

„Weshalb?“ rief ich. „Damit Sie mit Ihren Fechtkünsten protzen können, Sie ausländisches Großmaul? Kommen Sie und stellen Sie mich, wenn Sie so verdammt tüchtig sind. Los – kommen Sie!“

Das wäre normalerweise das letzte gewesen, wozu ich jemanden herausgefordert hätte, doch ich wusste, was ich tat. Als er sich umwandte, um mir zu folgen, bemerkte ich, dass er ein wenig taumelte, und als er nun stehenblieb, um mich wieder anzugreifen, schwankte er unsicher hin und her. Er war benommen von seiner Verwundung und auch müde; bei all seiner Flinkheit und Geschicklichkeit war er nicht so kräftig wie ich. Wenn ich ihn aus der Halle locken konnte, so dass er nicht mehr die Möglichkeit hatte, seine Männer herbeizurufen, dann würde es mir vielleicht gelingen, ihn so zu erschöpfen, dass ich ihn kampfunfähig machen oder töten konnte; zumindest würde ich ihn so lange hinhalten können, bis Sapten und seine verdammten Dänen auftauchten. Also wich ich zurück zu dem zum Verlies führenden Gang und schimpfte ihn dabei einen österreichischen Zuhälter, einen Schlafzimmerhelden, einen Heidelberger Hurentreiber und alles Mögliche, was mir in den Sinn kam.

Obgleich es ihn nur zu amüsieren schien, setzte er mir, Arm und Säbel gerade ausgestreckt wie eine Lanze, rasch nach. Behände zog ich mich in den Gang zurück, immer darauf bedacht, dass er mir nicht zu nahe kam, und erreichte endlich die Treppe. Nun war ich im Vorteil, denn diese schlängelte sich nach rechts hinunter, so dass meine offene Flanke gedeckt war, während seine freilag.

„Sie können nicht immer weiter davonlaufen“, rief er, mir einen Rückhandhieb versetzend.

„Das hat man schon Wellington gesagt", erwiderte ich und wehrte ihn ab. „Warum haben Sie nicht besser fechten gelernt, sie Opernbuffo?"

„Papperlapapp", lachte er. „Gleich werden wir genügend Platz haben, und dann wollen wir sehen, wie Sie fechten können, ohne sich an eine Wand zu drücken."

Er kam die Treppe herab gerannt, und ich musste beiseite springen und ums liebe Leben hinunterlaufen. Sofort war er mir auf den Fersen, doch ich kämpfte mich mit ein paar Hieben frei und stürzte weiter, wobei ich am Fuß der Treppe stolperte und gerade rechtzeitig mein Gleichgewicht wiedergewann, bevor er mich einholte.

„Diesmal sind Sie mir gerade noch entwischt, Komödiant", sagte er und hielt einen Moment inne, um sich das Haar aus den Augen zu streichen. Er atmete hastig, doch ich ebenfalls; wenn er jetzt nicht bald entkräftet war, war ich verloren. Langsam kam er mit gestrecktem Säbel auf mich zu und sprang dann plötzlich vor, doch ich konnte ihm ausweichen. Wir befanden uns jetzt in dem niedrigen Kreuzgang, in dem es genügend Säulen gab, hinter die ich schlüpfen konnte, doch so sehr ich mich bemühte, er trieb mich zurück zu dem beleuchteten Steinbogen vor dem Wächterraum und Carl Gustafs Zelle. Er kämpfte wie ein Besessener, und die Spitze seines Säbels zuckte vor mir hin und her wie ein Blitz; ich musste alles daransetzen, um mit heiler Haut in den beleuchteten Raum zu entrinnen.

„Jetzt hab ich dich gleich", sagte er. „Verstehst du zu beten, englischer Feigling?"

Ich keuchte zu sehr, um seine Beschimpfung erwidern zu können; mein ganzer Körper war schweißüberströmt, und mein rechtes Handgelenk schmerzte höllisch. Doch auch er war fast am Ende; als er zustieß und mich verfehlte, taumelte er, und voll Verzweiflung versuchte ich den alten dreifachen Flashmantrick – einen plötzlichen Schlag in sein Gesicht, einen fürchterlichen Tritt in seinen Bauch und Abwärtshieb mit dem Säbel. Doch Rudi hatte an der Schule, die ich besucht hatte, summa cum laude promoviert; er wich dem Schlag und dem Tritt aus, und hätte ich meinen beabsichtigten Hieb nicht in einen Abwehrstoß verwandelt, so hätte er mich getroffen. So streifte seine Spitze nur meinen linken Unterarm, bevor ich entweichen konnte.

Japsend blieb er stehen und rief höhnisch: „So kämpfen also die Gentlemen in England? So gewinnt ihr eure Kriege?"

„Sie haben es nötig, Sie heimtückische Ratte." Ich zitterte vor Schreck über mein knappes Entkommen und war heilfroh über die Pause. „Wann haben Sie zum letzten Mal fair gekämpft?"

„Mal nachdenken", sagte er, ging wieder in die Auslage und versuchte einen Stoß anzubringen. „Es muss 45 gewesen sein oder 46 – ich war noch jung damals. Aber ich war nie so ungehobelt wie Sie – da!"

Und während er nach meinem Kopf hieb, spuckte er mich plötzlich an. Als ich erstaunt zögerte, versuchte er mich zu durchbohren, doch er war schon so erschöpft, dass er daneben stieß.

„Und Sie halten sich für einen Gentleman?" rief ich, doch er lachte nur und machte einen Ausfall, der mich fast bis zum Gitter von Carl Gustafs Zelle trieb. Ich blickte mich rasch um – mein Gott, die Gittertüre stand offen, und ich flitzte hindurch wie ein Kaninchen und schlug sie zu, als er mir nachstürzte. Er stellte seinen Fuß dazwischen, und wir stemmten uns beide fluchend dagegen. Plötzlich hörte ich einen Ruf hinter mir, und etwas krachte neben meinem Kopf gegen die Stäbe. Es war ein Zinnkrug – dieser verdammte Carl Gustaf war nicht nur noch am Leben, sondern schleuderte sein Geschirr nach mir. Unwillkürlich muss ich einen Moment nachgegeben haben, denn Rudi stieß die Tür auf, und ich taumelte in die Mitte der Zelle zurück, just als der königliche Idiot hinter mir einen Schemel nach mir warf, mich jedoch zum Glück nicht traf.

„Ich bin auf Ihrer Seite, Sie Verrückter!" rief ich. „Bewerfen Sie ihn!"

Doch er hatte nur noch seine Lampe, und der Gedanke, es könne in der Zelle finster werden, schien ihm nicht zu behagen; mit weit aufgerissenen Augen stand er da, während Rudi sich auf mich stürzte und auf mich einschlug, was das Zeug hielt. Ich hieb verzweifelt zurück; die Säbelgriffe blieben aneinander hängen, und wir zerrten daran und traten nacheinander, bis er seinen Säbel losriss. Ich versetzte ihm einen Hieb auf die linke Schulter, und er fluchte mörderisch und griff wieder an.

„Ich bring euch beide um!" schrie er und trieb mich durch die Zelle zurück. Er blutete wieder im Gesicht und nun auch an der Schulter und schien dem Zusammenbruch nahe, doch als er sich auf mich stürzte, um mir den Todesstoß zu versetzen, lachte er mir ins Gesicht.

„Hierher! Hierher!" brüllte Carl Gustaf. „Zu mir, Mann!"

Ich wusste, ich würde es nicht schaffen, nicht um ein Königreich; ich spürte, wie mein Arm unter Starnbergs Hieben erschlaffte. Einen wehrte ich nur einen Zoll von meinem Gesicht ab und wich zurück; sein Arm streckte sich zum Stoß – und da erstarrte er plötzlich und drehte sich zum Gitter um, denn auf der Treppe krachte ein Schuss.

„Hilfe!" schrie Carl Gustaf. „Schnell! Hierher!"

Fluchend sprang Rudi zurück zur Gittertüre; auf der Treppe hörte man Rufe und das Geklapper von Schritten. Er wartete nur eine Sekunde, dann wandte er sich wieder zu mir.

„Verdammt, dann an einem anderen Tag“, rief er, „au revoir, ihr Hoheiten!“, und er schleuderte seinen Säbel nach mir. Er flog über meinen Kopf und fiel klirrend auf den Boden, doch ich war instinktiv zurückgezuckt, meine Füße glitten aus, und ich stürzte auf die Steinplatten. Jesus! Sie waren nicht eben! Ich rutschte weiter, und lähmendes Entsetzen befiel mich, denn mir fiel der Trichter ein und der grässliche Schacht darunter. Zu spät hörte ich Carl Gustafs Warnschrei und Rudis triumphierendes Gelächter; sie schienen aufwärts und meinem Blick zu entgleiten, während ich mich verzweifelt an den schlüpfrigen Stein zu klammern suchte. Mein Fuß blieb einen Moment hängen, und ich drehte mich, hilflos wie ein Dorsch auf dem Block eines Fischhändlers. Jetzt rutschte ich mit dem Kopf voran; einen Moment sah ich das teuflische schwarze Loch, als ich ihm entgegen glitt, dann war mein Kopf über den Rand, meine Hände griffen ins Leere, und ich schoss schreiend in die Tiefe, kopfüber dem sicheren Tod entgegen.

Der Schacht machte eine Biegung; meine Schultern, Hüften und Knie stießen an seine Wand, als ich in die tiefe Finsternis rutschte. Noch nie hatte ich ein solches Grauen verspürt, denn dies war zweifelsohne das Ende – das fürchterliche, grässliche Ende; ohne jede Hoffnung schoss ich ins Innere der Hölle, in ewiges Dunkel hinab ging's, in den Ohren das unheimliche Wimmern meiner Schreie, und immer tiefer hinab, und dann klatschte ich mit zerschmetternder Wucht in eisiges Wasser, ging unter wie ein Stein, bis das Wasser und der enge Schacht meinen Fall allmählich bremsten und ich spürte, wie ich wieder aufstieg.

Einen Moment erfüllte mich die verzweifelte Hoffnung, ich sei in den Jotunsee gestürzt, doch dann stieß ich mit dem Rücken an den Schacht. Jesus! Ich saß wie eine Ratte in der Falle, denn der Schacht war zu eng, als dass ich mich hätte umdrehen können; den Kopf nach unten war ich darin eingeklemmt, verurteilt, zu ertrinken!

Dass ich in diesem Moment nicht verrückt wurde, erscheint mir heute noch wie ein Wunder. Ich bin überzeugt, ein tapferer Mann hätte den Verstand verloren, denn er hätte erkannt, dass es keine Hoffnung für ihn gab; nur ein kopfloser, unvernünftiger Waschlappen wie ich konnte sich noch nicht geschlagen geben, mit letzter Kraft die Arme ausstrecken und den Schacht unter sich abtasten. Ich hatte keine Zeit gehabt, Luft zu holen, bevor ich ins Wasser stürzte; es drang mir in Mund und Nase, während meine Hände an der Wand des Schachts kratzten und einen Vorsprung fanden. Mit der Kraft der Verzweiflung zog ich daran und glitt noch ein wenig tiefer den Schacht hinab; meine Finger fanden einen weiteren Vorsprung, und ich zerrte wieder, doch dann schwand meine Kraft. Ich schluckte Wasser; das Gefühl des Erstickens breitete sich von meinem Hals in die Brust aus; ich schlug mit letzter Kraft an den Rand des Schachts und dachte: Jesus, Jesus, lass mich nicht sterben, lass mich nicht sterben, doch ich sterbe – und während meine Sinne schwanden, wurde ich undeutlich gewahr, dass mein Kopf nicht mehr im Schacht war, sondern nur meine Brust und mein Körper.

Zuerst wurde mir nicht klar bewusst, was dies bedeutete, doch ich weiß, meine Hände tauchten neben meinem Gesicht auf, das in der Tat aus der Öffnung des Schachtes ragte, und zerrten an dem Stein, der mich umschloss. Ich muss mich hinausgezwängt haben, denn ich spürte, wie mein Körper langsam aus dem Schacht glitt und wie ich mich im Wasser des Sees aufwärts drehte. In meinen Ohren war ein fürchterliches Brausen und vor meinen Augen ein rotes Flimmern, doch ich stieg und stieg, und den Rest meines Bewusstseins durchzuckte vage der Gedanke, ich schwebte zum Himmel auf. Und dann spürte ich Luft auf meinem Gesicht – beißend kalte Luft –, doch nur eine Sekunde lang, denn dann umhüllte mich wieder das Wasser. Doch obgleich ich halbtot war, müssen meine Glieder mir gehorcht haben, denn mein Kopf tauchte wieder aus dem Wasser, und diesmal ruderte ich schwach mit den Armen und blieb oben. Allmählich sah ich klarer: über mir war ein sternenübersäter Himmel mit einem riesigen, weißen kalten Mond, und ich würgte und übergab mich in das Wasser des Jotunsees.

Irgendwie hielt ich mich an der Oberfläche, bis der Schmerz in meiner Brust schwand und meine Sinne so weit zurückkehrten, dass ich merkte, dass das Wasser eiskalt war und mich wieder hinabzuziehen drohte. Schluchzend und Wasser spuckend paddelte ich mit den Händen und blickte um mich; zu meiner Rechten streckte sich endlos der See, doch links ragte der große Fels des Jotunbergs mit seiner schönen, prächtigen Burg empor. Er war keine zwanzig Meter entfernt; ich ruderte mit aller Kraft darauf zu, und Gott hatte mit mir Erbarmen: als ich den Fels erreichte, fiel er schräg ins Wasser ab. Ich zog mich mit Kopf und Schultern darauf und kroch heraus, und dann lag ich hilflos wie ein Säugling auf diesem gesegneten kalten, nassen Stein und sank in eine tiefe Ohnmacht.

Ich muss wohl nur ein paar Minuten dort gelegen haben; vielleicht war der seelische Schock, den ich durch das grässliche Erlebnis davontrug, größer als der körperliche, denn das nächste, dessen ich mich entsinne, ist, dass ich langsam über die ins Wasser abfallenden Felsen stolperte, ohne zu wissen, wo ich war. Ich setzte mich nieder, und langsam kehrte die Erinnerung gleich einem schrecklichen Alptraum zurück; es dauerte eine Weile, bis mir bewusst wurde, dass ich noch lebte …

Kapitel 11

Wenn ich heute daran zurückdenke, so ist mir natürlich klar, dass von dem Moment, da ich in dem Verlies in den Schacht rutschte, bis zu dem Augenblick, da ich auf dem Jotunberg an Land kroch, nicht viel mehr als zwei Minuten verstrichen sein können. Das Ganze war zweifellos ein Wunder, doch ein wahrlich entsetzliches. Wenn ich ein Feigling bin – habe ich nicht allen Grund dazu? Nur wer weiß, wie es ist zu sterben, kann wirkliche Todesfurcht empfinden, glaube ich, und, bei Gott, ich hatte es erfahren. Es verfolgt mich noch heute; jedes Mal, wenn ich den Bauch voll Käse oder Hummer habe, so bemühe ich mich, die ganze Nacht wach zu bleiben, denn wenn ich einschlafe, kann ich sicher sein, mich wieder mit dem Kopf nach unten in jenem teuflischen Schacht unter dem Jotunberg zu finden und zu ertrinken.

Als mir damals jedoch klar wurde, dass ich noch nicht tot war, bald aber an Kälte und Erschöpfung sterben würde, wenn ich noch lange so sitzen blieb, überdachte ich rasch die Lage. In dem Augenblick, als ich den Ort der Handlung so abrupt verließ, hatte es ganz so geklungen, als nahe Hilfe. Vermutlich waren Kraftstein und seine Kumpane überwältigt worden, und wenn es das Glück wollte, so hatte Rudi ein wohlverdientes Ende gefunden. Ja, vielleicht hatte man ihn gar mir nach in den Schacht gestoßen. Ich wusste niemanden, dem ich es mehr gegönnt hätte. Jedenfalls hatte man indessen vermutlich Carl Gustaf von seinen Fesseln befreit, und alles frohlockte. Wie würde man auf mein Erscheinen reagieren? Es würde ein ziemlicher Schlag für sie sein, da sie doch der Meinung sein mussten, ich sei auf für sie so bequeme Art zu Tode gekommen – würden sie mich nun wirklich beseitigen wollen? Nein, nach allem, was ich – wenngleich ganz gegen meinen Willen – für sie getan hatte, ganz gewiss nicht.

Jedenfalls kam ich zu dem Schluss, dass ich erfrieren würde, wenn ich noch länger hier sitzen blieb. Ich musste das Risiko auf mich nehmen und in die Burg gehen.

Von der Stelle, an der ich stand, konnte ich in etwa hundert Meter Entfernung den Damm sehen, und als ich um die Insel herumstolperte, tauchte die Zugbrücke auf. Im Burgtor standen Gestalten, und sie sahen aus wie Wälsungen; ja, kein Zweifel, als ich näher kam, sah ich, es waren welche, und so kletterte ich laut rufend den kleinen Felspfad hinauf, der an der Brücke endete.

Drei kräftige, erstaunt gaffende Bauern halfen mir herauf und führten mich durch den mit Trümmern übersäten Bogengang in die Halle. Mein Gott, was für ein Anblick bot sich mir. Kraftstein lag neben dem Rad, den Schädel gespalten und die großen Hände gekrümmt wie Klauen; ich musste an ihren Griff denken und erschauderte. In seiner Nähe lag ein halbes Dutzend anderer Toter – Sapten hatte also sein Wort, keinen von der Besatzung Jotunbergs am Leben zu lassen, gehalten. In der Mitte der Halle befand sich eine Blutlache, und in ihr lag der Bursche, der bei Kraftstein über Langeweile geklagt hatte; nun, jetzt plagte sie ihn nicht mehr. Der stechende Geruch von Pulver stieg mir in die Nase, und im halbdunklen oberen Teil der Halle hing noch eine schwache Wolke davon.

Die Bauern stießen mich auf eine Bank, und während einer mir half, meine durchnässten Kleider abzustreifen – zum zweiten Mal in dieser Nacht –, säuberte ein anderer die brennende Wunde in meinem Arm und verband sie. Der dritte schien ein praktisch denkender Bursche zu sein; da ich neu eingekleidet werden musste, zog er einem der Toten seine Sachen aus – er wählte einen mit einem sauberen Kopfschuss, der rücksichtsvoll genug gewesen war, nicht zu stark zu bluten –, und ich muss sagen, dass ich nicht die mindeste Abneigung dagegen empfand, die Sachen anzuziehen. Sie passten sogar erstaunlich gut.

Dann reichten sie mir eine Flasche Schnaps, und ich jagte mir gleich die Hälfte davon auf einmal durch die Kehle und spürte, wie die Wärme durch meine Glieder rann. Ein wenig schüttete ich in meine Hand und rieb mir damit Gesicht und Hals ein – ein Trick, den mich Mackenzie in Afghanistan gelehrt hatte; es gibt nichts Besseres gegen Kälte.

Den Rest schlürfte ich langsam in mich hinein und blickte dabei um mich. In der Halle waren mehrere Wälsungen, die neugierig dreinblickten, und in den oberen Räumen hörte ich die Stimmen anderer; sie schienen die Burg fest in der Hand zu haben. Von Sapten und Grundvig war nichts zu sehen.

Nun, vorläufig schien alles gut zu gehen. Ich begann, mich exzellent zu fühlen, während der Schock nachließ, und genoss das herrliche Gefühl, dass ich heil und unversehrt war, Schnaps in mir, warme Kleider an mir und nichts mehr zu befürchten hatte. Mir wurde bewusst, was ich durchlitten und überstanden hatte, und mit jedem Moment besserte sich meine Laune; zum ersten Mal seit Monaten konnte ich wieder an die Zukunft denken, ohne dass mir das Herz in die Hose rutschte.

„Wo ist denn Major Sapten?“ fragte ich, und man sagte mir, dass er noch unten im Verlies sei; man dürfe ihn auf keinen Fall stören. Nun, ich wusste, dass das Verbot mir nicht galt, und so setzte ich mich mit prinzlicher Autorität über ihre Proteste hinweg – merkwürdig, wie schwer es ist, erworbene Gewohnheiten abzulegen – und schritt hinüber zum Gang. Unter dem Steinbogen blieb ich jedoch stehen und fragte, ob auch bestimmt alle Verteidiger tot seien, und sie erwiderten strahlend im Chor: „Ja, ja." Trotzdem nahm ich einen Säbel mit – nicht zu meinem Schutz, sondern weil ich wusste, es würde gut aussehen – und ging die Treppe hinunter und trat in den Kreuzgang. Hinter dem Bogen am anderen Ende hörte ich Stimmen, und als ich näher kam, sagte Sapten:

„– Hansens Leiche liegt im Burggraben. Ich wünschte, wir hätten Starnberg auch erledigt; der Bursche wird schon lange in der Hölle erwartet."

Das war eine schlechte Neuigkeit; ich blickte mich rasch um, dann fluchte ich über meine Nervosität. Wo Rudi auch sein mochte – hier war er nicht.

„Es ist unfassbar", sagte eine andere Stimme, die ich als Carl Gustafs erkannte. „Wie ist so etwas möglich? Ein Mann, der meinen Platz einnahm, ein englischer Schwindler ... und der dennoch hierher kam, allein mit Hansen, und mich zu retten versuchte."

„Ihm blieb keine andere Wahl, wenn er nicht aufgeknüpft werden wollte", brummte Sapten. Verflucht, dachte ich, welch schnöder Undank.

„Nein, nein, Sie tun ihm unrecht." Das war Grundvig, der Prachtkerl. „Er wollte alles wiedergutmachen, Sapten; kein Mensch hätte mehr tun können. Ohne ihn ..."

„Ich muss es doch wohl wissen", sagte Carl Gustaf. „Ich sah ihn kämpfen; er rettete mich vor diesem Schurken. Mein Gott, was für ein Tod!"

Einen Augenblick herrschte Schweigen, dann sagte Sapten:

„Schön, wollen wir's zu seinen Gunsten annehmen. Aber auf eins muss ich Euch hinweisen, Hoheit – mit seinem Tod hat er Euch einen Dienst erwiesen, denn lebendig hätte er Euch in eine überaus peinliche Lage gebracht.“

Leise trat ich durch den Bogen.

„Tut mir leid, Ihnen Ungelegenheiten zu bereiten, Major“, sagte ich, „doch ob peinlich oder nicht – hier bin ich und stehe Seiner Hoheit zu Diensten.“

Mein Auftritt hatte eine höchst befriedigende Wirkung; Sapten fuhr herum, und seine Pfeife fiel klappernd auf den Boden; Grundvig sprang auf und starrte mich fassungslos an; der Prinz, der am Tisch gesessen hatte, fluchte erstaunt; und hinter dem Stuhl des Prinzen standen noch zwei andere, die ebenfalls zutiefst verblüfft schienen.

Man redete wirr durcheinander und stieß erstaunte Rufe aus; kein Zweifel, dass sie überrascht waren, mich zu sehen, wenn auch nicht gerade überglücklich. Es war natürlich eine schwierige Situation für sie; Helden sind soviel weniger lästig, wenn sie tot sind. Mir schien sogar, als seien die Fragen, mit denen sie mich überschütteten, ein wenig ärgerlich – wie ich entkommen sei, woher ich komme; ich schwöre, Sapten war gar nahe daran, zu fragen, wie, zum Teufel, ich mich unterstehen könne, so urplötzlich aufzutauchen.

Ich antwortete ganz gelassen und schilderte ihnen kurz, wie ich mich aus dem Schacht befreit hatte und aus dem See entkommen war. Grundvig und der Prinz pflichteten mir bei, dass es ein Wunder sei; Sapten hob seine Pfeife auf und stopfte sie mit Tabak.

„Und somit“, sagte ich abschließend, „bin ich hier, um meine weiteren Dienste anzubieten – falls sie benötigt werden.“ Und ich legte meinen Säbel auf den Tisch und trat zurück.

Eine lange Weile herrschte verlegenes Schweigen. Sapten paffte – er gedachte nicht, das Schweigen zu brechen; Grundvig trat nervös von einem Fuß auf den anderen, und schließlich blickte der Prinz, der düster auf den Tisch gestarrt hatte, auf. Mein Gott, sah er mir ähnlich.

„Diese Herren", sagte er langsam, „haben mir berichtet, was in Strackenz geschehen ist. Es – es ist völlig unbegreiflich ... mir zumindest. Es scheint, Sie haben an einem höchst abgefeimten Schwindel teilgenommen, an dem seltsamsten Komplott, von dem ich je gehört habe. Doch offenbar taten Sie es gegen Ihren Willen – ist dem nicht so?" Er sah die anderen an, und Grundvig nickte und blickte verwirrt. „Vielleicht bin ich nicht ganz klar im Kopf", fuhr der Prinz fort, „– nach alldem –" und er blickte um sich wie ein Mann im Nebel, „aber meinen Augen zumindest kann ich doch wohl trauen. Wer immer Sie sind, was immer die Gründe für Ihr Handeln gewesen sein mögen ..." Er brach ratlos ab und riss sich wieder zusammen. „Sie haben mir das Leben gerettet, mein Herr. Soviel weiß ich. Haben Sie Unrechtes getan – nun, das müssen Sie mit Ihrem Gewissen ausmachen. Doch von mir aus möge es vergessen sein." Wieder blickte er die anderen an; Grundvig nickte noch immer, Sapten paffte mürrisch und starrte auf seine Stiefel. Carl Gustaf stand auf und streckte seine Hand aus.

Ich nahm sie, und er drückte sie, und wir blickten einander fest in die Augen. Sie war einfach unheimlich, diese Ähnlichkeit, und ich merkte, dass er dasselbe fühlte, denn er ließ seine Hand sinken.

„Ich glaube sogar, ich stehe in Ihrer Schuld", sagte er mit leicht bebender Stimme. „Falls ich irgend etwas für Sie tun kann ..."

Nun, ganz ehrlich gesagt, an eine Belohnung hatte ich nicht gedacht, doch er schien etwas Bestimmtes zu meinen.

Ich hatte jedoch das Gefühl, die beste Politik war, den Mund zu halten, und so wartete ich schweigend. Wieder herrschte verlegenes Schweigen. Doch diesmal brach es Sapten.

„Von Schuld kann gar keine Rede sein", sagte er entschieden. „Mr. Arnold hatte schließlich etwas gutzumachen. Er kann von Glück reden, dass er mit dem Leben davongekommen ist."

Doch dagegen protestierten Grundvig und der Prinz. „Zumindest schulden wir ihm Höflichkeit", sagte der Prinz. „Mr. Arnold, darf ich Ihnen meinen Dank aussprechen – auch im Namen von Strackenz und Dänemark."

„Schon gut", rief Sapten höhnisch. „Aber, mit Verlaub, Hoheit, das Äußerste, was Mr. Arnold erwarten dürfte, ist freies Geleit bis zu unserer Grenze." Er war ziemlich wütend; allmählich begriff ich, dass es um Flashy geschehen gewesen wäre, wenn Carl Gustaf das Ganze nicht lebendig überstanden hätte. Ich hielt es für unklug, ihn an sein Versprechen bezüglich der kleinen blondköpfigen Amelia zu erinnern; je weniger von ihr gesprochen wurde, umso besser.

„Zumindest muss man ihm gestatten, sich zuerst auszuruhen", sagte der Prinz, „und dann muss er sicher zur Grenze geleitet werden. Das sind wir ihm schuldig."

„Er kann nicht hierbleiben", krächzte Sapten. „In Gottes Namen, betrachtet doch sein Gesicht! Es wird schon so schwierig genug sein, einen Skandal zu vermeiden. Wenn zwei Männer mit dem Kopf des Prinzen im Staat herumlaufen, werden wir die Sache unmöglich vertuschen können."

Der Prinz biss sich in die Lippe und da hielt ich eine diplomatische Intervention für angebracht. „Mit Verlaub, Eure Hoheit", sagte ich, „Major Sapten hat recht. Jeder Moment, den ich in Strackenz bleibe, ist für uns beide gefährlich, besonders aber für Euch. Ich muss verschwinden, und zwar schnell. Glaubt mir, es ist das beste. Und wie der Major ganz richtig bemerkt hat – Ihr seid mir nichts schuldig."

Verdammt, war er das wirklich nicht? Ich verzog keine Miene, doch innerlich begann ich vor Wut zu kochen. Ich hatte nicht darum gebeten, in die Politik ihres lächerlichen Herzogtums hineingezogen zu werden, doch ich war öfter, als ich zählen konnte, um ein Haar getötet worden – man hatte mich geschlagen und verletzt und beinahe ertränkt und mir Heidenängste eingejagt –, und alles, was ich nun dafür erntete, waren Saptens Hohn und der Händedruck seiner Hoheit. Noch vor zehn Minuten war ich froh gewesen, mit heiler Haut davongekommen zu sein, doch nun erfüllten mich plötzlich Zorn und Groll gegen sie.

Sie murmelten und brummten ein wenig, doch es war reine Heuchelei; ja, ich bin sicher, hätte Carl Gustaf eine oder zwei Stunden länger Zeit gehabt, sich von seinem Schrecken zu erholen, so wäre seine Dankbarkeit rasch geschwunden, und er wäre Saptens Vorschlag, mich ein zweites Mal in den Schacht zu werfen – diesmal mit gebundenen Händen – nicht so abgeneigt gewesen. Wenn sein Gesicht dem meinen so ähnelte, dann möglicherweise auch sein Charakter ...

Im Moment jedoch war er so gnädig, bekümmert dreinzublicken; wahrscheinlich dachte er, er schulde es seiner prinzlichen Würde, etwas für mich zu tun. Es gelang ihm jedoch – wie meistens solch hochgestellten Persönlichkeiten –, seine Gefühle zu unterdrücken, und sie kamen schließlich überein, dass ich so schnell wie möglich das Land verlassen sollte. Sie wollten die Nacht über hierbleiben, damit Seine Hoheit sich ausruhen und beraten konnte, und sie ließen keinen Zweifel daran, dass es ihnen am liebsten wäre, wenn ich die Grenze bis zum Morgen passiert hätte.

Grundvig schien als einziger unglücklich über meine plötzliche Entlassung; er war ein merkwürdiger Bursche, und aus seinen Worten entnahm ich, dass er zu der Ansicht gelangt war, dass man mich unverdient schäbig behandelte. Offenbar tat ich ihm sogar leid, denn er begleitete mich schließlich aus dem Verlies nach oben, befahl, mir ein Pferd zu besorgen, und stand mit mir im Burgtor, während man eins vom Festland holte. „Wissen Sie, ich bin auch Vater“, sagte er, auf und nieder gehend. „Ich kann mir vorstellen, wie es für einen Mann ist, wenn man ihm seine Lieben entreißt und als Geiseln festhält, um ihn zu erpressen. Wer weiß? Vielleicht hätte ich genauso gehandelt wie Sie. Ich kann nur hoffen, dass ich mich im entscheidenden Moment ebenso tapfer verhalten hätte wie Sie.“

Dummer Kerl, dachte ich, was weißt du schon? Ich fragte ihn, was mit Rudi geschehen sei, und er sagte, er wisse es nicht. Sie hätten ihn durch eine Seitentür im Vorraum der Zelle verschwinden gesehen und verfolgt, aber innerhalb der Burg verloren. Vermutlich kenne er sämtliche Schlupflöcher und sei entkommen. Das gefiel mir gar nicht, doch schien es unwahrscheinlich, dass er bald wieder meinen Weg kreuzen würde. Ich beabsichtigte nicht, lange zu verweilen – nur lange genug, um den Plan, der sich in meinem Kopf zu formen begann, auszuführen.

Dann kehrte einer der Bauern mit einem Pferd und einem Mantel für mich zurück. Ich bat Grundvig noch um eine Wegbeschreibung, und man reichte mir eine Tasche mit Brot und Käse; dann schwang ich mich in den Sattel. Allein das Gefühl, ein Pferd unter mir zu spüren, war ermutigend; ich konnte es kaum erwarten, von diesem grässlichen Ort fortzukommen.

Grundvig gab mir nicht die Hand, winkte aber traurig, und dann wendete ich das Pferd, bohrte ihm die Absätze in die Flanken und trappelte über die Brücke davon, fort von Carl Gustaf, den Söhnen der Wälsungen und der grässlichen Burg. Ich nahm die Straße zur Stadt und blickte mich kein einziges Mal nach Jotunberg um. Ich hoffte, sie würden sich alle die Schwindsucht holen.

*

Der Leser wird sicherlich denken, nach allem, was ich durchgemacht hatte, hätte ich nichts anderes im Sinn gehabt, als aus Strackenz und Deutschland zu verschwinden, so schnell mich die Hufe meines Pferdes trugen. Denke ich heute daran zurück, so scheint es mir selbst unbegreiflich, dass ich etwas anderes plante, doch so war es in der Tat. Es ist seltsam; in Augenblicken der Gefahr bin ich der erbärmlichste Feigling, doch sowie sich eine Gelegenheit zur Flucht bietet, befällt mich Übermut. Vielleicht ist es eine ganz verständliche Reaktion; vielleicht werde ich leichtsinnig; vielleicht liegt es daran, dass ich meistens, wenn eine Gefahr vorüber war, Gelegenheit hatte, einen kräftigen Trunk zu mir zu nehmen – so wie eben –, und dass alles drei zusammen mich keck und unbesonnen macht. Mut ist es weiß Gott nicht, doch ich wünschte, ich besäße eine Guinea für jedes Mal, da ich einer teuflischen Situation entkam, mich vor Freude, dass ich noch am Leben war, nicht zu lassen wusste – und dann irgendeine Idiotie beging, an die ich in vernünftigem Zustand nicht einmal zu denken gewagt hätte.

Und in diesem Fall war ich überdies noch wütend. Man hatte mich gepeinigt und schikaniert und in grässliche Gefahr gebracht, und dann hatte mich der Mann, der es allein mir verdankte, dass ihn nicht die Fische fraßen, mit kaum einem Wort des Dankes fortgeschickt – mein Gott, wie hasste ich diesen wankelmütigen Carl Gustaf, diesen griesgrämigen alten Scheißkerl Sapten und diesen schleimigen Grundvig mit seinem pharisäerhaften Gefasel. Beim Himmel, ich würde es ihnen heimzahlen, und zwar gründlich. Und es würde in gewisser Weise eine poetische Gerechtigkeit sein – Bismarck hatte mir eine großzügige Belohnung versprochen; nun, ich würde Strackenz nicht ohne angemessene Vergütung für meine Pein verlassen. Und außerdem war es eine völlig sichere Sache. Es bestand so gut wie keine Gefahr, denn ich hatte einen Vorsprung von mehreren Stunden, und ich würde meine Spuren zu verwischen wissen. Bei Gott, ich würde es ihnen zeigen; sie würden erfahren, wie billig sie ein wenig Dankbarkeit gekommen wäre. Ich sollte ihre schmutzige Arbeit tun und mich dann möglichst schnell verziehen, wie? Ich würde diesen gemeinen Hundesöhnen beibringen, dass sie mit Harry Flashman so nicht umgehen konnten. Dies waren meine Überlegungen. Doch die Hauptsache war: das, was ich vorhatte, schien völlig ungefährlich zu sein. Und was, frage ich Sie, würde ein Mann nicht wagen, wenn er ein schnelles Pferd unter sich und eine freie Straße vor sich hat?

Der Nachthimmel begann sich eben hell zu färben, und die Blätter der Bäume an der Landstraße raschelten im Morgenwind, als ich die Stadt erreichte. Die Vorstädte, durch die ich trabte, waren still, und die Hufe meines Pferdes klapperten auf dem Kopfsteinpflaster; ich ritt um die Altstadt herum zum herzoglichen Palast, wo mich zwei verschlafene Posten durch den Zaun angafften.

„Öffnen!“ rief ich auf Deutsch, und während der eine seine Muskete präsentierte und sie dabei fallen ließ, riss der andere das Tor auf. Ich ritt hindurch und überließ sie ihrem Staunen, dass ihr neuer Prinz, dessen Abwesenheit in aller Mund sein musste, unrasiert und ungepflegt zu dieser Tageszeit unversehens auftauchte.

Am Eingang standen weitere Posten, denen ich in scharfem Ton den Befehl erteilte, ein kräftiges Pferd zu satteln und innerhalb von zehn Minuten für mich bereitzustellen. Des weiteren instruierte ich sie, dass unter keinen Umständen irgendjemand ohne meine Erlaubnis den Palast betreten oder verlassen dürfe. Sie salutierten und stürzten in ihrem Eifer zu gehorchen fast übereinander, einer riss mir die Tür auf, und ich schritt majestätisch in die Halle – es lässt sich alles bestens an, dachte ich.

Ein verschlafener Haushofmeister schreckte aus dem Sessel hoch, in dem er schlummerte; er schrie bei meinem Anblick auf und hätte fast das ganze Haus geweckt, doch ich brachte ihn rasch zum Schweigen.

„Schicken Sie jemanden in die Küche", sagte ich. „Man soll so viel kaltes Essen bringen, wie in eine Satteltasche geht. Außerdem etwas Wein und eine Flasche Schnaps. Ach ja, und etwas Geld. Los, gehen Sie."

„Eure Hoheit wollen wieder ausreiten?" fragte er zitternd.

„Ja", fuhr ich ihn an. „Sputen Sie sich."

„Aber, Hoheit ... ich habe meine Instruktionen ... Ihre Hoheit, die Herzogin, muss informiert werden."

„Die Herzogin? Sie ist hier? Nicht in Strehlow?"

„Nein, Hoheit. Sie kehrte gestern Nacht zurück, nachdem ... nachdem man Euch nicht gefunden hatte." Er riss angstvoll die Augen auf. „Sie ist in schrecklicher Sorge, Hoheit, und hat Befehl erteilt, sie sogleich zu verständigen, wenn irgendeine Nachricht über Euch eintrifft."

Damit hatte ich nicht gerechnet; ich war sicher gewesen, sie weilte noch in Strehlow, verdammt noch mal. Das komplizierte das Ganze – oder nicht? Ich überlegte rasch, während der Haushofmeister von einem Bein aufs andere trat, und fasste einen Entschluss.

„Schön, ich werde es ihr selbst sagen", sagte ich. „Nun tun Sie, was ich Sie geheißen habe, mein Guter – und je weniger über meine Rückkehr verlautet, desto besser – verstanden?"

Er beeilte sich, mich seines Gehorsams zu versichern, und ich lief, vier Stufen auf einmal nehmend, die große Treppe hinauf und schlenderte zu den Gemächern der Herzogin. Vor ihrer Tür standen wie üblich die gelbbejackten Posten, die bei meinem Anblick strammstanden und erstaunt die Augen rollten. Ich pochte an die Tür, und eine Frauenstimme rief in schläfrigem Ton: „Wer klopft?"

„Carl Gustaf", sagte ich, und zu den Posten: „Lassen Sie niemanden ein."

Drinnen ertönte ein leises Kreischen, und die kecke, kleine rothaarige Hofdame, mit der Rudi scharmuziert hatte, öffnete; mit dem einen Auge starrte sie erstaunt, aus dem anderen rieb sie sich den Schlaf; sie war auf überaus entzückende Weise derangiert, und eine Brust lugte aus dem Nachtgewand. Nur gut, dass ich Strackenz verlasse, dachte ich, denn ich wäre nicht lange ein treuer Gatte gewesen. „Wo ist Ihre Herrin?" fragte ich, und im selben Moment öffnete sich die Innentür, und Irma erschien, einen Morgenmantel hastig um die Schultern geworfen.

„Was gibt's denn, Helga? Wer hat geklopft –" und da erblickte sie mich und stieß einen leisen Schrei aus, schwankte einen Moment und eilte in meine Arme. „Carl! Oh, Carl! Carl!"

Ach, vielleicht wäre ich ihr doch eine Weile treu gewesen; als ihr warmer junger Körper sich an meinen presste, schien mich ein elektrischer Schock zu durchzucken, und ich verstellte mich nicht, als ich sie an mich drückte und die Küsse erwiderte, mit denen sie meine Lippen und Wangen übersäte.

„Oh, Carl!" Mit großen Augen blickte sie zu mir auf, Tränen in ihrem lieblichen Gesicht. „Oh, mein Liebster, was ist denn nur mit deinem Kopf?"

Einen Moment verstand ich nicht; dann wurde mir klar, was sie meinte. Mein schöner kahler Schädel war seit zwei oder drei Tagen nicht rasiert worden, und zarte schwarze Borsten entsprossen ihm wie einer alten Bürste. Einer Frau entgeht doch auch nicht die kleinste Nebensächlichkeit!

„Nichts, mein geliebter Schatz", sagte ich, sie zärtlich umarmend. „Alles ist gut – jetzt, da ich dich wiederhabe."

„Aber was ist geschehen? Wo bist du gewesen? Ich war fast von Sinnen vor Angst –" Sie stieß einen leisen Schrei aus. „Du bist verletzt! Dein Arm –"

„Schon gut, schon gut, meine Liebe", sagte ich und drückte sie herzhaft. „Sei ganz beruhigt. Es ist nur ein Kratzer, weiter nichts." Koseworte murmelnd, drehte ich sie herum und führte sie in ihr Schlafgemach, fort von der verzückt und neugierig dreinblickenden jungen Helga. Als ich die Tür schloss, begann sie mich sogleich wieder mit Fragen zu überschütten. Ich legte ihr den Finger auf den Mund und setzte mich auf den Rand des Bettes – es wäre herrlich gewesen, sich ein wenig mit ihr zu balgen, doch ich hatte keine Zeit.

„Es hat eine Rebellion gegeben – eine Verschwörung gegen das Herzogtum. Dein Thron war bedroht und unser Leben." Sie schrie entsetzt auf, doch ich besänftigte sie. „Es ist alles vorbei – jedenfalls beinahe. Ein wenig bleibt noch zu tun, doch dank der Loyalität einiger deiner Untertanen – unserer Untertanen – ist das Schlimmste überstanden und nichts mehr zu befürchten."

„Aber ... aber ich verstehe nicht", begann sie, und zugleich wurde ihr schönes Gesicht hart. „Wer war es? Diese Agitatoren – dieser Auswurf der Gosse? Wusste ich's doch!"

„Aber, aber", sagte ich beschwichtigend. „Beruhige dich. Es ist alles vorbei; Strackenz ist außer Gefahr – und vor allem du bist außer Gefahr, mein Liebstes." Und ich drückte sie wieder höchst genussvoll an mich.

Sie begann zu zittern und dann zu schluchzen. „Oh, Carl, oh, Gott sei Dank! Du bist wirklich wieder bei mir! Oh, mein Bester, ich wäre fast gestorben! Ich dachte ... ich dachte, du bist ..."

„Nun, wie du siehst, ich bin es nicht. Komm, trockne deine Augen, mein Schatz, und hör mir zu." Sie blinzelte mich an und tupfte ihre Wimpern ab – mein Gott, war sie schön in ihrem dünnen Nachthemd – man schien sie jenen Winter in Strackenz sehr kurz zu tragen, und ihre Nähe und der Duft ihres Haares und der besorgte, liebevolle Blick ihrer schönen Augen machten, dass mir ganz heiß wurde.

„Es ist so gut wie zerschmettert, dieses – dieses Komplott", sagte ich. „Nun, hör mich bitte an – ich werde dir alles zu gegebener Zeit erklären, doch im Moment musst du mir vertrauen und genau tun, was ich dir sage. Es ist vorbei – erledigt – die Gefahr beseitigt, alles in Ordnung bis auf einige Nebensächlichkeiten, um die ich mich kümmern muss."

„Was für Nebensächlichkeiten?"

„Dazu ist jetzt keine Zeit. Ich muss wieder fort." Sie schrie auf. „Doch nur für ein paar Stunden, Liebling, dann bin ich wieder bei dir, und nichts kann uns je wieder trennen."

Wieder begann sie zu weinen, klammerte sich an mich, wollte mich nicht gehen lassen, jammerte, ich begebe mich in Gefahr und dergleichen. Ich versuchte, sie zu beruhigen, und da öffnete doch der Racker seinen Mund unter dem meinen, schob seine Hand zwischen meine Schenkel und murmelte, ich solle bleiben.

Mein Gott, regte mich das auf; ich fragte mich, hatte ich genügend Zeit? Nein, zum Teufel, ich durfte es nicht riskieren – zu viele kostbare Minuten hatte ich bereits verloren. Sie streichelte mich, und mir wurde ganz schwindlig, doch ausnahmsweise stellte ich einmal die Vernunft über die Lust und schob sie sanft weg.

„Du musst hierbleiben", sagte ich energisch. „Mit einer starken Wache vor dem Palast und vor deinem Zimmer. Oh, Liebste, glaube mir, es ist höchst wichtig. Wie froh wäre ich, wenn ich nicht zu gehen brauchte, doch ich muss – und du musst daran denken, dass du eine Herzogin bist und die Beschützerin deines Volkes. Bitte habe Vertrauen und glaube mir, dass ich dies alles nur für Strackenz und für dich, Geliebte, tue!"

Diese königlichen Weiber sind wahrhaftig aus hartem Holz geschnitzt; man braucht ihnen nur zu sagen, dass es um ihr Land geht, dann erwachen ihr Stolz und ihr Pflichtgefühl, und sie fühlen sich als Jeanne d'Arc. Ich drosch ein paar patriotische Phrasen, gemischt mit verliebtem Geseich, und schließlich fügte sie sich. Ich schwor, dass ich in ein oder zwei Stunden zurück sein werde, und deutete an, ich werde dann eine Woche im Bett bleiben, worauf sie mich wieder umarmte.

„Oh, mein Liebling!" sagte sie, sich an mich drückend. „Wie kann ich dich gehen lassen?"

„Nur für eine kleine Weile", sagte ich. „Und dann – aber ich kann jetzt nicht länger bleiben." Sie machte mich ganz fiebrig. „Nein, ich verspreche dir – ich werde mich in acht nehmen. Es wird mir nichts geschehen – und wenn, dann wird bald ein anderer – das heißt ... ich meine ... ich bin bald wieder bei dir, Liebste." Ich presste sie ein letztes Mal fest an mich, und als ich mich erhob, streckte sie ihre Arme nach mir aus. Es war wirklich rührend, und wäre ich nicht in so verdammter Eile gewesen, hätte es mir von Herzen leid getan, sie zu verlassen.

Nebenan hatte Fräulein Helga indessen ihre Blößen bedeckt, doch ihre Wangen waren gerötet, woraus ich schloss, dass sie an der Tür gelauscht hatte. Ich befahl ihr streng, sich um ihre Herrin gut zu kümmern und dafür zu sorgen, dass sie ihre Gemächer nicht verließ; dann trat ich hinaus auf den Korridor. Die Posten standen stramm, und ich wiederholte meine Anordnung, niemanden herein- oder hinauszulassen, und begab mich zum Uhrturm.

Er war nicht schwer zu finden. Ich lief eine weitere Flucht der Haupttreppe hinauf – oben standen zwei Posten, die ich zur Verstärkung von Irmas Bewachung hinunterschickte – und dann über eine Wendeltreppe und durch einen kurzen Gang zu einem schmiedeeisernen Gitter. Davor befand sich ein Wachraum, in dem sich ein Fähnrich und zwei Soldaten aufhielten. Die Soldaten spielten Karten, und der Fähnrich lungerte in einem Sessel, doch bei meinem Anblick sprangen sie sofort auf und knöpften, mich anglotzend, ihre Jacken zu. Ich vergeudete keine Zeit.

„Fähnrich", sagte ich, „man hat versucht, einen Staatsstreich zu unternehmen. Das Leben der Herzogin war in Gefahr."

Sie starrten mich entgeistert an.

„Die Zeit drängt, und ich kann Ihnen im Moment nicht mehr sagen. Die Lage ist unter Kontrolle, doch ich muss den Palast sofort verlassen, um an den Ort des Aufstands zu eilen. Verstanden? Wie heißen Sie?" fragte ich den Fähnrich.

„W-W-Wessel, Eure Hoheit", stotterte er.

„Gut, Fähnrich Wessel. Passen Sie auf. Ich habe zur Bewachung der Herzogin bereits Posten vor ihren Gemächern aufgestellt. Sie begeben sich mit Ihren Männern sofort ebenfalls dorthin und übernehmen das Kommando. Sie werden bis zu meiner Rückkehr niemanden – keinen Menschen, verstanden? – in die Gemächer ihrer Hoheit lassen. Ist das klar?"

„Ja – jawohl, Hoheit. Aber wir – wir bewachen hier die Kronjuwelen ...“

„Es gilt, ein Juwel zu bewachen, das uns allen unendlich kostbarer ist“, sagte ich feierlich. „Los, gehen Sie rasch mit Ihren Männern.“

„Selbstverständlich, Hoheit ... sofort.“ Er zögerte. „Aber, mit Verlaub, Hoheit – die Palastwache hat strengste Anweisung, die Kronjuwelen keinen Augenblick unbeaufsichtigt zu lassen. Ich habe den ausdrücklichen Befehl ...“

„Fähnrich Wessel“, sagte ich, „wünschen Sie, eines Tages Leutnant zu werden? Oder möchten Sie zum gemeinen Soldaten degradiert werden? Mir ist der unschätzbare Wert des Kronschatzes ebenso bekannt wie Ihnen, doch es gibt Situationen, in denen selbst Juwelen unwichtig sind. Also, ab mit Ihnen. Ich übernehme die volle Verantwortung. Und nicht nur das. Geben Sie mir die Schlüssel, und ich werde sie selbst in Sicherheit bringen.“

Das beseitigte seine Bedenken. Er schlug die Hacken zusammen und brüllte seine Männer an, sie mögen schnellstens hinunterlaufen. Er nahm die Schlüssel von seinem Gürtel und reichte sie mir, als seien sie glühendheiß; dann ergriff er seinen Säbel und seine Mütze und eilte hinaus, doch ich rief ihn zurück.

„Wessel“, sagte ich in sanfterem Ton. „Sind Sie verheiratet?“

„Nein, Hoheit.“

„Aber Sie haben gewiss ein Liebchen?“

Er wurde rot. „Hoheit, ich ...“

„Dann verstehen Sie mich bestimmt.“ Ich runzelte die Stirn, zwang mich zu einem Lächeln – einer jener Grimassen, die starke Männer zu rühren pflegen – und legte meine Hand auf seine Schulter. „Ich vertraue sie Ihnen an. Beschützen Sie sie gut, ja?“

Er war ein blutjunger empfindsamer Bursche von jener Art, die man auf Bildern im Hintergrund den Himmel anstarren sieht, während Napoleon in Salonschuhen die Alpen überquert [40]; er lief blutrot an.

„Mit meinem Leben, Hoheit", sagte er schluckend; und dann ergriff er meine Hand, küsste sie und eilte hinaus. Nun, damit hatte ich mir Fähnrich Wessel vom Leib geschafft. Er würde die gesamte deutsche Armee in Stücke zerschlagen, bevor er jemanden in Irmas Nähe ließ. Und außerdem, was noch wichtiger war – er zweifelte keine Sekunde an seinem Prinzen. Ach, die Ideale der Jugend, dachte ich, während ich die Schlüssel betrachtete.

Es waren drei; einer für das schmiedeeiserne Gitter, ein zweiter für die Tür dahinter und ein dritter für den in Samt gehüllten Kasten, der auf dem Tisch in der Mitte der kleinen Schatzkammer stand. Es war so einfach, dass ich fast laut gejubelt hätte. In dem Wachraum stand eine Reisetasche, die ich offen neben den Tisch stellte; dann machte ich mich an die Arbeit.

Mein Gott, welch eine Beute! In dem Kasten befanden sich die Ringe, das Zepter, die mit Brillanten und Smaragden besetzte Kette, das Kollier der Herzogin und die zwei Kronen – ich brauchte sie nun doch nicht zusammenzupressen. Das Staatsschwert ließ ich liegen, da es zu groß war, doch dafür packte ich zwei Halsbänder und eine mit Juwelen geschmückte Kassette ein, die ich noch entdeckte.

Als ich die Tasche schloss und zuschnallte, schwitzte ich – nicht vor Anstrengung, sondern vor Aufregung; sie schien etwa eine Tonne zu wiegen, und plötzlich durchzuckte mich die Frage: Wo sollte ich diesen Schatz verbergen? Ach, darüber konnte ich mir den Kopf zerbrechen, wenn ich sicher über die Grenze und in England oder Frankreich war. Zum Glück kannten mich Sapten & Co. nur unter dem Namen

Thomas Arnold – sollten sie, wenn sie wollten, seinen Grabstein aufsuchen und ihr Geld zurückfordern. Sie hatten keine Möglichkeit, mich zu verfolgen, selbst wenn sie es wagen sollten; denn wenn sie mich aufspürten, konnten sie nichts tun, ohne einen schrecklichen internationalen Skandal heraufzubeschwören. Doch sie würden nicht einmal wissen, wo sie mich in England suchen sollten – ich war vor ihnen völlig sicher.

Ja, sobald ich fort war; die Zeit verflog. Draußen war es inzwischen fast hell geworden. Ich verschloss den Kasten, breitete wieder das Samttuch darüber, schloss Tür und Gitter zu und ging, die Tasche in der Hand, die Treppe hinunter. Vorsichtig bog ich um die Ecke zur großen Haupttreppe – da ich die Posten fortgeschickt hatte, war keine Menschenseele zu sehen. Ich stahl mich hinunter und schlich auf Zehenspitzen zur letzten Flucht, als ich im Korridor Schritte hörte. Rasch warf ich die Tasche hinter den Sockel einer Statue; gerade schnell genug. Schwerin, der Premierminister, auf dem Kopf eine Nachtmütze und in einen Schlafrock gehüllt, humpelte auf mich zu, gefolgt von einer kleinen Dienerschar.

Er war natürlich schrecklich aufgeregt; ich dachte, den alten Esel werde gleich der Schlag treffen. Mühsam bezwang ich meine Ungeduld wegen der Verzögerung und beschwichtigte ihn, als er mich mit Fragen überhäufte, mit dem gleichen Märchen, das ich Irma und dem Fähnrich aufgetischt hatte; doch er hörte nicht auf zu schwatzen und fragte nach Einzelheiten und forderte Erklärungen, und schließlich konnte ich ihn nur zum Schweigen bringen, indem ich energisch darauf hinwies, dass ich es eilig habe – ich müsse sogleich zum Schauplatz der Erhebung. „Mein Gott!“ stöhnte er und sank auf ein Sofa. „Oh, dieses arme Land! Was sollen wir tun?“

„Unsinn!“ sagte ich, ein plötzliches Verlangen davonzulaufen unterdrückend „Ich sagte Ihnen doch, die Gefahr ist vorbei – beinah zumindest. Man muss jetzt nur noch dafür sorgen, dass kein Aufruhr entsteht, und die rivalisierenden Parteien der Dänen und Deutschen in der Stadt selbst beruhigen. Das muss unsere Hauptsorge sein.“ Und dann – warum, weiß ich nicht – fragte ich: „Auf welcher Seite stehen Sie eigentlich?“

Er hörte zu jammern auf und blickte zu mir auf wie ein sterbender Apportierhund. „Ich bin für Strackenz, Hoheit“, sagte er. Er war nicht dumm, der Bursche, so sehr er ein altes Weib sein mochte.

„Ausgezeichnet!“ rief ich. „Dann rufen Sie sofort die Minister zusammen – nachdem Sie sich bekleidet haben – und schicken Sie diese Leute“ – ich deutete auf sein Gefolge – „zur Herzogin.“

In ihren Gemächern würde bald ein Gedränge herrschen wie auf einem Rennplatz, doch je mehr von ihnen aus dem Weg waren, umso besser.

„Vor allem“, sagte ich, „versuchen Sie so wenig Unruhe wie möglich zu verbreiten. Würden Sie jetzt bitte das Nötige veranlassen?“

Er nahm sich zusammen und scheuchte die Diener fort. „Und Sie, Hoheit?“ fragte er mit bebender Stimme. „Sie werden sich in Gefahr begeben? Aber Sie nehmen doch eine starke Eskorte mit?“

„Nein“, erwiderte ich, „je weniger mich sehen, desto besser.“ Was in der Tat die reine Wahrheit war. „Doch jetzt genug der Worte. Um der Herzogin willen – tun Sie, worum ich Sie gebeten habe.“

„Sie werden sich vorsehen, Hoheit?“ sagte er flehentlich. „Ich bitte Sie darum. Um Ihretwillen – und um unseres Landes willen. Ach, müssen Sie wirklich gehen?“

Ich platzte fast vor Nervosität, doch ich musste den senilen Trottel beruhigen.

„Haben Sie keine Angst", sagte ich. „So kurz ich erst in Strackenz bin, empfinde ich diesem Land gegenüber doch schon eine Verpflichtung, und ich beabsichtige, ihr voll nachzukommen."

Er richtete sich auf und rückte seine Nachtmütze zurecht. „Gott segne Sie, Hoheit", sagte er zitternd und schweißüberströmt. „Sie sind wahrhaftig ein echter Oldenburger."

Nun, nach allem, was ich an Mitgliedern europäischer Herrscherhäuser gesehen hatte, mag er wohl recht gehabt haben. Ich bedachte ihn mit meinem mannhaftesten Lächeln, drückte seine Hand und sah ihn davon wanken, die Belange des Herzogtums zu schützen.

Sowie er um die Ecke gebogen war, holte ich meine Tasche hervor, befestigte sie mit einem Riemen an meiner Schulter und hängte meinen Reitmantel darüber. Die Juwelen in der Tasche klirrten, und so ging ich langsam die breite Treppe hinab und durch die Halle. Der kleine Haushofmeister erwartete mich, zitternd vor Aufregung. Vor dem Tor stehe ein Pferd, sagte er, die Satteltaschen seien gepackt. Ich dankte ihm und trat hinaus in den Morgen.

Draußen standen natürlich Gardesoldaten und ein paar Offiziere, alle außer sich über die Gerüchte, die sich verbreitet haben mussten. Ich befahl ihnen, ihre Männer am Palastzaun zu postieren und niemanden ohne meine Erlaubnis passieren zu lassen – wenn ich Glück hatte, würden sie Sapten vielleicht eine Kugel in seinen Graukopf jagen, falls er auftauchte. Dann stieg ich vorsichtig auf, was mit dreißig oder vierzig Pfund Beute unter dem Mantel verdammt schwierig ist, nahm die Zügel in die freie Hand und rief den Offizieren nochmals zu: „Ich reite nach Jotunberg!"

Ich trabte die große geschwungene Zufahrt hinunter, und man riss das Tor auf, als ich mich ihm näherte. Beim Wachtposten hielt ich an und fragte ihn leise, wie ich zur westlichen Straße nach Lauenburg käme – Sapten würde gewiss davon erfahren, und es würde ihn auf eine falsche Spur setzen. Fünf Minuten später verließ ich die Stadt und ritt nach Südosten in Richtung Brandenburg.

Mir ist in Romanen oft aufgefallen, dass der Held, wenn er sich irgendwohin zu begeben hat, auf ein feuriges Ross springt, das ihn mit halsbrecherischer Geschwindigkeit über unglaubliche Distanzen trägt – ohne je einen Huf zu verlieren oder zu lahmen oder vor Erschöpfung langsamer zu werden. Zugegeben, bei meiner Flucht aus Strackenz hielt sich mein Tier erstaunlich wacker, obgleich ich es nicht schonte, bis wir über die Grenze und in Preußen waren. Von da an ritt ich langsamer, denn ich wollte nicht, dass es unter mir zusammenbrach, bevor ich einige Entfernung zwischen mich und meine möglichen Verfolger gelegt hatte. Doch mein Gewicht dreißig Meilen weit zu tragen, heißt jedem Tier eine Menge abzuverlangen, und so sah ich mich am Nachmittag nach einem Platz um, wo es rasten und für den weiteren Weg Kraft schöpfen konnte.

Wir fanden einen in einer alten, abgelegenen Scheune, und ich rieb es ab und holte ihm etwas Futter, bevor ich selbst aus meinem Vorrat einen kleinen Imbiss zu mir nahm. Am nächsten Tag ritt ich in südlicher Richtung weiter, denn es schien mir am besten, Berlin so weit wie möglich aus dem Weg zu gehen. Ich musste ohnedies näher an Schönhausen vorbei, als mir lieb war, und dem guten Otto zu begegnen, hätte mir gerade noch gefehlt. (Ich hätte mir deshalb jedoch keine Sorgen zu machen brauchen; er hatte zu jener Zeit in Berlin alle Hände voll zu tun.) Doch ich hatte meine Route genau festgelegt: von der Annahme ausgehend, dass der sicherste Weg mitten durch Deutschland nach München führte, von wo ich entscheiden konnte, ob ich in die Schweiz, nach Italien oder auch nach Frankreich ging, hatte ich beschlossen, zuerst einmal nach Magdeburg zu reiten, von wo aus ich die Eisenbahn benutzen konnte, mit der in Etappen nach München zu gelangen kein Problem sein würde. Ich wollte zwischendurch in kleinen Tagesritten und so unauffällig wie möglich über Land, denn mit meinem Gepäck durfte ich mich keiner Kontrolle aussetzen.

Ich war sogar vorsichtiger als nötig. Zu jener Zeit gab es noch keine Telegrafie, die einem Flüchtigen hätte gefährlich werden können [41], und selbst wenn es sie gegeben hätte, wäre es von den Strackenzern töricht gewesen, sich ihrer zu bedienen, denn niemand in Deutschland hätte Zeit gehabt, sich um mich zu kümmern. Während ich mit meiner Beute von einem Schlupfwinkel zum anderen durch Preußen eilte, begann die größte Umwälzung seit Napoleons Tod, Europa zu erschüttern. Die großen Revolutionen, von denen ich Rudi hatte sprechen hören, breiteten sich über eine erstaunte Welt aus: begonnen hatten sie in Italien, wo sich die leicht reizbaren Spaghettis in Aufruhr befanden; bald sollte Metternich aus Wien flüchten; die Franzosen hatten wieder einmal eine neue Republik ausgerufen; in einem Monat würde man in Berlin Barrikaden errichten, und Ludwig, Lolas alter Bettgefährte, würde bald abdanken. Von alldem wusste ich natürlich nichts, und ich bin recht stolz auf die Tatsache, dass ich, während Throne wankten und über Nacht Regierungen stürzten, mit einer Tasche voller Kronjuwelen auf dem Heimweg war. Ich finde, irgendwie liegt eine Moral darin, wenn mir auch nicht ganz klar ist, was für eine.

Kapitel 12

Der Leser wird sich entsinnen, dass, während der Kontinent auseinanderfiel, Old England von Revolutionen und Unruhen weitgehend unbehelligt blieb. Wir bildeten uns gern ein, über derlei Dingen zu stehen; der Engländer, mag er noch so elend dran sein, hält sich für einen freien Mann und bemitleidet die unglücklichen Ausländer, die sich gegen ihre Herrscher erheben. Und seine Herrscher nutzen diese Einstellung natürlich aus; sie unterdrücken ihn und versichern ihm zugleich, dass Briten niemals Sklaven sein werden. Von alldem abgesehen, ist unser Volk jedoch vielleicht klüger, als ihm bewusst ist, denn so, wie ich es sehe, haben Revolutionen dem gemeinen Volk niemals den geringsten Nutzen gebracht; es muss ebenso hart arbeiten und sich nach der Decke strecken wie vorher. Das einzig Gute, was ihm eine Revolution vielleicht bringt, ist ein bisschen Plündern und Vergewaltigen – und unsere englischen Bauern scheinen von solchen Dingen nicht viel zu halten, vermutlich weil sie zum größten Teil verheiratete Männer mit Verantwortungsgefühl sind.

Worauf ich hinaus will, ist, dass die Revolutionen des Jahres 1848 England eine Menge Gutes brachten – weil es sich heraushielt und Profit daraus schlug. Und dies war, wie der Leser wohl bemerkt hat, auch die Absicht von Harry Flashman, Esquire.

Allein, es geht nicht immer alles ganz nach Wunsch, auch nicht bei europäischen Revolutionen. Während meiner dritten Nacht auf der Straße bekam ich ein heftiges

Fieber – mein Hals brannte, ich übergab mich, und es war, als pochte ein Schmiedehammer in meinem Kopf; kein Wunder, nachdem ich in einer Nacht zweimal in eiskaltem Wasser untergetaucht war, eine Verletzung davongetragen hatte und beinahe ertrunken wäre, ganz abgesehen von dem nervlichen Schock, den ich erlitten hatte. Ich hatte eben noch genügend Kraft, aus dem Gehölz zu taumeln, in dem ich rastete, und es war reines Glück, dass ich nicht weit davon auf eine Hütte stieß. Ich klopfte an die Tür, und die alten Leute ließen mich ein; alles, dessen ich mich entsinne, ist, dass sie mich erschrocken anstarrten und dass ich zu einem Bett torkelte, meine kostbare Tasche darunter schob und dann zusammenbrach. Soviel ich weiß, lag ich dort fast eine Woche lang, und wenn die Leute tapfer genug waren, in meine Tasche zu schauen, während ich bewusstlos war – was ich bezweifle –, so hatten sie doch zuviel Angst, deshalb etwas zu unternehmen.

Es waren einfache, anständige Bauern, und als ich kräftig genug war, mich aufzusetzen, entdeckte ich, dass sie große Ehrfurcht vor mir hatten. Natürlich merkten sie an meiner Kleidung, dass ich nicht irgendein Dahergelaufener war; sie scharwenzelten um mich herum, die alte Frau gab sich alle Mühe, mich zu pflegen, und ich konnte von Glück sagen, dass ich sie gefunden hatte. Das Essen, das sie mir gaben, war verdammt schlecht, doch der Alte sorgte für mein Pferd, so dass ich mich schließlich einigermaßen wiederhergestellt, wenn auch ein wenig zittrig, auf den Weg machen konnte.

Ich gab ihnen für ihre Mühe ein wohlerwogenes Entgelt – wäre es zuviel oder zu wenig gewesen, hätten sie vielleicht geschwatzt – und ritt weiter nach Süden. Magdeburg war nur einen Tagesritt entfernt, doch da ich infolge meiner Krankheit soviel Zeit verloren hatte, war ich nervös und fürchtete, die Nachricht über meine Tat könnte mir vorausgeeilt sein. Doch niemand beachtete mich auf der Straße, und ich erreichte unbehelligt Magdeburg, wo ich mein Pferd stehenließ (es zu verkaufen, wagte ich nicht, doch ich war sicher, es würde bald einen Besitzer finden) und einen Zug nach Süden nahm.

Am Bahnhof gab es jedoch eine böse Überraschung. Für meine Fahrkarte nahm man mir so viele Taler ab, dass mir kaum genügend Geld blieb, mich mit Reiseproviant zu versorgen. Ich verwünschte mich, dass ich nicht doch versucht hatte, etwas für mein Pferd zu bekommen, doch nun war es zu spät, und so fuhr ich mit einem Vermögen an Juwelen und kaum genug Geld für eine Rasur in meiner Tasche südwärts.

Es ist wohl überflüssig zu erwähnen, dass mir dies großes Kopfzerbrechen bereitete. Bis München würde ich kommen, doch wie sollte ich von dort aus weiterreisen? Mit jedem Moment, den ich mich in Deutschland aufhielt, wuchs die Gefahr, dass man mich erwischte. Dass ich mich in Bayern befand, machte mir keine Sorgen, denn ich war überzeugt, dass die kriminellen Delikte, die ich in München begangen haben sollte, nur erschwindeltes Zeug waren, um mir Angst einzujagen, und dass ich in dieser Hinsicht nichts zu befürchten hatte. Und ich war weit weg von Strackenz – an jenem Ort, wo Sapten oder Bismarck mich zuallerletzt vermutet haben würden. Doch diese verdammte Reisetasche mit der Beute war eine teuflische Belastung; wenn irgendjemand von ihrem Inhalt Wind bekam, war ich verloren.

So kaute ich während der ganzen Fahrt an den Fingernägeln – hungrig war ich, weiß Gott, genug –, und als ich endlich München erreichte, war ich völlig mit den Nerven herunter, mein Bauch war leer wie ein Sarg und mein Problem noch immer ungelöst.

Als ich, meine Tasche umklammernd und in meinen Mantel geduckt, den Bahnhof verließ, lief mir ein Schauder über den Rücken. Es lag etwas in der Luft, das ich zu oft gespürt habe, um es zu verkennen. Ich hatte es in Kabul gespürt, in der Nacht, bevor die Residenz fiel, und dann in Lucknow und einem halben Dutzend anderer Orte – die unheimliche Stille, die über einem Ort liegt, dem ein vernichtender Schlag bevorsteht. Man spürt sie bei einer Belagerung oder vor dem Nahen einer siegreichen Armee; die Leute eilen mit leisen Schritten vorbei und sprechen mit gedämpften Stimmen, und Leere herrscht in den Straßen. Leben und Treiben sind erstorben, und alles scheint zu lauschen, doch niemand weiß, worauf. München war voll Furcht und Erwartung; es harrte des Wirbelwindes, der sich bald erheben sollte.

Es war ein düsterer, kühler Abend, und es wehte nur ein leichter Wind, doch die Läden der Geschäfte und Häuser waren geschlossen, als stünde ein Sturm bevor. Ich ging in ein kleines Bierlokal und gab meine letzten Kreuzer für eine Maß und eine Wurst aus. Während ich aß und trank, überflog ich eine Zeitung, die jemand auf dem Tisch liegengelassen hatte; es hatte Studentenunruhen gegeben, offenbar wegen der Schließung der Universität, und zu ihrer Niederschlagung waren Truppen eingesetzt worden. Es war zu einigen schweren Zusammenstößen gekommen, mehrere Menschen waren verletzt und Zerstörungen angerichtet worden, und die Häuser einiger prominenter Persönlichkeiten hatte man belagert.

Soviel ich mich entsinne, maß die Zeitung all dem keine große Bedeutung bei, doch sie schien auf Seiten der Studenten zu sein, was merkwürdig war. Sie brachte einige kritische Bemerkungen gegen König Ludwig, was noch verwunderlicher schien, wenn man bedenkt, wie Journalisten sind und dass sie nicht leicht vergessen, wem sie die Butter auf ihrem

Brot verdanken – jedenfalls sahen sie kein rasches Ende der allgemeinen Unzufriedenheit, es sei denn, die Obrigkeit „höre auf die warnende Stimme des Volkes und säubere den Staat von jenen Giften, welche schon allzu lange am Herzen der Nation zehren“ – was immer das bedeuten mochte.

Alles in allem sah es so aus, als werde es bald in München heiß hergehen und als sei es kein Ort für mich, und ich aß gerade meine Wurst auf und überlegte, wie, zum Teufel, ich fortkommen sollte, als draußen auf der Straße ein ungeheurer Lärm losbrach; man hörte das Klirren zerschmetterten Glases, und die warnende Stimme des Volkes erhob sich mit aller Macht. Alle Gäste im Lokal sprangen auf, und der kleine Wirt rief seinen Gehilfen zu, sie mögen die Läden vorlegen und die Tür verschließen; draußen im Dunkeln ertönten Jubelrufe und das Donnern einer stürmenden Menschenmenge, das Fenster des Lokals wurde eingeschlagen, und bevor ich noch Zeit hatte, mit meiner Tasche unter den Tisch zu kriechen, war auf der Straße eine veritable Schlacht im Gange.

Inmitten der Schreie und Jubelrufe und des Lärms in dem Lokal selbst packte ich meine Tasche und eilte zum hinteren Ausgang, doch ein kräftiger alter Mann mit einem grauen Backenbart packte mich und brüllte: „Gehen Sie nicht hinaus! Hier sind wir in Sicherheit! Draußen wird man sie in Stücke reißen!“

Nun, mir wurde klar, wie recht er hatte, als der Kampfeslärm sich legte und wir vorsichtig hinauslugten. Die Straße sah aus, als wäre ein Sturm hindurchgefegt; kein Fenster war mehr heil, ein halbes Dutzend Toter oder Bewusstloser lag auf der Straße, und das Pflaster war mit zerbrochenen Ziegelsteinen, Knüppeln und Glassplittern übersät. Hundert Meter die Straße hinunter hatte man einen Handkarren auf ein Freudenfeuer geworfen, um das etwa zwanzig Burschen herumtanzten, und dann ertönten plötzlich Schreckensschreie, und sie fuhren auseinander und rannten davon. Um die Ecke dahinter stürzte eine dichte Horde junger Männer mit einer Fahne, die aus voller Kehle schrien; einige trugen Fackeln, und als sie „Alemannia! Alemannia!“ rufend in die Straße bogen, bemerkte ich, dass sie rote Mützen trugen.

Mehr sah ich nicht, denn wir drängten alle wieder in das Lokal, und dann stürmten sie vorbei gleich einer Schar schwerer Kavallerie, und ihre Rufe verklangen in der Ferne, und das Geklirr von Glas und das Krachen von Wurfgeschossen wurde leiser und leiser.

Der alte Mann mit dem Backenbart neben mir fluchte. „Alemannia! Diese Halunken! Diese Höllenhunde! Warum metzeln die Soldaten sie nicht nieder? Warum werden sie nicht ohne Erbarmen vernichtet?“

Ich bemerkte, dies sei nach allem, was ich gesehen habe, wahrscheinlich leichter gesagt als getan, und fragte, wer sie seien. Er starrte mich mit großen Augen an.

„Von wo kommen Sie, mein Herr? Die Alemannia? Jedermann weiß doch, dass sie der gedungene Pöbel dieser Teufelin Lola Montez sind, die von der Hölle gesandt ist, Unheil über die Welt zu bringen, und vor allem über München!“ Und er bedachte sie mit verschiedenen unschönen Namen.

„Ach, sie wird nicht mehr lange Unheil anrichten“, sagte ein magerer Mann mit einem Zylinder und Fausthandschuhen. „Ihre Zeit ist abgelaufen.“

„Dem Himmel sei Dankt“ rief der Alte. „Die Münchner Luft wird ohne sie und ihr ordinäres Hurenparfüm reiner sein.“ Und die beiden stimmten eine Schimpfkanonade auf sie an.

Wie man sich denken kann, spitzte ich meine Ohren, denn dies schien mir eine ausgezeichnete Nachricht. Wenn die guten Münchner sie endlich hinausexpedierten, konnten sie meines herzlichen Beifalls sicher sein. Natürlich hatte ich seit meinem Entschluss, mich nach München zu begeben, ständig an sie gedacht, doch den festen Entschluss gefasst, ihr und der Barer Straße tunlichst aus dem Weg zu gehen. Doch wenn sie in Ungnade gefallen war, so war ich natürlich erpicht, Näheres darüber zu erfahren; ich konnte mir nichts denken, was ich lieber hören würde. Ich fragte den alten Mann nach Details, die er mir nur allzu bereitwillig mitteilte.

„Der König hat endlich nachgegeben", sagte er. „Er hat sie hinausgeworfen – das einzig Gute an all dieser Unruhe, die das Land erschüttert. Herrgott, in was für Zeiten leben wir nur!" Er musterte mich von Kopf bis Fuß. „Sie sind offenbar fremd in München, mein Herr."

Ich bestätigte dies, und er riet mir, es zu bleiben. „Dies ist heutzutage keine Stadt für rechtschaffene Leute", sagte er. „Ich kann nur sagen, setzen Sie Ihre Reise fort, und von wo Sie auch kommen – danken Sie Gott, dass Ihr Land nicht durch einen Trottel und seine Dirne ruiniert wurde."

„Es sei denn", sagte der magere Bursche grinsend, „Sie möchten noch ein oder zwei Stunden bleiben und zusehen, wie München seinen Dämon austreibt. Die beiden letzten Nächte haben sie ihr Haus mit Steinen beworfen; soviel ich gehört habe, will man sich heute Abend wieder in der Barer Straße versammeln; vielleicht wird man ihr Haus demolieren."

Nun, das war wirklich fast zu schön, um wahr zu sein. Lola, die mich auf Bismarcks Anweisung den Schrecknissen von Schönhausen und Jotunberg überantwortet hatte, wurde vom Pöbel aus München hinausgejagt, während ich mich, der arme Gimpel, die Taschen voller Gold, davon trollen würde. Sie verlor alles – und ich heimste ein Vermögen ein. Solch poetische Gerechtigkeit ist nicht häufig.

Doch vorerst hatte ich mein Problem zu lösen: München ohne finanzielle Mittel zu verlassen. Etwas von meiner Beute zu verkaufen, wagte ich nicht, und jemanden in einer einsamen Gasse auszurauben, mangelte es mir an Mut – ich sah im Moment keinerlei Möglichkeit, Geld aufzutreiben. Doch es war mir ein großer Trost, dass Lola unvergleichlich drückendere Sorgen hatte – nach allem, was ich gehört hatte, würde sie von Glück sagen können, wenn sie die Nacht überlebte. Ob man wirklich ihren Palast stürmen würde? Der Gedanke, dabei zuzusehen – aus sicherer Entfernung, versteht sich –, schien fabelhaft.

„Was ist mit ihrer Alemannia?“ fragte ich. „Warum beschützen sie sie nicht?“

„Ach, die“, sagte der Magere spöttisch. „Von denen werden Sie heute Abend nur wenige in der Barer Straße finden – die randalieren hier, wo sie sich sicher fühlen, doch einen Zusammenstoß mit den Leuten, die vor ihrem Tor ‚Pereat* Lola‘ schreien, riskieren sie nicht. Nein, unsere Hurenkönigin wird feststellen, dass sie nur wenige Freunde hat, wenn der Pöbel über sie herfällt.“

Nun, das beruhigte mich; ich würde mir die Gelegenheit, zuzusehen, wie man das falsche Frauenzimmer aus der Stadt trieb, nicht entgehen lassen. Eine oder zwei Stunden konnte ich dafür erübrigen, und so machte ich mich mit dem mageren Burschen auf den Weg zur Barer Straße.

Eine aufgebrachte Menschenmenge ist etwas Furchterregendes, selbst wenn es sich um eine recht gesittete deutsche Volksmenge handelt. Als wir uns über den Karolinenplatz der Barer Straße näherten, schluckte uns die Menge; zu zweit, zu dritt und in größeren Gruppen zogen Leute zu der Straße, in der Lolas Palast stand; lange bevor wir ihn erreichten, hörten wir das anschwellende Murren Tausender

* Pereat! (lat.), komme um! gehe unter! verderbe! (im Gegensatz zu Vivat!). Vor allem als studentischer Schimpfruf: „nieder!“ benutzt

von Stimmen, das plötzlich, als wir uns dem Rand der Menge näherten, zu einem dumpfen Gebrüll anschwoll. In der Barer Straße drängten sich die Menschen dicht an dicht; die vorderen Reihen pressten sich an das Geländer. Irgendwo in dem Gedränge verlor ich den mageren Burschen, doch groß, wie ich bin, und da ich auf der gegenüberliegenden Seite eine Stufe fand, auf die ich trat, konnte ich über das Meer von Köpfen zu der Reihe von Kürassieren blicken, die an der Innenseite des Palastgeländers Posten bezogen hatte – ihre Garde hatte Lola offenbar noch –, und die beleuchteten Fenster sehen, auf die die Menge ihr Pfui-Geschrei und ihren Lieblingsruf „Pereat Lola! Pereat Lola!" richtete. Ich fragte mich, ob sie noch immer eine stolze und hochmütige Dame war, nun, da diese Meute nach ihrem Blut lechzte.

Es deutete jedoch nichts darauf hin, dass die Leute viel mehr tun würden als schreien; ich wusste damals nicht, dass sie hauptsächlich gekommen waren, um Zeugen ihres Auszugs zu sein, denn anscheinend hatte sich die Nachricht verbreitet, dass sie München diese Nacht verlassen wollte. Ich empfand es als Vorzug, dieses bemerkenswerte Schauspiel genießen zu können; in Wahrheit hätte ich besser daran getan, auf Händen und Knien aus München fort und bis zur Grenze zu kriechen, doch das ahnte ich in diesem Moment nicht.

Es verging etwa eine halbe Stunde, und allmählich wurde ich der Sache überdrüssig und begann mir wieder Sorgen meiner Tasche wegen zu machen, die ich unter meinem Mantel fest umklammerte. Es sah nicht so aus, als würden sie in den Palast eindringen und Lola herauszerren, was zu sehen ich gekommen war, und ich fragte mich eben, was wohl passieren werde, als ein lautes Geschrei ertönte und alle die Hälse reckten, um zu sehen, was geschah. Hinter dem Palast war eine Kutsche hervorgerollt; sie wurde zum

Vordereingang gezogen; es schien, als begänne die Menge vor Erregung zu kochen.

Ich konnte über die Köpfe und die Reihe der Gardisten hinweg zum Eingang blicken; Gestalten bewegten sich dort um die Kutsche herum, und dann ging das Tor auf, und ein ohrenbetäubendes Gebrüll erhob sich. Einige Gestalten traten heraus, und dann eine allein; selbst aus dieser Entfernung konnte ich sehen, dass es eine Frau war, und die Menge begann noch lauter zu pfeifen und zu schreien.

„Pereat Lola! Pereat Lola!"

In der Tat, sie war es; als sie in das Licht der Laternen beiderseits des Eingangs trat, erkannte ich sie ganz genau. Sie trug ein Reisekleid; auf ihrem Kopf saß eine Pelzmütze, und ihre Hände steckten in einem Muff. Sie blickte um sich, und die Schmährufe schwollen zu einem ohrenbetäubenden Tumult an; die Gardisten wichen ein kleines Stück zurück, als die Leute in der ersten Reihe ihre Fäuste durchs Geländer steckten und drohend schüttelten.

Die Gruppe, die Lola auf der Treppe umstand, schien sich einen Moment zu beraten, und dann ertönten auf der Straße erstaunte Schreie, denn die Kutsche setzte sich in Bewegung und rollte hinunter zum Tor, während Lola im Eingang stehenblieb.

„Sie geht nicht!" rief jemand, und dann öffnete sich zur Verblüffung der Menge das Tor, und die Kutsche rollte weiter. Die Leute wichen davor zurück, und ich konnte durch die Gasse blicken, die die Menschen bildeten; der Kutscher blickte ziemlich verängstigt drein und drückte seine Peitsche an sich, doch der Pöbel kümmerte sich nicht um ihn. Er fuhr ein kleines Stück weiter und hielt dann keine zwanzig Meter von der Stelle, wo ich stand; die Menge konnte sich keinen Reim auf all das machen und murmelte verblüfft. In der Kutsche saß ein Mann, doch niemand schien zu wissen, wer er war.

Lola stand noch immer auf der Vortreppe des Palastes, doch jetzt kam sie herab und ging auf das Tor zu, und im gleichen Moment verstummte das Gebrüll der Menge, und in fast unheimlicher Stille ging sie entschlossen an der Reihe Kürassiere entlang und der auf der Straße wartenden Menge entgegen.

Einen Augenblick fragte ich mich, ob sie von Sinnen war; sie schritt schnurstracks auf die Menge zu, die ihr eben noch Flüche und Drohungen entgegengeschleudert hatte. Sie werden sie töten, dachte ich und spürte, wie sich die Haare in meinem Nacken sträubten; es war etwas Schreckliches am Anblick dieser kleinen, anmutigen Gestalt, die, die Mütze schief auf dem schwarzen Haar, in der einen Hand den Muff schwenkend, ganz allein dem offenen Tor entgegenging.

Sie blieb darin stehen und ließ langsam ihren Blick über die Menge schweifen. Diese schwieg noch immer; man hörte hier ein Husten, dort ein unterdrücktes Lachen oder eine einzelne Stimme, doch die Masse als Ganzes gab keinen Laut von sich und starrte sie nur verwundert an. Sie stand dort eine volle halbe Minute und ging dann direkt auf die vorderste Reihe zu.

Sie öffnete sich vor ihr, die Leute drängten und stießen einander beiseite und machten ihr Platz. Ohne das geringste Zögern schritt Lola weiter; die Leute zu beiden Seiten wichen zurück, um sie durchzulassen, und die Gasse zu ihrer Kutsche öffnete sich. Als sie näher kam, konnte ich ihr schönes Gesicht unter der Pelzmütze sehen; sie lächelte leise und schien unbekümmert wie die Gastgeberin eines Gartenfestes zwischen ihren Gästen. Und trotz aller feindseligen Blicke und grimmigen Gesichter erhob niemand die

Hand gegen sie oder stieß auch nur ein Wort hervor, während sie an den Leuten vorbeiging.

Jahre später hörte ich, wie ein Mann, der sich in jener Menge befunden hatte – ein Angehöriger der Gesandtschaft, glaube ich – in einem Londoner Club die Szene schilderte.

„Bei Gott, es war das Tapferste, was ich je in meinem Leben gesehen habe. Da schritt dieses zierliche Mädchen dahin wie eine Königin – und, Himmel, war sie schön! Mitten in diesen Pöbel ging sie, der nach ihrem Leben gebrüllt hatte und sie in Stücke zerrissen hätte, wenn einer von ihnen den Anfang gemacht hätte. Sie schien sie kaum zu bemerken, verdammt noch mal; sie lächelte nur gelassen, mit hocherhobenem Kopf. Ganz ohne Schutz ging sie durch die Menge, und diese Kohlfresser glotzten und starrten sie an – und taten nichts. Sie bot einen herzbewegenden Anblick – so klein und wehrlos und tapfer! Ich sage euch, ich war nie so stolz, ein Engländer zu sein, wie in diesem Moment; am liebsten wäre ich an ihre Seite geeilt, um ihr zu zeigen, dass es einen Landsmann gab, der es wagte, mit ihr durch diesen verdammten murrenden Haufen von Ausländern zu gehen. Jawohl, bei Gott, es hätte mich glücklich gemacht – stolz und glücklich –, ihr zu Hilfe zu eilen, ihr zur Seite zu stehen."

„Und warum taten Sie's nicht?" fragte ich.

„Warum nicht, Sir? Weil die Menge zu dicht war, verdammt. Wie konnte ich denn?"

Ohne Zweifel war er verflucht froh über den Vorwand; ich wäre ihr nicht für den doppelten Inhalt meiner Tasche zu Hilfe geeilt. Die Gefahr, der sie sich aussetzte, war fürchterlich, denn es hätte vermutlich nur eines Funkens bedurft, um die Menge dazu zu bringen, sich auf sie zu stürzen; die Art, wie sie noch wenige Minuten zuvor gebrüllt hatte, hätte das Blut jedes gewöhnlichen Menschen erstarren lassen.

Doch nicht Lolas; sie ließ sich nicht einschüchtern; sie forderte die Leute heraus, lieferte sich ihnen auf Gnade und Ungnade aus, und sie schätzte sie ganz richtig ein, denn sie ließen sie, ohne aufzumucksen, hindurch.

Es war natürlich purer idiotischer Stolz von ihr, typisch Lola – ebenso das, was sie, wie ich hörte, während des Tumults in der vergangenen Nacht getan hatte: als man Ziegel nach ihren Fenstern schleuderte, war sie in ihrem schönsten Ballkleid und übersät mit Juwelen auf den Balkon getreten und hatte dem Pöbel mit Champagner zugeprostet. Sie hatte einfach nicht die geringste Angst – und das ließ die Leute vor Ehrfurcht erstarren [42].

Als sie die Kutsche erreichte, sprang der Mann, der darinsaß, heraus und half ihr hinein, doch der Kutscher konnte nicht losfahren, bevor die Leute sich zerstreuten. Langsam, fast schleichend, gingen sie aus dem Weg; es war das Merkwürdigste, was ich je gesehen habe. Und dann begann die Kutsche langsam anzurollen, doch der Kutscher benutzte erst dann die Peitsche, als der Weg ganz frei war.

Ich schlenderte hinterher, verwundert und ein wenig ärgerlich, dass sie so leicht davongekommen war. Die Leute hatten nicht einmal ein faules Ei nach ihr geworfen, um ihr einen Denkzettel zu geben, doch so sind die Deutschen nun einmal. Bietet ihnen jemand die Stirn, so treten sie von einem Bein aufs andere und schauen einander an und strecken die geballten Fäuste in die Tasche. Ein Haufen von Engländern – die hätten sie entweder ermordet oder jubelnd auf die Schultern gehoben, doch diese Quadratschädel wagten weder das eine noch das andere.

Die Kutsche fuhr langsam über den Karolinenplatz, auf dem sich kaum Menschen befanden, und dann in die gegenüberliegende Straße. Ich folgte ihr weiter, um zu sehen, was passieren würde, doch nichts geschah; niemand kümmerte sich um Lola, als sie langsam durch die Straße rollte – und in diesem Moment kam mir plötzlich eine wundervolle Idee.

Ich musste fort aus München – wenn ich nun die Kutsche anhielt und sie bat, mich mitzunehmen? Es konnte nicht sein, dass sie noch einen Groll gegen mich hegte, nachdem ich soviel durch ihre Ränke erlitten hatte. Sie hatte mir alles, was sie mir Lord Ranelaghs wegen schuldete, dutzendfach heimgezahlt – und wenn sie das nicht wusste, so würde ich es ihr klarmachen. Und sie war nicht mehr in der Lage, mich arretieren oder einsperren zu lassen; verdammt, schließlich hatten wir uns doch einst geliebt; sie konnte mich nicht im Stich lassen!

Hätte ich einen Moment Zeit zum Nachdenken gehabt, so hätte ich das gewiss getan, doch es war ein Entschluss, den ich in Sekundenschnelle fasste. Hier war eine Gelegenheit, aus München und wahrscheinlich auch aus Deutschland herauszukommen, bevor meine Häscher mich erwischten – und so lief ich, ohne lange zu überlegen, der Kutsche nach und rief, sie möge anhalten. Vielleicht war es ein ganz natürlicher Instinkt: ist man in Gefahr, neigt man dazu, unter einen Weiberrock zu kriechen.

Der Kutscher hörte mich und schlug natürlich sogleich auf die Pferde ein; vermutlich dachte er, ein besonders blutrünstiger Halunke habe sich anders besonnen und führe Böses im Schilde. Die Kutsche rumpelte davon, und ich lief brüllend hinterdrein.

„Halt, verdammt!“ schrie ich. „Lola! Ich bin's – Harry Flashman! So haltet doch an!“ Doch er fuhr nur noch schneller, und ich musste rennen wie der Teufel, schreiend und durch aufspritzende Pfützen. Zum Glück konnte er auf dem Katzenkopfpflaster kein allzu rasches Tempo anschlagen, und so holte ich die Kutsche endlich ein und sprang auf die Seitentreppe.

„Lola!“ schrie ich. „Schau doch – ich bin's“, und da rief sie dem Kutscher zu, er möge halten. Ich öffnete die Tür und taumelte hinein.

Der Bursche, der bei ihr saß, ihr kleiner Diener, wollte sich auf mich stürzen, doch ich stieß ihn weg. Sie starrte mich an wie ein Gespenst.

„In Himmels Namen!“ rief sie. „Du! – wie kommst du hierher? Und was, zum Teufel, ist mit deinem Kopf?“

„Oh, mein Gott, Lola!“ sagte ich. „Ich habe Entsetzliches durchgemacht! Lola, du musst mir helfen! Ich habe kein Geld, und dieser verfluchte Otto Bismarck ist hinter mir her! Du fragst, was mit meinem Kopf ist? Er und seine Kerle wollten mich ermorden! Sie haben es mehrmals versucht. Da, sieh.“ Und ich zeigte ihr den Verband, der aus meinem linken Ärmel hervorschaute.

„Wo bist du gewesen?“ fragte sie, und ich suchte vergebens nach einem Schimmer weiblicher Besorgnis in ihren schönen Augen. „Von wo kommst du?“

„Aus dem Norden“, sagte ich. „Aus Strackenz – mein Gott, es war eine schreckliche Zeit. Ich bin verzweifelt, Lola – kein Geld, keinen verdammten Kreuzer, und ich muss fort aus Deutschland! Es geht um mein Leben. Ich weiß nicht ein noch aus, und ich bin zur dir gekommen, weil ich wusste, du wirst mir helfen –“

„So, wirklich?“ sagte sie.

„– ich habe gesehen, wie diese Schurken dich bedrohten – mein Gott! Du warst prachtvoll, mein Liebling! Ich habe noch nie solchen Mut gesehen, und wie du weißt, war ich schon in bösen Situationen. Lola – bitte, liebste Lola, es war für mich die reine Hölle – und zum Teil warst du schuld daran. Du wirst mich doch jetzt nicht im Stich lassen? Nein, mein Liebling, das kannst du nicht.“

Ich glaube, ich spielte meine Rolle wirklich gut, wenn man bedenkt, dass ich improvisierte; es war wohl das beste, verstört und verzweifelt zu tun, und ich muss ziemlich wild ausgesehen haben – und dennoch harmlos. Mit steinerner Miene sah sie mich an, und mein Mut sank.

„Steig aus", sagte sie eiskalt. „Warum sollte ich dir helfen?"

„Warum? Nach allem, was ich gelitten habe? Schau, sie haben mich mit Säbeln zerschlitzt, deine verdammten Freunde – Bismarck und dieses Schwein Rudi! Ich bin nur durch ein Wunder entkommen, doch sie verfolgen mich – sie werden mich töten, wenn sie mich fangen – verstehst du denn nicht?"

„Du phantasierst", sagte sie, kalt und schön dasitzend. „Ich habe keine Ahnung, wovon du redest; ich habe nichts mit alldem zu tun."

„So herzlos kannst du nicht sein", sagte ich. „Lola, alles, worum ich dich bitte, ist, München mit dir verlassen zu dürfen – oder wenn du mir etwas Geld leihst, werde ich es allein tun. Aber du kannst mich jetzt nicht zurückweisen – habe ich nicht alles abgebüßt, was ich dir angetan habe? Großer Gott, ich würde dich nicht im Stich lassen – das weißt du! Schließlich sind wir doch beide Engländer, meine Liebste ..."

Soviel ich mich entsinne, sank ich auf die Knie, denn so ist es überaus schwierig, einen lästigen Burschen aus einer Kutsche zu stoßen, und sie biss sich in die Lippe und fluchte und blickte nervös aus dem Fenster. Ihr kleiner Diener mischte sich ein.

„Lassen Sie ihn, Madame; es ist unklug, hier zu verweilen. Wir müssen schnellstens zu Herrn Laibingers Haus."

Sie zögerte, doch er ließ nicht locker, und ich flehte sie eindringlich an, so dass sie schließlich dem Kutscher befahl, weiterzufahren. Ich versicherte sie überschwänglich meiner Dankbarkeit und wollte ihr ausführlich die Ereignisse, die mich in meine gegenwärtige Lage gebracht hatten, schildern, doch sie schnitt mir scharf das Wort ab.

„Ich habe genug eigene Sorgen", sagte sie. „Es interessiert mich nicht, wo du gewesen bist und was für Unfug du angestellt hast."

„Aber Lola – ich will dir doch nur erklären –"

„Spar dir deine Erklärungen!" fuhr sie mich an. „Ich will nichts davon wissen."

So lehnte ich mich fügsam zurück und stellte die Tasche zwischen meine Füße, und sie saß nachdenklich und wütend mir gegenüber. Ich kannte diese Stimmung – das nächste Stadium war, dass sie mit Pisstöpfen nach einem warf; vielleicht hatte dieser irrsinnige Gang durch die Menge sie doch ziemlich mitgenommen, oder sie machte sich einfach Sorgen um die Zukunft. Ich versuchte, sie zu besänftigen:

„Es tut mir schrecklich leid, Lola – was geschehen ist, meine ich. Man hat dich wirklich schändlich behandelt –"

Doch sie ging nicht darauf ein, und so hielt ich den Mund. Ganz plötzlich fiel mir ein, dass wir uns vor Jahren auch in einer Kutsche zum ersten Mal begegnet waren – und dass ich auch damals auf der Flucht gewesen war und sie mich gerettet hatte. Vielleicht sollte ich sie daran erinnern, doch im Moment schien es nicht angebracht. Doch während ich darüber nachdachte, stellte ich Vergleiche an; ja, selbst in meiner momentanen Verzweiflung entging mir nicht, dass sie heute ebenso schön war wie damals – wenn ich mich vorsichtig bei ihr einschmeichelte, wer weiß, ob sie dann nicht ihre gegenwärtige Kühle aufgeben würde (die Ranelagh-Sache musste sie tief getroffen haben). Vielleicht würde sie mir sogar erlauben, mit ihr zusammen Deutschland zu verlassen – in meiner nimmermüden Phantasie begann ich mir sogar bereits ein Bettabenteuer auszumalen, und höchst wonnigliche Gedanken erfüllten mich.

„Glotz mich nicht so an!“ rief sie plötzlich.

„Entschuldige bitte, Lola, ich –“

„Falls ich dir helfe – ich betone, ‚falls‘ – so hast du dich mit gebührender Demut zu betragen.“ Sie sah mich nachdenklich an. „Wohin willst du?“

„Ganz gleich, wohin, Liebling, nur fort aus München – und aus Deutschland, wenn möglich. Oh, liebste Lola –“

„Schön, aus München bringe ich dich morgen hinaus. Doch dann musst du selber zusehen, wie du weiterkommst – es ist ohnedies mehr, als du verdienst.“

Nun, das war besser als gar nichts. Ich kann mir heute noch nicht recht erklären, warum sie an jenem Abend so hart zu mir war – ich glaube, es lag weniger daran, dass sie mich nicht mochte, als dass sie zornig darüber war, entmachtet worden zu sein und Bayern auf so schändliche Weise verlassen zu müssen. Es mag aber auch sein, dass sie mir noch immer nicht verziehen hatte, dass ich sie seinerzeit bei ihrem Londoner Auftritt auspfiff. Jedenfalls schien es, dass ihre Freundlichkeit mir gegenüber bei meinem ersten Besuch in München nur gespielt gewesen war, um mich für Rudi zu einer leichten Beute zu machen. Nun, meinetwegen sollte sie so kratzbürstig sein, wie sie wollte, wenn sie mich nur mitnahm. Es war besser, als in München herumzuschleichen und bei jedem Schatten zusammenzuschrecken.

Wir übernachteten in einem Haus in einer Vorstadt, und man gestattete mir gnädigst mit Papon, ihrem Diener, eine Kammer zu teilen; er schnarchte wie ein Pferd und hatte Flöhe. Jedenfalls plagten mich am nächsten Tage welche; also konnten sie nur von ihm stammen. Am Morgen erfuhren wir, dass infolge der Unruhen der Bahnhof geschlossen worden war, und so mussten wir einen Tag warten. Lola schmollte, und ich saß in der Dachkammer und hütete meine Tasche. Ob die Züge am nächsten Tag wieder fahren würden, war ungewiss, und Lola schwor, dass sie keine weitere Nacht in München bleiben werde, was meine Stimmung beträchtlich hob. Je schneller wir fort kamen, umso besser. Sie entschied, dass wir die Stadt mit der Kutsche verlassen, eine Tagesfahrt machen und auf dem Bahnhof irgendeiner anderen Stadt – den Namen habe ich vergessen – in den Zug umsteigen würden. All diese Beschlüsse wurden natürlich getroffen, ohne dass ich gefragt wurde; Lola beriet sich mit den Bewohnern des Hauses, während der arme alte Flashy demütig und unsichtbar im Hintergrund hockte und jeden Moment erwartete, man werde ihn auffordern, Madams Schuhe zu putzen.

An dem Tag, den wir mit Warten verbrachten, sprach Lola jedoch mit mir, und das nicht einmal unfreundlich. Sie erkundigte sich nicht, was mir seit jenem Tag, an dem sie Rudi geholfen hatte, mich aus München zu entführen, widerfahren war, und als ich ihr sanfteres Betragen zu nutzen und es ihr zu erzählen versuchte, wollte sie nichts davon hören.

„Was immer auch geschehen ist, wir wollen das Vergangene ruhen lassen“, sagte sie. Das machte mir Mut, und ich sagte ihr, wie dankbar ich ihr sei und dass mir bewusst sei, wie unwürdig ich ihrer Güte sei etc., worauf sie mich mit einem etwas spöttischen Lächeln bedachte und sagte, wir sollten nicht darüber reden, doch näher kamen wir uns nicht. Als wir am nächsten Tag aufbrachen, stellte ich jedoch fest, dass sie sich die Mühe gemacht hatte, mir vom Hausherrn ein sauberes Hemd zu beschaffen, und als wir in die Kutsche stiegen, war sie recht charmant und nannte mich sogar Harry.

Sieh einer an, dachte ich, die Sache macht sich; wenn es so weitergeht, werde ich bald auf ihr liegen. So gab ich mich denn so liebenswürdig wie möglich, und wir plauderten angeregt (doch nicht über die vergangenen Monate). Während des Vormittags wurde die Stimmung immer besser; sie begann zu lachen und sogar in ihrer so vertrauten irischen Art mit mir zu tändeln – und wenn Lola das tat und einen mit ihren herrlichen Augen schelmisch anblickte, nun, dann musste man blind oder aus Holz sein, um nicht in kürzester Zeit von ihr um den Finger gewickelt zu werden.

Ich muss gestehen, dass mich diese Änderung ihres Verhaltens mir gegenüber anfangs ein wenig verwirrte – doch sie war, so sagte ich mir, schon immer unberechenbar gewesen – in der einen Minute honigsüß, in der nächsten rasend vor Wut, einmal kühl und stolz und einmal fröhlich und ausgelassen, eine Königin und ein kleines Mädchen in einer Person. Und ich muss wieder einmal sagen, dass sie eine unheimliche Macht besaß, Männer zu bezaubern, durchaus nicht nur durch den Reiz ihrer Schönheit, und so standen wir am Nachmittag wieder auf bestem Fuß miteinander, und ihre großen Augen betrachteten mich mit jenem lüsternen, verschwommenen Blick, der mich ganz kribblig machte und lüstern an Betten und Sofas denken ließ.

Bis zum Nachmittag stand denn auch fest, dass wir uns nicht, wie geplant, trennen, sondern zusammen – mit Papon, natürlich – den Zug besteigen und nach Süden reisen würden. Sie wusste noch immer nicht, wohin sie wollte, doch sie plauderte fröhlich, was sie in Italien oder Frankreich oder wohin sonst sich zu begeben ihr in den Sinn kommen mochte unternehmen würde. Ganz gleich wo, sie würde es schnell wieder zu Reichtum bringen und vielleicht gar ein anderes Königreich zum Spielen finden.

„Was ist denn schon Deutschland?“ sagte sie. „Mein Gott, die ganze Welt steht uns offen – die Höfe, die Städte, die Theater!“ Ihre Fröhlichkeit war ansteckend, und Papon und ich grinsten wie Idioten. „Bevor ich sterbe, will ich leben!“ Sie sagte dies mehr als einmal; vermutlich war es einer ihrer Wahlsprüche.

So schwatzten und scherzten wir, während die Kutsche dahinrumpelte, und sie sang kleine spanische Lieder und drängte mich, auch zu singen. Ich stimmte „Garryowen“ an, das sie als Irin mochte, und „The British Grenadiers“, worüber sie und Papon herzlich lachten. Ich war bester Laune; immer mehr erfüllte mich das Gefühl, dass es mir gelingen würde, mit meinen Juwelen einem neuen herrlichen Leben entgegenzueilen, und der Gedanke, dass die wundervolle, schöne Lola keine Ahnung hatte, dass sie mir half, mit ihnen zu entkommen, tat mir ungemein wohl.

In der kleinen Nachbarstadt Münchens erfuhren wir, dass am nächsten Tage ein Zug nach Süden fuhr, und so stiegen wir im örtlichen Gasthof ab, einer ordentlichen kleinen Herberge, die „Zum letzten Heller“ hieß – ich entsinne mich, dass Lola über den Namen lachte. Wir aßen ausgezeichnet, und ich muss ziemlich viel getrunken haben, denn ich erinnere mich nur undeutlich an den Abend, und als ich mit Lola zu Bett ging – ein riesiges Ding mit einem Baldachin, das schrecklich schwankte und quietschte, als ich mich über sie hermachte –, kicherte sie so sehr, dass ich beinahe aus dem Konzept geriet. Dann nahmen wir einen Schlaftrunk zu uns, und das letzte, dessen ich mich entsinne, bevor ich die Kerze ausblies, sind ihre großen Augen und lächelnden roten Lippen und ihr schwarzes Haar, das über mein Gesicht fiel, als sie mich küsste.

„Dein armer Kopf“, sagte sie, meinen stoppeligen Schädel streichelnd. „Ich hoffe, deine Locken werden dir wieder wachsen – und auch dein prächtiger Backenbart. Du wirst ihn doch wieder für mich tragen, Harry?"

Dann schliefen wir ein, und als ich erwachte, lag ich allein im Bett. Die Sonne schien hell zum Fenster herein, und ich hatte höllische Kopfschmerzen. Ich kroch heraus, doch es war nichts von ihr zu sehen; ich rief nach Papon, doch bekam keine Antwort. Der Wirt muss mich gehört haben, denn er kam die Treppe herauf und erkundigte sich, was ich wünsche.

„Wo ist Madame?" fragte ich, mir die Augen reibend.

„Madame?" Er schien erstaunt. „Aber – sie ist fort, mein Herr. Mit ihrem Diener. Sie sind vor etwa drei Stunden zum Bahnhof gefahren."

Fassungslos starrte ich ihn an.

„Was soll das heißen – fort? Wir sind zusammen gereist, Mann – sie kann doch nicht ohne mich aufgebrochen sein?"

„Ich versichere Sie, mein Herr, sie ist fort." Er griff unter seine Schürze. „Sie hat dies für Eure Exzellenz hinterlassen und mir aufgetragen, es Euch zu geben, wenn Ihr aufsteht." Und er reichte mir spöttisch grinsend einen Brief.

Ich nahm ihn; die Schrift auf dem Kuvert war Lolas. Und dann durchzuckte mich ein entsetzlicher Gedanke – ich rannte in mein Zimmer zurück, stolperte über einen Stuhl und riss mit einem würgenden Gefühl der Angst im Hals die Schranktür auf. In der Tat – meine Tasche war weg. Im ersten Moment konnte ich es nicht glauben. Ich schaute unter das Bett, hinter die Vorhänge, durchsuchte das ganze Zimmer, doch vergebens. Ich zitterte vor Zorn und überhäufte mich selbst mit Flüchen, und dann warf ich mich aufs Bett und schlug mit den Fäusten darauf ein. Die diebische Dirne hatte mich bestohlen – und, mein Gott, was hatte ich dieser Juwelen wegen alles durchgemacht! Ich bedachte sie mit allen Schimpfnamen, die mir einfielen, unnützen, sinnlosen

Verwünschungen – denn ich brauchte keinen Moment nachzudenken, um zu begreifen, dass ich nicht das mindeste tun konnte. Ich konnte sie nicht wegen Diebstahls von Dingen anzeigen, die ich selbst gestohlen hatte; ich konnte sie nicht verfolgen, weil ich nicht das nötige Geld dazu hatte. Ich hatte alles verloren – an eine schöne, liebevolle, zärtliche Hure, die mich mit ihrem Charme unvorsichtig gemacht hatte – ja, die mich, nach dem Zustand meines Magens zu schließen, betäubt und sich mit meinem Schatz davongemacht hatte. Zornbebend saß ich da, und dann fiel mir der Brief ein, den ich zerknüllt in meiner Faust hielt, und ich riss ihn auf. Bei Gott! Das Papier trug sogar ihr Wappen. Ich rieb mir die Augen und las:

Mein lieber Harry,

ich bin in größerer Not als Du. Ich kann mir nicht denken, auf welche Weise Du an solch einen Schatz geraten bist, doch ich weiß, dass es nur auf unehrliche Weise geschehen sein kann, und so scheue ich mich nicht, ihn Dir abzunehmen. Schließlich hast Du eine reiche Frau und Familie, die Dich erhalten können, während ich ganz allein auf der Welt stehe.

Du wirst ein wenig Geld in Deiner Jackentasche finden; es sollte Dir ermöglichen, Deutschland zu verlassen, wenn Du vorsichtig bist.

Denk nicht allzu schlecht von mir; schließlich hättest Du mich ebenso übers Ohr gehauen, wenn Du dazu die Gelegenheit gehabt hättest. Ich hoffe, wir werden uns nie wiedersehen, doch ich sage das nicht ohne Bedauern, mein lieber, schlimmer, hübscher Harry. Du wirst es vielleicht nicht glauben, doch es wird stets ein Platz für Dich sein im Herzen von

Rosanna

P.S. Kopf hoch. Lass Dich nicht unterkriegen.

Ich saß sprachlos da und starrte auf den Brief. So wahr mir Gott helfe, hätte ich sie in diesem Moment erwischt, ich hätte ihr kaltblütig den Hals umgedreht, der verlogenen, heuchlerischen, diebischen, glattzüngigen, tückischen Hure. Himmel! Noch gestern hatte ich mir ins Fäustchen gelacht, weil sie mir, ohne etwas zu ahnen, half, mein Vermögen fort zu transportieren, während sie sich wieder auf die Hurerei würde verlegen müssen, um sich ihren Lebensunterhalt zu verdienen! Und nun war sie fort, ohne dass die geringste Aussicht bestand, ihr die Juwelen wieder abzunehmen; ich saß auf dem nackten Arsch, und sie würde irgendwo von meiner schwer errungenen Beute ein luxuriöses Leben führen. Als ich an die Gefahren dachte, die ich dieser unschätzbaren Juwelen wegen durchgestanden hatte, musste ich laut heulen.

Nun, es war kein Wunder, dass ich damals die Nerven verlor. Heute, nach so vielen Jahren, macht es mir nicht mehr viel aus. Ich besitze den Brief noch; er ist alt und zerknittert und vergilbt – wie ich selbst. Ihr war es nicht beschieden, so zu werden; sie starb so schön, wie sie immer war, fern in Amerika – und sie lebte, bevor sie starb. Vielleicht bin ich ein rührseliger alter Tor, doch ich bin ihr nicht besonders böse – sie hat um die gleichen Dinge gekämpft wie wir alle – nur hat sie mehr davon bekommen, das ist alles. Für mich ist sie vor allem das leckerste Mädchen, mit dem ich je in einem Bett gelegen habe – das schönste, das ich in meinem Leben gekannt habe. Und meinen Backenbart trage ich heute noch. Eine Lola Montez vergisst man nicht – diese durchtriebene Hure.

Freilich, wenn man alt und meist vom Brandy benebelt ist, fällt es einem nicht schwer, Vergangenes zu verzeihen und seinen Groll auf die Nachbarn zu richten, die einen Nachts nicht schlafen lassen, und auf Kinder, die einem zwischen den Beinen herumrennen. Doch in der Jugend ist das anders, und mein Zorn an jenem Morgen war fürchterlich. Ich tobte in meinem Zimmer und warf mit den Möbeln herum, und als der Wirt erschien und protestierte, schlug ich ihn nieder und trat ihn mit den Füßen. Es gab eine schreckliche Szene, man holte die Polizei, und es fehlte nicht viel, und man hätte mich vor Gericht gestellt und eingesperrt.

Schließlich blieb mir nichts anderes übrig, als meine wenigen Sachen zu packen und nach München zurückzufahren. Dank Lola hatte ich jetzt ein wenig Geld – Gott, das setzte der Infamie die Krone auf –, und so konnte ich wenigstens heimfahren, verdrossen und wütend und voll Hass. Ich verließ Deutschland ärmer, als ich es betreten hatte – obgleich natürlich zu Hause noch 250 Pfund von Lolas (oder Bismarcks) Geld auf der Bank lagen. Was ich durchlitt, hatte mir nichts weiter eingebracht als zwei Säbelschmisse und eine Wunde am Arm, eine recht gute Kenntnis der deutschen Sprache und vermutlich ein paar weiße Haare. Ach ja, natürlich noch etwas – einen Schädel, der mit seinen Borsten aussah wie der Rücken eines Schweins, obgleich es nicht lange dauerte, bis meine Haare nachwuchsen. Und was mir meine Laune noch mehr verdarb – als ich am Ärmelkanal anlangte, hörte ich, dass Lola in der Schweiz sei und mit Viscount Peel herumhurte, dem Sohn des alten Premierministers – zweifellos hat sie ihn tüchtig ausgenommen.

Ich bin nur noch einmal in Deutschland gewesen. In der Tat gehört die Geschichte nicht zu jenen, die mich zum Schrecken der Londoner Clubs gemacht haben – das heißt jener, die mich dulden. Ich habe sie nur einmal erzählt, und das vor einigen Jahren unter vier Augen – dem jungen Anwalt Hawkins. Ich muss damals ziemlich besoffen gewesen sein oder er verdammt zudringlich – er hat sie als Stoff für einen seiner Romane benutzt, der sich, wie ich höre, sehr gut verkauft.

Er machte natürlich eine Heldengeschichte daraus, doch ich habe keine Ahnung, ob er sie mir glaubte, als ich sie ihm erzählte; wahrscheinlich nicht. Sie scheint für einen Roman reichlich phantastisch und ist es dabei gar nicht so sehr, denn dass zwei Menschen einander so ähnlich sehen wie ich und Carl Gustaf, kommt tatsächlich vor. Ja, noch etwas fällt mir im Zusammenhang damit ein – ich sah es, als Herzogin Irma zum diamantenen Jubiläum der alten Königin nach London kam – wie ich bereits erwähnte, waren sie verwandt. Es war das einzige Mal, dass ich Irma wiedersah – ich hielt mich natürlich im Hintergrund, konnte sie aber trotzdem gut sehen, und sie war noch mit siebzig eine verdammt hübsche Frau, so dass mir ganz heiß wurde, als ich an damals dachte. Sie war verwitwet, denn Carl Gustaf war in den sechziger Jahren an einer Lungenentzündung gestorben, doch sie hatte ihren Sohn bei sich; er dürfte um die vierzig gewesen sein, und das Merkwürdige ist, dass er eine verblüffende Ähnlichkeit mit Rudi von Starnberg hatte – was natürlich lediglich Zufall gewesen sein mag. Ich bekam jedoch einen ziemlichen Schreck, und einen Moment sah ich mich nervös nach einer Möglichkeit um, rasch zu verschwinden.

Von Rudi hörte ich zuletzt, als die Deutschen auf Paris marschierten; einem Gerücht zufolge soll er gefallen sein, und so schürt er vermutlich seither Luzifers Feuer, was ich ihm von Herzen gönne. Ungleich Mr. Rassendyll übte ich mich nicht täglich im Fechten, weil ich erwartete, dass es zu einem weiteren Gang zwischen uns kommen werde; einer hatte genügt, mich zu überzeugen, dass die beste Waffe gegenüber Burschen wie Jung-Rudi zwei lange Beine und ein guter Vorsprung sind.

Und Bismarck? Nun, ihn kennt alle Welt. Vermutlich war er einer der größten Staatsmänner der Epoche, einer, der die Geschicke der Welt bestimmt und dergleichen. Ich habe ihn jedoch an der Nase herumgeführt, und das ist etwas, dessen ich mich gern entsinne. Und es ist ein merkwürdiges Gefühl, dass die europäische Geschichte vielleicht einen anderen Lauf genommen hätte, wenn ich nicht gewesen wäre – doch wer will das wissen? Bismarck, Lola, Rudi, Irma und ich – die Fäden laufen zusammen und dann weit auseinander und wieder zusammen, und am Ende verschwinden sie im Dunkel. Nun ja, ich kann leicht weise Reden führen – ich habe es alles überlebt [43].

Damals, als ich von München nach London zurückreiste, erfüllten mich nicht so weise Gedanken. Durchnässt und erschöpft von den Strapazen und unserem verdammten Märzwetter traf ich endlich daheim ein. Wie oft war ich heimgekehrt zu dieser Haustür – ein- oder zweimal mit Ruhm bedeckt, andere Male humpelnd, mit zerrissenen Stiefeln. Dies war keine sehr glorreiche Heimkehr, und die Tatsache, dass just, als ich in die Diele trat, mein lieber Schwiegervater, der alte Morrison, die Treppe herunterkam, machte sie nicht gerade angenehmer. Dass meine verfluchten schottischen Verwandten da waren, hatte mir gerade noch gefehlt – ich hatte gehofft, sie seien in ihr dunkles Loch in Renfrew zurückgekehrt. Als einziger Lichtblick war mir erschienen, dass ich meine Rückkehr mit Elspeth im Bett würde feiern können, und nun empfing mich dieser alte Griesgram.

„Ha!" sagte er. „Sie sind's. Wieder mal daheim?" Und er brummte etwas von einem weiteren Maul, das es nun zu füttern gelte.

Ich nahm mich zusammen, gab Oswald meinen Mantel, begrüßte ihn und fragte, ob Elspeth zu Hause sei.

„Oh, ja", sagte er, mich mürrisch musternd. „Sie wird sich freuen, Sie zu sehen. Sie sind dünner geworden", fügte er befriedigt hinzu. „Anscheinend ist's Ihnen in Deutschland nicht gut gegangen – falls Sie dort gewesen sind."

„Ja, dort bin ich gewesen", sagte ich. „Wo ist Elspeth?"

„Im Salon – ich glaube, sie trinkt Tee mit ihren Freundinnen. Wir haben feine Gäste im Haus – auch Ihr Vater, der Saufbold, ist wieder da."

„Ist er wieder gesund?" fragte ich, und Oswald sagte mir, dass er oben in seinem Zimmer im Bett liege.

„Wie üblich", sagte der alte Morrison. „Na, gehen Sie schon hinauf, Sir, und feiern Sie Wiedersehen mit Ihrer Frau, nach der Sie sich gewiss gesehnt haben. Wenn Sie sich eilen, kommen Sie noch zum Tee zurecht, aus ihrem feinen neuen Silberservice ..." Und während er hinter mir herkrächzte, lief ich die Treppe hinauf, in meiner Brust jenes Gefühl der Enge, das ich immer verspüre, wenn ich zu Elspeth zurückkomme.

Als sie mich erblickte, schrie sie leise auf und erhob sich lächelnd hinter dem Tablett, von dem sie den Damen Tee serviert hatte, die fein und geziert, Häubchen auf den Köpfen, um den Tisch saßen. Ihr dümmliches Gesicht strahlte wie immer; ihr blondes Haar trug sie auf neue Weise frisiert – Ringellöckchen umrahmten ihre Wangen.

„Oh, Harry!" Sie lief auf mich zu und blieb stehen. „Mein Gott, Harry! Was ist denn mit deinem Kopf?"

Damit hätte ich natürlich rechnen müssen; ich hätte meinen Hut aufbehalten oder eine Perücke aufsetzen oder sonst irgendetwas tun sollen, um die Wiederholung dieser verdammten Frage zu verhindern. Ach ja, ich war wieder zu Hause, heil und unversehrt, und Elspeth streckte ihre Hände aus und fragte lächelnd:

„Was hast du mir aus Deutschland mitgebracht, Harry?"

(Ende des zweiten Teils der Flashman Manuskripte)

ANHANG I

Der Gegangene von Zenda

Ob Flashmans wirkliche Erlebnisse in Deutschland Anthony Hope den Stoff zu seinem berühmten Roman *Der Gefangene von Zenda* lieferten, muss der Leser selbst entscheiden. Flashman spielt im Text an zwei Stellen ziemlich deutlich darauf an vor allem bei der Erwähnung von „Hawkins", was Hopes wirklicher Name war. Zweifellos besteht zwischen den Ereignissen eine gewisse Ähnlichkeit, und Namen wie Lauengram, Kraftstein, Detchard, de Gautet, Bersonin und Tarlenheim kommen in beiden Geschichten vor. Flashmans „Major Sapten" ist ein literarischer Zwillingsbruder von Hopes „Oberst Sapt", und jeder Kenner der Romanliteratur wird in Rudi von Starnberg den Grafen von Hentzau erkennen.

ANHANG II
Lola Montez

Verschiedene der diesem Anhang folgenden Anmerkungen beziehen sich auf Lola Montez, doch verdient sie es, dass man sich mit ihr eingehender beschäftigt, als es hier möglich ist. Schließlich war sie eine der größten Abenteurerinnen der Geschichte mit einem Geist und einer Persönlichkeit, die ihrem Aussehen in nichts nachstanden, und vor allem diese Gaben, weniger ihr skandalöses Betragen, machen sie interessant.

Ihr wirklicher Name war Marie Dolores Eliza Rosanna Gilbert, und sie wurde 1818 als Tochter eines Offiziers der britischen Armee in Limerick geboren. Ihr Vater war vermutlich Schotte, ihre Mutter zum Teil spanischer Herkunft, und Lola wuchs in Indien, Schottland und auf dem europäischen Kontinent auf. Im Alter von achtzehn Jahren brannte sie mit einem Captain James durch, mit dem sie in Indien lebte, und kehrte 1841 nach England zurück, wo James sich 1842 von ihr scheiden ließ. Es folgte ihre Karriere als spanische Tänzerin, und nach einer Reihe von Auftritten, Liebschaften und Skandalen auf dem Kontinent wurde sie die Geliebte Ludwigs von Bayern. Manche sind der Meinung, dass sein Interesse für sie rein geistiger Art war; das ist Ansichtssache. Außer Zweifel steht, dass sie die wahre Regentin Bayerns war und es hat schlechtere Herrscher gegeben, bis die Revolution des Jahres 1848 sie zum Verlassen des Landes zwang. Später ging sie nach Amerika, wo sie

Vorträge über Themen wie Schönheit und Mode hielt. 1861 starb sie mit erst 43 Jahren in New York.

Außer Captain James hatte sie noch zwei Ehemänner; einen jungen Offizier namens Heald, der früh starb, und Patrick Hall, einen in San Francisco lebenden Redakteur, der sich von ihr scheiden ließ.

Dies ist nur ein gedrängter Abriss ihres kurzen Lebens; es fehlt der Platz, ihre sämtlichen Liebhaber, wirkliche und angebliche (außer den von Flashman erwähnten soll Klatschgeschichten zufolge auch Lord Palmerston zu ihnen gehört haben) anzuführen, sowie ihre zahllosen Skandale und Triumphe. Man kann sich darüber in ihren Biographien informieren, von denen *The Magnificent Montez* von Horace Wyndham besonders empfohlen sei.

Flashmans Schilderung von Lolas Benehmen und Charakter scheinen authentisch und objektiv zu sein. Seine Begeisterung für ihr Aussehen und ihre Persönlichkeit wurden allgemein geteilt (sogar von seiner alten Bekannten aus Indien, Hon. Emily Eden); es gibt genügend Beweise für ihre Mannstollheit, ihren fröhlichen Optimismus, ihre plötzlichen Wutausbrüche und ihre Neigung zur Gewalttätigkeit. Unter den Männern, die sie auspeitschte, befanden sich ein Berliner Polizist, ein Münchner Hoteldiener und der Herausgeber der australischen *Ballarat Times.* Doch keiner ihrer Zeitgenossen hat ein genaueres Porträt von ihr gezeichnet als Flashman, keiner den Zauber, den sie ausstrahlte, besser geschildert. Und trotz seines Verhaltens ihr gegenüber scheint er eine tiefe Achtung für sie empfunden zu haben.

Anmerkungen

[1] Flashman hat den Minor St. James Club vielleicht erst 1842 kennengelernt, doch in den vornehmen Kreisen Londons war er schon lange allgemein bekannt. Sein Besitzer, ein Mr. Bond, wurde in jenem Jahr von einem Spieler mit Erfolg verklagt und musste diesem seine Verluste in Höhe von 3500 Pfund ersetzen. (Siehe L. J. Ludovici *The Itch for Play.*)

[2] Mr. Wilson hatte mit seinen Darbietungen in ganz England großen Erfolg, vor allem bei außerhalb ihrer Heimat lebenden Schotten wie Mr. Flashman. Sein Repertoire umfasste *„A Night wi' Burns"*, einen Vortrag über die Rebellion des Jahres 1845 sowie beliebte Volkslieder. Er starb während einer Tournee durch die Vereinigten Staaten.

[3] Von Pferden gezogene Omnibusse verkehrten in London bereits, als Flashman noch ein kleiner Junge war; vielleicht meint er eine neue Linie. Ihre Schaffner waren bekannt für ihre Grobheit und Unflätigkeit.

[4] Razzien auf Spielhöllen wurden nach Erlass des Polizeigesetzes von 1839, das ein gewaltsames Eindringen in die Lokale gestattete, häufig durchgeführt. Flashmans Bemerkungen über die Vorkehrungen der Besitzer und ihr Recht, die Polizei zu verklagen, sind authentisch. (Siehe Ludovici)

[5] Hughes' Bemerkung über Speedicut setzt Flashman herab und kann deshalb als höchst beleidigend betrachtet werden. Flashman zeigt Speedicut in einem anderen Licht.

[6] Der Vergleich mit „Stacheldraht“ muss Flashman später eingefallen sein; Stacheldraht hat erst in den siebziger Jahren allgemeine Verbreitung gefunden.

[7] Nick Ward wurde englischer Champion, nachdem er im September 1840 Deaf James Burke und im Februar 1841 Ben Caunt besiegt hatte. Einen drei Monate später stattfindenden Rückkampf gegen Caunt verlor er.

[8] Der zweite Marquis von Conyngham befand sich unter den Personen, die in Mr. Bonds Minor Club ausgenommen wurden; er verlor bei zwei Besuchen im Jahr 1842 mindestens 500 Pfund.

[9] Flashmans Beschreibung Bismarcks unterscheidet sich von dem Bild, das man sich allgemein von dem Eisernen Kanzler macht, doch sie stimmt mit Details aus seinen jüngeren Jahren überein, auf die die Biographen selten näher eingehen. Bismarcks Neigung zur Derbheit, ja Rohheit, sein rüpelhaftes Benehmen in der Öffentlichkeit (zum Beispiel seine Gewohnheit, mit der Pistole in die Decke zu schießen, um Freunde auf sein Eintreffen aufmerksam zu machen), seine Vorliebe für Huren und Alkohol, sowie die Tatsache, dass er während seines ersten Semesters in Göttingen fünfundzwanzig Duelle ausfocht, deuten nicht gerade auf einen staatsmännischen Charakter. Er scheint ein recht unangenehmer junger Mann gewesen zu sein, mit einer für sein Alter brillanten Intelligenz, doch zynisch und arrogant. Auch Flashmans Darstellung seines Äußeren entspricht den Tatsachen – er sah gut aus, war groß und kräftig und hatte rotblondes Haar. Was seinen Aufenthalt in London 1842 betrifft, so unternahm er tatsächlich in diesem Jahr ausgedehnte Reisen durch England und wurde in Leith wegen Pfeifens auf der Straße an einem Sonntag mit einer

Ordnungsstrafe belegt. Angeblich mochte er die Engländer; zumindest galt seine Zuneigung einem schönen englischen Mädchen namens Laura Russell; er hatte sich einige Jahre zuvor in sie verliebt, doch sie löste ihre Verlobung, um einen älteren Mann zu heiraten. Möglicherweise beeinflusste ihn dies in seinem späteren Leben in ungünstigem Sinne.

[10] Die Einführung einer Einkommensteuer von 7 Pence pro Pfund bei allen Einkünften über 150 Pfund wurde als empörend empfunden. Lord Brougham wandte (wie wir alle wissen, ohne Erfolg) dagegen ein, „eine solche Steuer dürfe auf keinen Fall zu einer Dauereinführung werden ... sondern müsse mit der Notwendigkeit, welche allein ihre Auferlegung rechtfertigen mag, enden".

[11] Bismarck soll ein Witzbold gewesen sein, und wie die meisten Witzbolde scheint er die Gewohnheit gehabt zu haben, sich zu wiederholen. Seine Bemerkung, dass ein Talent für Sprachen ein gutes Talent für einen Oberkellner sei, wird auch in Fürst Bülows Memoiren mit dem Hinweis erwähnt, dass Bismarck sie gern in Bezug auf sprachlich begabte junge Diplomaten machte.

[12] Der Parlamentsabgeordnete John Gully (1783-1863) war einer der beliebtesten und angesehensten Boxchampions. Er stammte aus Bath und war der Sohn eines Fleischers, erwies sich aber bei der Führung des väterlichen Geschäfts als so unfähig, dass er in Schuldhaft kam. 1805 wurde er während der Haft von einem Bekannten, Henry „Game Chicken" Pearce, dem damaligen englischen Champion, besucht. Bei einem Freundschaftskampf im Gefängnis zeigte Gully eine so eindrucksvolle Leistung, dass Gönner seine Schulden bezahlten. Vierzehn Tage vor Trafalgar trat er in Hailsham, Sussex, zum Kampf um den Titel an. Vor einer riesigen Zuschauermen-

ge, unter der sich Beau Brummel und der Duke of Clarence (der spätere William IV.) befanden, errang Pearce nach 64 Runden einen knappen Sieg über Gully; viele Experten sind der Meinung, dass Gully dem Champion weit überlegen war, jedoch zögerte, seinen Wohltäter k. o. zu schlagen. Gully gewann den Titel aber zwei Jahre später durch klare Siege über Bob Gregson, den „Riesen von Lancashire", und gab dann, obwohl er erst 24 Jahre alt war, das Boxen auf. Er machte als Eigentümer mehrerer berühmter Pferde ein Vermögen im Rennsport und durch Investitionen in Kohlenbergwerke und Grundeigentum. Er war von 1832 bis 1837 Parlamentsabgeordneter von Pontefract, zweimal verheiratet und hatte vierundzwanzig Kinder.
Flashmans Schilderung Gullys stimmt mit anderen zeitgenössischen Darstellungen des sanftmütigen, ruhigen Riesen überein, der, wenn er gereizt wurde, einer der gefährlichsten und zugleich exaktesten Fighter der goldenen Ära des Boxsports war. „Im tiefsten Herzen", sagt Nat Fleischer, „sehnte er sich danach, ein Adliger zu sein. Am Berufsboxsport und seinen plebejischen Anhängern lag ihm nicht viel." Vermutlich hat Fleischer recht mit seiner Ansicht, dass Gully, hätte es sich nicht durch Zufall so ergeben, nie Boxer geworden wäre.

[13] Flashmans Erwähnung eines Pferdes namens „Running Reins" ist höchst interessant. Im Mai 1844, eineinhalb Jahre nach der Gesellschaft in Percevals Haus, wurde das Derby von einem unter dem Namen „Running Rein" gemeldeten Pferd gewonnen; eine Untersuchung ergab, dass es sich in Wirklichkeit um einen Vierjährigen namens „Maccabeus" handelte. Es wurde disqualifiziert – doch erst nachdem der Skandal zu einem sensationellen Prozess (Wood gegen Peel) geführt hatte. Der Hauptschuldige in dem Fall, Abraham Levi Goodman, flüchtete aus England; das Pferd „Maccabeus" verschwand. Zweifellos gab es jedoch tatsächlich ein

Pferd namens „Running Rein", dessen Leistungen in der Saison von 1843 Misstrauen erregt hatten. Dass Flashman es erwähnt, scheint darauf hinzudeuten, dass „Running Rein" (das er offenbar irrtümlich „Reins" nennt) bereits früher einen Ruf hatte, wenn auch keinen sehr guten. Running Ribbons hingegen wird in damaligen Rennberichten nicht erwähnt, so dass Spottswood Gully mit seinem Verkaufsangebot keinen großen Gefallen erwies.

[14] John L. Sullivan errang den ersten anerkannten Weltmeistertitel im Schwergewicht, als er Paddy Ryan in Mississippi City am 7. Februar 1882 in der neunten Runde k. o. schlug. Unter den Zuschauern befanden sich angeblich Henry Ward Beecher, Reverend T. De Witt Talmage und Jesse James.

[15] Gents und Mooners. In den vierziger Jahren des neunzehnten Jahrhunderts wurden als Gents speziell junge, der Mittelklasse angehörende Müßiggänger bezeichnet, die Mitglieder der höheren Schichten nachahmten und sich extravagant kleideten; der Mooner war älter und verbrachte seine Zeit damit, in der Stadt herumzuschweifen und die Schaufenster der Geschäfte zu betrachten. Flashman scheint beide Typen als weit unter ihm stehend betrachtet zu haben.

[16] Trotz Flashmans überschwänglicher Bemerkung dürfte Lola Montez keine besonders gute Künstlerin gewesen sein, obgleich der Historiker Veit Valentin bemerkt, ihr sei „die tigerhafte Lebendigkeit zu eigen gewesen, welche den andalusischen Tanz beseelt".

[17] Der Bericht über Lolas Fiasko in Her Majesty's Theatre am 3. Juni 1843 ist von bewundernswerter Genauigkeit, nicht nur bezüglich ihrer Schmähung durch Lord Ranelagh, sondern auch in Details wie der Zusammensetzung des Pub-

likums und der Zitate aus dem Programm. (Siehe Wyndhams *Magnificent Montez*.) Dies ist ein überzeugendes Beispiel für Flashmans Gewissenhaftigkeit, das es gerechtfertigt erscheinen lässt, auch jenen Teilen seiner Geschichte, die nicht belegt sind und deren Überprüfung nicht möglich ist, Glauben zu schenken.

[18] Lola hatte ein Jahr nachdem sie London verlassen hatte, eine leidenschaftliche Affäre mit Liszt; nach der anfänglichen Verzückung hatte sie auf den berühmten Pianisten anscheinend eine ähnliche Wirkung wie auf Flashman. Er wurde ihrer überdrüssig und ließ sie tatsächlich in einem Hotel sitzen, woraufhin sie das gesamte Mobiliar zerschlug. Lola war jedoch – ebenfalls ein typischer Zug von ihr – nicht nachtragend; während ihrer Münchner Glanzzeit schrieb sie Liszt und trug ihm bayerische Ehrungen an.

[19] Das Wappen der Gräfin Landsfeld ist genau dargestellt; der „fette Wal" war ein silberner Delphin.

[20] Stielers Porträt von Lola in Ludwigs Galerie ist ein Musterbeispiel viktorianischer Sittsamkeit. Eine in ihrem Charakter besser getroffene Montez ist auf Dartiguenaves Lithographie zu sehen; er hat nicht nur ihre strahlende Schönheit, sondern auch ihr gebieterisches Wesen eingefangen.

[21] „Lola war eitel auf ihren Busen." Das war sie wirklich, wenn es wahr ist, was über ihre erste Begegnung mit Ludwig berichtet wird. Angeblich hat er Zweifel an der Echtheit ihrer Figur geäußert, worauf sie empört den oberen Teil ihres Kleides aufgerissen haben soll.

[22] Es gibt keine Bestätigung dafür, dass Wagner Lola zu jener Zeit in München besuchte, doch unmöglich ist es nicht.

Die beiden lernten sich 1844 kennen, als Liszt sie in eine Sondervorstellung von „Rienzi" in Dresden mitnahm, und auf Wagner machte sie den Eindruck einer „bemalten und juwelenübersäten Frau mit kecken, kalten Augen". Ein anderes Mal nannte er sie „dämonisch und herzlos". Kurioserweise stand der große Komponist bei Ludwig II. in ebenso großer Gunst wie Lola bei Ludwig I., so dass man ihn mit dem Spitznamen „Lolotte" bedachte.

[23] Der Amerikaner war möglicherweise C. G. Leland, ein Freund Lolas, der an der Münchner Universität studierte. Er behauptete, der einzige ihrer Vertrauten gewesen zu sein, „nach dem sie nie einen Teller oder ein Buch warf und den sie nie mit einem Dolch, einem Schürhaken, einem Besen oder einer anderen tödlichen Waffe attackierte".

[24] Schönhausen. Die „unheimliche mittelalterliche Atmosphäre des Schlosses" empfand nicht nur Flashman, sondern auch Bismarck selbst. Einem Freund gegenüber schilderte er es als ein „altes Gespensterschloss mit Spitzbögen, vier Fuß dicken Mauern und dreißig Räumen, von welchen zwei möbliert sind". Er beklagte sich auch über die Ratten und den in den Kaminen heulenden Wind.

[25] Flashmans Darstellung der Schleswig-Holstein-Frage ist einigermaßen akkurat; historisch interessierte Leser, die sich näher darüber informieren möchten, seien auf Dr. David Thomsons *Europe Since Napoleon* (pp. 242-3 und 309-1 i) verwiesen. Deutsche und dänische Abhandlungen über das Problem weichen in wesentlichen Punkten voneinander ab, weshalb man sich nicht auf sie allein beschränken sollte.

[26] Die Mensur der deutschen Studenten war eine merkwürdige Art Duell, bei der die deutschen Studenten einan-

der im Gesicht und am Kopf Verletzungen zufügten, die als ehrenvoll betrachtete Narben hinterließen. Die Ausrüstung entspricht Flashmans Beschreibung; der Schläger war dreieinhalb Fuß lang und hatte einen ungewöhnlich großen Handschutz. Die Praxis, die Wunden offen zu lassen, damit sich möglichst große Narben bildeten, ähnelt den Bräuchen bestimmter primitiver Stämme Afrikas. Bei der Mensur war das Stoßen streng verboten, außer an der Universität Jena, wo es sehr viele Theologiestudenten gab. Bei diesen hätten sich Gesichtsnarben in ihrer beruflichen Laufbahn als störend erwiesen, und deshalb waren den Jenaer Studenten Körperstöße erlaubt, die keine sichtbaren Entstellungen hervorriefen.

[27] Bismarck wollte sein Alter als Gutsbesitzer verbringen; seine Bemerkung über Stettin findet sich des öfteren in seinen aufgezeichneten Gesprächen, in denen er auch die Absicht äußerte, „eine Familie zu gründen und die Moral seiner Bauern mit Schnaps zu ruinieren".

[28] Bandobast: Organisation, Bande (hindustanisch).

[29] 1847 fiel in Deutschland zum zweiten Mal hintereinander die Kartoffelernte sehr schlecht aus. In den nördlichen Gebieten hatte sich der Weizenpreis in wenigen Jahren verdoppelt.

[30] Das Emblem von Schleswig-Holstein war in Wirklichkeit ein stilisiertes Nesselblatt.

[31] Mit dem „federgeschmückten Helm" meint Flashman höchstwahrscheinlich den neuen Diensthelm der Britischen Schweren Dragoner, dessen Einführung im vorangegangenen Herbst angekündigt worden war. Sein ausgefallener, lächerlich wirkender Federschmuck war in den Wochen vor

Flashmans Abreise nach München das Gesprächsthema des vornehmen London.

[32] Libby Prison in Richmond, Va., war eine berüchtigte Haftanstalt während des amerikanischen Bürgerkrieges, in der Offiziere der Nordstaatentruppen von den Südstaatlern gefangen gehalten wurden, zum Teil unter schrecklichen Bedingungen zusammengepfercht. 1864 fand eine Massenflucht durch einen Tunnel statt, und bald darauf unternahm die Kavallerie der Nordstaaten zwei Angriffe zur Befreiung der Gefangenen. Flashman scheint mit seiner Bemerkung anzudeuten, dass er selbst dort inhaftiert war; die Untersuchung der noch ungeöffneten Pakete seiner Papiere wird dies sicherlich bestätigen.

[33] Kibroth-Hattaavah – „die Stätte, wo man das lüsterne Volk begrub" (Viertes Buch Mose, 34, 35) scheint ein beliebtes Predigtthema in den englischen Public Schools gewesen zu sein.

[34] Es scheint durchaus möglich, dass der Agitator Karl Marx gewesen ist. Die Strackenzer Krönung muss vor seiner Rückkehr nach Deutschland aus Brüssel erfolgt sein, wo er das Kommunistische Manifest verfasste, doch es ist denkbar, dass er zuvor Strackenz besuchte. Zu einer Zeit, in der sich die europäische Politik im allgemeinen in einer prekären Lage befand, stellte die Krönung zweifellos ein verlockendes Angriffsziel dar. Es gibt zwar keinen Beweis dafür, dass er das Herzogtum besuchte, doch Flashmans Beschreibung des Redners deutet darauf hin.

[35] Die Eider-Dänen waren eine Partei, die für die Erweiterung Schleswig-Holsteins bis zum Eider-Fluss eintrat. Starnbergs Besorgnis bezüglich militanter pro-dänischer Or-

ganisationen in Strackenz ist verständlich; ebenso seine Befürchtungen wegen Hansens unerwartetem Erscheinen bei der Hochzeit. Merkwürdig erscheint dem Herausgeber, dass man anscheinend nicht besorgt war, dass Angehörige des dänischen Königshauses an der Feier teilnehmen könnten; dies hätte bestimmt zu Flashmans Entlarvung geführt. Doch offenbar erfolgte eine solche Teilnahme nicht, was nur damit erklärt werden kann, dass König Christian von Dänemark am 20. Januar 1848 – kurz vor der Hochzeit – gestorben war und dass der dänische Hof deshalb in Trauer war und daheim blieb. Ein ungewöhnlich glücklicher Zufall für die Verschwörer.

[36] „Punch" verhielt sich bei der Auseinandersetzung um karierte oder gestreifte Hosen neutral. Aus einer seiner Witzzeichnungen geht hervor, dass es „Karos für überaus vornehm, Streifen für äußerst distinguiert" hielt. Die Diskussion fand jedoch eher in der Mittel- als in der Oberschicht statt.

[37] Flashman glaubt, dass er das alte Kinderlied auf englisch sang, doch es ist interessant (siehe Oxford Dictionary of Nursery Rhymes), dass es 1848, dem Jahr, in dem er und Herzogin Irma heirateten, auf deutsch erschien, offenbar zum ersten Mal in dieser Sprache. („So reiten die Herren auf ihren stolzen Pferden, tripp trapp, tripp trapp, tripp trapp.")

[38] Domenico Angelo Tremamondo (1717-1804), bekannt unter dem Namen Angelo, begründete eine Dynastie von Fechtmeistern, die im achtzehnten und neunzehnten Jahrhundert in London eine Fechtschule leitete.

[39] In jenen ersten Monaten des Jahres 1848 fegte die Revolution über ganz Europa hinweg. Innerhalb weniger Wochen kam es zu Aufständen in Sizilien, Frankreich, Österreich, Ita-

lien, Deutschland und Polen; in Neapel, Toskana, Piemont, Rom, Budapest und Berlin wurden neue Verfassungen und Reformen eingeführt, und das Kommunistische Manifest erschien. In England wurde ein Gesetzentwurf der Chartisten abgelehnt, und John Stuart Mill veröffentlichte seine *Principles of Political Economy*.

[40] Vermutlich meint Flashman Davids höchst romantisches Bild von Napoleon in den Alpen und verwechselt es mit anderen Werken dieses Malers, auf denen der Kaiser mit einem Gefolge höchst respektvoller Untergebener zu sehen ist.

[41] In Wirklichkeit gab es die Telegraphie bereits seit einigen Jahren, doch sie war noch nicht so weit verbreitet, dass sie Flashman hätte Sorgen bereiten müssen.

[42] Bezüglich Lola Montez' Verhalten während ihrer letzten Wochen in München besteht einige Unklarheit; sie änderte mehrmals ihren Entschluss, Bayern zu verlassen, und bemühte sich, Ludwig wieder unter ihren Einfluss zu bringen. Was ihren Gang durch die feindselige Menge betrifft, so wird dieser mindestens von einem Experten erwähnt, und dass sie im Abendkleid auf dem Balkon erschien und der tobenden Menge zuprostete, ist verbürgt.

[43] Bismarck erreichte schließlich sein Ziel. 1864 erklärte er Dänemark den Krieg, worauf Schleswig durch Preußen und Holstein durch Österreich besetzt wurde, was unter anderem zum österreichisch-preußischen Krieg von 1866 führte. Nach dem Sieg über den Rivalen Österreich vereinigte Bismarck durch den Deutsch-Französischen Krieg von 1870/71 Deutschland mit Ausschluss Österreichs, und Schleswig und Holstein wurden ein Teil des Deutschen Reiches.

***

Weitere Informationen zu diesem Buch – unter anderem eine Bildergalerie der historischen Personen – finden Sie auf der Internet-Seite des Kuebler-Verlages:
www.kuebler-hoerbuch.de

Die Flashman-Manuskripte
von
George MacDonald Fraser

Die Reihe wird als Buch und als Hörbuch im Kuebler Verlag bzw. im Kuebler Hoerbuch Verlag erscheinen. Die Buchausgaben werden originalgetreu mit allen historischen Anmerkungen herausgegeben. Der Text wird maßvoll der neuen Rechtschreibung angepasst.

Flashman in Afghanistan
Titel der englischen Originalausgabe: Flashman
Britannien, Indien und Afghanistan
1839-1842

Royal Flash - Flashman in Deutschland
Titel der englischen Originalausgabe: Royal Flash
England 1842-1843
Deutschland 1847-1848

Flash, Held der Freiheit
Titel der englischen Originalausgabe: Flash for Freedom
England, West Afrika und USA
1848-1849

Flashmans Attacke
Titel der englischen Originalausgabe: Flashman at the Charge
England, Krim und Zentral-Asien
1854-1855

Flashman – Im großen Spiel
Titel der englischen Originalausgabe: Flashman in the Great Game
Schottland und Indien
1856-1858

Flashmans Lady – Flashman in Borneo und Madagaskar
Titel der englischen Originalausgabe: Flashman's Lady
England, Borneo und Madagaskar
1842-1845

Flashman und die Rothäute
Titel der englischen Originalausgabe: Flashman and the Redskins
USA
1849-1850 und 1875-1876

Flashman – der chinesische Drache
Titel der englischen Originalausgabe: Flashman and the Dragon
China, 1860

Flashman und der Berg des Lichts
Titel der englischen Originalausgabe: Flashman and the Mountain of Light
Indien, Punjab
1845-1846

Flashman und der Engel des Herrn
Titel der englischen Originalausgabe: Flashman and the Angel of the Lord
Indien, Südafrika und USA
1858-1859

Flashman on the March
(Hat noch keinen deutschen Titel)
Abessinien/Äthopien
1867-68

Flashman and The Tiger* (Zululand, Afrika 1879 und England, 1894)

The Road to Charing Cross* (England 1878 und Deutschland, 1883-1884)

The Subtleties of Baccara* (Der Croft Skandal in England, 1890)

---

* Diese Romane wurden in der Ausgabe von Harper Collins im Band „Flashman and The Tiger" aufgenommen.

Leseprobe

Eine kleine Leseprobe aus Band 3 der „Flashman Manuskripte" mit dem Titel „Flashman – Held der Freiheit":

… Ich verstehe nicht viel vom Seekrieg, doch nach der Art zu schließen, wie die Matrosen die Backbordkanonen bedienten, befanden wir uns inmitten eines hitzigen Rückzugsgefechtes. Die Zwölfpfünder krachten, wurden neu geladen und wieder abgefeuert wie bei Trafalgar, und obgleich uns von Zeit zu Zeit mit schrecklichem Krach ein Schuss traf, schienen wir keinen großen Schaden davonzutragen; die Deckwache hielt sich an einem Seil fest, während Sullivan den Männern in der Takelung Befehle zurief. Er brüllte mich an, und so stieg ich heraus und klammerte mich auch an das Seil, und aus dem Augenwinkel sah ich, wie die Korvette, aus sämtlichen Geschützen feuernd, an unserem Bug vorbeilief, und das Pfeifen und Krachen über mir ließ mich zum Speigatt stürzen. Ich klammerte mich an die Reling und fragte mich, warum, zum Teufel, ich so dumm gewesen war, meinen sicheren Platz zu verlassen, nur weil Sullivan es mir befohlen hatte – vermutlich aus Instinkt –, und dann hörte ich über mir ein berstendes Geräusch, etwas schlug mit ohrenbetäubendem Krach aufs Deck, und jemand fiel auf mich. Ich stieß ihn weg, und als ich meine Hand fortzog, war sie voll klebrigen Blutes. Entsetzt sah ich, wie der Tote übers Deck rollte; er hatte keinen Kopf, und Blut spritzte aus dem Halsstumpf gleich einer Fontäne.

… Was in den nächsten Minuten geschah, ist mir nur unklar in Erinnerung; ich weiß, dass wir wieder getroffen wurden, und eine Weile konnte man durch den beißenden Pulverqualm kaum das Deck sehen. Zitternd kauerte ich mich an der Reling nieder, bis die Männer die Trümmer herbeizerrten und ich zur Seite springen musste, während sie sie über Bord warfen. Unsere Kanonen hatten zu schießen aufgehört, und gleich darauf merkte ich, dass auch der Yankee nicht feuerte; so riskierte ich einen Blick.

Irgendwie war nach diesem kurzen Tohuwabohu die Ordnung wiederhergestellt. Die Bedienungsmannschaften standen an ihren Geschützen, Sullivan, den Männern in den Wanten Befehle zuschreiend, am Besanmast, und Spring am Steuer. Die Yankee-Korvette befand sich achtern; sie lag schief im Wasser, und ihr Focksegel war zerfetzt, doch die Brigg schoss dahin wie der Teufel; selbst ich konnte sehen, dass sie uns in unserem havarierten Zustand in kürzester Zeit erreichen würde. Und dann würde sie uns zweifellos in Stücke zerschießen – und uns, mit den Sklavinnen an Bord, kapern, und das bedeutete Gefängnis, möglicherweise den Galgen. Ich spürte, wie Galle meine Kehle hochstieg.

Und dann hörte ich Springs Stimme. Wütend schrie er: „Verdammt, tun Sie, was ich Ihnen gesagt hab, Mister. Holen Sie die Gelben an Deck, mit ihren Fesseln! Schnell, verdammt noch mal!"

Sullivan, der seinen Hut verloren hatte, schien zu protestieren, doch Spring brüllte ihn an und brachte ihn zum Schweigen, und gleich darauf holten die Matrosen die gelben Mädchen herauf, befestigten eiserne Fesseln an ihren Fußgelenken und trieben sie am Besanmast zusammen. Spring und Sullivan standen am Steuer; letzterer deutete auf die Brigg, die uns schnell einholte.

„In fünf Minuten wird sie das Feuer auf uns eröffnen!" rief er. „Wir können nicht fliehen, Käpt'n, und wir können nicht kämpfen! Wir sind verloren!"

„Wir können kämpfen, Mister!" Springs Narbe war blutrot. „Sind wir nicht mit der Korvette fertig geworden? Was ist dagegen diese erbärmliche Brigg? Soll ich sie rammen?"

„Schauen Sie sie an!“ schrie Sullivan. „Sie hat mindestens dreißig Kanonen!“ Ich hatte schon immer gewusst, dass er ein vernünftiger Bursche war.

„Ich werde trotzdem gegen sie kämpfen“, sagte der Idiot Spring. „Ich habe diese Reise nicht gemacht, um mich von diesem Pack von Küstenskippern in New Orleans einschleppen zu lassen! Aber lassen Sie uns zuerst dieses Niggergesindel beseitigen – dann wird es, wenn wir kämpfen und unterliegen, keine schwarze Haut an Bord geben, die uns belastet. Los – binden Sie sie mit der Kette zusammen!“

Sullivan blickte drein, als sei er nahe daran, zu platzen. „Das geht nicht! Sie sind zu nah – sie werden es sehen.“

„Und wenn schon. Keine Nigger, kein Verbrechen – mit dem Schiff können sie nach dem verdammten Ausrüstungsgesetz machen, was sie wollen, aber Ihnen und mir können sie nichts anhaben. Also, Mister – lassen Sie ihnen die Kette anlegen!“

Ich konnte mir keinen Reim darauf machen, bis vier Matrosen nach achtern gerannt kamen, eine schwere Kette schleppend, welche sie neben die Steuerbordreling legten. Dann trieben sie die Mädchen hinüber und zogen die Kette über den Fesseln zwischen ihren Beinen durch, so dass sie alle miteinander verband. Sie befestigten die Kette mit Seilen an den letzten Sklavinnen in der Reihe, zwangen dann die Mädchen, sich hinzulegen und die Beine zu heben, und hoben mit vereinter Kraft die Kette auf die Reling.

„So“, rief Spring, „jetzt haltet sie fest, bis ich das Kommando gebe.“

Mich wirft nichts so leicht um; ich hatte voll Interesse zugesehen, wie man bei Cawnpore Sepoys vor die Mündungen von Kanonenrohren band und sie abschoss, und ich hatte in Peking eine Stunde nach dem Massaker mein Dinner gegessen, doch ich muss gestehen, Springs Methode, belastende Beweise zu beseitigen, erfüllte mich mit Übelkeit. Die Mädchen schrien und zappelten vor Angst; wenn man die Kette über die Reling stieß, würden sie durch ihr Gewicht hinabgezerrt werden und wie Steine im Meer versinken. Und wenn dann die „Balliol College“ aufgebracht wurde, würde Spring fragen: Was für Sklaven meinen Sie? Ich hatte gehört, dass dergleichen schon geschehen war, und mir fiel Sullivans Geschichte von dem Spanier ein, der sein Schiff angezündet hatte. Doch trotz Springs Zuversicht konnte ich nicht glauben, dass es klappen würde; auf der Yankee-Brigg war bestimmt ein halb Dutzend Gläser auf uns gerichtet; man würde beschwören, dass man den Mord beobachtet hatte, und dann war uns der Galgen sicher.

Obgleich ich vor Furcht halb von Sinnen war, konnte ich doch noch denken. Offenbar hoffte Spring, den Yankee abwehren und seine Freiheit wie seine Sklavinnen retten zu können; er würde sie nur im äußersten Notfall über Bord stoßen lassen. Ich war überzeugt, Sullivan hatte recht; es war aussichtslos, gegen die Brigg zu kämpfen. Irgendwie musste diesem Wahnsinnigen Einhalt geboten werden oder man würde uns allen die Schlinge um den Hals legen.

Wenn es etwas gibt, das mich in einer kritischen Situation nicht den Kopf verlieren lässt, so ist es mein Selbsterhaltungstrieb. Ich hatte keine Ahnung, was ich beabsichtigte, doch ich ging wie automatisch, in meiner Aufregung der Gefahr nicht achtend, hinüber zu der Waffenkiste, welche der Hauptmast zerschmettert hatte. Zwei Matrosen luden Pistolen mit Pulver und Blei und verteilten sie; ich nahm zwei, eine davon mit zwei Läufen, und schob sie unter meinen Gürtel. Dann sah ich, dass aller Augen auf die uns verfolgende Brigg oder auf die Reihe der an die Reling gefesselten Unglücklichen gerichtet waren, und kletterte durch die Hauptluke hinunter aufs Sklavendeck.

Ich wusste noch immer nicht, was ich unternehmen sollte; ich entsinne mich, während ich in qualvoller Unentschlossenheit dastand, dachte ich, das kommt davon, wenn man seine Nase in die Politik steckt oder mit alten Jungfern Vingt-et-un spielt. Mich durchzuckte der Gedanke, durch die Türe des Hauptschotts nach achtern zu Mrs. Spring in die Hauptkabine zu laufen und an sie zu appellieren; ich wusste, es war eine irrsinnige Idee, doch trotzdem rannte ich weiter und kletterte die hintere Treppe hinauf, wobei ich leise vor mich hinfluchte und mir den Kopf zerbrach, was ich als nächstes tun sollte.

Plötzlich hörte ich direkt über mir Springs Gebrüll und zuckte erschrocken zusammen; als ich die Treppe hinauflugte, konnte ich seinen Kopf und seine Schultern sehen; abgewandt von mir stand er am Steuer. Er schrie die Geschützmannschaften an und drängte sie, sich auf ihre Posten zu begeben, und seinem Ton entnahm ich, dass er seinen Entschluss gefasst hatte. Dann hörte ich die Stimme des Ersten Offiziers; er schrie Spring an, und dann krachte ein Pistolenschuss.

„Da hast du's, du verdammtes Schwein!" schrie Spring. „Weg von ihm, ihr dort! Auf eure Posten, oder, bei Gott, ich knall euch auch ab!" Seine Hand kam in Sicht; sie hielt eine rauchende Pistole, und ich dachte, wenn er so verrückt ist, auf Sullivan zu schießen, dann gibt es keine Möglichkeit, ihm Einhalt zu gebieten, es sei denn auf die gleiche Weise.

Da stand ich nun, bewaffnet, und sein Hinterkopf war keine fünf Meter weit weg. Doch ich wagte es nicht – oh, nicht dass ich aus christlichen Erwägungen vor der gemeinen Tat zurückschreckte; ich hatte schon getötet, und jeden, der mich in Gefahr bringt, mache ich unschädlich, ohne jede Hemmung. Doch nur, wenn mir nichts passieren kann – und das stand nicht fest. Angenommen, ich verfehlte ihn? Irgendwie ahnte ich, dass Spring mich nicht verfehlen würde. Angenommen, die Besatzung wandte sich gegen mich? Oder die amerikanische Navy zog mich zur Verantwortung – sie war zweifellos idiotisch genug, es als Mord zu betrachten. Wie dem auch sein mochte, ich konnte es nicht riskieren, und so stand ich schwitzend, hin und her gerissen zwischen meinen Ängsten.

… Noch bevor das Echo der Schüsse verklungen war, rannte ich zum Hauptschott und kletterte durch die Hauptluke. Ich steckte meinen Kopf hinaus und blickte nach achtern; Spring wand sich vor dem Steuer auf dem Deck, neben sich seinen Hut, mit den Händen auf die Planken schlagend. Looney suchte sich von einem Matrosen, der ihn umklammerte, loszureißen und schrie, er habe den Teufel getötet. Sullivan lag mit dem Gesicht nach unten auf dem Boden, und auf dem Achterdeck rannten Männer wirr durcheinander, während eine weitere Kugel aus dem Buggeschütz der Brigg über uns hinwegpfiff und das Hauptsegel zerfetzte. Sie war jetzt ganz nahe heran und drehte nach Backbord, ihre Steuerbordkanonen auf uns richtend wie gefletschte Zähne; die Männer achtern schrien erschrocken auf, und dann zerrten Matrosen an der Flaggenleine; nun, da Spring tot schien, wusste jeder, was getan werden musste.

Auch ich zögerte keinen Augenblick. Ich schritt zu den Männern an der Reling, welche immer noch die Kette umklammerten, und befahl ihnen mit meiner Exerzierplatzstimme, sie schnell an Bord zu ziehen. Sie gehorchten, ohne eine Sekunde zu zaudern, und als ich sie anwies, den Sklavinnen die Fußfesseln abzunehmen, taten sie auch dies, vor Hast übereinander stürzend. Ich griff selbst mit zu, klopfte den gelben Mädchen auf die Schultern und versicherte ihnen, dass jetzt alles gut sei und dass ich dafür sorgen würde, dass ihnen nichts Schlimmes geschah. Ich vertraute darauf, dies würde ein wenig dazu beitragen, dass mir selbst nichts Schlimmes geschah, und während die Yankee-Brigg an unserer Backbordseite anlegte, ging ich im Geiste noch einmal den Plan durch, den ich mir zurechtgelegt hatte, um auch diesmal Old Flashs Haut zu retten.

Im großen und ganzen mag ich die Amerikaner. Sie betonen zwar immer, welche Abneigung sie gegenüber den Engländern hegen, und behaupten, dass sie uns ebenbürtig sind, doch ich habe entdeckt, dass sie insgeheim tiefe Bewunderung für einen Lord empfinden, und wenn man höflich und kühl ist und nicht zu sehr angibt, ist es nicht allzu schwer, sie für sich einzunehmen. Nun bin ich freilich kein Lord, doch kann ich mich, wenn ich will, wie einer benehmen. Das ist das Geheimnis – sich wie ein einfacher, gesitteter Gentleman mit einem leichten Schuss normannischen Blutes zu geben; dann fressen sie einem aus der Hand und prahlen gegenüber ihren Freunden in Philadelphia, einen Mann zu kennen, welcher bei Königin Victoria ein- und ausgeht und dennoch der famoseste Bursche ist, den man sich denken kann.

Als sie, außer sich vor Wut, an Bord der „Balliol College" kamen und uns alle nach vorn trieben, ließ ich mir Zeit und sagte kein Wort, bis der junge Lieutenant, unter dessen Kommando sie standen, ihnen befahl, uns unter Deck zu bringen. Als sie uns, recht unsanft mit uns umgehend, zur Treppe stießen, trat ich schneidig aus der Reihe und sagte ihm in knappem, doch höflichem Ton, ich müsse wegen einer höchst dringlichen Angelegenheit mit seinem Kommandanten sprechen.

Er starrte hochnäsig auf mich und fuhr mich an: „Unverschämter Kerl. In New Orleans werden Sie genug Gelegenheit zum Reden haben – obgleich es Ihnen nicht viel nützen dürfte. Los, nach unten mit Ihnen!"

Ich musterte ihn kühl. „Glauben Sie mir, Sir", sagte ich in meinem besten englischen Offizierston, „es ist höchst ernst und wichtig. Bitte – verwehren Sie es mir nicht." Ich deutete mit einem leichten Neigen des Kopfes auf die Matrosen der „Balliol College", welche hinuntergetrieben wurden. „Diese Leute dürfen es nicht wissen", sagte ich leise, „aber ich bin ein

Offizier der britischen Marine. Ich muss sofort Ihren Kommandanten sprechen."

Er starrte mich an und wartete, bis unser letzter Mann die Treppe hinunter war; dann verlangte er eine Erklärung. Ich sagte ihm, ich sei Lieutenant Comber, Royal Navy, und hätte einen Sonderauftrag der Admiralität – was ich, wie ich ihm versicherte, leicht beweisen könne. Das genügte, und nachdem einer seiner Männer von unten mein Gepäck geholt hatte, wurde ich unter Bewachung weggeführt, wobei der Yankeeoffizier mich misstrauisch anblickte. Doch er hatte an andere Dinge zu denken – Spring, in den Rücken geschossen und bewusstlos, wurde auf einer Tragbahre nach unten geschafft; Mrs. Spring saß unter Bewachung in ihrer Kabine; auf unserem Deck lagen drei Tote, darunter Sullivan; Looney war unten bei den anderen Gefangenen und schrie so laut, dass man ihn in Aldershot hören musste; das Deck war voller Blut und Trümmer, und ein Dutzend weinender Niggermädchen kauerte an der Reling.

Ich lenkte des Lieutenants Aufmerksamkeit auf sie und sagte: „Kümmern Sie sich um diese armen Geschöpfe. Sie haben genug gelitten, die Unglückseligen – wahre Höllenängste haben sie ausgestanden."

Er schien nicht recht zu wissen, was er davon halten sollte, und ließ mich durch den Marinesoldaten an Bord der „U. S. S. Cormorant" bringen. Und dort ging alles so glatt, wie ich es mir gedacht hatte. Captain Abraham Fairbrother, ein sehr gewitzter junger Gentleman, glaubte mir anfangs kein Wort, doch als ich meinen Gürtel aufschlitzte und Combers Papiere vor ihn hinlegte, platzten ihm fast die Augen aus dem Kopf. Es war alles so eindrucksvoll amtlich und mein Benehmen, wenn ich dies selbst sagen darf, so überzeugend, dass der arme Kerl das Ganze fraß wie ein hungriger Fisch. Verständlicherweise – ich hätte es auch getan …

Patrick O'Brian

Jack Aubrey und Stephen Maturin

Die beiden Protagonisten, Kapitän Jack Aubrey und Stephen Maturin, könnten unterschiedlicher nicht sein: Aubrey, der Engländer, ist auf See ein äußerst befähigter Kommandant, an Land ist er eher hilflos, vertrauensselig und überschätzt sich oft. Maturin, halb Ire, halb Katalane, ist ein Wissenschaftler, seemännisch unerfahren, doch klug und tüchtig. Die beiden treffen sich und werden Freunde. Im Zeitalter der napoleonischen Kriege bestehen Sie Abenteuer auf See und an Land.

Die 20 Episoden von „Aubrey - Maturin" erscheinen im Kuebler Hoerbuch Verlag als Hörbuch – erhältlich auf Audio-CDs, auf mp3-CDs und als Download. Der Text wird nur ganz wenig und behutsam bearbeitet und nochmals mit dem englischen Original verglichen. Sprecher ist Johannes Steck.

Bernard Cornwell
Richard Sharpe

Die Romanreihe „Richard Sharpe“ von Bernard Cornwell spielt im Zeitalter Napoleons mit historisch korrekt geschildertem Hintergrund und packender Handlung, oft mit einem Schuss Humor.

Richard Sharpe ist ein Raubein, der als Kind und Jugendlicher in den übelsten Regionen Londons sein Leben fristen musste. Um einer Verurteilung zu entgehen, lässt er sich in der Britischen Infanterie anwerben.

Außergewöhnlich für die damalige Zeit: Er wird zum Offizier befördert. Die meisten - nicht alle - Offiziere lehnen ihn ab, da er kein Gentleman sei. Das ist nicht falsch, denn er kann weder Latein noch Griechisch, jedoch Kämpfen und Überleben. So muss er nicht nur gegen die Feinde Britanniens kämpfen – vor allem gegen die französische Armee – sondern gegen die fast noch gefährlicheren Feinde in den eigenen Reihen.

Die 21 Episoden von „Richard Sharpe“ erscheinen im Kuebler Hoerbuch Verlag als Hörbuch – erhältlich auf Audio-CDs, auf mp3-CDs und als Download.